AF482797

Louis Weinert-Wilton

Der Teppich des Grauens
(Spionage-Thriller)

e-artnow 2018

Eufemia von Adlersfeld-Ballestrem
Gesammelte Werke: Historische Romane, Krimis, Liebesromane & Erzählungen: Die weißen Rosen von Ravensberg, Die Falkner vom Falkenhof, Trix, Maria Schnee, …Die Herzogin von Santa Rosa, Rosazimmer…

Matthias McDonnell Bodkin
Detektiv Paul Beck & Detektivin Dora Myrl (24 packende McDonnell Bodkin-Krimis)

Louis Weinert-Wilton
Weinert-Wilton-Krimis: Der schwarze Meilenstein, Die chinesische Nelke, Die Panther, Die Königin der Nacht, Die weiße Spinne, Der Drudenfuß & Teppich des Grauens

Alexander von Ungern-Sternberg
Gesammelte Werke: Historische Romane, Seesagen, Märchen & Biografien

Jodocus Temme
Gesammelte Werke: Historische Romane, Krimis, Sagen & Erzählungen (Über 470 Titel in einem Buch): Der Domherr, Ein tragisches End, …Westphälische Sagen und Geschichten…

Louis Weinert-Wilton
Die weisse Spinne (Ein Scotland Yard-Krimi)

Louis Weinert-Wilton
Die Königin der Nacht: Kriminalroman

Louis Weinert-Wilton
Der Drudenfuß (Ein Weinert-Wilton-Krimi)

Louis Weinert-Wilton
Der schwarze Meilenstein (Kriminalroman)

Louis Weinert-Wilton
Die Panther (Ein Weinert-Wilton-Krimi)

Louis Weinert-Wilton

Der Teppich des Grauens (Spionage-Thriller)

e-artnow, 2018
Kontakt: info@e-artnow.org

ISBN 978-80-268-8805-5

Inhaltsverzeichnis

1	11
2	21
3	23
4	27
5	32
6	36
7	38
8	46
9	50
10	56
11	59
12	66
13	75
14	80
15	82
16	84
17	86
18	90
19	100
20	104
21	107
22	110
23	112
24	114
25	121
26	124
27	127
28	138
29	144
30	147
31	150
32	154
33	156

Dr. Howard Shipley galt, obwohl er kaum vierzig Jahre zählte als einer der namhaftesten und gesuchtesten Ärzte Londons, und man sagte von ihm, daß es keine Krankheit gebe, die er nicht schon in ihren unscheinbarsten Symptomen mit unfehlbarer Sicherheit zu erkennen wisse.

Das wollte viel heißen; tatsächlich hatte Dr. Shipley in einigen rätselhaften und aufsehenerregenden Fällen so überraschende und zutreffende Diagnosen gestellt, daß sein hervorragender Ruf wohl als gerechtfertigt gelten durfte.

An diesem Septemberabend aber, da Dr. Shipley auf dem 18. Polizeirevier im Themseviertel von Bermondsey die krampfhaft starre Gestalt betrachtete, die man hier auf ein primitives Lager gebettet hatte, schienen ihn seine Kenntnisse und Erfahrungen im Stich zu lassen. Er stand offenbar vor etwas Außergewöhnlichem, und in der Frage, die er an den Inspektor richtete, klang deutlich die Spannung wider, in die ihn dieser Fall versetzte.

»Wie ist der Mann hierhergekommen, Mr. Webster? Und wann?«

Webster, der bisher an dem vergitterten Fenster gestanden und in die unfreundliche, enge Gasse geblickt hatte, drehte sich langsam um. Die Sache interessierte ihn nicht sonderlich. Wenn seine Leute Betrunkene oder Kranke auflasen, die nicht eine Kugel, einen Messerstich oder wenigstens einen tüchtigen Hieb abbekommen hatten, gab es zumeist nur zwecklose Schererein.

An dem Mann dort war aber auch nicht das geringste Anzeichen einer Gewalttat zu entdecken, und wenn nicht gewisse Umstände gewesen wären, so hätte er ihn überhaupt gleich ins Krankenhaus schaffen lassen. Für die Ärzte mochte es ja an dem Patienten manches Interessante zu beobachten geben, denn der Inspektor erinnerte sich nicht, in seiner langjährigen Dienstzeit je einen so erschreckenden Anblick gehabt zu haben.

Nach der sonderbaren Miene Dr. Shipleys konnte hinter der Sache aber vielleicht doch noch irgendeine Niederträchtigkeit stecken, und diese Möglichkeit ließ den Beamten lebendig werden, soweit dies eben bei ihm möglich war. Er pflanzte sich breitbeinig vor dem Arzt auf, und die kleinen, scharfen Augen in seinem derben Gesicht leuchteten in Erwartung.

»Haben Sie etwas gefunden, Doktor?« Webster versuchte seine gewaltige Stimme zu dämpfen, aber sie klang trotzdem noch immer wie ein dumpfes Donnergrollen. »Sie sehen ja mehr als unsereiner, und verdächtig ist immerhin einiges dabei. Der Mann wurde vor etwa einer Stunde von einer Streife hergebracht, die ihn nahe am Pier gefunden hatte. Die Polizisten meldeten, sie hätten plötzlich schrille Pfiffe gehört, die wie ein Alarmsignal klangen, und als sie der Sache nachgingen, seien sie in einer Nische auf den armen Teufel gestoßen. Man hatte ihn dort an die Mauer gelehnt, und als die Leute ihn berührten, fiel er ihnen wie ein Sack in die Arme. Haben Sie schon bemerkt, daß er stocksteif ist? Wir hatten die größte Mühe, ihn zu entkleiden, da sich Arme und Beine kaum bewegen ließen.«

Dr. Shipley hatte mittlerweile die Tischlampe so zurechtgerückt, daß ihr greller Schein voll auf den Kranken fiel. Es war ein mittelgroßer, kräftig gebauter Mann von etwa dreißig Jahren, und allen Anzeichen nach gehörte er dem besseren Arbeiterstand an. Seine Züge zu unterscheiden war unmöglich, da das Gesicht geradezu unheimliche Verzerrungen aufwies. Die Oberlippe war so weit gehoben, daß mit den fest zusammengebissenen Zähnen auch das bläulichrote Zahnfleisch hervortrat. Die Augen waren krampfhaft geschlossen, und als der Arzt die Lider etwas öffnete, leuchtete ihm das Weiße in einem seltsam opalisierenden Schimmer entgegen.

Das auffallendste von allen diesen Symptomen aber war die eigenartige Veränderung der Haut, die im Gesicht und am ganzen Körper aufgedunsen und von einem dunklen, glänzenden Rot war. Es sah aus, als sei der Mann aus siedendem Wasser gezogen worden, und ein blasenartiger Ausschlag verstärkte diesen Eindruck noch.

Diese Erscheinungen waren es offenbar auch, die das besondere Interesse Dr. Shipleys erweckten. Nachdem er dem Kranken den Puls gefühlt hatte, betrachtete er immer wieder verschiedene Stellen der Haut durch die Lupe; man merkte an seinen verkniffenen Augen und dem nervösen Zucken um den schmalen Mund, wie fieberhaft sein Kopf arbeitete, um dieses außerordentliche Krankheitsbild zu deuten.

Endlich richtete er sich auf, warf die Lupe ärgerlich auf den Tisch und ließ sich in den nächsten Stuhl fallen. Dabei haftete sein scharfer, forschender Blick unausgesetzt auf dem Kranken, dessen totenähnliche Starre auch nicht durch das Zucken eines Muskels unterbrochen wurde.

Mit einem Male aber ging mit dem Arzt eine merkwürdige Veränderung vor. Seine sehnige Gestalt begann sich ruckweise zu straffen, und mit einem elastischen Sprung stand er plötzlich vor Webster, der ihn verblüfft anstarrte.

»Inspektor, wenn ich recht habe«, stieß Dr. Shipley durch die Zähne hervor, und in seinem Gesicht lag ein gespanntes Lächeln, »dann werden Sie jetzt ein Wunder erleben, wie Sie es bis heute noch nicht gesehen haben.«

Er öffnete hastig seine Taschenapotheke, die zwei Reihen blinkender Phiolen enthielt, prüfte deren Etiketten und nahm dann bedächtig drei der Fläschchen heraus. Er zögerte eine Weile, als wolle er sich endgültig schlüssig werden, dann zählte er in eine leere Phiole aus jedem der Fläschchen einige Tropfen ab, schüttelte die Mischung sorgfältig und füllte sie in eine Injektionsspritze.

An drei Stellen führte Dr. Shipley die Nadel in den Körper des Kranken, dann atmete er tief auf und bot wieder das Bild unerschütterlicher Ruhe, das man an ihm gewöhnt war. Webster hatte sich die ganze Zeit mäuschenstill verhalten und alle Bewegung des Arztes gespannt verfolgt. Wenn er auch von der ganzen Sache nichts verstand, so ahnte er doch, daß etwas Besonderes vorging, und er hatte von Dr. Shipley viel zu großen Respekt, um ihn zu stören. Nun glaubte er aber doch den Moment gekommen, seine Wißbegierde befriedigen zu dürfen.

»Sind Sie nun doch darauf gekommen, Doktor?«

Dr. Shipley zuckte mit den Schultern. »Ich hoffe es.«

»Etwas Ansteckendes? Müssen wir am Ende gar die Bude ausräuchern?«

Der Gedanke war dem Inspektor sichtlich unangenehm, und er sah den Arzt mißtrauisch von der Seite an.

»Nein – eine Vergiftung.«

»Selbstmordversuch oder Verbrechen?«

»Das müssen Sie den dort fragen, sobald er soweit sein wird.« Dr. Shipley deutete nach dem Kranken. »Ich glaube, der Mann könnte Ihnen sehr interessante Dinge erzählen.«

»Woraus schließen Sie das?«

»Daraus, daß man mit dem Inhalt aller Giftflaschen und Gifttiegel Londons nicht diesen Komplex von Erscheinungen hervorrufen könnte. Was unser Patient abbekommen hat, war offenbar eine jener Teufeleien, auf die wir trotz unserer wissenschaftlichen Fortschritte immer noch nicht gekommen sind; vermutlich ein kombiniertes Pflanzengift, das vor weiß wie langer Zeit irgendein dunkelhäutiger Halunke in irgendeinem schmutzigen Winkel Indiens oder Afrikas zusammengebraut und seiner Sippe als Vermächtnis hinterlassen hat. Eigentlich hätte ich nach allen Anzeichen sofort daraufkommen müssen, aber hoffentlich ist es auch jetzt noch nicht zu spät.«

Dr. Shipley warf einen Blick auf den Kranken. Dann faßte er Webster am Arm und zog ihn an das Lager.

»Nun, was sagen Sie dazu, Inspektor?«

Dieser konnte nur erstaunt die Augen aufreißen und sich vor Verwunderung wortlos den Kopf kraulen, denn was er sah, war kaum zu glauben. Wenn er nicht die ganze Zeit dabeigestanden hätte, würde er tausend Eide geschworen haben, daß das nicht der Mann sei, der noch vor wenigen Minuten hier gelegen hatte. Es war ein zwar leidendes, aber völlig regelmäßiges Gesicht, in das er blickte, und auch die Starre der Glieder hatte sich offenbar gelöst, denn der eine Arm hing plötzlich schlaff über den Rand des Lagers. An die Stelle der krankhaften Röte und des blasenartigen Ekzems, von dem auch nicht die geringste Spur mehr zu sehen war, war eine fahle Blässe getreten, und Stirn, Hals und Brust bedeckte ein leichter Schweiß.

Der Arzt fühlte dem Manne wieder den Puls, nickte befriedigt und blinzelte mit einem befreiten Lächeln Webster zu.

»Das war eine verteufelte Geschichte, Inspektor. Nichts als Annahmen. Ich habe angenommen, daß es vielleicht irgend so ein tückisches Gift sein könnte, und ich habe dann weiter angenommen, daß das und jenes sich vielleicht als Gegenmittel wirksam erweisen könnte. Wenn die erste Annahme falsch war, war es natürlich auch die zweite, aber selbst wenn die erste zutreffend war, brauchte die zweite noch nicht zu stimmen.«

Dr. Shipley schickte sich an, seine Medikamente einzupacken, als ihm noch etwas einfiel. »Haben Sie bei dem Mann irgend etwas gefunden, aus dem sich seine Identität feststellen ließe?«

Der Beamte verneinte. Er mußte zugeben, daß der Mann tatsächlich auch nicht den kleinsten Gegenstand bei sich gehabt hatte und daß weder seine Kleider noch seine Wäsche irgendwie gezeichnet waren. Er sah Dr. Shipley betroffen an.

»Verdammt«, knurrte er etwas verlegen, »das hätte mich eigentlich sofort stutzig machen sollen. Denn wenn unsere Galgenvögel einen auch noch so gründlich ausplündern, etwas lassen sie doch immer zurück, was sie nicht gebrauchen können.«

Einer plötzlichen Eingebung folgend, trat Dr. Shipley nochmals zu dem Kranken, der nun laut und regelmäßig atmete und in tiefem Schlaf zu liegen schien. Der Blick des Arztes fiel auf den herabhängenden Arm, und er bemerkte, daß die Hand noch immer krampfhaft geballt war. Er bettete sie vorsichtig auf das Lager und machte den Versuch, die Faust zu öffnen. Die Finger gaben ohne sonderliche Mühe nach, und Dr. Shipley beugte sich über sie. Kaum aber hatte er einen Blick auf die Handfläche geworfen, als er sich hastig wieder aufrichtete.

»Bitte, Webster, leuchten Sie mir.«

Der Inspektor nahm die Lampe und hielt sie über den Kranken. Dr. Shipley hatte rasch nach einer Pinzette und einem Bogen Papier gegriffen und löste nun von der Handfläche und den Fingern des Mannes kleine winzige Fasern und Flöckchen, die er mit peinlichster Vorsicht auf das Papier legte.

Die Ausbeute war nicht groß, aber der Arzt schien sehr zufrieden. Nur Webster machte aus seiner Enttäuschung kein Hehl.

»Schmutz«, brummte er. »Wahrscheinlich ist er gefallen. Damit wird wohl nicht viel anzufangen sein.«

Dr. Shipley lächelte seltsam. »Für Sie nicht, aber vielleicht für mich. Sie werden daher wohl auch nichts dagegen haben, daß ich die Kleinigkeit an mich nehme. Sollte das Zeug mir etwas sagen, so erfahren Sie natürlich davon.«

Webster war damit einverstanden, und der Arzt setzte seine Untersuchungen fort. Auch in der anderen Hand, die am Rücken eine sehr lange und breite Narbe aufwies, fanden sich einige der Fasern, auf die es Dr. Shipley abgesehen zu haben schien, und er legte sie sorgfältig zu den übrigen. Dann schlug er das Papier zusammen und verwahrte es in seiner Brusttasche.

»So, Inspektor, und nun rufen Sie bitte das Marienkrankenhaus an, daß man den Mann in etwa einer Stunde abholen läßt. Nicht früher, denn ich möchte, daß er vor dem Transport noch etwas Ruhe hat.«

Der Arzt begann sich gründlich die Hände zu reinigen. »Und wenn es Ihnen recht ist, Mr. Webster, können wir den Patienten morgen vormittag zusammen besuchen. Wann paßt es Ihnen? Um elf Uhr? Ausgezeichnet! Ich glaube, daß er dann schon vernehmungsfähig sein wird. Kündigen Sie uns am besten gleich jetzt bei der Krankenhausleitung an, und ersuchen Sie in meinem Namen, an dem Manne nicht zuviel herumzudoktern. Sagen Sie, was geschehen konnte, sei bereits geschehen, und er brauche nur unbedingte Ruhe.« Dr. Shipley schlüpfte in den Überrock und stülpte den Hut auf den Kopf. »Gute Nacht, Inspektor.«

Webster geleitete den Arzt bis an die Tür und ging dann mit langsamen, wuchtigen Schritten in sein Büro, um das Krankenhaus anzurufen.

Als Dr. Shipley die Polizeiwache verließ, blickte er auf die Uhr, und da es bereits gegen neun war, überlegte er eine Weile, ob er ein Taxi nehmen oder wenigstens eine Strecke zu Fuß gehen solle. Schließlich entschied er sich für einen Spaziergang. Wenn er den kürzesten Weg einschlug und dann von der Borough-Station aus fuhr, konnte er sein Heim in Lambeth in einer Stunde erreichen und sich mit doppeltem Appetit zu seinem verspäteten Dinner setzen.

Dr. Shipley steckte die Hände in die Taschen seines Mantels und verschwand kurz darauf um die nächste Straßenecke.

Wenige Augenblicke später schlüpfte aus dem dunklen Schatten eines Hauses gegenüber der Polizeiwache ein Mann in Arbeiterkleidung, und gleichzeitig nahm auf der anderen Straßenseite ein untersetzter Bursche mit breitem Schlapphut raschen Schrittes den Weg auf, den der Arzt gegangen war.

Dr. Shipley kannte diesen Teil Londons wie seine Westentasche, und ohne auch nur einen Augenblick die Orientierung zu verlieren, passierte er eine Reihe enger, winkeliger Gäßchen, durch die er den weiten Umweg über die Hauptverkehrsstraßen wesentlich abzukürzen vermochte.

Er hatte bereits eine beträchtliche Strecke zurückgelegt, als ihm in einer völlig menschenleeren und nur notdürftig beleuchteten Quergasse eine Gestalt entgegentorkelte, die offenbar einen unendlichen Weltschmerz in einer ebenso unendlichen Menge Alkohol zu ertränken versucht hatte. Der Mann gestikulierte lebhaft mit den Armen und schien sich oder einem eingebildeten Auditorium eine flammende Standrede zu halten, von der einzelne mit besonderem Pathos vorgetragene Kraftausdrücke abgerissen durch die Gasse hallten. Nun ist zwar ein Betrunkener in diesem Teil Londons keine Seltenheit, und Dr. Shipley war nichts weniger als ängstlich, aber das abenteuerliche Leben, das er über ein Jahrzehnt in den Kolonien geführt hatte, hatte in ihm den gewissen sechsten Sinn für drohende Gefahren entwickelt. Instinktiv fühlte er plötzlich, daß etwas nicht geheuer war, und nahm sich in acht.

Der Trunkene schenkte ihm aber nicht die geringste Aufmerksamkeit, sondern schien nur darauf bedacht zu sein, das so schwierige Gleichgewicht zu behaupten und bei seinen energischen Bogenlinien mit der starren Umwelt nicht allzu unsanft in Berührung zu kommen.

Als sich ihm der Arzt etwa auf fünf bis sechs Schritte genähert hatte, war er eben wieder kühn in die Mitte der Straße abgeschwenkt und nun krampfhaft bemüht, ohne Mißgeschick zu bremsen.

Dr. Shipley ahnte, daß jetzt die Entscheidung kommen würde, und sie kam.

Ohne den Entgegenkommenden auch nur eines Blickes zu würdigen, setzte der Mann zu dem obligaten Bogen gegen den Gehsteig an und stolperte schwerfällig vorwärts. Er schien jetzt in elegische Stimmung geraten zu sein, denn er versicherte lallend aller Welt, daß er ein herzensguter Kerl sei, und seine weit ausgebreiteten Arme deuteten an, daß er ohne weiteres auch bereit wäre, alle Welt an sein Herz zu drücken, wenn sie danach Verlangen tragen sollte.

Für Dr. Shipley aber bestand kein Zweifel darüber, daß diese Umarmung vor allem ihm gelten sollte, und wenn er darüber noch im unklaren gewesen wäre, so hätte ihn das blitzartige böse Leuchten, das er aus den Augen des Mannes auffing, eines Besseren belehrt. Das war nicht der Blick eines Trunkenen, sondern der Widerschein des tückischen Gedankens vor der Tat.

Der Schwankende hatte seine Bahn so genau abgemessen, daß er unbedingt mit dem anderen zusammenstoßen mußte.

Da vernahm Dr. Shipley plötzlich im Rücken das Geräusch schleichender Schritte, und er war sich bewußt, daß nun der Augenblick raschen Handelns gekommen war.

Durch die nächtliche Stille hallte ein kurzer, harter Schlag, und der Trunkene taumelte und stürzte rücklings nieder.

In der nächsten Sekunde traf Dr. Shipleys Faust den zweiten Angreifer, der eben im Begriff war, sich von hinten auf ihn zu werfen, und der Mann mit dem Schlapphut brach lautlos zusammen.

Es war ein Kampf von wenigen Sekunden gewesen, und der Arzt mußte unwillkürlich lächeln, wie rasch es gegangen war. Schlag auf Schlag und völlig kunstgerecht hatte er die beiden Hiebe angebracht, und sie hatten nur zu gut gesessen. Der Mann auf der Straße machte vergebliche Anstrengungen, auf die Beine zu kommen, so schien ihm der Kopf zu brummen, und der andere rang mit verdrehten Augen krampfhaft nach Atem.

Einen Augenblick dachte Dr. Shipley daran, sein Alarmpfeifchen in Tätigkeit zu setzen, um die beiden Wegelagerer in sicheren Gewahrsam bringen zu lassen, aber dann überlegte er sich die Sache. Die Kerle hatten schließlich eine Lektion abbekommen, die sie nicht so bald vergessen würden.

Als er einige Schritte getan hatte, war der angeblich Betrunkene endlich zu sich gekommen; er starrte sekundenlang verstört umher, schnellte dann empor und stürzte in langen, eiligen Sätzen die Gasse hinunter.

»Wenn Sie einen Arzt brauchen, kommen Sie zu mir«, rief ihm Dr. Shipley gutgelaunt nach, »ich bringe Ihnen die Kinnlade wieder halbwegs in Ordnung...«

Ohne sich um den anderen, der noch immer heftig nach Luft schnappte, zu kümmern, setzte er dann seinen Weg fort.

Wenn Dr. Shipley geahnt hätte, welche Ereignisse sich aus dieser anscheinend so belanglosen Episode entwickeln sollten, hätte er sich wahrscheinlich ganz anders verhalten.

Dr. Shipleys Heim lag in der Wood-Street, einer der freundlichsten Straßen von Lambeth, in der es sich wirklich angenehm wohnen ließ. Es gab hier Licht und Luft, und die kleinen Vorgärten vor den meisten Häusern sowie die dichten Baumreihen an den Gehsteigen ergaben einen erfreulichen Gegensatz zu der lärmerfüllten Nüchternheit der benachbarten Straßenzüge.

Als er infolge eines sensationellen Falles förmlich über Nacht berühmt und gesucht worden war, hatte Dr. Shipley hier eines der hübschesten Häuser erstanden und mit erlesenem Geschmack eingerichtet.

Das heißt, den erlesenen Geschmack hatte erst später Mrs. Cicely Carringhton entwickelt, denn das Hauptaugenmerk des Hausherrn war fast ausschließlich auf die Unterbringung und Anordnung seiner Trophäen- und Waffensammlung beschränkt geblieben, die er während seines langjährigen Aufenthaltes in Indien und am Kongo angelegt hatte.

Was Mrs. Cicely Carringhton betrifft, so hatte er diese weder aus Indien noch vom Kongo mitgebracht, sondern sie war auf eine andere nicht alltägliche Weise in sein Haus gekommen: die alte Lady Laura Crowford, die ihn mit ihrem ganzen mächtigen Einfluß förderte, seitdem er sie von einem Übel befreit hatte, an dem die berühmtesten Spezialisten vergeblich ihre Kunst versucht hatten, fand nämlich eines Tages plötzlich, daß ein Arzthaus ohne weibliche Repräsentation einfach unmöglich sei, und wenn Lady Laura irgendeinen Mangel oder Übelstand fand, so schuf sie auch sofort Abhilfe.

Dr. Shipley war von ihrer Idee eigentlich nichts weniger als begeistert gewesen, aber er hatte sich ergeben gefügt, denn erstens gab es gegen eine Entscheidung der resoluten Lady so gut wie keinen Einspruch, und zweitens hatte sogar er selbst schon wiederholt die Empfindung gehabt, daß das Fehlen hilfsbereiter Weiblichkeit im Hause wirklich einen sehr empfindlichen Mangel bedeutete.

Mrs. Cicely Carringhton, von der er nur wußte, daß sie die Witwe eines Offiziers und eine entfernte Verwandte von Lady Laura war, kam also, und als sie ihm mit einem reizenden Lächeln die Hand reichte, war Dr. Shipley so überrascht, daß ihm der konventionelle trockene Willkommensgruß, den er an seine Hausdame zu richten gedachte, im Halse steckenblieb.

Mrs. Cicely war ganz anders, als er sie sich vorgestellt hatte, und er wußte im ersten Augenblick nicht, ob er sich darüber freuen oder ärgern sollte. Wohl nicht mehr ganz jung, etwa dreißig, aber entschieden sehr hübsch und so gar nicht englisch. Eine mittelgroße Brünette, ein klein wenig zur Fülle neigend und in ihrem ganzen Wesen Dame von Welt.

Wenn aber Dr. Shipley einigermaßen in Verlegenheit war, wie er die Stellung und den Wirkungskreis einer Hausdame dieser außergewöhnlichen Persönlichkeit anpassen sollte, so wurde er dieser Sorge sehr bald enthoben, denn Mrs. Carringhton nahm dies selbst in die Hand. Klar und zielbewußt setzte sie ihm auseinander, wie sie sich alles dachte, und er hörte sehr aufmerksam zu und nickte ununterbrochen Beifall, obwohl er eigentlich nicht so recht verfolgen konnte, was sie meinte, weil er vor allem auf ihr liebes, hübsches Gesicht schauen und auf den angenehmen Klang ihrer sonoren Stimme hören mußte.

So ruhig, zielbewußt und angenehm, wie sie gesprochen hatte, begann sie zu schalten und zu walten. Vieles im Hause wurde geändert, aber diese Veränderungen erfolgten so still und mit solcher Selbstverständlichkeit, daß man sich schließlich nur darüber wundern konnte, wie es bisher hatte anders sein können.

Zuweilen aber ergab sich für Mrs. Carringhton auch die Notwendigkeit, mit Dr. Shipley verschiedene Dinge zu besprechen, und in solchen Fällen pflegte sie ihn höchst förmlich zum Lunch oder zum Dinner einzuladen. Sie behauptete, daß sich hierbei die Haushaltungsfragen viel eingehender und gemütlicher erledigen ließen, und der Hausherr stimmte ihr begeistert bei, denn diese Mahlzeiten waren einfach entzückend. Als er aber gelegentlich meinte, daß sich eigentlich täglich verschiedene Dinge ergäben, die zu erörtern wären, meinte Mrs. Cicely, daß sie ihn doch nicht wegen jeder Kleinigkeit bemühen könne und daß es vollständig genüge, wenn er ihr von Zeit zu Zeit ein Stündchen opfere.

Als Dr. Shipley sein Haus betrat, erwartete ihn in der Halle bereits John, dessen sonst so gemessenes Wesen eine gewisse Ungeduld verriet. Er hatte seinem Herrn auch kaum Mantel und Hut abgenommen, als er seine wichtigtuerische Miene aufsetzte.

»Madam läßt bitten, Sir, mit ihr das Dinner einzunehmen. Mrs. Carringhton wartet bereits seit einer halben Stunde.«

Es klang etwas vorwurfsvoll, und John eilte geschäftig voran, um dem Herrn die Tür zu seinen Wohnräumen zu öffnen. »In zwanzig Minuten kann serviert werden«, fügte er über die Schulter hinzu.

Dr. Shipley war überrascht, denn er hatte erst vor zwei Tagen mit Mrs. Carringhton gespeist, und so rasch pflegte sie sonst ihre Einladungen leider nicht zu wiederholen. Es mußte also heute wohl ein triftiger Grund vorliegen, und während er sich unter der Beihilfe seines Dieners rasch umkleidete, grübelte er darüber nach, was es wohl sein könnte.

Da die gesamten Parterreräumlichkeiten des Hauses als Ordinationszimmer und Wohnräume gebraucht wurden, war das Speisezimmer in den ersten Stock verlegt worden, was nicht allzu störend empfunden wurde, zumal Mrs. Carringhton und der Hausherr, wenn er überhaupt zu Hause speiste, die Mahlzeiten ja gewöhnlich in ihren Zimmern einzunehmen pflegten.

Als Shipley etwas rasch und lebhaft eintrat, fand er Mrs. Carringhton bereits seiner harrend, und schon der erste Blick verriet ihm, daß sie sich in einer hochgradigen Erregung befand. Es schien aber, daß sein Kommen ihr eine große Erleichterung brachte, denn ihre Augen leuchteten lebhaft auf, und der Händedruck, mit dem sie ihn begrüßte, war wärmer als sonst.

»Entschuldigen Sie, Dr. Shipley, daß ich Sie so spät noch in Anspruch nehme, aber ich habe heute einen sehr schlimmen Tag. Ich fühle mich so furchtbar einsam, und es war mir ein Bedürfnis, wenigstens ein Weilchen zu plaudern. Ist Ihnen das sehr unangenehm?«

Sie sagte das mit einer allerliebsten Unbefangenheit, aber Dr. Shipley fühlte, daß es nur ein Vorwand war, und er las in ihren Augen, die ihn so seltsam betrachteten, eine ängstliche Frage, die er nicht zu deuten wußte.

»Sie wissen, Mrs. Carringhton«, bemerkte er verbindlich »daß ich Ihnen jederzeit« – er legte auf das Wort einen vielsagenden Nachdruck – »zur Verfügung stehe. Es hätte für mich keinen schöneren Abschluß des heutigen Abends geben können.«

Über sein scharfes, dunkles Gesicht ging ein warmes Lächeln, und wieder fühlte er den forschenden Blick Mrs. Carringhtons auf sich ruhen.

Das Dinner verlief diesmal etwas einsilbiger und rascher als sonst, denn Mrs. Cicely war sichtlich ungeduldig und hob die Tafel mit ungewohnter Eile auf.

Nach Tisch pflegten sie in dem anstoßenden kleinen Salon gewöhnlich einige Zigaretten zu rauchen, und das war dann die Stunde, auf die sich der Hausherr immer so ganz besonders freute. Aber auch diese Stunde schien heute anders werden zu sollen als sonst, denn Mrs. Carringhton rauchte schweigend und schien ganz mit ihren Gedanken beschäftigt.

Plötzlich aber drückte sie ihre Zigarette energisch aus und sah Dr. Shipley voll an.

»Sie wissen, daß ich mich nie um Ihr Tun und Lassen kümmere, aber heute möchte ich eine Frage an Sie richten: Was haben Sie am heutigen Abend Besonderes getan oder erlebt? Ich frage dies nicht aus müßiger Neugierde, sondern habe meine triftigen Gründe dafür.«

Dr. Shipley war von dieser Frage so überrascht, daß er seine Hausdame nur mit verwunderten Augen anblicken konnte und einiger Sekunden bedurfte, um sich zu fassen. Er hatte seinen seltsamen Kranken und die Episode auf dem Heimwege fast schon vergessen und vermochte sich nicht zu erklären, wie Mrs. Carringhton von diesen Ereignissen überhaupt Kenntnis erhalten haben konnte.

»Was wissen Sie davon, Mrs. Carringhton? Und wie haben Sie davon erfahren?« fragte er erstaunt.

Mrs. Cicely betrachtete die rosigen Nägel ihrer reizenden Finger. »Das werden Sie hören, wenn Sie meine Frage beantwortet haben«, erwiderte sie ausweichend.

Dr. Shipley gab gehorsam eine knappe Darstellung erst des seltsamen Krankheitsfalles, der ihn so in Anspruch genommen hatte, und dann des Vorfalles in der kleinen Gasse, dessen rasche und glatte Erledigung ihn sichtlich noch immer amüsierte. Aber selbst jetzt, da er diese beiden Ereignisse zusammenhängend erzählte, kam ihm nicht in den Sinn, sie miteinander zu verknüpfen, und er konnte die außerordentliche Erregung, in die sein kurzer Bericht Mrs. Carringhton versetzte, nicht verstehen.

»Dr. Shipley«, Mrs. Cicely vermied es noch immer, ihn anzusehen, sondern blickte angelegentlich auf das feine Spitzenmuster der Tischdecke, »ich habe Ihnen eine Mitteilung zu machen. Es ist eine für Sie bestimmte Warnung, die mir vor etwa einer halben Stunde zugegangen ist, und ich würde Ihnen dringend raten, diese Warnung zu beachten. Ich weiß, daß sie nur zu begründet sein muß, denn sonst wäre sie gewiß nicht erfolgt. Im übrigen muß Ihnen ja der Überfall sagen, was Sie von der Sache zu halten haben.«

»Eine Warnung? Wovor? Von wem?«

Dr. Shipleys Frage klang gespannt und etwas scharf, und er blickte unter halbgeschlossenen Lidern hervor Mrs. Carringhton fest an.

Aber sie sah weiter auf das Spitzenmuster, und es war, als ob sie eingelernte Worte zu einem Dritten spräche.

»Man hat mich folgendes wissen lassen: Sagen Sie Dr. Shipley, daß er soeben in ein gefährliches Wespennest gestochen hat und daß er auf der Hut sein möge. Die Leute, denen er in die Quere gekommen ist, sind zu allem fähig, und sie verfügen über außergewöhnliche Mittel, wie er ja heute an seinem Patienten beobachten konnte. – Das hat man mir mitgeteilt, Dr. Shipley, Sie wissen nun, woran Sie sind.«

In ihre Stimme war eine gewisse Unsicherheit gekommen, und um ihre Augenwinkel ging ein nervöses Zucken.

Als sie ihren Bericht beendet hatte, trat ein minutenlanges Schweigen ein.

Dr. Shipley vermochte die Sache nicht zu verstehen und grübelte über die Zusammenhänge nach, die sich plötzlich ergaben. Um die Vorgänge auf der Polizeiwache konnten doch eigentlich nur Inspektor Webster und er wissen, und doch mußten Dritte von ihnen Kenntnis erhalten haben. Daß bei der Erkrankung des Mannes außerordentlich verdächtige Umstände im Spiele waren, war ihm völlig klar gewesen, aber nun gewann es den Anschein, als ob dieser Fall nur ein Glied in einer ganzen Kette rätselhafter Umtriebe sei.

»Und von wem ist Ihnen diese Warnung zugekommen?« forschte Dr. Shipley mit einem eigenartigen Unterton, der Mrs. Carringhton veranlaßte, ihm einen raschen, hilflosen Blick zuzuwerfen. In ihren Augen lag ein gequälter Ausdruck, und sie hob abwehrend die Hand.

»Darauf kann ich Ihnen nicht antworten – wenigstens vorläufig nicht«, verbesserte sie sich hastig. »Es ist ja schließlich auch nebensächlich.«

Dr. Shipley war sichtlich betreten, und um seine schmalen Lippen grub sich ein scharfer Zug.

»Verzeihen Sie, Mrs. Carringhton, Sie haben vollständig recht.« Er machte aus seiner Verstimmung kein Hehl und erhob sich jäh. »Jedenfalls habe ich Ihnen für die sicher gutgemeinte

Warnung zu danken. Ebenso demjenigen, von dem sie ausging«, fügte er nach einer kleinen Pause mit einem Lächeln hinzu.

Mrs. Cicely war ebenfalls aufgestanden. Sie schien das Ende der Unterredung mit großer Erleichterung aufzunehmen und reichte ihm mit einer raschen, verabschiedenden Gebärde die Hand.

»Was werden Sie tun, Dr. Shipley?« Ihr Blick haftete mit forschender Sorge auf ihm.

Er hob leicht die Schultern. »Vorsichtig sein. Ich will Ihnen keine Komödie vorspielen und sagen, daß ich die Warnung in den Wind schlage, denn die Sache sieht wirklich bedenklich aus.« Er sprach aufrichtig und kühl und vermied es, sie anzusehen. »Aber ich habe in meinem Leben schon so viele nicht alltägliche Dinge erlebt, daß ich nicht ängstlich bin und mich auf meine fünf Sinne und meine Nerven verlassen kann...«

In die letzten Worte gellte aus dem Garten, auf den die Fenster des Eßzimmers gingen, ein halbunterdrückter Schrei, dem einige trillernde Pfiffe folgten. Dann hörte man rasche, halblaute Zurufe und das Trampeln von Füßen auf eiliger Flucht.

Mrs. Cicely war bei dem ersten Lärm schreckhaft zusammengefahren, und in ihre Augen war ein Ausdruck bangen Entsetzens getreten, als Dr. Shipley Miene machte, an eines der Fenster zu stürzen.

Sie faßte ihn hastig mit beiden Händen am Arm und hielt ihn zurück. »Seien Sie vorsichtig, Dr. Shipley. Ich bitte Sie darum.«

Ihre Stimme klang flehend, und unwillkürlich machte er halt.

Dann schüttelte er ratlos seinen Kopf. »Sie scheinen durch unser Gespräch etwas nervös geworden zu sein, Mrs. Carringhton, und ich kann das verstehen. Wahrscheinlich hat Sie eine ganz gewöhnliche Prügelei erschreckt, wie sie ja öfter vorkommt. Ich werde Ihnen ein Beruhigungsmittel schicken, damit Sie nach dem aufregenden Abend wenigstens eine ruhige Nacht haben.«

In diesem Augenblick ließ sich an der Tür ein hastiges, energisches Pochen vernehmen, und ohne erst die Aufforderung abzuwarten, erschien John auf der Schwelle.

Dr. Shipley sah ihn überrascht und fragend an.

»Verzeihung, Sir« – John rang mühsam nach Atem – »es ist in Ihr Arbeitszimmer eingebrochen worden. Man hat eine Scheibe des Garderobezimmers eingedrückt und ist von dort eingedrungen.«

»Und was hat man mitgenommen?«

John machte ein höchst merkwürdiges Gesicht. »Soviel ich bis jetzt übersehen konnte, nichts, Sir. Alle Kästen und Schubladen sind verschlossen und unversehrt, nur auf Ihrem Schreibtisch ist alles durcheinandergeworfen.«

Dr. Shipley zog gespannt die Brauen hoch.

»Wohin hast du das zusammengefaltete Papier gelegt, das in meiner Rocktasche war?«

»Auf den Schreibtisch, Sir.«

Dr. Shipley sah seine Hausdame mit einem Gemisch von Besorgnis und Mißtrauen an. Sie schien sich kaum mehr auf den Füßen halten zu können, und ihre Blicke irrten ruhelos umher.

»John, klingeln Sie Betty. Madam fühlt sich nicht wohl. Gute Nacht, Mrs. Carringhton.«

Er reichte ihr etwas kühl und förmlich die Hand und fühlte dabei, daß durch ihre eiskalten Finger ein leises Zittern ging. John klingelte und schickte sich an, seinem Herrn zu folgen. An der Tür aber machte er halt und verbeugte sich sehr ehrerbietig.

»Madam können vollständig ruhig sein, es besteht absolut keine Gefahr. Ich habe einen sehr leichten Schlaf und besitze einen Browning, den ich ausgezeichnet zu handhaben weiß.«

Mrs. Carringhton lächelte ihm dankbar zu, und John trollte sich, um seinen Herrn einzuholen.

Dr. Shipley fand in seinen Zimmern alles so vor, wie John es gesagt hatte. Es fehlte auch nicht die geringste Kleinigkeit, nur sein Schreibtisch bot ein wüstes Bild, und das Papier mit den eigenartigen Fasern, die er in der Hand des Kranken gefunden hatte, war trotz eifrigsten Suchens nicht aufzufinden.

So blieb also als einziger und letzter Anhaltspunkt für den seltsamen Fall und für die ebenso rätselhaften Vorgänge der letzten Stunden lediglich die Aussage des Kranken, die er mit Inspektor Webster am nächsten Morgen hören wollte.

Der folgende Morgen brachte Dr. Shipley zwei neue Überraschungen. Zunächst fand er unter seiner Morgenpost einen ziemlich umfangreichen Brief, den er im ersten Augenblick für irgendeinen Prospekt hielt. Aber kaum hatte er einen Blick auf den Inhalt geworfen, als sich in seinen Mienen das lebhafteste Erstaunen widerspiegelte.

Der Umschlag enthielt den gefalteten Papierbogen, der ihm am vorhergehenden Abend entwendet worden war, und als er das Blatt auseinanderschlug, konnte er befriedigt feststellen, daß von dem so sorgfältig gesammelten Inhalt nichts fehlte. Nur das Papier war arg beschmutzt und stark zerknittert, als ob es gewaltsam durch mehrere Hände gegangen wäre.

Wie es seinen Weg wieder zu ihm zurückgefunden hatte, darüber fehlte jede Andeutung, und der Arzt sah sich erneut einem Rätsel gegenüber, das er nicht zu lösen vermochte.

Er gab es schließlich auf, sich den Kopf zu zerbrechen, und untersuchte den Inhalt des Papiers zunächst einmal unter dem Mikroskop. Es waren zweifellos Fasern irgendeines feinen Gewebes, und Dr. Shipley vermochte sogar zu unterscheiden, daß sie in verschiedenen, auffallend lebhaften Farben schillerten. Die Hand des Kranken mußte sich bei dem Anfall krampfhaft in den betreffenden Stoff eingekrallt und die spinnwebedünnen Fasern ausgerissen haben. In der feuchten Hand hatten sich diese Fäden dann zu kleinen Büscheln geballt, an denen sich das bunte Farbenspiel besonders deutlich beobachten ließ.

Dr. Shipley sah mit gespanntem Interesse durch das scharfe Glas, und sein Kopf arbeitete fieberhaft. Es ging ihm nun nicht mehr allein um diesen besonderen Fall, sondern vielleicht weit mehr noch um die merkwürdigen Zusammenhänge, die sich aus ihm ergeben hatten und mit denen nun auch Mrs. Carringhton in irgendwelchen Beziehungen zu stehen schien.

Dieser Gedanke lastete auf ihm wie ein Alp, und schon deshalb mußte er Klarheit in das Dunkel bringen, wenn es auch augenblicklich noch so undurchdringlich scheinen mochte.

Er hatte die Fasern sorgfältig in ein Reagenzglas geschoben und wollte eben mit der chemischen Untersuchung beginnen, als er von der Halle her die Stimme Websters vernahm. Gleich darauf ließ John den Beamten eintreten, der wie eine Maschine schnaufte und sich mit dem Taschentuch heftig über das krebsrote Gesicht fuhr.

Er streckte Shipley mit einer wahren Leichenbittermiene die Hand hin und ließ sich dann in den nächsten Stuhl fallen.

Der Arzt klingelte, und als sein Gehilfe Edward erschien, übergab er ihm das Reagenzglas mit einigen kurzen Weisungen. Dann sah er etwas überrascht nach der Uhr.

»Sie kommen wohl, um mich zu dem Besuch bei unserem Patienten abzuholen?« sagte er. »Wir hatten uns aber doch erst für elf Uhr verabredet, wenn ich mich recht erinnere.«

Der Inspektor blickte ihn aus seinen kleinen Augen verzweifelt an und schlug sich dann auf den massigen Schenkel, daß es wie ein Pistolenschuß durch den Raum hallte.

»Erinnern Sie mich nur nicht daran, Doktor, sonst trifft mich auf der Stelle der Schlag.« Sein Brustkasten hob sich wie ein Blasebalg, und aus seinem dicken Hals kam ein furchtbares Knurren. »Unseren Patienten können wir suchen. Der ist beim Teufel. Wenigstens hoffe ich es.«

Dr. Shipley sah den aufgeregten Mann verblüfft an.

Webster nickte mit einem verzerrten Grinsen. »Jawohl, reinlegen hab ich mich lassen von dieser Bande. Die Kerle haben den Chauffeur und den Wärter des bestellten Krankenwagens einfach unschädlich gemacht und dann ihren Kranken bei mir geholt. Und ich habe mich mit diesen Banditen noch unterhalten, anstatt ihnen mit einem Griff den Kragen umzudrehen.«

Er machte eine kurze Bewegung mit seiner riesigen Hand. »Den Wagen mit den beiden Geknebelten hat man heute früh in Hatcham gefunden.« Er schnappte einige Male nach Luft.

»Und an Sie haben sich die Kerle auch 'rangemacht? Ich weiß schon alles. Ich gäbe etwas drum, wenn ich an Ihrer Stelle hätte sein können, Doktor.«

In diesem Augenblick erschien Edward mit einem Glassturz, unter dem sich ein Meerschweinchen befand, und der Arzt hatte kaum einen Blick auf das Tierchen geworfen, das in krampfhaften Zuckungen lag, als er lebhaft und befriedigt nickte.

»Auf etwas sind wir, Gott sei Dank, schon gekommen, Inspektor und vielleicht auf das Wichtigste.«

Webster sah Shipley mit einem wenig geistreichen Gesicht an.

Der Arzt wies auf den Glassturz.

»Auf die tückische Waffe, mit der die Bande zu kämpfen scheint, und wie diese Waffe unschädlich zu machen ist. Das ist immerhin schon etwas.«

Der Inspektor wiegte verächtlich den dicken Kopf. Er sah aus wie ein Bluthund, der gierig nach einer Fährte sucht.

Tag für Tag fuhr Ann Learner um halb acht Uhr mit der Bahn in die Stadt und kehrte etwa um die sechste Nachmittagsstunde wieder nach Newchurch zurück, einem kleinen Ort bei Sunbury, um den sich eine ansehnliche Villenkolonie gebildet hatte.

In der Zwischenzeit saß Miss Ann für acht Pfund und sechs Schilling wöchentlich in dem großen Maklerkontor von Brook & Sons in der City und führte dort die gesamte Auslandskorrespondenz. Sie sprach – für eine Engländerin ein wahres Wunder – drei fremde Sprachen, und der alte William Brook erklärte immer wieder, daß sie nicht nur ein sehr hübsches, sondern auch ein außerordentlich gescheites und tüchtiges Mädchen sei, auf das man sich unbedingt verlassen könne.

Heute war Ann Learner etwas zeitiger frei als sonst, denn wegen des Weekends hatte man im Kontor früher Schluß gemacht, und sie konnte daher in Ruhe die verschiedenen Besorgungen erledigen, die ihr Onkel Frank aufgetragen hatte. Sie nahm ein Taxi und fuhr die verschiedenen Geschäfte ab, und als sie, mit einer Unzahl von Päckchen beladen, am Waterloo-Bahnhof anlangte, fehlte immer noch eine Viertelstunde bis zum Abgang ihres Zuges.

Sie blickte sich verstohlen suchend in der Menge um, reckte aber ihr feines Näschen sofort in eine andere Richtung, als sie mit Befriedigung festgestellt hatte, daß auch Mr. Harry Reffold wieder da war. Er stand groß, lässig und gelangweilt wie immer bei einer der Fahrplantafeln, die er mit einer Umständlichkeit studierte, als ob er mindestens nach Schottland reisen wollte, während er doch auch nur nach Newchurch fuhr.

Selbstverständlich mußten sie da einander plötzlich gegenüberstehen, aber Miss Ann machte erstaunte Augen, als er sie begrüßte, und tat gar nicht erfreut über diese Begegnung. Sie nickte ihm nur kurz zu und reichte ihm flüchtig einen freien Finger.

Harry Reffold blinzelte sie mit seinem eigentümlichen Lächeln, das sie manchmal riesig nett, zuweilen aber geradezu unverschämt fand, von oben herab an.

»Sie scheinen eine Feier vorzuhaben, Miss Learner. Hat jemand bei Ihnen Geburtstag?«

»Nein, nur ein Herrenabend«, erwiderte sie kurz. »Onkel Frank hat einige Freunde zu Tisch.«

Reffold zog für den Bruchteil einer Sekunde die buschigen Brauen hoch. Die Mitteilung schien ihn aus irgendeinem Grunde mehr zu interessieren, als ihre flüchtige Bekanntschaft es gerechtfertigt hätte.

»Oh, also Gäste. Schade, daß Sie nicht auch an mich gedacht haben, Miss Learner. – Wer sind denn die Glücklichen?«

Er hatte schon wieder das gewinnende, männliche Lächeln, aber Ann fand es in diesem Augenblick einfach unausstehlich. Sie setzte ihre eisigste Miene auf, und ihre Stimme klang auffallend gereizt und scharf. »Das weiß ich nicht, Mr. Reffold. Ich habe mit den Freunden von Onkel Frank nichts zu tun.«

Er sah sie einen Augenblick forschend an, dann gerieten sie beide in die dichte Menge, die nach dem Bahnsteig drängte, und ihre Unterhaltung wurde unterbrochen.

Harry schob seine hohe, kräftige Gestalt mit großer Geschicklichkeit in den Menschenstrom und schuf Miss Learner rücksichtslos Platz.

Plötzlich aber blieb er so untervermittelt stehen, daß Ann fast mit ihm zusammengestoßen wäre, und als sie erstaunt aufblickte, konnte sie beobachten, daß seine Aufmerksamkeit einem großen, älteren Herrn galt, der sich wenige Schritte vor ihnen langsam fortschieben ließ. Er schien irgend jemanden zu erwarten, denn er blickte unausgesetzt nach links und rechts, und einige Male wandte er auch den Kopf suchend über die Schulter, wobei das junge Mädchen sein feistes, gerötetes Gesicht sehen konnte.

Mit einem Male streckte sich dem Herrn aus der Menge eine Hand entgegen, die er rasch ergriff, worauf er seine Rechte eiligst in der Tasche seines Mantels verschwinden ließ und seinen Weg etwas rascher fortsetzte.

Auch Harry begann nun, sich so zu beeilen, daß Ann ihm kaum zu folgen vermochte, und erst als sie unmittelbar hinter dem Unbekannten gingen, mäßigte ihr Begleiter seine Schritte wieder. Plötzlich aber drückte er sich dicht an den Herrn heran, und Ann Learner gewahrte mit Entsetzen, wie er seine Hand blitzschnell in die Manteltasche des Fremden versenkte und dann ebenso rasch wieder in seiner eigenen Tasche verbarg.

Die Episode hatte sich in wenigen Sekunden abgespielt, und Harry Reffold hatte dabei mit einer derartigen Kaltblütigkeit und Sicherheit operiert, daß seine Begleiterin sich nicht zu fassen vermochte. Am liebsten wäre sie auf und davon gerannt, aber sie war in die Menge eingekeilt und mußte ihm wohl oder übel folgen. Beim Besteigen des Zuges machte sie dann allerdings den Versuch, ihn loszuwerden, indem sie im letzten Augenblick auf einen anderen Wagen zustürzte. Aber er merkte das Manöver noch rechtzeitig, und sie hatte sich kaum in die Ecke eines Abteils gedrückt, als er ihr auch schon gegenübersaß, wobei er, wie es ihr schien, unverschämter denn je lächelte.

Anns eisig erstarrte Mienen und ihre verächtlich blitzenden Augen schienen ihm aber doch genug zu sagen, denn er machte die ganze Fahrt über nicht den Versuch, das Gespräch fortzusetzen.

Ann konnte das Ende der Fahrt kaum erwarten, und als der Zug in Newchurch einlief, stürzte sie fast fluchtartig aus dem Abteil. Aber Reffold blieb mit großen Schritten an ihrer Seite, bis sie endlich einen energischen Entschluß faßte. Sie machte plötzlich halt und maß ihren seltsamen Begleiter vom Kopf bis zu den Füßen mit einem so vernichtenden Blick, daß er eigentlich auf der Stelle hätte in den Boden versinken müssen.

»Mr. Reffold«, ihre Stimme zitterte vor Empörung, und ihre Augen blitzten hinter aufsteigenden Tränen, »ich muß Sie dringend bitten, mich nicht weiter zu belästigen. Ich hoffe, daß Sie wenigstens in gewisser Beziehung Gentleman sind und es mich nicht noch mehr bedauern lassen werden, daß ich so leichtsinnig war, eine Straßenbekanntschaft zu schließen.«

Sie sah ihn so verächtlich wie möglich an, aber zu ihrer größten Bestürzung lächelte Harry Reffold auch jetzt noch.

»Darüber wollen wir ein andermal sprechen, Miss Learner«, meinte er leichthin. »Für heute hätte ich nur noch eine kleine Bitte an Sie.« Er wurde plötzlich ernst, und seine grauen Augen ruhten seltsam zwingend auf ihr. »Wenn ich mich nicht irre, dürften Sie dem Herrn, mit dem ich vorhin« – er lächelte schon wieder und suchte nach einem Ausdruck – »nun, sagen wir, in etwas allzu nahe Berührung gekommen bin, vielleicht einmal in Ihrem Hause begegnen. Es wäre mir sehr daran gelegen, daß er nicht davon erfährt, wer sich so eingehend für den Inhalt seiner Tasche interessiert hat.«

Ann fuhr empört auf. »Wie können Sie eine derartige Zumutung an mich stellen? Ich werde ...«

»Sie werden mich nicht verraten, Miss Learner, ich weiß es«, sagte er bestimmt und hatte diesmal jenes Lächeln, das ihr an ihm vom ersten Tage an so gefallen hatte. Dann lüftete er den Hut und schlug den Weg nach der kleinen Pension in der Nähe des Bahnhofs ein, in der er seit etwa einer Woche wohnte.

Wie immer, wenn er Gäste erwartete, war der kleine, behäbige Frank Milner furchtbar aufgeregt und rannte mit seinen kurzen, dicken Beinen brummend und scheltend von einem Zimmer ins andere.

Der arme Nick mit dem einfältigen Gesicht, der sonst das Haus und den Garten in Ordnung hielt, schwitzte bereits seit Stunden Blut und bemühte sich vergeblich, auch nur die Hälfte der Weisungen in seinem Schädel zu behalten, die ihm Milner mit seiner piepsigen, fetten Stimme unausgesetzt in die Ohren schrie.

Um sich für seine Hausherrenpflichten zu stärken, nahm Milner immer wieder einen Schluck Whisky, und aus seiner schwarzgebrannten Shagpfeife stiegen dichte, graue Rauchschwaden.

Ann, die bei ihrem Eintritt gerade in solch eine Wolke geriet, rümpfte das Näschen, ging kurzerhand zu einem der Fenster und stieß es auf. »Wenn man Gäste erwartet, Onkel, so empfängt man sie nicht in einer Räucherkammer.«

Sie legte die Pakete auf das kleine Büfett, und Frank Milner trippelte eilig herbei.

»Nichts vergessen, Ann?« fragte er lebhaft. »Den Kaviar – die Heringe – die Zigarren?«

Ann machte ein etwas ungeduldiges Gesicht. »Alles da. Wenn ich mich umgekleidet und den Tee genommen habe, werde ich in der Küche beim Anrichten helfen.«

Sie nickte ihrem Onkel flüchtig zu und verschwand.

Der Verkehr zwischen ihr und dem Bruder ihrer verstorbenen Mutter war weder auf Herzlichkeit noch auf Förmlichkeiten gestellt. Sie gingen sehr kühl, zuweilen auch ziemlich gereizt aneinander vorüber, und nur wenn Frank Milner es in einem seiner häufigen Schwipse mit Rührseligkeit zu tun bekam, entdeckte er sein Herz für seine Nichte. Dann versuchte er, sie mit seinen dicken, feuchten Patschhändchen zu tätscheln, bekam Tränen in die verschwommenen Glotzaugen und erging sich glucksend in rätselhaften Andeutungen, die Ann für irgendwann ein märchenhaftes Leben verhießen.

Ann fand ihren Onkel in dieser Verfassung noch widerwärtiger als sonst, und es fiel ihr nicht ein, seinem trunkenen Lallen irgendwelche Bedeutung beizumessen. Sie wußte, daß er wohlhabend sein mußte, aber er schien das, was er hatte, auch für sich aufzubrauchen, denn er ließ sich nichts abgehen, und in den letzten Jahren hatte er nie etwas getan.

Für sie selbst hatte er immer nur das Allernotwendigste übrig gehabt, und auch das wohl nur, weil er mußte. Er hatte auch darauf gesehen, sie so rasch als möglich auf eigene Füße zu stellen, und das war das einzige, wofür ihm Ann aufrichtig dankbar war, denn sich von dem alten, unleidlichen Egoisten völlig abhängig zu wissen, wäre ihr furchtbar gewesen. So aber hatte sie ihm heute nichts mehr zu danken; denn dafür, daß er ihr Unterkunft und Unterhalt bot, kümmerte sie sich in ihren freien Stunden um sein Hauswesen, das unter dem Regime der behäbigen Haushälterin und des faulen und unbeholfenen Nick wohl bald ins arge geraten wäre.

Frank Milner wußte das und fand es ganz in Ordnung. Es kam ihm nie in den Sinn, daß sie als seine Nichte Anspruch auf ein anderes Leben haben könnte, denn erstens hatte er es in seiner Jugend noch weit schlechter gehabt, und zweitens hatte er seine Prinzipien. Er war in Anns Alter und noch lange Jahre darüber hinaus von einer kümmerlichen und fragwürdigen Existenz in die andere geschlüpft und hatte es nur seiner Tüchtigkeit und Geriebenheit zu danken, daß er von den beiden ihm einzig offenstehenden Möglichkeiten – Wohlstand oder Zuchthaus – die erste erreicht hatte.

Seither genoß er im Bewußtsein redlich getaner Arbeit die wohlverdiente Ruhe.

Als es auf sieben Uhr ging, wurde Milner nervös, und erst nach einigen Gläsern Whisky kam in sein zappeliges Wesen eine gewisse Ruhe. Er fühlte sich nun den schwierigsten Dingen gewachsen, und das war auch nötig, denn es stand ihm noch eine äußerst heikle Sache bevor, ehe er sich mit seinen Gästen zu Tische setzen konnte.

Endlich hallte die alte, heisere Glocke, deren Schall er schon ungeduldig erwartet hatte, durch das Haus. Er hielt Nick, der sich auf die Beine machen wollte, energisch zurück und eilte selbst zur Tür, um zu öffnen.

Nach einem flüchtigen Blick und einem kurzen Händedruck führte er den Gast eilig und geheimnisvoll durch den halbdunklen Flur in sein zu ebener Erde gelegenes Arbeitszimmer, das er sofort sorgfältig abschloß, und nun erst fand er eine vertrauliche Begrüßung angezeigt.

»Wir haben uns lange nicht gesehen, Mr. Stone. Wie geht es Ihnen?«

Mr. David Stone schälte sich mit der gelassenen Grandezza eines Lords aus seinem Mantel, ließ sich in den Klubsessel beim Schreibtisch fallen und zupfte sich die elegante Weste und die tadellos gebügelten Beinkleider zurecht.

»Wir haben uns lange nicht gesehen, Mr. Milner«, sagte er etwas mißmutig, »weil mit Ihnen nichts Vernünftiges mehr anzufangen ist, und es geht mir soso, weil mir meine Gallensteine manchmal zu schaffen machen. Aber um Ihnen das zu sagen, bin ich nicht gekommen. Was ist also mit dem Vorschlag, den ich Ihnen heute vormittag am Telefon machte? Haben Sie sich entschlossen?«

Milner fuhr sich mit der zitternden Hand überlegend über den kahlen, kugelförmigen Schädel.

»Verdammt viel Geld, Mr. Stone«, meinte er zögernd.

David Stone zündete sich eine Zigarre an. »Zwölftausend Pfund, nicht einen Penny mehr, aber auch nicht einen Penny weniger, Mr. Milner. Sie verdienen dabei meiner Schätzung nach mindestens hundert Prozent.« Er stieß energisch einige Rauchringe in die Luft. »Bei Gott, ich würde das Geschäft selbst machen, denn ich bin kein Menschenfreund, der andern das schöne Geld so ohne weiteres in den Rachen schiebt«, bekannte er aufrichtig, »aber Sie kennen ja die niederträchtige Bedingung: Zwölftausend Pfund sofort bar auf den Tisch. Wer kann das bei den heutigen schlechten Zeiten so ohne weiteres? Aber Sie haben solche Kunststücke ja schon öfter zustande gebracht. Weiß der Teufel, wie Sie das anstellen.« Er beugte sich vor und sah Milner ungeduldig an. »Also wollen Sie, oder wollen Sie nicht?«

Milner überlegte noch immer, und in seinem Gesicht spiegelten sich seine Bedenken wider.

»Ist die Sache auch wirklich unbedenklich?« meinte er nach einer Weile. »Sie wissen, daß ich für anrüchige Geschäfte nicht zu haben bin.«

Stone wiegte den Kopf und schnalzte leise mit der Zunge.

»Was heißt bedenklich und was heißt anrüchig? Sehe ich so aus, als ob ich mich mit solchen Sachen abgeben würde? Ich kann Ihnen nur sagen, es ist ein Geschäft ohne jedes Risiko. Sie können morgen in die City gehen und die Sachen zum Kauf anbieten, und es wird Ihnen nichts geschehen. Weil Sie eben der reiche Frank Milner sind, den man kennt und bei dem der Besitz solcher Kostbarkeiten nicht auffallend ist. Aber wenn ich Ihnen einen Rat geben darf, so gehen Sie lieber nach Amsterdam oder nach Antwerpen, weil man dort bessere Preise zahlt«.

Milner hatte, einer plötzlichen Eingebung folgend, ein kleines, abgegriffenes Notizbuch aus einer Lade seines Schreibtisches geholt und eine Weile darin geblättert. Endlich schien er gefunden zu haben, was er suchte.

»Herzogin von Trowbridge – und Mrs. Fairfax – oder eine russische Sache?« fragte er grinsend, indem er seine Stimme zu einem leisen Flüstern dämpfte.

Der andere sah ihn mit großen, vorwurfsvollen Augen an.

»Was reden Sie da zusammen, Mr. Milner? Ich habe Ihnen schon immer gesagt, Sie trinken zuviel. Wie kommen Sie auf so etwas? Ich schwöre Ihnen, wenn Sie die Herzogin von Trowbridge oder Mrs. Fairfax stundenlang vor die Sachen stellen, so wird keine von ihnen auch nur einen Augenblick der komische Einfall kommen, daß etwas von diesen kostbaren Steinen einmal ihr gehört haben könnte.«

Er erhob sich gemessen. »Mr. Milner, Sie wissen, daß ich meine Zeit nicht vertrödeln kann. Wenn Sie die Sache machen wollen, müssen Sie es jetzt sagen; wenn Sie aber ›nein‹ sagen, werde ich Ihnen auch nicht böse sein, nur werden Sie mir leid tun, denn so etwas trifft sich nur einmal.«

Er zog seinen Mantel an und griff nach dem Hut.

Frank Milner wischte sich den Schweiß von der Stirn und atmete tief auf. Dann streckte er Stone die Hand hin. »Also zwölftausend Pfund.«

David Stone schlug mit großer Förmlichkeit ein. »Zwölftausend Pfund in die Hand. Hier Geld – hier Ware. Natürlich können Sie sich die Ware vorher noch ansehen. Ich bin nicht so, daß ich Ihnen zumuten würde, die Katze im Sack zu kaufen. Aber ich weiß, wenn Sie die Steine erst gesehen haben, werden Sie sie nicht mehr aus der Hand geben. Ein Märchenschatz!« Er verdrehte verzückt die Augen. »Um wieviel Uhr paßt es Ihnen also? Mein Wagen steht in der nächsten Straße, und ich kann innerhalb drei Stunden in London und wieder zurück sein.«

Milner dachte einen Augenblick nach. »Wenn es Ihnen nichts ausmacht, so wäre mir eine spätere Stunde lieber. Etwa gegen ein Uhr.«

Stone sah auf seine kostbare Uhr und reichte Milner kordial die Hand. »All right. Pünktlich um eins.«

»Sie brauchen nicht zu läuten«, flüsterte Milner. »Ich werde Sie bei der Haustür erwarten und Ihnen öffnen.«

Er geleitete seinen Gast wieder selbst über den Flur, verabschiedete sich von ihm an der Tür mit einem stummen Händedruck und kehrte dann gedankenvoll in sein Arbeitszimmer zurück.

Dort schloß er einen kleinen, eisernen Schrank auf, entnahm ihm einen Umschlag und zählte mehrere Male den Inhalt. Es waren zwölf Eintausendpfundnoten.

Milner schob sie in den Umschlag zurück und steckte diesen in seine Brusttasche.

Als Harry Reffold sich von Ann Learner verabschiedet hatte, beschleunigte er plötzlich seine Schritte und bog durch eine Seitenstraße wieder in den Weg zum Bahnhof ein.

Dort nahm er gegenüber von einem Tabakladen Aufstellung, setzte umständlich seine Pfeife in Brand und beobachtete unter gesenkten Lidern hervor die Personen, die noch immer aus der Halle kamen.

Schon wollte er seinen Posten aufgeben, da erschien als allerletzter der ältere Herr mit dem roten Gesicht. Er war sichtlich in großer Aufregung, betastete ununterbrochen seine Taschen und lief immer wieder einige Schritte zurück und suchte kopfschüttelnd den Boden ab.

Über Reffolds Gesicht glitt ein boshaftes Lächeln, und unwillkürlich faßte seine Hand nach dem kleinen Päckchen, das er in der Tasche barg.

Endlich schien der Mann die Vergeblichkeit seines Suchens einzusehen, und er blieb eine Weile unschlüssig stehen. Dann kam ihm offenbar ein Einfall, denn er setzte sich eilig in Bewegung, und es war für Reffold leicht, ihm zu folgen, da seine ziemlich große und massive Gestalt weithin sichtbar blieb. Nach einigen hundert Schritten verschwand der Unbekannte in einem Gebäude, und sein Verfolger erkannte beim Näherkommen, daß es das Postamt war. In wenigen Augenblicken befand sich Harry im Schalterraum, wo der andere sein Gespräch bereits angemeldet hatte und nun ungeduldig auf und ab marschierte. Er sah Reffold aus seinen scharfen, von roten Äderchen durchzogenen Augen durchdringend an, doch dieser tat ungemein eilig und kramte umständlich in seiner Brieftasche, aus der er endlich ein Päckchen Papiere zog. Dann machte er sich an einem der Tische an die Abfassung eines Telegramms, wobei er umständlich Wort für Wort zu überlegen schien.

Als der Fremde in die Zelle gerufen wurde, trat Reffold an den Schalter. »Wenn es nicht allzulange dauert, möchte ich um London bitten.«

Der Beamte kam mit seinem Vormerkblatt zum Fenster. »Die Nummer, bitte.« Er setzte den Bleistift an, um zu schreiben.

Harry strengte seine Augen an, um die letzte Eintragung zu entziffern. »Werde ich lange warten müssen?«

»Der Herr, der eben spricht, hat sofort Verbindung bekommen. Um diese Zeit ist die Leitung nicht sehr besetzt.«

Reffolds Mienen spiegelten plötzlich größte Bestürzung wider. Er vernahm kaum, was der Beamte sagte, und starrte ununterbrochen auf das vor ihm liegende Heft.

Erst als der Beamte mit dem Bleistift ungeduldig auf die Platte klopfte, faßte er sich.

»Ich danke, ich habe es mir überlegt. Ein Telegramm scheint mir doch zweckmäßiger.«

Er ging zu dem Tisch zurück und versuchte sich zurechtzufinden.

Die Nummer, die der Mann, der eben in der Zelle sprach, angerufen hatte, war die Nummer Dr. Shipleys.

Reffold begann hastig ein Telegrammformular auszufüllen und schob es mit nervöser Ungeduld in den Schalter.

Das Telegramm war an Mrs. Carringhton gerichtet und enthielt nur folgende Worte: »Gefahr am Telefon. Äußerste Vorsicht.« Eine Unterschrift trug das Telegramm nicht.

Harry beglich eben die Gebühr, als der Unbekannte aus der Zelle trat. Er schien noch erregter als früher, und als er an Reffold vorüber zur Tür ging, traf diesen wiederum ein mißtrauischer Blick.

Das sagte ihm, daß er nun vorsichtig sein müsse, wenn er dem Manne weiter folgen wollte, und er richtete sich danach. Er ließ dem anderen einen beträchtlichen Vorsprung, und auch dann traf er alle Maßnahmen, um von dem Verfolgten nicht gesehen zu werden.

Da es mittlerweile bereits zu dunkeln begonnen hatte, wurde ihm dies einigermaßen erleichtert, aber er mußte doch verdammt aufpassen, da der Mann vor ihm offenbar sehr auf seiner Hut war. Er blieb immer wieder unvermittelt stehen, machte kehrt und ging einige Schritte zurück, wobei er nach allen Richtungen scharf Ausschau hielt.

Erst nachdem er scheinbar ziellos mehrere Straßen durchwandert hatte, schien er sich vollkommen sicher zu fühlen, denn er setzte nun seinen Weg ohne Unterbrechung und in rascherem Tempo fort. Etwa nach einer Viertelstunde bog der Herr mit dem roten Gesicht endlich in eine enge und äußerst verwahrloste Gasse ein und verschwand dort in einem niedrigen, langgestreckten Gebäude, das seiner ganzen Anlage nach einmal ein Lagerraum oder eine Fabrik gewesen sein mußte, nun aber bewohnt zu sein schien, da aus einigen der schmutzigen, notdürftig verhängten Fenster trübes Licht schimmerte.

Reffold besah sich das Haus, das einen ebenso verfallenen und schmutzigen Eindruck machte wie die Gasse selbst, und einen Augenblick schien er entschlossen zu sein, durch das halboffene Tor zu schlüpfen, hinter dem tiefe, totenstille Dunkelheit lag.

Dann aber machte er plötzlich kehrt und ging den Weg zurück, den er gekommen war.

4

Die Pension von Mrs. Benett in Newchurch, die den stolzen Namen »Queen Victoria« führte, erfreute sich eines ausgezeichneten Rufes, denn man war dort in jeder Hinsicht vortrefflich aufgehoben. Die Zimmer waren geräumig und äußerst behaglich eingerichtet, die Verpflegung war erstklassig, und alle die Dinge, die sonst eine englische Pension geradezu unerträglich machen, gab es hier nicht. Mrs. Jane Benett war nämlich nicht nur eine gute und geschäftstüchtige Wirtin, sondern auch eine äußerst kluge Frau, die sich sagte, daß ein Pensionsgast darauf Anspruch habe, tun und lassen zu können, was er wolle, und auf seine Fasson selig zu werden.

Mrs. Benett hatte daher auch immer ein vollbesetztes Haus. Wenn sie aber ein Zimmer frei hatte, so konnte es jeder haben, der danach aussah und den dafür geforderten Preis bezahlte. In dieser Hinsicht kannte sie keine kleinlichen Bedenken. Wer Geld hatte und wie ein Gentleman aussah, der war für sie eben ein Gentleman, mochte er nebenbei sein, was er wollte.

Wegen dieser Auffassung war die Besitzerin der »Queen Victoria« zwar bereits zu wiederholten Malen mit der Polizei in Berührung gekommen, aber das vermochte die energische Frau nicht irrezumachen. Was sie von ihren Logiergästen forderte, war nur, daß sie gut und pünktlich bezahlten und innerhalb ihrer vier Mauern den Schein wahrten; draußen konnten sie tun, was ihnen beliebte.

Als Harry Reffold, immer zwei Stufen auf einmal nehmend, die teppichbelegte Treppe zu seinem Zimmer hinaufeilte, wäre er im ersten Stockwerk fast sehr unsanft mit Mrs. Benett zusammengestoßen.

Die dunkle, noch immer ganz hübsche Vierzigerin schrie leicht auf, und aus ihren schwarzen Augen, von denen eins ziemlich bedeutend nach der Nasenwurzel gerichtet war, traf den jungen stürmischen Mann ein Blick sanften Vorwurfes, doch er wurde durch eine beträchtliche Dosis Zärtlichkeit gemildert.

Mrs. Benett hatte die Sache nicht übel gemacht, denn in Wirklichkeit hatte sie schon länger als eine halbe Stunde auf dem Posten gestanden, um sich von ihrem Pensionsgast erschrecken zu lassen und Gelegenheit zu haben, ihm das zu sagen, was sie ihm sagen wollte.

»Ah, Mr. Reffold! Soll ich Ihnen den Tee auf Ihrem Zimmer servieren lassen, oder wollen Sie ihn unten nehmen?«

Harry setzte seine unwiderstehliche Miene auf. »Sie sind zu liebenswürdig, Mrs. Benett. Wenn es Ihnen keine besondere Mühe bereitet, so würde ich es vorziehen, auf meinem Zimmer zu bleiben. Ich bin nämlich etwas müde.«

Mrs. Jane Benett hüpfte mit der Grazie eines jungen Mädchens die Treppe hinab, wobei ihr ihre einhundertsiebzig Pfund allerdings einigermaßen hinderlich waren.

Reffold hatte kaum abgelegt und sich etwas frisch gemacht, als sie bereits wieder erschien, gefolgt von einem Stubenmädchen, das eine reichbelegte Teeplatte auf den Tisch stellte. Mrs. Benett gab dem dienstbaren Geist einen sehr energischen Wink zu verschwinden und machte sich dann mit affektierter Koketterie daran, den Tisch selbst zu decken.

Es war dies in der »Queen Victoria« eine ganz besondere Auszeichnung, die nur hie und da einem außerordentlich geschätzten Gast zuteil wurde, und Reffold wußte diese Ehre auch sichtlich zu würdigen.

»So. Mr. Reffold, und nun stärken Sie sich. Sie werden gewiß Appetit haben.« Sie übersah nochmals das von ihr getroffene Arrangement, rückte das und jenes zurecht und machte nicht die geringsten Anstalten, sich zu entfernen. Sie schien etwas auf dem Herzen zu haben und nicht zu wissen, wie sie es loswerden sollte. Harry beobachtete sie lächelnd und machte dann eine einladende Handbewegung.

»Es würde mir ein besonderes Vergnügen sein, Mrs. Benett, wenn Sie mir die Ehre erweisen würden, mit mir den Tee zu nehmen.«

Über das dunkle Gesicht der Pensionswirtin lief eine freudige Röte, und sie tat verschämt wie eine Sechzehnjährige. »Sehr gern, Mr. Reffold, wenn ich Sie wirklich nicht störe.«

Sie nahm Platz und schenkte ihm fürsorglich ein. »Ich kann mir ja denken, daß Sie immer sehr abgespannt sind, wenn Sie aus London kommen« – er fing aus dem einen ihrer schwarzen Augen einen vielsagenden Blick auf – »und ich möchte, daß Sie sich dann hier recht behaglich fühlen. Überhaupt...« – sie wurde verlegen, stockte und spielte nervös mit den Fingern – »überhaupt liegt mir daran, daß meine Gäste bei mir in jeder Beziehung gut aufgehoben sind und keine Ungelegenheiten haben.« Wieder warf sie Reffold einen warmen, fürsorglichen Blick zu. »Deshalb sehe ich auch stets selbst überall nach dem Rechten, und da...« – sie begann geheimnisvoll zu flüstern – »da habe ich heute morgen in Ihrem Zimmer das hier entdeckt, das Sie wohl aus Versehen unverschlossen gelassen hatten.«

Sie langte nach einem sorgfältig in starkes Papier eingeschlagenen Paket, das sie vorhin mit ins Zimmer gebracht und in einen Sessel gelegt hatte. »Ich wollte nicht, daß jemand von der Bedienung die Sachen sieht«, fügte sie vertraulich hinzu, »deshalb habe ich sie an mich genommen.«

Sie drückte ihm das Paket rasch in die Hand, und ihr Busen hob sich sehr befreit.

Harry machte ein etwas erstauntes Gesicht und schlug neugierig die Hülle auseinander.

Er hielt die elegante Ledertasche in Händen, die sein Einbruchswerkzeug barg, wohl das beste und zuverlässigste, das es gab.

Mrs. Benetts dunkles Auge, das geradeaus sah, glühte ihn ergeben und beruhigend an. »Sie verstehen, daß ich...«

»Ich verstehe, Mrs. Benett«, beeilte er sich zu versichern, um ihr aus der Verlegenheit zu helfen. »Sie haben mir einen großen Dienst erwiesen, und ich danke Ihnen aufrichtig.« Er hielt ihr die Hand hin, die sie mit Eifer ergriff. »Man hat manchmal eine verhängnisvolle Stunde, in der man durch ein kleines Versehen ein großes Malheur anrichtet«, fügte er hinzu.

Die üppige Frau nickte lebhaft Beifall, legte aber dann beruhigend die Hand auf seinen Arm. »Machen Sie sich, bitte, keine Sorgen, Mr. Reffold. Ich werde nun schon achtgeben, da ich weiß, daß dies notwendig ist«, sagte sie mit einem feinen Lächeln. »Sie können sich völlig auf mich verlassen und dürfen mir Vertrauen schenken.«

Harry blickte sie eine Weile sehr ernst und überlegend an. »Ich freue mich, Mrs. Benett, daß ich bei Ihnen ein so freundliches Verständnis finde und daher offen mit Ihnen sprechen kann. Das erleichtert mir eine Bitte, die ich schon länger an Sie richten wollte, da ich weiß, daß Sie einen großen Bekanntenkreis haben und über verschiedenes informiert sind.«

Mrs. Benett begann vor Eifer und Neugierde zu glühen. »Sprechen Sie, Mr. Reffold, sprechen Sie. Ich werde Ihnen mit Vergnügen jede Auskunft geben«, versicherte sie lebhaft.

Harry nahm einen bedächtigen Schluck aus seiner Tasse, griff dann langsam nach seiner Brieftasche und zog eine Fotografie hervor, die er einige Augenblicke in der Handfläche barg. Dann legte er das Bild vor Mrs. Jane hin und zog seine Hand zurück.

»Können Sie mir vielleicht über diesen Herrn etwas Näheres sagen, Mrs. Benett?«

Auf dem Tisch lag das Bild des Mannes, dem er am Nachmittag mit solcher Ausdauer gefolgt war.

Mrs. Benett beugte sich mit sichtlicher Spannung vor, fuhr aber sofort wieder zurück und starrte Harry verstört an. Ihr braunes Gesicht hatte eine gelbliche Färbung angenommen, und ihre Hände, mit denen sie den Tisch umklammert hielt, zitterten merklich.

Reffold tat, als ob er ihre Aufregung nicht bemerkte, und ließ ihr Zeit, sich zu fassen.

»Nun, ist Ihnen der Herr bekannt?« fragte er nach einer Weile leichthin.

Sie zögerte einige Augenblicke und schien zu überlegen. Dann senkte sie schamhaft die Augen und nickte.

»Ja«, lispelte sie. »Es ist mein Mann.«

»Oh...« Harry lehnte sich zurück, und es klang, als sei er wirklich außerordentlich überrascht. »Verzeihen Sie. Wenn ich das gewußt hätte...«

Mrs. Jane hatte aber ihr seelisches Gleichgewicht bereits wiedergewonnen, und damit kehrte auch ihre liebenswürdige Lebhaftigkeit zurück. »Ach, das macht gar nichts, Mr. Reffold. Sie müssen sich deshalb nicht entschuldigen. Es war nur die erste Überraschung, und dann – man spricht doch von solchen Dingen nicht gern«, meinte sie etwas verschämt. »Sie werden das gewiß begreifen. Zwischen mir und George Thompson ist schon längst alles aus. Wir sind bereits fünf Jahre geschieden, und seither führe ich auch meinen Mädchennamen wieder.« Sie rückte näher an Reffold heran, und ihre Frage klang sehr dringlich. »Weshalb interessieren Sie sich für ihn? Haben Sie geschäftliche Beziehungen zu ihm?«

»Noch nicht«, sagte Reffold, »aber vielleicht kommt es in nächster Zeit dazu.«

»Dann seien Sie auf Ihrer Hut.« Sie legte warnend ihre Hand auf die seine und begann ihr Herz auszuschütten. »Thompson ist kein Mensch, mit dem man sich einlassen darf.«

»Gibt es in seiner Vergangenheit denn irgendeinen dunklen Punkt?«

»Oh, ich glaube eine ganze Reihe. Er war, als wir heirateten, Zahlmeister bei der White-Star-Linie, ist aber dann in schlechte Gesellschaft geraten und durch Trunk und Spiel immer mehr heruntergekommen. Als er aus dem Dienst entlassen wurde, war er dann in verschiedene anrüchige Geschichten verwickelt und stand, soviel ich weiß, auch mehrere Male vor Gericht. Aber man hat ihm nie etwas nachweisen können, dazu ist er zu gerieben.«

»Und womit beschäftigt er sich jetzt?«

Mrs. Benett zuckte die Schultern. »Jedenfalls nicht mit ehrlicher Arbeit. Diese war ihm immer zuwenig einträglich.«

»Sie haben ihn also in der letzten Zeit nicht gesehen?«

»Nein, er treibt sich ja seit Jahren irgendwo in London herum ... Das heißt ...« – Mrs. Benett schien sich zu erinnern und verbesserte sich lebhaft – »vor etwa vier oder fünf Tagen ist er plötzlich aufgetaucht. Er war ungemein liebenswürdig und wollte vorübergehend bei mir – als Gast, wie er ausdrücklich sagte – Wohnung nehmen. Ich habe ihm aber sehr entschieden zu verstehen gegeben, daß ich meinen Gästen nicht zumuten kann, mit Leuten seines Schlages unter einem Dache zu wohnen!«

»Hat er hier irgendwelche Bekannte?«

Mrs. Jane vermochte darüber keine Auskunft zu geben, und Harry war überzeugt, daß sie ihm alles gesagt hatte, was sie über den Mann wußte. Er drückte ihr die Hand, und sie las in seinen Mienen nicht nur den Dank für ihre rückhaltlose Auskunft, sondern auch ehrliche Anteilnahme an ihrem Schicksal, das sie ihm soeben geoffenbart hatte.

Sie erwiderte daher seinen Händedruck sehr, sehr innig, erhob sich und glättete verlegen das straffsitzende Kleid.

Sie war über die Aussprache überaus glücklich, denn nun wußte Mr. Reffold wenigstens alles, und darüber, daß sie ungefähr zehn Jahre älter war als er, ließ sich wohl auch noch hinwegkommen. Sie hatte bereits in vielen Romanen gelesen, daß Männer ältere Frauen geheiratet hatten und daß diese Ehen sehr glücklich geworden waren. Schließlich kam es ja bei einer Frau einzig und allein darauf an, wie sie aussah, und in dieser Hinsicht war Mrs. Jane mit sich sehr zufrieden.

An der Schwelle erwachte in Mrs. Benett wieder die fürsorgliche Hauswirtin. »Um wieviel Uhr wünschen Sie das Dinner, Mr. Reffold?«

Er dachte einige Augenblicke nach, dann sagte er lächelnd: »Ich bin mehr müde als hungrig, Mrs. Benett, und gedenke daher schnellstens zu Bett zu gehen.«

Vorläufig ließ Reffold sich damit allerdings Zeit, denn als Mrs. Benett mit einem letzten, liebevollen Blick das Zimmer verlassen hatte, machte er sich zunächst ein bißchen behaglich und zündete sich mit einem höchst vergnügten Lächeln eine Zigarette an. Dann ließ er die Rouleaus an den Fenstern herab und ging zur Tür, die er geräuschlos versperrte. Nun erst entnahm er der Tasche seines Mantels das Päckchen, das er sich am Nachmittag auf so ungewöhnliche Weise angeeignet hatte. Er entfernte den dünnen Bindfaden und die einfache Papierhülle und hielt nun eine kleine, flache Schachtel in der Hand, wie sie in den Apotheken Verwendung finden.

Harry nahm die Umhüllung und den Karton von allen Seiten in Augenschein, konnte aber nichts entdecken, was ihm irgendeinen Anhaltspunkt geboten hätte.

Schon schickte er sich an, die Schachtel kurzerhand zu öffnen, als er sie wieder beiseite legte und nach der Werkzeugtasche griff, die ihm seine Wirtin so geheimnisvoll und feierlich überbracht hatte. Er entnahm ihr ein Paar Gummihandschuhe, streifte sie sorgfältig über, suchte sich dann eine kleine, äußerst fein gearbeitete Zange heraus und hob nun erst mit äußerster Vorsicht den Deckel der Schachtel ab.

Sie enthielt zuoberst eine dicke Watteschicht, und als er diese herausgenommen hatte, kam ein winziges Fläschchen zum Vorschein, dessen Tropfstöpsel sorgfältig gesichert war.

Um Reffolds Mundwinkel spielte ein etwas grimmiges Lächeln, als er die kleine Phiole zwischen zwei Fingerspitzen nahm und gegen das Licht hielt. Sie war kaum bis zur Hälfte mit einer dicken Flüssigkeit von grüngelber Farbe angefüllt, die aber auf dem Glase selbst keinerlei Spuren zurückließ, wie er sich durch wiederholtes Schütteln und Wenden überzeugen konnte.

Er bettete die Phiole wieder in die Watte und hob dann, immer mit derselben Vorsicht, die zweite Einlage heraus, die aus filzartigem gepreßten Papier bestand.

Was er darunter fand, erregte sein Interesse in noch höherem Maße. Es war ein etwa drei Quadratzentimeter großes, an den Ecken gelochtes Metallplättchen, dem eine ungefähr zwei Millimeter hohe Hülse von etwas kleinerem Durchmesser aufgesetzt war. Bei der weiteren Untersuchung stellte Harry fest, daß die Hülse durch einen federnden Knopf abgeschlossen wurde, und als er diesen Knopf niederdrückte und das Plättchen umwandte, bemerkte er eine winzige, nadelfeine Spitze, die sofort wieder zurücksprang, als er die Hand von dem Knopf nahm.

Reffold war sich nun über den Zweck der äußerst sinnreich und präzis konstruierten Vorrichtung völlig im klaren. Er wußte, daß er mit dem Fläschchen und dem winzigen Stachel ein Mordinstrument in Händen hielt, das tausendmal gefährlicher war als die furchtbarste Schußwaffe, da es gegen seine tödliche Wirkung kaum einen Schutz gab.

Wie die Handhabung gedacht war und wie der Angriff erfolgen sollte, das allerdings vermochte er vorläufig nicht herauszufinden, sooft er das Plättchen auch hin- und herwandte und in alle möglichen Lagen brachte.

Er verpackte alles wieder sorgfältig und verschloß es in einem Geheimfach seines schweren Schrankkoffers. Dann nahm er noch einige von Mrs. Benetts appetitlichen Sandwiches zu sich, mischte sich einen kräftigen Whisky mit Soda und setzte sich gemächlich über ein Buch.

Nach einigen Stunden begann er sich lautlos umzukleiden. Er wählte einen sehr einfachen, dunklen Anzug und einen ebensolchen Mantel, eine Sportmütze und ein Paar leichte Schuhe mit Gummisohlen, auf denen er unhörbar durch das Zimmer glitt. Als er fertig war, sah er nach der Uhr; sie zeigte auf halb elf. Er stopfte sich seine kurze Pfeife, setzte sie mit behaglichen Zügen in Brand, löschte dann das Licht aus und ließ sich in einem der Klubsessel nieder, in dem er rauchend und sinnend eine lange Weile regungslos verharrte.

Nach etwa einer halben Stunde war im ganzen Hause kein Laut mehr zu vernehmen, und nun erst erhob sich Reffold, schloß leise die Tür auf und spähte vorsichtig in den Korridor, dessen Lampen zum größten Teil bereits gelöscht waren.

Er ergriff seine Werkzeugtasche, stellte die Schuhe, die er am Nachmittag getragen hatte, vor die Tür, schlüpfte aus dem Zimmer, verschloß es mit der geräuschlosen Geschicklichkeit eines Diebes und glitt dann wie ein Schatten den Gang hinunter. Durch den Haupteingang konnte er das Haus kaum unbemerkt verlassen, wohl aber über die Dienstbotentreppe, die auf einen Hof und von dort durch eine kleine Pforte in eine Seitengasse führte.

Sein dunkler Schatten war kaum die Treppe hinabgetaucht, als in einer der letzten Türen, die er passiert hatte, eine Gestalt erschien und angestrengt lauschend stehenblieb.

Nach einigen Augenblicken kam Mrs. Jane mit einem heimlichen Lächeln den Korridor entlang. Sie schien auf ihrem allabendlichen Rundgang begriffen zu sein, wenigstens machte sie sich hie und da zu schaffen und öffnete auch das Dienstbotenzimmer, in dem die drei Mädchen eben dabei waren, ihre Gedanken über das Leben und die Menschheit im allgemeinen und die Herrin und die Gäste im besonderen auszutauschen.

Das Erscheinen der Hausfrau schnitt die ziemlich lebhaft geführte Debatte jäh ab.

»Macht, daß ihr ins Bett kommt«, befahl sie leise. »Und wenn Mr. Reffold klingeln sollte, so beeilt euch. Er fühlt sich nicht wohl, und es ist möglich, daß er irgend etwas benötigt.«

Mrs. Benett nickte den Mädchen kurz zu und ging wieder den Korridor zurück. Sie lächelte noch seltsamer als vorher, und als sie die Schuhe vor Reffolds Tür gewahrte, schmunzelte sie besonders vergnügt.

Sie freute sich, daß sie dem liebsten Gast, den sie je beherbergt, eben ein Alibi geschaffen hatte, falls er für die heutige Nacht eines solchen bedürfen sollte.

5

Frank Milner war nicht gerade sehr gesellig und sah seltene Gäste bei sich, aber er hatte durch seine früheren geschäftlichen Beziehungen und durch die Mitgliedschaft bei verschiedenen Klubs doch einige gesellschaftliche Verpflichtungen, denen er nachkommen mußte. Er gab daher alljährlich drei bis vier Herrenabende, zu denen er immer mehrere seiner näheren Bekannten einlud, und er setzte einen gewissen Stolz darein, daß von diesen seinen Abenden gesprochen wurde.

Für heute hatte Milner in dieser Hinsicht ganz besondere Anstalten getroffen, da er außer seinem Anwalt Crayton und seinem Hausarzt Dr. Warner, mit denen er sonst keine weiteren Umstände gemacht hätte, Robert Vane, den Chef des bekannten Londoner Bankhaus Praighton & Wellman, ferner den reichen Großkaufmann Thomas Flesh und schließlich als besonderes Dekorationsstück den Oberst Roy Gregory zu Tisch hatte, dessen Name fast täglich in der Mitgliederliste irgendeines Komitees zu lesen war.

Gleich dem Hausherrn waren alle Gäste Junggesellen – nur Vane war verwitwet –, und das Klubleben hatte zwischen ihnen eine gewisse oberflächliche Bekanntschaft geschaffen, die Milner durch den heutigen Abend etwas intimer zu gestalten hoffte. So wenig er auch von gesellschaftlichen Formen hielt, so wohl fühlte er sich im Kreise ehrenwerter Leute, und es schien ihm aus gewissen Gründen höchst vorteilhaft, mit Persönlichkeiten, die etwas galten, auf vertrauterem Fuß zu stehen.

Da ihm also an seinen heutigen Gästen sehr gelegen sein mußte, war er wütend darüber, daß der geschwätzige Crayton darauf versessen war, das große Wort zu führen. Der hagere Mann mit dem stoppeligen Faungesicht, dem leicht gekrümmten Rücken und den spindeldürren Armen und Beinen war zwar für gewisse Fälle ein ausgezeichneter Anwalt, aber er war kein Gesellschafter, den jeder vertragen konnte. Dazu hatte er zu viel von seiner Klientel angenommen, die sich nicht aus Lords und sonstigen Gentlemen zusammensetzte, sondern aus schlichten Leuten, die das Malheur gehabt hatten, in irgendeinen der vielen Fallstricke des Gesetzes zu geraten. Diesen Bedauernswerten galt die Lebensarbeit von Mr. Ernest Crayton, und ihnen gehörte auch sein ganzes Denken und Fühlen außerhalb der Schranken des Gerichtes und der schmierigen Wände seines Büros. Er verteidigte seine Klientel überall und bei jeder Gelegenheit; und wenn man ihm zuhörte, so durfte sich eigentlich nur derjenige für einen makellosen Ehrenmann halten, der dies durch einen gerichtlichen Freispruch dokumentarisch nachweisen konnte.

Milner war über alles das außer sich, und das Geschwätz Craytons ging ihm so auf die Nerven, daß ihm nicht nur jeder Bissen im Halse steckenblieb, sondern daß ihm sogar das Trinken verleidet wurde, was bei ihm sehr viel heißen wollte.

Das konnte auf die Dauer nicht so weitergehen, und deshalb begann er, Crayton höchst mißbilligend mit seinen vorstehenden, wasserblauen Fischaugen zu fixieren, aber es währte eine geraume Weile, bis der Anwalt dies bemerkte. Er klappte verwundert den Mund zu, kaute den großen Bissen, den er eben zwischen die Zähne geschoben hatte, ausnahmsweise zu Ende und sah Milner groß an.

»Ich glaube, Frank, Sie sind mit dem, was ich sage, nicht ganz einverstanden«, meinte er bissig. »Von Ihnen hätte ich das am wenigsten erwartet. Denn wenn Sie heute ein so ehrenwerter Mann sind und eine so ehrenwerte Gesellschaft bei einem so guten Essen bei sich haben können, so ist dies doch eben nur eine Bestätigung für die Richtigkeit dessen, was ich gesagt habe. Wenn Sie sich erinnern, wie oft wir beide vor Gericht gestanden haben...«

In diesem Augenblick entdeckte Crayton, daß Nick ihm eine prächtige Gansleberpastete unter die Nase hielt, und das gab seinen Gedanken glücklicherweise eine andere Richtung.

Milner trocknete sich den Angstschweiß von der Stirn, goß ein Glas Whisky hinunter und warf einen ängstlichen Blick auf seine vornehmen Gäste. Aber diese hatten wohl die anzügliche Bemerkung des Anwaltes überhört, denn sie unterhielten sich sehr eifrig über andere Dinge.

Der Oberst war ein ausgezeichneter Erzähler, und er war überhaupt die interessanteste Persönlichkeit der Tafelrunde. Er mochte mit seinem leicht angegrauten Haar etwa fünfzig Jahre zählen, aber die dunklen Augen in seinem schmalen, tiefgebräunten Gesicht hatten einen stählernen Glanz, und seine mittelgroße, sehnige Gestalt verriet in allen ihren abgemessenen Bewegungen eine fast jugendliche Geschmeidigkeit. Er hatte bis vor wenigen Monaten in der indischen Armee gedient, war kreuz und quer durch das Land gekommen und hatte dabei manche aufregende Episode erlebt, die er nun in ungemein lebendiger und spannender Form einzuflechten wußte. Er sprach langsam und sehr gewählt, aber seine Stimme hatte wie sein ganzes Wesen etwas Herrisches, das nicht sehr sympathisch berührte.

Milner aber war von diesem seinem Gast entzückt, und nun, da die Gefahr einer bedenklichen Entgleisung Craytons vorüber schien, widmete er sich ihm mit ganz besonderer Aufmerksamkeit.

Oberst Gregory fühlte, daß er ihm dafür etwas Angenehmes sagen mußte.

»Ich bin Ihnen für Ihre liebenswürdige Einladung außerordentlich verpflichtet, Mr. Milner. Es ist einer der reizendsten Abende, die ich seit langem verbracht habe, denn man fühlt sich bei Ihnen wirklich behaglich. Ich liebe diese alten englischen Häuser, denn so unschön sie aussehen mögen und so bescheiden ihre Räume sind, es lebt eine wunderbare Stimmung in ihnen.«

Ein solches Lob war dem alten Hause noch nie gesungen worden, und sein Besitzer war darüber so selig, daß er sich immer wieder gegen den Oberst verbeugte und ihm zutrank.

Crayton aber hatte anscheinend auch das Bedürfnis, etwas dazu zu sagen, denn er kicherte sehr belustigt, wischte sich umständlich den Mund und sah dann Milner mit einem so boshaften Blick an, daß es diesem eiskalt über den Rücken lief.

»Sehen Sie, Frank«, meinte er und blinzelte Milner vielsagend an, »dasselbe habe ich Ihnen auch immer gesagt, wenn Sie über das Haus schimpften. Sie hätten es gar nicht besser treffen können. Das Haus paßt zu Ihnen, und Sie passen zu ihm. Es sieht zwar außen und innen aus wie ein Zuchthaus, ist aber keines, und es hätte für Sie viel schlimmer ausfallen können, wenn ich nicht gewesen wäre.«

Milner fand es plötzlich geraten, die Tafel aufzuheben, und bat die Herren in das anstoßende Rauchzimmer, wo Nick, steif wie ein Ladestock, schwarzen Kaffee und verschiedene Drinks servierte. Milner reichte schwere Zigarren herum und geriet allmählich in so gehobene Stimmung, daß er sich unbedingt einen Rausch angetrunken hätte, wenn er nicht an das Geschäft gedacht hätte, das ihm noch bevorstand. Vor Geschäften aber war seine Parole »Nüchternheit«, und er durfte sich diese Parole leisten, denn er konnte immerhin so viel trinken, daß zwei andere davon unter den Tisch gefallen wären.

Seine Gäste hatten es sich in den Klubsesseln bequem gemacht, und nachdem man länger als eine Stunde die obligaten Themen aller Herrenabende durchgesprochen hatte, trat endlich eine kleine Pause ein.

Der Oberst blickte als erster nach der Uhr.

»Sie werden mich nun wohl entschuldigen, Mr. Milner, aber ich habe leider noch eine sehr dringende Verabredung. Sonst wären Sie mich aus Ihrem gemütlichen Heim so bald nicht losgeworden. Wollen Sie die Freundlichkeit haben, meinen Chauffeur benachrichtigen zu lassen, und gestatten Sie, daß ich mich für die Fahrt etwas umkleide? Die Nächte sind bereits sehr kühl, und ich kann mich an das englische Klima nach den langen indischen Jahren noch immer nicht recht gewöhnen.«

Der Hausherr sprang wie ein Gummiball auf und hüpfte unter fortwährenden Bücklingen um den Oberst herum.

»Wie Sie befehlen, Oberst Gregory. Ich bin zwar sehr unglücklich, daß Sie uns schon verlassen wollen, aber ich hoffe, nun öfter die Ehre zu haben, Sie bei mir zu sehen. Ich werde sofort den Chauffeur rufen.«

Er rollte wie eine Kugel davon, und der Oberst ging langsam in dem etwas dürftigen Zimmer umher. Die Tür zum Speisezimmer stand offen, eine zweite gegenüberliegende Tür war geschlossen.

Neben dieser Tür stand Oberst Gregory eben und besah sich einen ziemlich gewöhnlichen Stich, als der Hausherr wieder hereinstürzte.

»Bitte, Oberst, hier bringe ich Ihnen Ihren Chauffeur.«

Der Oberst lächelte verbindlich.

»Sie sind außerordentlich liebenswürdig, Mr. Milner. Darf ich nun irgendwo ein bißchen Toilette machen?« Er legte die Hand auf die Klinke der Tür und sah Milner fragend an.

»Oh, hier ist nur mein bescheidenes Arbeitszimmer, Oberst Gregory«, wandte dieser lebhaft ein. »Wenn Sie mir in meinen Ankleideraum folgen wollten ... Er ist auf der anderen Seite.«

Der Oberst winkte dankend ab.

»Ich möchte Sie nicht allzusehr bemühen. Ich will ja nur eine stärkere Weste und einen anderen Rock anlegen.«

Gregory klinkte die Tür auf und trat in den Nebenraum; sein Chauffeur folgte ihm in respektvoller Haltung mit einem eleganten kleinen Lederkoffer.

Frank Milner rieb sich die Hände und warf dann einen Blick auf die Uhr. Es ging bereits auf halb eins, und es war ihm daher angenehm, daß auch die übrigen Gäste sich zum Aufbruch, rüsteten. Nur Crayton traf keine Anstalten, aber mit diesem brauchte er ja nicht viele Geschichten zu machen.

Nach etwa einer Viertelstunde erschien Oberst Gregory wieder. Er trug statt des Smokings einen zweireihigen dunklen Sakko und darunter eine moderne Wollweste.

Wenige Augenblicke fuhren die Autos ab, die den ganzen Abend über vor dem Hause gewartet hatten, und Milner konnte noch eine ganze Weile ihre Hupensignale hören.

Auch Crayton hatte sich zum Gehen entschlossen. Er wollte eigentlich erst den Nachtzug, der um zwei Uhr durchfuhr, benützen, aber Vane hatte ihm einen Platz in seinem Auto angeboten, und da konnte er nicht widerstehen.

Im letzten Augenblick zog ihn Milner unbemerkt beiseite.

»Sie werden immer unmöglicher, mein Lieber«, zischte der kleine zappelige Mann. »Man muß es sich wirklich überlegen, Sie mit anständigen Leuten zu Tische zu laden.«

Crayton verzog seinen breiten Mund zu einer höhnischen Fratze und klopfte Milner auf die Schulter.

»Ich werde nur von meinen Klienten eingeladen, Frank«, lallte er unverschämt, »und da trifft man keine anständigen Leute.«

*

Wenn sie mit ihren häuslichen Arbeiten fertig war, pflegte Ann ihre Abende mit der Instandhaltung ihrer Garderobe oder mit irgendeiner guten Lektüre zu verbringen, aber heute hatte sie weder zu dem einen noch zu dem andern Lust.

Sie entschuldigte das vor sich selbst damit, daß sie zu müde und abgespannt sei, aber in Wirklichkeit beschäftigte sie das Erlebnis des heutigen Nachmittags zu sehr, als daß sie zu irgend etwas die nötige Ruhe und Sammlung hätte finden können.

Die ganze Bedeutung dieses Vorfalles erschöpfte sich für sie allerdings in der Frage: Wer ist Harry Reffold?

Sie hatte sich diese Frage in den letzten Stunden immer wieder gestellt, ohne eine Antwort darauf zu finden, die sie befriedigt hätte. Bis heute mittag war er für sie ein sehr gut aussehender und sehr netter junger Mann gewesen, den sie vor kurzem auf der Heimfahrt von London kennengelernt und seitdem sowohl morgens wie nachmittags wiederholt getroffen hatte. Sie hatte bisher in ihm lediglich einen amüsanten Begleiter gesehen, der sie allerdings durch seine etwas spöttische Überlegenheit zuweilen in Harnisch brachte. Wer er war und was er trieb, das hatte sie bislang nicht beschäftigt.

Nun aber grübelte sie unausgesetzt darüber nach, und es wurde ihr schwer, sich über das zu beruhigen, was sie heute nachmittag gesehen hatte. Sie war in allen ihren Ansichten und Grundsätzen von einer fast peinlichen Korrektheit, und was er vor ihren Augen getan hatte, erschien ihr einfach unfaßbar. Dabei war er mit einer Ruhe und Geschicklichkeit vorgegangen, wie sie nur die Übung schaffen kann. Ann Learner preßte die Hände an die klopfenden Schläfen, als wolle sie die Kette der peinlichen Gedanken, die einander rastlos jagten, unterbrechen.

Sie schlenderte mechanisch zum Fenster des Eckzimmers, und nun lag der ziemlich große, verwahrloste Garten vor ihr, der von einem verrosteten Eisengitter eingefriedet war. Die uralten Kastanienbäume, die seinen einzigen Schmuck bildeten, waren bereits alle kahl, und das abgefallene vergilbte Laub bedeckte den Boden. Aus einer Entfernung von etwa fünfzig Schritt schimmerten die Lichter des Nachbarhauses herüber, und an der Rückseite des Gartens führte zwischen hohen Pappeln ein öder Fahrweg zur Themse.

Plötzlich war es Ann, als ob einer der schwarzen Baumschatten lebendig geworden und weitergehuscht wäre. Sie schauerte zusammen, und ihre Blicke starrten in ängstlicher Spannung in die Finsternis.

Da löste sich von einem der mächtigen Stämme eine Gestalt und schoß mit raschem Sprung dem nächsten Baum zu, mit dem sie sofort verschmolz.

Das junge Mädchen zitterte an allen Gliedern und suchte nach einem Halt.

Und nun sah sie eine hohe, breite Gestalt dem Hause zuschleichen, die sie unter Hunderten sofort erkannt hätte, weil ihre Gedanken sich seit langem mit ihr beschäftigten.

Mit lautloser Geschmeidigkeit schob sich der Schatten immer näher heran, und Ann ließ ihn keinen Augenblick aus den Augen.

Plötzlich stürzte sie zur Tür, und es schien, als solle im nächsten Augenblick ein gellender Hilfeschrei durch das Haus hallen. Aber an der Schwelle machte Ann jäh halt, der schöne blonde Kopf sank auf die schwer atmende Brust, und mit einem tiefen Wehlaut brach sie zusammen.

Nachdem seine Gäste gegangen waren, hatte Milner mit liebevoller Umständlichkeit seine Pfeife gestopft und war dann im Speisezimmer sitzengeblieben, um Stones Ankunft nicht zu verpassen.

Er legte seine Uhr vor sich auf den Tisch, mischte sich einen besonders starken Whisky und leerte das Glas mit einem einzigen Zuge.

Die Aussicht auf das bevorstehende Geschäft versetzte ihn in glänzende Laune. Er wußte, daß es sehr einträglich sein würde, wenn Stone ihm dies versicherte. Er arbeitete mit dem Mann seit Jahren zusammen und hatte die besten Erfahrungen mit ihm gemacht. Was er brachte, war stets erstklassig und preiswert, und man lief – was die Hauptsache war – so gut wie keine Gefahr. Alles, was er von Stone erhalten hatte, war glatt auf den Markt zu bringen gewesen. Stone war einer der tüchtigsten und gewiegtesten Hehler, was Diebesbeute kostbarer Art anbetraf. Wenn irgendein aufsehenerregender Coup gelungen war, konnte man sicher sein, daß der Raub schließlich durch seine Hand gehen würde.

Milner wußte das, aber bei großen Geschäften hatte er nie kleinliche Bedenken gekannt. Er war auch überzeugt, die Herkunft der Steine zu kennen, die ihm Stone heute bringen sollte. Vor etwa drei Monaten war der Herzogin von Trowbridge ein Teil ihres kostbaren Familienschmuckes gestohlen worden, und einige Wochen später hatte Mrs. Elinor Fairfax, die Gattin des millionenreichen Liverpooler Fabrikanten, dasselbe Mißgeschick betroffen. In beiden Fällen hatten rätselhafte Begleitumstände mitgespielt; es waren nicht die geringsten Anhaltspunkte zu finden gewesen, die auf die Spur der Täter hätten führen können. Auch die Juwelen blieben verschwunden, obwohl alle großen Blätter Englands und sogar des Kontinents seinerzeit eine genaue Beschreibung jedes einzelnen Schmuckstücks gebracht und für die Beihilfe zur Wiedererlangung eine Belohnung in der Höhe eines kleinen Vermögens ausgeschrieben hatten.

Milner grinste, als er an diese Verzeichnisse dachte, die er damals mit großem Interesse gelesen und dann sorgfältig verwahrt hatte. Von diesen so haargenau beschriebenen Schmuckstücken existierte auch nicht eines mehr, als die Veröffentlichung erfolgte, sondern es gab nur mehr Juwelen und Gold, und da mochte einer nachweisen, woher sie stammten, solange es sich nicht um einzigartige oder fehlerhafte Stücke handelte. Und auch diese konnte man schließlich so herrichten, daß sie nicht zu erkennen waren.

Eben als Milner wiederum auf die Uhr gesehen und festgestellt hatte, daß er nun Stone jeden Augenblick erwarten durfte, schlängelte sich Nick in höchst bedenklicher Verfassung zur Tür herein. Er traf umständlich Anstalten, den Tisch abzuräumen, aber Milner schob ihn ohne viel Umstände und ohne jeglichen Lärm durch den Korridor und einen schmalen Seitengang in seine Kammer.

»Schau, daß du schlafen kommst, du besoffenes Schwein!« zischte er und schloß hinter dem Betrunkenen leise die Tür. Als er hörte, wie Nick schwer auf sein Bett krachte, schlich er zur Haustür, drehte den Schlüssel lautlos im Schloß und blieb dann lauschend stehen.

Schon nach wenigen Minuten vernahm er auf der Straße hastige Schritte, die an der Schwelle haltmachten.

Milner öffnete sehr behutsam, und wie einige Stunden vorher führte er Stone geradewegs in sein Arbeitszimmer, das er auch jetzt wieder sorgfältig verschloß. Der Raum lag im Halbdunkel, da die Tischlampe auf dem alten Schreibtisch bloß einen Teil der Platte beleuchtete und die Reflexe des niederbrennenden Kaminfeuers nur auf einen schmalen Streifen des Fußbodens fielen. Frank ließ sich, sichtlich gespannt, am Schreibtisch nieder, und Stone zog aus seiner Brusttasche drei kleine Lederbeutel die er vor ihn hinlegte. Er tat dies mit einer Geste die mehr sagte, als die großartigsten Worte zu sagen vermocht hätten, und der Blick, mit dem er Milner ansah, spiegelte deutlich sein Selbstbewußtsein wider, das er in diesem großen Augenblick empfand.

Milner griff rasch mit etwas zittrigen Händen nach den Beuteln, doch Stone hielt ihn mit einer leichten Bewegung zurück.

»Zwölftausend Pfund, Mr. Milner«, sagte er mit Nachdruck.

Dieser nickte hastig, nahm das vorbereitete Kuvert und zählte die zwölf Tausendpfundnoten langsam und umständlich auf den Tisch.

David Stone war zufriedengestellt. »Gemacht. – Mit Ihnen ist so eine Sache ein Vergnügen, und deshalb denke ich auch immer zuerst an Sie. Nun sehen Sie sich die Chose an...«

Er atmete tief auf, sah sich mit einem eigentümlichen Blick im Zimmer um und warf dann mit einer raschen Bewegung den Mantel ab. Dabei verwandte er aber kein Auge von Milner, der eines der Säckchen ergriffen und seinen Inhalt vor sich auf den Tisch geschüttet hatte.

»Siebenunddreißig ausgesuchte Diamanten«, flüsterte Stone, »ohne Fehl und Makel. Sie können ganz London absuchen, ehe Sie ihresgleichen finden...« Er schleckte sich unruhig die Lippen. »Haben Sie nichts zu trinken? Ich bin zwar sonst nicht dafür, aber es ist hier furchtbar heiß, und mir klebt die Zunge am Gaumen.«

Milner griff nach der Whiskyflasche, die er überall in Reichweite stehen haben mußte, füllte in nervöser Hast zwei Gläser und goß Soda nach.

Stone schüttete das Getränk in einem Zuge hinunter, und Milner tat es ihm nach.

Dann leerte er den zweiten Beutel, der etwa hundert Perlen von seltener Größe und Reinheit enthielt. Als er einige der Prachtstücke näher in Augenschein genommen hatte, lehnte er sich plötzlich in den Stuhl zurück und schien nach Atem zu ringen. Er schenkte rasch beide Gläser nach, doch seine Hände zitterten dabei so, daß er wiederholt verschüttete.

Stone wischte sich den Schweiß von der Stirn, und man hörte seiner Stimme an, daß ihm das Sprechen große Anstrengungen verursachte. »Eine entsetzliche Luft ... gerade zum Ersticken...« Er lockerte sich den Hemdkragen mit den Fingern, und sein Blick irrte seltsam flackernd umher. »Können Sie nicht das Fenster etwas öffnen?«

Milner sah ihn mit starren, ängstlichen Augen an und versuchte sich zu erheben, vermochte es aber nicht. Sein Kopf begann hin und her zu pendeln, und seine Brust hob sich in krampfhaften Zuckungen.

Stone machte einige unsichere Schritte, um zum Fenster zu gelangen, aber seine Knie fingen plötzlich an zu zittern, und er suchte tastend irgendwo Halt zu finden. Nur mit Mühe vermochte er die Ottomane zu erreichen, die neben dem Fenster stand, dann versagten ihm seine Glieder den Dienst. Er fiel steif und schwer in die staubigen Kissen, und sein Kopf schlug hart an die Wand. Er fühlte, wie eiserne Klammern seine Brust umspannten. Unter wildem Stöhnen suchte er sich von dem gewaltigen Druck zu befreien. In seinem verzerrten Gesicht spiegelten sich die Qualen eines furchtbaren Todeskampfes wider, und seine weit aufgerissenen Augen starrten mit wahnsinnigem Entsetzen auf einen teuflischen Spuk, der ihm aus dem schmalen Lichtstreifen vor dem Kamin entgegengrinste:

Grelle, stechende Farbenflecke drehten sich in tollem Wirbel, schmolzen ineinander und formten sich zu einer scheußlichen Fratze, die wirbelnd auf und nieder tanzte und bald ins Riesenhafte anwuchs, bald zu einem winzigen Zerrbild zusammenschrumpfte und über den Boden hüpfte.

Mit einem Male aber schnellte der grausige Moloch empor, und Stone fühlte, wie krallenartige Riesenhände sich mit eisernem Griff um seine Kehle preßten.

Sein Mund öffnete sich zu einem Schrei wahnsinnigen Entsetzens – aber über seine Lippen kam nur das schwere, dumpfe Röcheln des Todes.

In dem Stuhl am Schreibtisch saß Frank Milner mit starrem, gläsernem Blick, und sein Körper wand sich in wilden Zuckungen; als er sich jäh aufbäumte, stürzte der Stuhl um, und der kleine, dicke Mann schlug zu Boden...

Der letzte Feuerschein aus dem Kamin fiel auf einen schmalen Teppich, dessen feines Gewebe in seltsam grellen, stechenden Farben spielte.

Etwa eine Stunde nach der Ankunft Stones hielt Harry Reffold es an der Zeit, an sein Werk zu gehen. Er hatte wiederholt versucht, durch die auf den Garten gehenden Fenster Einblick in das Arbeitszimmer Milners zu gewinnen, aber die hölzernen Jalousien schlossen so dicht, daß er sich vergeblich bemühte.

Nun mußte er aber über die Situation endlich ins klare kommen und er griff daher nach seiner Werkzeugtasche.

Es gab ein gedämpftes, knackendes Geräusch, als ob einer der dürren Äste zu Boden gefallen und zersplittert wäre.

Dann schob Reffold zwei der untersten Querleisten des Fensters vorsichtig aus ihrem Gefüge und spähte in das Zimmer. Er konnte lediglich einen Teil des Raumes überblicken, aber da trotz angestrengtesten Lauschens auch nicht der leiseste Laut zu vernehmen war, schloß er, daß Milner mit seinem Gast in einem der anstoßenden Zimmer weile.

Harry wartete wohl weitere zehn Minuten, ehe er den Laden ganz öffnete und durch einen geschickten Kunstgriff den Schlußriegel des Fensters von außen zurückschob. Er ging dabei mit einer Ruhe vor, als handele es sich um die einfachste und unschuldigste Sache von der Welt.

Nach einer Weile zog er einen Fensterflügel etwa um Handbreite auf und drückte sich eng an die Mauer, aber drinnen blieb nach wie vor alles still.

Nun hob Reffold vorsichtig den Kopf über die Brüstung, und gleich darauf schwang er sich mit einem lautlosen Sprung ins Zimmer.

Sein erster Blick fiel auf die erleuchtete Schreibtischplatte, auf der noch immer die Juwelen in strahlendem Schimmer lagen, und über sein Gesicht flog der Widerschein eines langersehnten Triumphes.

Mit einem einzigen Satz war er beim Tisch, als er plötzlich stockte und überrascht zu Boden starrte.

Dann fiel sein Blick auf die Flasche, die Gläser, die verschüttete Flüssigkeit und auf die zweite Gestalt, die auf der Ottomane hingestreckt lag, und mit einem schadenfrohen Lächeln griffen seine Hände nach den Steinen.

Sorgfältig, ohne Übereilung Stück für Stück zählend, barg Harry den Schatz wieder in die Beutel, und er fühlte sich so sicher, daß er auch noch den Inhalt des dritten Ledersäckchens einer eingehenden Besichtigung unterzog. Erst als er damit fertig war, steckte er die Kostbarkeiten sorgsam in die Brusttasche. Er war bereits im Begriff, das Zimmer wieder zu verlassen, als er das auf dem Tisch liegende Geld gewahrte. Einen Augenblick überlegte er, dann nahm er die zwölf Tausendpfundnoten Stück für Stück auf, faltete sie und barg sie bei den Steinen.

Als er zum Sprung in den Garten ansetzte, tauchte vor ihm aus dem Dunkel plötzlich ein breites, bärtiges Gesicht auf, aus dem ihm ein Paar überraschter, tückischer Augen entgegenblitzte.

Mit der Schnelligkeit des Gedankens ließ Reffold seine Faust zwischen diese Augen niedersausen und setzte dann über den massigen Körper hinweg, der mit dumpfem Schlag zur Erde stürzte.

Mit weiten Sprüngen flog er durch den Garten, und es schien ihm eine Weile, als ob das Laub hinter ihm unter den Füßen eines Verfolgers raschle.

Schon aber sprang er behende über das Gitter, und im nächsten Augenblick hatte ihn das Dunkel verschlungen.

»Wer war das, Sam? Hast du ihn erkannt?«

Die Stimme des Herrn mit dem roten Gesicht klang heiser vor Erregung, als er von der vergeblichen Verfolgung atemlos zurückkehrte und sich über den Mann beugte, der unter dem offenen Fenster hockte und das Blut zu stillen versuchte, das ihm in mächtigen Strömen über das Gesicht rann.

Sam zischte fürchterliche Flüche und schüttelte mit dem Kopf. George Thompson reckte sich, um in das Zimmer zu sehen, dann erklomm er schwerfällig das Fenster und glitt mit eiligen Schritten zunächst zum Kamin.

Er faßte mit spitzen Fingern ein etwa meterlanges, armstarkes Bambusrohr, das dort lag, und verwahrte es in einem sackartigen Futteral, das er mit großer Vorsicht verschloß.

Dann sah er sich mit raschen Blicken um, und als er die Gestalten Milners und Stones entdeckt hatte, machte er sich eilig daran, ihre Taschen einer gründlichen Durchsuchung zu unterziehen. Seine Mienen wurden dabei immer bestürzter, und er murmelte halblaute Verwünschungen vor sich hin, da er nicht zu finden schien, was er suchte. Er ging wieder zum Schreibtisch durchsuchte alle Laden und spähte mit gehetzten Blicken in alle Winkel.

Endlich sagte er sich aber, daß der Mann, der geflohen war, vielleicht eine ernste Gefahr heraufbeschwören konnte. In einer so verfänglichen Situation wie der augenblicklichen wollte er um keinen Preis gefaßt werden.

Schwerfällig, aber eilig, kletterte er wieder in den Garten.

Sein Genosse hatte sich mittlerweile etwas erholt.

»Gott verdamm mich, wir sind zu spät gekommen«, tuschelte er ihm verzweifelt zu.

»Pünktlich um halb drei, wie man es uns befohlen hat«, knurrte der Bärtige unwirsch zurück.

»Aber der andere scheint uns zuvorgekommen zu sein. Das kann uns den Kopf kosten, denn man wird uns nicht glauben.«

George Thompson wischte sich den Schweiß von der Stirn und verfluchte den Tag, der ihm Mißgeschick über Mißgeschick gebracht hatte.

Es war Nick, der am nächsten Morgen das Unglück entdeckte und mit seinem Geschrei nicht nur das Haus, sondern auch die Nachbarschaft alarmierte.

Er war mit brummenden Schädel im Garten spazierengegangen, und dabei war ihm das aus den Fugen gegangene Fenster des Arbeitszimmers aufgefallen, das er erst eine ganze Weile kopfschüttelnd betrachtet hatte, ehe ihm die Sache verdächtig erschienen war.

Dann allerdings war er mit einem Satz im Zimmer, aber auch ebenso rasch wieder draußen gewesen und, von Grauen und Entsetzen gejagt, durch die Hintertür ins Haus gestürzt.

Sein Jammern hatte Ann Learner bereits auf die Mitte der Treppe geführt, als er atemlos die Stufen hinauftaumelte, und die verstörte Miene des Burschen sagte ihr, daß etwas Furchtbares geschehen sein mußte.

Unwillkürlich und blitzschnell spannen ihre Gedanken von der Erscheinung im Garten, die ihr eine Nacht qualvoller Träume bereitet hatte, weiter bis zu der zitternden Gestalt vor ihr, die offenbar eine Schreckensbotschaft künden wollte, aber nur schluchzend lallen konnte – und mußte nach dem Geländer fassen, um sich aufrecht zu halten.

Dann aber raffte sie sich auf und folgte Nick, der schon wieder unten war und durch das Eßzimmer rannte.

Auch Mag kam neugierig gelaufen, und sogar Mrs. Emily war der Schreck so in die geschwollenen Füße gefahren, daß diese ihre gewichtige Herrin ziemlich flink herbeizutragen vermochten.

Nick versuchte mit allen Kräften, die Tür zum Arbeitszimmer aufzubrechen.

»Mr. Milner liegt drinnen und noch ein Herr«, keuchte er. »Und sie sind nicht nur betrunken, denn sie sehen furchtbar aus … Und das Fenster war offen…«

Über Ann Learner kam plötzlich eine entschlossene Ruhe. Sie gebot den kreischenden Frauen Schweigen und schickte Nick in den Garten, damit er die von innen verschlossene Tür des Zimmers öffne. Der Bursche sträubte sich entsetzt, aber unter Anns strengem Blick schlich er davon, um wenige Augenblicke später durch die geöffnete Tür wieder herauszustürzen.

Ann zögerte einige Sekunden, dann betrat sie den Raum.

Eine seelische Erschütterung konnte ihr selbst das Schrecklichste nicht bringen, denn es gab auch nicht das winzigste herzlichere Gefühl, das sie mit Milner verbunden hätte. Nur das Grauen machte ihr diesen Augenblick so schwer, aber sie hielt sich tapfer. Sie brachte es sogar über sich, den starren, verkrampften Körper Milners zu befühlen. Dann blickte sie dem andern in das fahle, verzerrte Gesicht, und es wunderte sie, einen Fremden zu sehen, den sie unter den Gästen des gestrigen Abends nicht bemerkt hatte.

Sie verließ das Zimmer rascher, als sie es betreten hatte, schloß die Tür ab und steckte den Schlüssel zu sich.

Hierauf rief sie Dr. Warner an und bat ihn, sofort zu kommen. Auf die erregten Fragen, die aus dem Telefon klangen, antwortete sie mit seltsam ruhiger Stimme, und nur ihre Fußspitzen wippten nervös und ungeduldig.

Draußen hatte sich bereits eine Menge Neugieriger angesammelt, denn das Gerücht, daß im Kastanienhaus etwas geschehen sei, hatte sich wie ein Lauffeuer durch ganz Newchurch verbreitet. Dr. Warner, der in unmittelbarer Nähe wohnte, ließ nicht lange auf sich warten. Er stürzte mit eiligen Schritten ins Haus, und Ann ließ ihn sofort ins Arbeitszimmer ein.

Als er wieder herauskam, verriet seine Miene eine gewisse Ratlosigkeit, und er beantwortete den unruhig fragenden Blick des jungen Mädchens mit einem verlegenen Achselzucken.

»Leider ist da nichts mehr zu machen, Miss Learner. Der Tod muß schon vor einigen Stunden eingetreten sein.« Er räusperte sich und putzte sehr umständlich seine Brille. »Sie wissen vielleicht, daß ich gestern abend mit hier war?« fragte er nach einer kleinen Weile. »Er sah frisch aus wie immer und war auch bei bester Laune. Eigentlich ist mir die Sache nicht so recht klar.«

Ann sah ihn gespannt und forschend an, und es war, als ob sie auf etwas warte, das nun kommen mußte.

Aber der Arzt schwieg, und Miß Learner spielte mit ihren zarten, schlanken Fingern, daß sie in den Gelenken krachten.

»Was glauben Sie also, daß die Ursache war, Doktor Warner?« brach sie plötzlich das Schweigen, und er geriet unter dem eigenartigen Blick, den er auf sich ruhen fühlte, sichtlich in Verlegenheit.

»Ja, die Ursache, Miss Ann ...! Das fragt sich für Sie sehr leicht, ist aber für unsereinen nicht so ohne weiteres zu beantworten. Ich nehme an, daß es ein Herzschlag war, obwohl einige Erscheinungen da sind, mit denen ich nichts Rechtes anzufangen weiß. Genaueres wird natürlich erst die Obduktion ergeben. Aber ich glaube, ich werde recht behalten. Sie wissen ja, daß Milner leider etwas zuviel getrunken hat. Ich habe ihn oft genug gewarnt...«

»Sie meinen also, daß es so etwas war? Nichts anderes?« Die Frage kam stockend über Anns Lippen, und ihr seltsamer Ton ließ ihn verwundert aufsehen.

»Was sollte es denn sonst gewesen sein?« meinte er betroffen. »Denken Sie etwa an Selbstmord oder gar an etwas noch Schlimmeres? Das ist Unsinn, Miß Learner...«

Das Mädchen schüttelte nachdrücklich den blonden Kopf.

»Wenn es sich nur um Onkel Frank handelte, wäre die Sache nicht so auffallend. Aber da ist noch der andere ...«

Dr. Warner sah sich immer mehr in die Enge getrieben, denn dasselbe hatte er sich selbst auch schon gesagt, war aber trotzdem zu keinem Befund gekommen, der eine andere Annahme gerechtfertigt hätte.

»Nur einer jener seltsamen Zufälle, Miss Learner, wie sie zuweilen eben vorkommen«, meinte er achselzuckend. »Ich gebe ja zu, daß die Sache höchst ungewöhnlich ist, aber ich kann absolut nichts finden. Und wenn ich auch gerade keine Leuchte der medizinischen Wissenschaft bin, so habe ich doch eine dreißigjährige Praxis hinter mir, in der ich manches gesehen und gelernt habe.«

Ann merkte an seinem etwas gereizten Ton, daß er nervös zu werden begann, und das konnte sie in ihrem Argwohn nur bestärken. Aber sie sprach nicht mehr davon, obwohl dieser Zustand der Ungewißheit sie in einer Aufregung hielt, die sie nur unter Aufbietung aller Kräfte zu unterdrücken vermochte. Als Dr. Warner die Polizei anrief, schloß sie die Augen, und ihre Hände umfaßten mit krampfhaftem Druck die Lehne des Stuhls.

*

Nach seinem vergnügten Gesicht zu schließen, schien Harry Reffold einen sehr guten Tag zu haben.

Er war ziemlich spät aufgestanden, hatte ein Bad genommen und gefrühstückt und war nun im Begriff, sehr sorgfältig Toilette zu machen. Er wählte eben mit großer Umständlichkeit eine Krawatte, als es an seiner Tür klopfte.

Er hatte noch nicht Zeit gefunden, zu antworten, als auch schon Mrs. Benett hereinschlüpfte. Sie schien in furchtbarer Erregung zu sein. Ihre schwarzen Augen flackerten unstet.

Reffold sah sie verwundert an.

»Bitte, Mrs. Benett?« fragte er teilnehmend. »Es ist Ihnen doch hoffentlich nichts Unangenehmes widerfahren?«

Seine Worte klangen ehrlich besorgt, und Mrs. Jane versuchte dankbar zu lächeln, aber es gelang ihr nicht so recht. Plötzlich begann sie so zu zittern, daß Harry sie fürsorglich zu einem Stuhl geleitete.

»Man hat zwei Tote gefunden, Mr. Reffold...«, stieß sie gepreßt hervor, und ihre Blicke irrten über den Teppich.

Harry sah seine Hauswirtin immer bedenklicher an.

Mrs. Benett duckte sich mit einem scheuen Augenaufschlag zusammen. »Mr. Milner und noch einen Herrn...«

Sie sagte es so leise, daß es kaum zu verstehen war, aber in Reffolds Ohren klang es wie ein Donnerschlag. Er starrte die Frau fassungslos an, dann aber war er mit einem Satz bei ihr und faßte sie hart an der Schulter.

»Was sagen Sie da? Mr. Milner...?«

Sie fuhr erschreckt auf und legte ihm unwillkürlich die Hand auf den Mund. »Nicht so laut, Mr. Reffold«, warnte sie beschwörend. »Im Haus weiß noch niemand davon. Ich habe es eben erst telefonisch erfahren – und ...und ...ich dachte mir, daß es Sie vielleicht interessieren würde.« Sie wandte den Kopf verlegen zur Seite, und es war, als ob sie zu der Wand spräche. »Sie sind ja seit gestern abend nicht ausgewesen, und ich habe noch nachts zu den Mädchen gesagt, daß Sie sich wahrscheinlich nicht wohl fühlten, weil Sie so bald zur Ruhe gegangen seien...«

Harry Reffold verstand sie mit einem Male, und er tat etwas, was Mrs. Jane Benett in diesem Augenblick nie erwartet hätte und was ihr den schönsten Tag ihres Lebens schuf: er nahm ihre Hand, schüttelte sie sehr, sehr herzlich und drückte einen Kuß darauf.

Die üppige Mrs. Jane wußte nicht, wie sie schließlich aus dem Zimmer gekommen war, aber plötzlich stand sie auf dem Korridor und versuchte, ihr vor Angst und Glückseligkeit pochendes Herz zu beruhigen. Sie hatte sich diese Szene viel dramatischer vorgestellt, und sie bewunderte Reffold mehr denn je. Mochte er was immer auf dem Kerbholz haben, er war unbedingt ein Gentleman und verdiente, daß man sich seiner annahm. Was an ihr lag, sollte geschehen, und es sollten ihm auch aus dieser dummen Geschichte gewiß keine Unannehmlichkeiten erwachsen.

Mit der guten Laune Reffolds war es allerdings vorbei. Noch wußte er zwar nichts Näheres, aber es war nicht ausgeschlossen, daß Mrs. Benetts geheimnisvolle Mitteilung auf Wahrheit beruhte, und dann hatte er in der verflossenen Nacht in der freudigen Erregung über den Erfolg seines Unternehmens eine verhängnisvolle Unterlassung begangen.

Er rannte mit verkniffenem Gesicht umher und war wütend, daß er sich nicht anders verhalten hatte. Aber der Wunsch, seine kostbare Beute so rasch wie möglich in Sicherheit zu bringen, hatte ihm seine kühle Überlegenheit geraubt, und wenn Frank Milner tatsächlich das Opfer eines Verbrechens geworden war, so trug er in gewissem Maße auch mit Schuld daran.

Mit einem Male aber kam ihm das wüste Bild in Erinnerung, das er in dem Zimmer vorgefunden hatte, und er sah vor allem die eigenartig entstellten Züge des Mannes auf der Ottomane vor sich, die ihm nun plötzlich etwas ganz anderes sagten, als in dem Augenblick, da er sie flüchtig betrachtet hatte. Er war nun überzeugt, daß die Tragödie sich bereits abgespielt hatte, als er in das Zimmer eingedrungen war, und er zog aus gewissen Umständen eine Folgerung, die ihn sofort seine Ruhe und Tatkraft wiedergewinnen ließ.

In wenigen Minuten war er angekleidet, und gleich darauf stürzte er aus dem Haus, verfolgt von den besorgten Blicken Mrs. Benetts, die inbrünstig betete, daß er keine Unvorsichtigkeit begehen möge.

Als Reffold auf dem Postamt hastig eine etwas komplizierte Londoner Nummer verlangte, schüttelte der Beamte verwundert den Kopf und nahm dann ein dickleibiges Verzeichnis zur Hand, in dem er bedächtig zu suchen begann.

Harry sah ihm eine Weile zu, dann wurde er ungeduldig. »Ich glaube, daß Sie Ihr nützliches Buch diesmal im Stich lassen wird. Melden Sie die Nummer nur ruhig an, ich garantiere Ihnen, daß sie zu erreichen sein wird.«

Der Beamte warf den Band auf den Tisch und zuckte gekränkt mit den Achseln, kam aber der Aufforderung nach.

Er hatte die Londoner Zentrale kaum angerufen, als zu seiner größten Überraschung die Verbindung auch schon hergestellt war.

Reffold blieb ziemlich lange in der Zelle, und als er wieder herauskam, sah er zunächst nach der Uhr. Es war einige Minuten vor zehn und er rechnete nach, daß er nun ungefähr bis ein Uhr Zeit haben würde, sich nach verschiedenen Dingen umzusehen, über die er bis dahin im klaren sein wollte.

Als er den Weg erreichte, an dem Milners Haus lag, sah er schon von weitem eine dichte Menschenmenge, die längs des Gitters stand und in den Garten starrte, als ob dort etwas Besonderes zu sehen wäre. Der Sonntagvormittag hatte alle Spaziergänger und Kirchenbesucher zusammengeführt, und man sah den guten Leuten an, welches Grauen ihnen das geheimnisvolle Geschehen einflößte.

Harry drängte sich mitten durch die Menge, aber so aufmerksam er auch hierhin und dorthin hörte, etwas Zuverlässiges konnte er aus dem Schwall von phantastischen Gerüchten nicht erfahren.

Er war fast schon bis zur Haustür gelangt, als sein Blick zufällig auf die gegenüberliegende Seite des Weges fiel, wo sich ein Bauplatz befand, der augenblicklich als Lagerstätte für verschiedene Materialien und Gerüste diente. Auf einem umgestürzten Karren saß dort ein Arbeiter, der sich das Warten auf die Dinge, die da kommen würden dadurch verkürzte, daß er gemächlich sein Frühstück verzehrte.

Als der Mann plötzlich aufblickte, konnte Reffold nur mit Mühe eine Bewegung der Überraschung unterdrücken. Der andere sah ihn gleichgültig an, und Harry betrachtete ihn ebenso interesselos, aber er hatte dieses tückische Gesicht, das von einem verwilderten Bart umrahmt war, sofort wiedererkannt; und er hatte zu seinem besonderen Vergnügen auch noch bemerkt, daß unter der tief ins Gesicht gezogenen Mütze bis über die Backenknochen ein blutrot gefärbter Fleck lief.

Einen Augenblick dachte Reffold daran, irgendwo im Gedränge unterzutauchen und den Bärtigen nicht mehr aus den Augen zu lassen, dann aber überlegte er es sich anders. Er sagte sich, daß der Mann seinen Posten wohl nicht so bald verlassen würde, da er sich ja offenbar vollkommen sicher fühlte und da ihm sehr daran gelegen schien, über das, was hier geschah, auf dem laufenden zu bleiben.

Vor dem Hause standen zwei Polizisten mit ungeheuer wichtigen Amtsmienen, und als Harry die wenigen Stufen hinaufstieg, schienen sie unschlüssig zu sein, ob sie ihn passieren lassen sollten. Er zog aber schon an der alten Glocke und sah so gleichgültig über sie hinweg, daß sie ihn für einen Angehörigen des Hauses, wenn nicht gar für eine verkappte Amtsperson hielten und daher keinen Einspruch erhoben.

Im Arbeitszimmer weilte seit mehr als einer halben Stunde die Mordkommission, mit der auch ein zweiter Arzt gekommen war, aber die Herren wußten nicht recht, was sie mit der mysteriösen Geschichte anfangen sollten. Die zwei Toten waren allerdings da, aber nichts deutete darauf hin, daß sie einem Verbrechen zum Opfer gefallen waren.

Dr. Warner entwickelte etwas unsicher, aber dafür mit um so größerer Beredsamkeit seine Ansichten von dem Herzschlag und dem Zufall, und sein Kollege von der Polizei nickte unaufhörlich Zustimmung, weil er in Verlegenheit gewesen wäre, etwas anderes vorzubringen. Auch ihm erschien ja die Sache nicht so recht geheuer, er hatte schon alle möglichen Symptome, die er kannte, zum Vergleich herangezogen, und keines wollte auf diesen eigenartigen Fall passen.

Auch der Kommissar von Newchurch war unbedingt für die Ansicht der beiden Ärzte, denn erstens hatte er bisher trotz eifrigsten Suchens nicht das geringste finden können, das auf ein Verbrechen hätte schließen lassen, und zweitens war er ein älterer Herr, der seine Ruhe liebte und die Möglichkeit nicht auszudenken vermochte, daß sein beschauliches Dasein plötzlich durch eine richtige Kriminalsache gestört werden könnte.

Die Herren der Kommission waren also auf dem besten Wege, sich zu einigen. Sie schickten sich bereits an, an die Abfassung des Protokolls zu gehen, als plötzlich das Telefon zu schrillen begann.

Der Kommissar griff würdevoll nach dem Hörer und nannte selbstbewußt seinen Namen, aber mit einem Male knickte er zusammen, bekam ein höchst devotes Gesicht und stammelte ein über das andere Mal: »Jawohl, Sir … Sehr wohl, Sir … All right, Sir…«

Die Stimme im Telefon, die sehr kurz und bestimmt geklungen hatte, war schon längst nicht mehr zu hören, als der Kommissar noch immer Verbeugungen machte, bis ihm endlich zum Bewußtsein kam, daß der große Moment, den er eben erlebt hatte, bereits zu Ende war.

Er legte wie im Traum den Hörer auf, trocknete sich die Stirn und sah die beiden Ärzte und den Schreiber mit der Miene eines Mannes an, dem eben eine ganz außerordentliche Ehrung zuteil geworden war.

»Meine Herren, ich danke Ihnen«, sagte er dann mit Würde. »Unsere Aufgabe hier ist beendet. Ich habe soeben mit Sir Wilford Roberts von Scotland Yard gesprochen, der mir mitgeteilt hat, daß dieser Fall von seinen Beamten bearbeitet werden wird. Ich finde das sehr vernünftig, denn wozu hätten wir sonst Scotland Yard.«

Damit raffte er eiligst seine Akten zusammen, schob die Mitglieder der Kommission zur Tür hinaus, sperrte das Zimmer ab und steckte den Schlüssel zu sich. Für ihn war der Fall damit, Gott sei Dank, so gut wie erledigt.

Als die Polizei im Hause erschienen war, hatte sich Ann Learner in ihr Zimmer zurückgezogen. Die Aufregungen des gestrigen Tages und jene der letzten Stunden hatten sie ziemlich mitgenommen, und sie vermochte auch nicht einen klaren Gedanken zu fassen.

Sie sah dem, was kommen würde, völlig teilnahmslos entgegen, und ihr ganzes Sinnen kreiste, so sehr sie auch dagegen ankämpfte, ausschließlich um die Persönlichkeit Harry Reffolds, die für sie plötzlich zu einem Erlebnis von empfindlichsten Erschütterungen geworden war.

An Reffold hatte ihr gefallen, daß er so ganz anders war als die anderen und daß er auch nie ein Wort fallenließ, das den Versuch einer vertraulichen Annäherung oder eine plumpe Huldigung bedeutet hätte. Das hatte ihn ihr so sympathisch gemacht, daß ihr die Plauderstündchen während der Bahnfahrt fast zu einem Herzensbedürfnis geworden waren, so daß sie eine arge Enttäuschung empfand, wenn er das eine oder das andere Mal ausblieb. Allerdings gestand sie sich dies nicht ein, sondern rechtfertigte ihr Interesse damit, daß diese täglichen Fahrten ohne Unterhaltung einfach entsetzlich langweilig gewesen wären und daß sie einen angenehmeren und harmloseren Gesellschafter als Reffold kaum hätte finden können. Und damit er nur ja nie auf einen anderen Gedanken käme, behandelte sie ihn mit einer geradezu aufreizenden Kälte, auf die er allerdings immer mit jenem eigentümlichen Lächeln antwortete, das sie so unverschämt fand.

Nun hatte aber der gestrige Tag dieser Komödie ein jähes Ende bereitet, und es war ihr zu ihrem Entsetzen klargeworden, daß Reffold ihr unendlich mehr war, als sie sich bisher hatte eingestehen wollen. In dem Augenblick, da ihn sein eigenartiges Verhalten zu einer Persönlichkeit stempelte, mit der sie nichts gemein haben durfte, hatte ihr Gefühl für ihn alle künstlich aufgetürmten Schranken durchbrochen, und sie war sich in schmerzvoller Verzweiflung darüber klargeworden, daß diesem Mann das erste innige Empfinden ihres Herzens gehörte.

Sie sah kaum auf, als Nick, übernächtig von seinem gestrigen Rausch und bleich von seinem heutigen Schrecken, ins Zimmer polterte.

»Der Herr möchte Miss Learner sprechen«, sagte er vertraulich und steckte ihr eine Karte in die Hand. »Er sitzt unten im Eßzimmer.«

Ann nahm die Karte gleichgültig entgegen, und es vergingen einige Sekunden, bevor sie überhaupt einen Blick darauf warf. Als sie aber den Namen endlich las, vermochte sie ihn nicht zu fassen. Sie starrte mit leerem Blick auf das weiße Blatt und drehte es mechanisch zwischen den Fingern: ›Harry Reffold‹.

Nick beobachtete seine Herrin aufmerksam von der Seite, und da er ihre Teilnahmslosigkeit sah, wollte er sich ihr angenehm machen. »Soll ich ihn wieder wegschicken?« meinte er dienstbeflissen.

Ann Learner sah auf und überlegte. Daß er kommen würde, war das letzte, was sie in dieser Stunde erwartet hatte, und doch paßte es so ganz zu dem Bild, das sie sich von ihm hatte machen müssen. Harry Reffold war offenbar ein Mann, der keine kleinlichen Bedenken und Rücksichten zu kennen schien und der unbeirrt den Weg ging, der seinen Zwecken diente.

Sie war neugierig, weshalb er gekommen war. Ging seine Unverfrorenheit so weit, daß er nur erschien, um seine Teilnahme auszudrücken, oder verfolgte er mit seinem Kommen noch eine andere Absicht?

Es reizte sie plötzlich, ihm gegenüberzutreten und ihm mit ihrem Blick zu sagen, daß sie ihn durchschaut habe und grenzenlos verachte.

Sie war auf einmal so ruhig geworden, wie sie es in ihrem Leben nie gewesen, und Nick duckte sich ängstlich, als sie ihn mit seltsam kalten Augen ansah.

»Sage dem Herrn, daß ich gleich kommen werde...«

Als Ann eintrat, kam Harry ihr mit ausgestreckter Hand entgegen. »Ich habe mit großer Bestürzung von dem traurigen Vorfall in Ihrem Hause gehört«, sagte er, »und kann mir denken, daß Sie sehr schwere Stunden zu durchleben haben. Wenn ich Ihnen in irgendeiner Weise dienlich sein kann, Miß Learner...«

Er hielt ihr noch immer die Hand hin, und Ann sah in seine grauen Augen, in denen sich ehrliche Teilnahme spiegelte. Aber sie machte keine Miene, die Hand zu ergreifen, sondern blickte ihn nur mit einer stummen, herausfordernden Frage an.

Harry Reffold gewahrte zum ersten Male, wie hübsch sie war, und er machte sich Vorwürfe, daß er dieses entzückende Mädchen bisher fast nur als Mittel für seine Zwecke betrachtet hatte. Seine ausgestreckte Hand sank langsam herab, und es überkam ihn zum ersten Mal in seinem Leben ein Gefühl der Verlegenheit, dessen er nicht Herr zu werden vermochte.

Ann ließ ihren Blick nicht von ihm. Sie suchte in dem vornehmen Gesicht wenigstens einen Zug zu finden, der zu dem Bild gepaßt hätte, das ihr die letzten Stunden aufgedrängt hatten. Aber da war nichts von bösen Leidenschaften, nichts von Verschlagenheit, Brutalität und Tücke, sondern nur Geradheit und ein etwas stark ausgeprägtes Selbstbewußtsein. Anns Überzeugung wäre wohl wieder ins Wanken geraten, wenn nicht das gewesen wäre, was sie mit eigenen Augen gesehen hatte. Die ehrliche, gewinnende Maske konnte sie nicht mehr täuschen, denn sie wußte, was sich hinter ihr verbarg.

Harry wurde es schwer, unter diesen Blicken und bei diesem eisigen Schweigen seine Haltung wiederzugewinnen, aber schließlich spielte doch wieder jenes feine Lächeln um seine Mundwinkel, das sie früher so riesig nett gefunden hatte.

»Ich sehe, Miss Learner«, sagte er, »daß ich Ihnen nichts weniger als willkommen bin. Sie übersehen meine Hand, und Sie haben nicht einmal ein Wort für mich. Das ist, verzeihen Sie, wenig nett von Ihnen. Ich dachte doch, daß wir so etwas wie gute Kameraden wären...«

Dem hübschen Mädchen wurde es bei dem Klang seiner Stimme heiß und kalt, und sie fühlte, daß sie nun sprechen mußte, wenn nicht das Furchtbare geschehen sollte, daß sie diesem Manne trotz allem unwiderruflich verfiel.

»Mr. Reffold«, erwiderte sie kalt, und ihre schlanke Gestalt reckte sich noch höher, »Sie haben nicht das Recht, sich zu beklagen, denn Sie durften keinen anderen Empfang erwarten. Ich habe Ihnen bereits gestern deutlich zu verstehen gegeben, daß ich Ihre Gesellschaft nicht mehr wünsche, weil...«

»Weil Sie mit einem Kerl, der sich in den Taschen anderer Leute zu schaffen macht, nichts zu tun haben wollen...?« fiel er fragend ein und hatte schon wieder sein unverschämtes Lächeln. »Liebe Miss Learner«, er sagte das mit großem Nachdruck, und das »liebe« gab Ann einen empfindlichen Stich ins Herz, »es ist mir furchtbar peinlich, daß Sie von dieser meiner schlechten Gewohnheit Kenntnis erhalten haben, aber glauben Sie mir, ich konnte mir in jenem Augenblick nicht anders helfen. Ich habe nun einmal hie und da solche Anwandlungen, aber deshalb kann man ruhig mit mir verkehren. Meine Freunde und näheren Bekannten pflege ich prinzipiell zu verschonen. Wenn Sie also nur deshalb so schlecht auf mich zu sprechen sind, so läßt sich die Sache sicherlich noch einrenken. Dafür erzähle ich Ihnen dann bei Gelegenheit einmal mehr davon.«

Ann war über diesen Ton so außer sich, daß sie den Mann nur wortlos anstarren konnte, und sie war nun überzeugt, daß die Verworfenheit dieses Menschen und sein Zynismus keine Grenzen kannten.

Mit einem Schritt stand sie plötzlich dicht vor ihm, und ihre Augen bohrten sich förmlich in die seinen.

»Eine weitere Ihrer schlechten Gewohnheiten ist anscheinend die, nächtlicherweile in fremden Gärten herumzustreichen«, sagte sie schneidend. »Geschehen dann immer solche Dinge, wie sie sich heute nacht in diesem Hause ereignet haben...?«

Zum ersten Male hatte sie die Genugtuung, diesen überlegenen Mann für den Bruchteil einer Sekunde außer Fassung geraten zu sehen.

Er starrte sie betroffen an, und sie merkte, wie seine starken Zähne sich in die Unterlippe gruben.

Aber dann hatte er sich sofort wieder in der Gewalt, und es klang sehr kühl und gelassen, als er mit hochgezogenen Brauen fragte: »Was wollen Sie damit sagen, Miss Learner?«

Ann war entschlossen, ihn nun vollends in die Enge zu treiben.

»Daß ich Sie gestern nacht beobachtet habe, wie Sie um das Haus schlichen«, schrie sie ihm verzweifelt ins Gesicht. »Und daß man heute morgen Onkel Frank und einen anderen tot aufgefunden hat...«

Er blickte sie einige Sekunden mit wirklicher Bestürzung an und wiegte dann bedenklich den Kopf.

»Das ist natürlich eine äußerst wichtige Beobachtung, Miss Learner«, sagte er mit Nachdruck. »Ich nehme an, daß Sie die Polizei davon in Kenntnis gesetzt haben und daß es also für mich wahrscheinlich einige sehr unliebsame Scherereien geben wird. Aber das macht weiter nichts.«

Er griff nach seinem Hut, machte Ann eine sehr korrekte Verbeugung und lächelte sie schon wieder an.

»Nichtsdestoweniger hoffe ich, daß wir gute Freunde bleiben werden, Miss Learner...«

Das junge Mädchen starrte auf die Tür, die sich hinter ihm geschlossen hatte, und es verging eine lange Minute, ehe sie sich zu fassen vermochte.

8

Es gibt Zufälle, die über Schicksale, über Sein oder Nichtsein, bestimmen können.

Ein solcher Zufall war es, daß Ann Learner Harry Reffold so ungnädig und rasch verabschiedete und daß dieser eben aus dem Hause trat, als der Mann mit dem Bart, der noch immer auf seinem Karren saß und aus einer Stummelpfeife qualmte, seinen kurzen Hals sehr aufmerksam nach der Seite reckte.

Als Harry interessiert der Richtung seiner Blicke folgte, gewahrte er unter der Menge plötzlich Thompson, der dem anderen offenbar eine wichtige Mitteilung zukommen ließ. Es geschah dies ganz unauffällig, denn Thompson kehrte dem Bärtigen den Rücken zu und lüftete nur zuweilen den Hut, hob bald den einen, bald den anderen Arm spreizte bald an dieser, bald an jener Hand einige Finger und machte so den Eindruck eines sehr nervösen Herrn, den das sensationelle Ereignis völlig aus dem Häuschen gebracht hatte.

Aber Harry kannte sich in diesen Dingen aus und, wenn er die Zeichen auch nicht verstand, so wußte er doch, daß sie etwas Besonderes zu bedeuten hatten.

Vor allem war es ihm höchst erwünscht, zu erfahren, daß zwischen dem Manne, den er in der verflossenen Nacht so unsanft behandelt hatte, und dem sehr ehrenwerten Mr. George Thompson eine Verbindung bestand.

Er setzte sich denn auch sofort auf diese Spur, als der Vierschrötige nach einer Weile aufstand und mit der Miene eines Menschen, der die Geschichte endlich satt hat, gemächlich davonstapfte.

Der Verfolgte schien den Weg durch ganz Newchurch nehmen zu wollen, denn er war bereits bei den letzten Häusern angelangt, und wenn er hier nicht eintrat, so konnte es unter Umständen eine lange Wanderung werden, da die nächsten Wohnstätten gute zwei Meilen entfernt waren.

Reffold machte jedenfalls halt und schlug dann einen Seitenpfad zwischen den Gärten ein, von wo aus er den Mann im Auge behalten konnte, ohne Gefahr zu laufen, selbst gesehen zu werden. Diese Vorsichtsmaßnahme erwies sich sehr bald als angebracht, denn der Bärtige drehte sich mit einem Male blitzschnell um und kam den Weg so eilig und flink zurückgerannt, daß Harry Mühe hatte, ihm auf den Fersen zu bleiben. Nach einiger Zeit mäßigte der andere zwar sein Tempo etwas, aber es ging noch immer in einem Schnellschritt dahin, den man dem schwerfälligen und kurzbeinigen Burschen niemals zugetraut hätte. Er schien offenbar größte Eile zu haben, um den Umweg, den er hatte machen müssen, einzubringen, und Reffold wurde immer neugieriger wo die eilige Reise wohl enden würde.

Nach etwa zehn Minuten war er darüber allerdings nicht mehr im Zweifel, denn der Mann wandte sich demselben Stadtteil zu, den am Tage vorher Thompson aufgesucht hatte, und bog dann in die enge schmutzige Gasse ein, um in dem gleichen Hause zu verschwinden.

Die Gasse machte einen noch verkommeneren Eindruck als in den gestrigen Abendstunden und schien völlig ausgestorben zu sein. In Harrys Ohren gellte plötzlich ein warnendes Hupensignal, und obwohl er schleunigst zur Seite sprang, hätte der Kotflügel des dunkelgrünen Autos, das in diesem Augenblick in die stille Gasse einbog, ihn doch um ein Haar gestreift.

Reffold sah für den Bruchteil einer Sekunde am Fenster des Wagens ein Gesicht, das ihm bekannt schien, dann schoß das Auto die Gasse hinauf und hielt vor dem letzten Gebäude.

Der Schlag neben dem Fahrer flog auf, aus dem Haustor sprang mit einem Satz der Bärtige, zwängte sich neben den riesigen Chauffeur, und schon glitt der Wagen weiter auf die Landstraße, die unmittelbar hinter dem alten Gebäude gegen Bedfont führte.

Harry hatte unwillkürlich alle seine Sinne angespannt. Er wußte, daß es ein Fordwagen war, daß dieser Wagen auf Goodyear-Reifen lief und daß sich in der spiegelglatten Lackierung der Rückwand eine etwa handtellergroße, dunklere Stelle befand. Er kannte ferner den Weg, den das Auto genommen hatte, und auch die Nummer hatte er sich gemerkt. Aber die anderen Merkmale schienen ihm weit zuverlässiger, denn er hätte darauf schwören mögen, daß die Nummer falsch war.

Daß Reffold dies alles wußte, verdankte er dem Zufall, und dieser Zufall sollte Dr. Shipley sehr nützlich, einem anderen aber verdammt unangenehm werden...

Dr. Shipley pflegte an Sonntagen seine Morgenruhe etwas länger auszudehnen. John wunderte sich daher, daß er heute um dieselbe Stunde wie an den Wochentagen zum Ankleiden gerufen wurde, und der erste Blick auf seinen Herrn sagte ihm, daß dieser äußerst schlechter Laune war.

Tatsächlich hatte Shipley wieder eine Nacht hinter sich, die er zum größten Teil mit Rauchen und Grübeln verbracht hatte, um schließlich in einem nervösen Halbschlummer von den unangenehmsten Träumen gequält zu werden.

Das ging nun schon seit jenem letzten Abend so, den er mit Mrs. Carringhton verbracht hatte, und er mußte sich zu seinem Schrecken und zu seiner Beschämung gestehen, daß die mysteriöse Geschichte jenes Abends für ihn Folgen gezeitigt hatte, die er nie für möglich gehalten hätte. Er mochte sich noch so oft sagen, daß Mrs. Carringhton zwar seine Hausdame, sonst aber eine völlig unabhängige Frau sei, deren Tun und Lassen ihn nichts angehe; im nächsten Augenblicke war er schon wieder dabei, sich mit allerhand quälenden Fragen über ihre Persönlichkeit und ihre Verhältnisse den Kopf zu zerbrechen. Er machte sich nun den Vorwurf, daß er Mrs. Carringhton in sein Haus genommen hatte, ohne nähere Erkundigungen über sie einzuziehen; aber eigentlich hatte ja Lady Crowford alles arrangiert, und eine bessere Empfehlung konnte es wohl nicht geben. Schließlich beruhten ja seine Bedenken doch nur auf Vermutungen und gewagten Schlüssen, und wer weiß, ob sich nicht eine ganz harmlose Erklärung ergeben hätte, wenn Mrs. Carringhton nicht so verschlossen gewesen wäre.

Der Fall, der eigentlich das ganze Unheil angerichtet hatte, war über all diesen Überlegungen völlig in den Hintergrund getreten, obwohl Shipley sich in den ersten Tagen eifrigst mit ihm beschäftigt hatte. Die Analyse, die er mit der aus den Fasern gewonnenen Lösung angestellt und von einem der namhaftesten Chemiker hatte nachprüfen lassen, hatte ergeben, daß es sich hierbei tatsächlich um einen unbekannten vegetabilischen Giftstoff handelte. Als Dr. Shipley dann an Versuchstieren zu experimentieren begann, konnte er die ungeheure Bösartigkeit dieses Giftes feststellen und die überraschendsten und unterschiedlichsten Symptome beobachten, je nachdem, ob er das Präparat äußerlich oder durch direkte Einführung ins Blut anwandte. In beiden Fällen wurden Nervenzentren und Muskulatur völlig gelähmt, und nur darin ergab sich ein Unterschied, daß bei der Einspritzung der tödliche Ausgang mit blitzartiger Schnelligkeit eintrat, während bei der äußerlichen Infektion einige Stunden bis zur tödlichen Wirkung verstrichen.

Dr. Shipley stellte dann Versuche mit dem Gegenmittel an, das ihm auf der Polizeistation in Bermondsey ein glücklicher Instinkt eingegeben hatte, und er war überaus befriedigt, als er mit ihm auch jetzt die glänzendsten Erfolge erzielte. Sogar bei der direkten Einführung des Giftes in die Blutbahn konnte er noch nach Sekunden die Wirkung aufheben, und es war überraschend, wie schnell dabei nicht nur alle Symptome der Erkrankung schwanden, sondern die Versuchstiere auch ihre volle Beweglichkeit wiedererlangten. Und durch einen Zufall machte Dr. Shipley noch eine weitere Entdeckung über die Wirkung dieses sonderbaren Giftes. Er hatte bei einem seiner Experimente eben die kleine Glasröhre mit dem Präparat geöffnet, als John eintrat, um ihm eine Mitteilung zu machen. Während er zuhörte, brachte er das Röhrchen zufällig in die Nähe der Atmungsorgane des Versuchstierchens, und als er sich diesem wieder zuwandte, gewahrte er, daß das Tier mit dem Erstickungstode rang.

Dr. Shipley stellte nun systematische Versuche in dieser Richtung an und fand hierbei, daß das Präparat tatsächlich auch in Gasform von stärkster Wirkung war.

Es handelte sich hier also um ein geradezu teuflisches Gift, von dem sich in den Körpern nachher auch nicht die geringste Spur nachweisen ließ.

Was den seltsamen Fall in Bermondsey betraf, so schloß Dr. Shipley, daß der Mann mit dem Giftstoff irgendwie in äußere Berührung gekommen war, und es wäre nun doppelt interessant gewesen, Näheres darüber zu erfahren. Aber er hatte über die ganze Sache nichts mehr gehört, und auch die aufregenden Episoden jenes Abends hatten sich nicht wiederholt, so daß er sich immer wieder sagte, die Warnung von Mrs. Carringhton wäre besser unausgesprochen geblieben.

John war eben dabei, das Frühstück zu servieren, als er durch das Schrillen des Telefons abgerufen wurde, und Dr. Shipley machte sich daran, selbst seinen Tee einzugießen. Er verspürte nicht den mindesten Appetit und hatte kaum einige Bissen zu sich genommen, als John bereits wieder zurückkehrte.

»Mr. Webster wünscht Sie dringend zu sprechen, Sir« meldete er. »Es war wieder einmal die längste Zeit unmöglich, etwas zu verstehen, aber nun geht es schon wieder.«

Dr. Shipley war überrascht und erhob sich eilig, denn der Inspektor pflegte ihn nur in dringenden Fällen anzurufen.

Als er die Muschel anlegte und Webster einen guten Morgen wünschte, schlug dessen gewaltige Stimme in kurzen, aufgeregten Sätzen an sein Ohr.

»Doktor Shipley ...? Ja ...? Gut, daß ich Sie erreicht habe. Anscheinend eine große Sache in Newchurch. Näheres weiß ich nicht. Ausdrücklicher Befehl von Scotland Yard, daß ich mit hinaus soll. Und ich soll Sie dringend bitten mitzukommen. Der Chef legt darauf ganz besonderen Wert. Ich schicke Ihnen gegen elf ein Auto, und Sie holen mich dann in meinem Büro ab. Oberinspektor Burns von Scotland Yard nehmen wir am Victoria-Embankment auf. Also machen Sie sich fertig. Sie kommen doch hoffentlich mit?«

»Gern, Inspektor. In einer Viertelstunde bin ich bereit. Auf Wiedersehen...«

Shipley war erfreut, für den Tag, vor dessen Langeweile er sich gefürchtet hatte, eine solche Ablenkung zu finden, und ging ins Eßzimmer zurück, wo er sein Frühstück beendete und sich hierauf eine Zigarre anzündete. Dann beauftragte er John, ihm sein Taschenbesteck sowie Hut und Mantel bereitzulegen. Dabei teilte er ihm mit, wohin er sich begebe, und etwa zwanzig Minuten später trat er aus dem Haus, um die Ankunft des angemeldeten Autos zu erwarten.

Es war eine dunkelgrüne Ford-Limousine, die wenige Augenblicke darauf in rasendem Tempo vorfuhr. Der riesige Chauffeur griff höflich an die Kappe und öffnete auch schon den Wagenschlag.

Shipley schwang sich hinein, und das Auto flog die Straße entlang und um die nächste Ecke.

John hielt sich noch in der Halle auf, als Mrs. Carringhton erschien und anscheinend so ganz nebenbei fragte: »Wohin ist Dr. Shipley gefahren? Wurde er zu einem Patienten gerufen?«

John beeilte sich, zu berichten, was er wußte, aber Madam hörte wohl nur mit halbem Ohr zu. Sie wollte auch bereits wieder fortgehen, als es plötzlich sehr heftig schellte und John zur Tür eilte, um zu öffnen.

Ein Mann in Ledermantel und Lederkappe stand draußen.

»Ich komme von Inspektor Webster, um Dr. Shipley abzuholen.«

John sah den Mann überrascht an und warf dann einen fragenden Blick auf Mrs. Carringhton, die näher getreten war und nun plötzlich ein Bild höchster Erregung bot.

»Dr. Shipley ist bereits mit einem anderen Wagen abgeholt worden...«, berichtete John etwas betreten.

»Das verstehe ich nicht.«

Der Chauffeur schüttelte den Kopf und wandte sich unschlüssig zum Gehen.

In diesem Augenblick geschah etwas, was John geradezu zu einem Steinbild werden ließ: Mrs. Carringhton stürzte an ihm vorbei und ergriff den Mann heftig am Arm.

»Bringen Sie mich zu Inspektor Webster...«

Und wie sie war, eilte sie die Stufen hinab und warf sich in den harrenden Wagen, der gleich darauf mit größter Schnelligkeit davonraste.

Der korrekte John stand fassungslos in der offenen Tür, und es dauerte lange, bis er wieder zu sich kam.

Als der Wagen mit Dr. Shipley einige Straßen passiert hatte und eben in eine parallel zur Themse führende Gasse einbog, die zu beiden Seiten von riesigen Lagerhäusern umsäumt war, setzte plötzlich der Motor aus.

Der Chauffeur manipulierte ärgerlich an den Hebeln und Tasten und sprang dann aus dem Auto, um nach dem Schaden zu sehen. Schließlich öffnete er den Schlag zum Innern und bückte sich, um seine Werkzeuge hervorzuholen.

In der nächsten Sekunde warf sich ein mächtiger Körper auf Dr. Shipley, und gleichzeitig verspürte dieser einen ihm nur allzubekannten scharfen, süßlichen Geruch.

Ehe er auch nur ein Glied zu rühren oder einen Laut auszustoßen vermochte, fühlte er seine Sinne schwinden.

9

»Was meinen Sie also zu der Sache mit Doktor Shipley, Burns? Glauben Sie, daß er in eine Patsche geraten ist?«

Inspektor Webster fragte es nun schon zum dritten oder vierten Male während der Fahrt nach Newchurch. Er blickte den langen, dürren Mann an seiner Seite hilfesuchend an.

Seit Mrs. Carringhton mit ihrer aufregenden Mitteilung in sein Büro geplatzt war, hatte der Fall Newchurch jedes Interesse für ihn verloren, und er wäre am liebsten in London geblieben, um unverzüglich die Suche nach dem Verschwundenen aufzunehmen.

Aber zunächst mußte der Befehl von Scotland Yard ausgeführt werden, auch wenn noch so kostbare Zeit verstrich.

Der Inspektor hätte nun wenigstens gern von Burns einen Trost gehört, denn dieser galt in Scotland Yard als ein Mann, der durch die schwierigsten Probleme und Situationen nicht in Verlegenheit zu bringen war.

Über den Fall Shipley schien sich aber der tüchtige Burns noch nicht so recht im klaren zu sein, denn er zuckte auf die wiederholten dringlichen Fragen seines Begleiters nur mit den Achseln und lutschte an seinem dicken Tabakstengel, den er mit großem Behagen an seinem vorderen Ende als Zigarre und am rückwärtigen als Priem genoß.

Erst nach einer geraumen Weile, als Webster es bereits aufgegeben hatte, aus Burns ein Wort herauszubringen, bequemte sich dieser zu einer Antwort.

»War die Dame, die Sie aufgesucht hat, Dr. Shipleys Frau?«

»Nein«, erwiderte Webster und wunderte sich, daß für den Detektiv dies das Wichtigste zu sein schien. »Nur seine Hausdame…«

Burns wiegte nachdenklich den Kopf. »Sonderbar«, sagte er. »Ich an seiner Stelle hätte sie schon längst geheiratet.«

Als sie vor der Polizeistation in Newchurch vorfuhren, fanden sie den Kommissar bereits auf sie warten, und der Mann ließ es sich nicht nehmen, die kargen Ergebnisse seiner Nachforschungen in einen weitschweifigen Bericht zu kleiden, bei dem Burns in einem alten, bequemen Lehnstuhl ein kleines Schläfchen zu halten schien und Webster sich immer wieder fragte, weshalb man gerade ihn mit hergeschickt habe.

Im Hause Milners wurde dann Burns etwas lebendiger. Er überließ es Webster, dem unerschöpflichen Redestrom des tüchtigen Kommissars zuzuhören, und schlich selbst rastlos im Arbeitszimmer umher, wobei seine blinzelnden Augen jeden Zoll des Bodens, der Wände und der Decke absuchten.

Die beiden Toten waren in der Lage belassen worden, in der man sie gefunden hatte, und der Oberinspektor blieb vor der Leiche Milners stehen und betrachtete sie mit besonderer Aufmerksamkeit.

»Haben Sie bereits einen ärztlichen Befund, Kommissar?«

»Selbstverständlich«, beeilte sich dieser zu versichern, »sogar zwei. Herzschlag…«

Man wußte nicht, was Burns dazu meinte, denn er verzog keine Miene, sondern besah sich nun den zweiten Toten. Plötzlich wurde sein Gesicht lang, und über seine Lippen kam ein leises, gedehntes Pfeifen.

Diesen Mann kennt hier niemand«, bemerkte der Kommissar wichtig. »Und man weiß auch nicht, wie er ins Haus gekommen ist.«

»Machen Sie sich darüber keine Sorgen, Kommissar, da kann ich Ihnen helfen«, meinte Burns. »Ein guter alter Bekannter von mir: David Stone. – Bei dem habe ich mich einmal geirrt«, fügte er nach einer kleinen Pause etwas wehmütig hinzu. »Ich habe ihm nämlich immer prophezeit, daß er im Zuchthaus sterben werde. Jetzt ist es damit leider vorbei.«

Webster fand den Fall ganz klar und alltäglich und konnte nicht begreifen, was die Polizei dabei tun sollte. Daß Burns trotzdem immer noch herumschnüffelte, kam ihm lächerlich vor, aber die Leute von Scotland Yard mußten sich ja bei jeder Gelegenheit wichtig machen, und deshalb konnte er sie auch nicht ausstehen.

Burns hatte eben den Schreibtisch untersucht und die herumliegenden Papiere Blatt für Blatt geprüft, als er mit einer raschen Bewegung nach einem kleinen Gegenstand griff und ihn mit zwei Fingern gegen das Licht hielt.

Es war eine große, wunderbar gefärbte Perle.

»Fein, was?« meinte er blinzelnd.

Der Inspektor besah sich das Prachtstück, aber irgendein Mordinstrument oder wenigstens ein Fingerabdruck wäre ihm unbedingt lieber gewesen.

Nachdem der Oberinspektor seinen Fund in der Brieftasche verwahrt hatte, setzte er die Suche noch eifriger als vorher fort, aber er konnte anscheinend nichts mehr finden, was ihn sonderlich interessiert hätte. Auch die Dinge, die er den Taschen der beiden Toten entnahm, schienen ihn nicht zu befriedigen, denn er legte Stück für Stück achtlos beiseite und ersuchte den Kommissar, ein Verzeichnis anzulegen.

Dann schlurfte er wieder durch das Zimmer, um plötzlich einige Schritte vor dem Kamin stehenzubleiben und scharf den Fußboden zu betrachten. Nach einer Weile kniete er vorsichtig nieder und wischte mit einem Finger behutsam über die rotgestrichenen Bretter.

»Hier hat etwas gelegen und ist dann geschleift worden«, sagte er. »Sie können das an den Spuren ganz deutlich beobachten. Das Zimmermädchen scheint nicht viel wert zu sein, denn der Staub ringsherum muß schon einige Tage liegen.«

Webster grinste spöttisch über diese Entdeckung.

»Halten Sie das für so wichtig? – Ich glaube, zuerst sollten wir uns doch einmal darüber klarwerden, ob hier überhaupt etwas geschehen ist«, fuhr er dann verdrießlich fort. »Mir kommt es so vor, als ob wir unnütz die Zeit vertrödeln, und der Kommissar ist ganz meiner Meinung. Das ist eine Sache für den Totenbeschauer, aber nicht für die Polizei, und ich möchte nur wissen, wer deshalb Scotland Yard alarmiert hat.«

Der lange Burns überließ es dem Inspektor, auf seine Frage selbst eine Antwort zu finden, und interessierte sich mit einem Mal lebhaft für die Gäste, die Milner am letzten Abend bei sich gehabt hatte. Der Kommissar nannte ihm ihre Namen, die er von Dr. Warner erfahren hatte, und Burns machte sich eifrig Notizen.

Dann stieß er plötzlich das Fenster auf und sprang mit jugendlicher Behendigkeit ins Freie.

»Kommen Sie, Webster, wir wollen uns ein bißchen im Garten umsehen.«

Während der Inspektor und der Kommissar ihm etwas steif und schwerfällig folgten, lief Burns bereits die Front des Hauses; ab, und seine Augen wichen nicht vom Boden. Als er wieder zurückkam, stieß er einige Schritte vom Fenster mit der Schnelligkeit eines Raubvogels auf einen Gegenstand, den er rasch in der Tasche verschwinden ließ. Dann erregten einige Fußspuren unmittelbar an der Mauer seine Aufmerksamkeit, und er machte sich äußerst umständlich an deren genaue Untersuchung. Besonders einer der Abdrücke schien ihm viel Kopfzerbrechen zu verursachen, und er nahm sich die Mühe, die Form auf einem Stück Papier mit peinlicher Genauigkeit nachzuzeichnen.

Als er damit fertig war, rannte er mit großen Schritten das eiserne Gitter entlang, das den Garten von allen Seiten einschloß. Er war bereits an der Rückseite des Gitters angelangt, wo der Fahrweg zur Themse vorbeiführte, ohne auf irgendeine weitere Spur gestoßen zu sein, als sein Auge plötzlich von einem weißen Fleck angezogen wurde, der sich wenige Schritte von der Einfriedung von der braungelben Blätterdecke abhob. Mehr mechanisch als bewußt, ging der Detektiv darauf zu und hob ein Kuvert auf, das er kaum in Augenschein genommen hatte, als sich in seinen sonst so ausdruckslosen Mienen grenzenlose Verblüffung widerspiegelte. Er drehte das Papier immer wieder hin und her, und wie um sich zu vergewissern, daß das, was er sah, keine Täuschung sei, las er halblaut vor sich hin: »An Oberinspektor Burns von Scotland Yard...«

Nach einer Weile öffnete er den Umschlag und entfaltete ein Briefblatt, das eine energische Männerhandschrift aufwies.

Wohl dreimal überflog Burns den Inhalt, und nach jedem der kurzen Sätze machte er eine Pause, um sich über den Sinn der Worte klarzuwerden.

Es war dies nicht so leicht, denn die Mitteilung klang ziemlich seltsam und rätselhaft:

> ›Wenn Dr. Shipley gekommen wäre, hätte es dieses Schreibens an Sie nicht bedurft. So aber müssen Sie, wenn Sie klarsehen wollen, Inspektor Webster nach dem Kranken befragen, den man ihm vor einigen Tagen vom Pier gebracht hat und den Dr. Shipley behandelte. – Lassen Sie die Toten nach London bringen, und sorgen Sie dafür, daß sie unter strenger Bewachung bleiben, denn sonst könnte mit ihnen dasselbe geschehen, was mit dem Kranken Inspektor Websters geschehen ist. – Kümmern Sie sich nicht um die Dinge, die im Garten vorgegangen sind, denn diese haben mit der Sache nichts zu tun und könnten Sie nur irreführen‹

Burns blickte lange nachdenklich vor sich hin, dann faltete er das Blatt bedächtig zusammen und schritt dem Hause zu.

Webster war bereits äußerst ungeduldig und machte daraus kein Hehl.

»Wenn wir hier nicht übernachten wollen, wäre es an der Zeit, daß wir uns auf den Weg machen«, empfing er den Oberinspektor. »Oder haben Sie vielleicht etwas entdeckt, daß es verlohnen würde, hierzubleiben?«

Er grinste Burns herausfordernd an, denn es bereitete ihm eine große Genugtuung, den Leuten von Scotland Yard bei Gelegenheit zu verstehen zu geben, daß sie auch nicht gescheiter seien als die anderen Polizeibeamten.

Burns verneinte mit einem resignierten Kopfschütteln. »Erzählen Sie mir doch lieber einmal die Geschichte von Ihrem Kranken, den Doktor Shipley behandelt hat«, sagte er dann plötzlich und sah Webster interessiert an.

Auf die Antwort, die er bekam, war er nicht vorbereitet.

Der Inspektor fuhr wie eine gereizte Bulldogge herum. »Mr. Burns«, er gab sich diesmal keine Mühe, seine Stimme zu dämpfen, und man konnte ihn daher bis an das Ende des Ortes hören, »das verbitte ich mir. Machen Sie sich über sich selbst lustig. Wenn Sie an meiner Stelle gewesen wären, hätte man nicht nur den Mann, sondern auch Sie noch dazu gestohlen...«

Der Oberinspektor machte ein Gesicht wie ein Mensch, dem ein Kübel eiskalten Wassers über den Kopf gegossen wird.

Endlich ging Webster infolge des gewaltigen Stimmaufwands die Luft aus, und Burns kam dazu, ihm den Brief in die Hand zu drücken.

Als Webster mit dem Lesen fertig war, hatte sein Gesicht einen etwas verlegenen Ausdruck, und er sah den Oberinspektor sehr schuldbewußt von der Seite an.

»Na ja, das ist natürlich etwas anderes«, meinte er nach einem gründlichen Räuspern, »aber wenn Sie mich so ohne jede Einleitung nach dieser verdammten Geschichte fragen ...«

Er erzählte nun ruhig und zusammenhängend die Geschichte von Dr. Shipleys seltsamem Fall, aber als er zu Ende kam, packte ihn sichtlich wieder der Grimm. »Ich möchte wünschen, daß die Bande wirklich hier die Hände im Spiel hat, denn dann kriege ich sie jetzt endlich doch zu fassen.«

Burns hatte wortlos zugehört und schickte sich nun an, wieder durch das Fenster ins Haus zu turnen.

»Was geschieht also jetzt?« fragte Webster plötzlich.

»Genau das, was in dem Brief steht«, erwiderte Burns und verschwand in dem Zimmer.

*

»Mr. Reffold«, empfing ihn Mrs. Benett hastig, als Harry von seinem Besuch im Kastanienhaus und von seiner Jagd hinter dem Mann mit dem Bart gegen ein Uhr nach Hause kam, »Sie sind bereits zweimal aus London angerufen worden, aber ich wußte leider nicht, wann Sie zurückkommen. Die Dame wird sich in einer halben Stunde nochmals melden...«

Harry hörte ihr höflich, aber ohne sonderliches Interesse zu.

»Und noch eins muß ich Ihnen mitteilen«, lispelte sie nach einigem Zögern, »Mr. Thompson hat mich abermals aufgesucht...«

Reffold hob gespannt den Kopf, und Mrs. Benett war höchst befriedigt über den Eindruck, den ihre Mitteilung machte.

»Natürlich habe ich ihn entsprechend empfangen«, beeilte sie sich zu versichern, »aber er kam eigentlich nur geschäftlich, wenn man so sagen darf. Er bat mich nämlich, ihm einen kalten Imbiß und etwas Wein und Whisky zu überlassen, da sich plötzlich Gäste bei ihm angesagt hätten und er heute anderwärts nichts bekommen könnte, da ja alle Geschäfte geschlossen sind. Diesem Gefallen mußte ich ihm schließlich tun; als er dann aber Miene machte, ein Gespräch zu beginnen, habe ich ihn schnell verabschiedet. Er schien sich mit einem Male für meine Gäste zu interessieren und wollte vor allem über Sie, Mr. Reffold, verschiedenes wissen...«

Mrs. Benett machte ein höchst verschmitztes Gesicht, und Harry begann immer interessierter aufzuhorchen. »Selbstverständlich überhörte ich seine Fragen, und als er das merkte, hat er sich sehr rasch empfohlen.«

Harry war nicht sonderlich erbaut, Thompsons Aufmerksamkeit erregt zu haben. Er hatte bei allem, was er bisher getan hatte, die größte Vorsicht beobachtet und war sich keines Versehens bewußt, das Thompson und seine Helfer auf seine Spur hätte führen können. Aber offenbar hatten sie ihr Augenmerk bereits auf ihn gerichtet, und es war ihm lieb, dies zu wissen; da er sich nun danach richten konnte.

Eben kam zum dritten Mal der Anruf aus London, und Mrs. Jane begleitete Reffold in ihr Kontor, zog sich aber sofort mit einem diskreten Lächeln wieder zurück.

Kaum hatte Harry die ersten Worte des Gesprächs vernommen, als sein Gesicht einen bestürzten und erschreckten Ausdruck annahm.

»Verschwunden ...? Wann ...? Etwa um elf Uhr...?« fragte er hastig. »In einem grünen Ford-Wagen ...? Ist das sicher ...? – Bitte, beruhigen Sie sich ... Ja ... ich hoffe es ... Auf Wiedersehen...«

Reffold stürmte mit langen Schritten aus dem Kontor und wollte an der verwunderten Mrs. Jane vorbei aus dem Haus eilen, als er es sich plötzlich anders überlegte.

Er bat Mrs. Benett, ihm servieren zu lassen, und während er in dem großen Eßzimmer, das heute ziemlich stark besetzt war, ruhig und mit Appetit speiste, suchte er das, was er soeben erfahren, und das, was er selbst beobachtet hatte, in Übereinstimmung zu bringen.

Es konnte keinem Zweifel unterliegen, daß man sich Shipleys bemächtigt hatte, und nicht nur der dunkelgrüne Ford-Wagen, sondern auch verschiedene andere Momente bestärkten ihn in der Vermutung, daß der Entführte sich in jenem Auto befunden hatte, das vor etwa einer Viertelstunde auf Reichweite an ihm vorbeigefahren war.

Harry rechnete nach: Ungefähr um zehn Uhr hatte er die gewisse Londoner Nummer angerufen, und innerhalb der nächsten Viertelstunde mußten vor dort aus gewisse Anordnungen ergangen sein. Gegen elf Uhr war dann das grüne Auto bei Dr. Shipley vorgefahren, und etwa um drei Viertel eins, also genau in der Zeit, die man brauchte, um Newchurch zu erreichen, war die Limousine in dem Schlupfwinkel in der stillen Seitengasse verschwunden. Zeitlich stimmte also die Sache fast auf die Minute, und auch ursächlich fand Reffold einen lückenlosen und völlig verständlichen Zusammenhang: Shipley war zum Kastanienhaus beordert worden – Harry wußte, wer dies veranlaßt hatte –, er durfte aber dort nicht ankommen, wenn das tragische Ende von Milner und Stone nicht als Verbrechen erkannt und damit die Handhabe für eine eingehende polizeiliche Untersuchung gegeben werden sollte.

Reffold erinnerte sich auch des Telefonanrufs, der gestern unter der Nummer des Arztes durch Thompson erfolgt war, und er konnte sich nun erklären, wie sich die Dinge heute vormittag abgespielt haben mochten. Das Gespräch mit Webster war abgehört worden, und gleich darauf stand das Auto bereit, um Shipley abzuholen.

Soweit war Harry alles klar. Nur etwas verursachte ihm noch Kopfzerbrechen: das dunkle Gesicht, das er gesehen hatte, als der Ford-Wagen an ihm vorübergefahren war, und das ihm so bekannt vorgekommen war, das er aber nicht zu identifizieren vermochte, so viele Gestalten seines Bekanntenkreises er auch Revue passieren ließ.

Nach dem Lunch ging Reffold auf seine Zimmer und warf dort zunächst einige Zeilen auf einen Briefbogen, den er kuvertierte und zu sich steckte. Dann breitete er eine große Karte von Middlesex aus und saß eine gute Weile darüber, wobei er sich eifrig Notizen machte.

Pünktlich um drei Uhr verließ er die Pension, nahm sich am Bahnhof ein Taxi und befahl dem Chauffeur, am Kastanienhaus vorüberzufahren und dann die Straße nach Bedfont einzuschlagen.

Als der Wagen am Gitter vorbeirollte, beförderte Harry den Brief, den er zu sich gesteckt hatte, durch einen geschickten Wurf in den Garten. Zu beiden Seiten der Straße, die über Ashford nach Bedfont führte, zogen sich Gemüsegärten hin, und etwa erst nach einer Meile kamen Äcker, Weideland und Wald.

Reffold blickte unausgesetzt scharf nach links und rechts, aber er sah auch nicht ein Gebäude, das seine Aufmerksamkeit erregt hätte. Endlich beschloß er, den Chauffeur, der gewiß einige Ortskenntnis besaß, zu Rate zu ziehen.

Er hatte auf der Karte zwei Gebäude gefunden, die etwas abseits der Straße lagen und die ihm eines eingehenden Interesses wert schienen. Der Chauffeur kannte diese Baulichkeiten. Die eine, die sie in etwa zehn Minuten erreichen mußten, war eine alte Ziegelei, die aus einem primitiven Brennofen und einigen Schutzdächern bestand; das zweite Gebäude lag etwa drei Meilen weiter und war ein ehemaliges Wildhüterhaus, das aber schon seit Jahren nicht mehr bewohnt war, sondern nur gelegentlich als Unterkunft für die Arbeiter diente, die alljährlich zur Ernte herangezogen wurden.

Als der Wagen in die Nähe der Ziegelei kam, konnte Harry die Baulichkeiten genau überblicken, und er sagte sich, daß sie wohl kaum ein Versteck bieten könnten. Nichtsdestoweniger ließ er den Wagen halten und stieg einen Augenblick aus, um die Umgebung näher in Augenschein zu nehmen.

Die Straße begann nun etwas anzusteigen und verlor sich in einem Wald, der, wie aus der Karte ersichtlich war, fast bis an die ersten Häuser von Jekensfield reichte.

Nachdem Reffold seine Pfeife in Brand gesetzt hatte, ging die Fahrt weiter, und nach wenig mehr als einer Viertelstunde erreichte der Wagen den Wald.

Nach Angaben des Chauffeurs lag das alte Wildhüterhaus etwa 500 Meter weiter am Rande einer Lichtung an der linken Straßenseite, und Reffold fand es daher angezeigt, den Wagen hier stehenzulassen und zu Fuß einen Erkundungsgang zu machen.

Er trat unter die Bäume und schritt längs der Straße dahin, bis er vor einer ausgedehnten, von Farnkräutern und Beerensträuchern überwucherten Fläche stand, die tief in den Waldkomplex einschnitt. Am äußersten Ende der Lichtung stand ein von Wind und Wetter ziemlich mitgenommenes kleines Haus, dessen moosbedecktes Dach bedenklich nach einer Seite überhing. Das Gebäude und seine Umgebung boten ein Bild völliger Verlassenheit, und Harry fragte sich bereits, ob unter diesen Umständen eine nähere Besichtigung wohl lohnend wäre, als sein Blick zufällig auf die Straße fiel und er hier eine Entdeckung machte, die ihn mit einem gewaltigen Satz auf die Fahrbahn brachte.

Der Weg war hier infolge der Feuchtigkeit weniger hart als außerhalb des Waldes, und er konnte plötzlich ganz deutlich die Reifenspuren unterscheiden, die sich ihm mittags völlig unbewußt so deutlich eingeprägt hatten. Als er ihnen einige Schritte nachgegangen war, wußte er, daß er sich am Ziel seiner Nachforschungen befand. Der Wagen hatte hier gehalten, und von der Straße führten deutliche Fußspuren zu dem kleinen Haus.

Er verfolgte sie bis etwa zur Mitte der Lichtung, dann machte er kehrt und untersuchte die Stelle, wo das Auto gehalten hatte, mit besonderer Gründlichkeit. Nach einigen Augenblicken wußte er, daß zwei Mann gekommen waren, aber nur einer wieder gegangen war. Die Spuren, die nach der Hütte liefen, waren tief eingeprägt und unregelmäßig, als ob die Leute eine schwere Last getragen hätten.

»Wie lange brauchen Sie, um mich zur Westminster-Brücke zu bringen?« fragte Reffold den Chauffeur, als er wieder beim Auto angekommen war.

Der Mann rechnete eine Weile gewissenhaft nach.

»Unter drei Stunden werde ich es wohl kaum schaffen, Sir«, meinte er.

»Und wieviel verlangen Sie dafür?«

Der andere schätzte seinen Fahrgast mit einem verstohlenen Blick ab und begann dann rasch einen gehörigen Profit zu kalkulieren. »Drei Pfund, Sir«, erwiderte er nach einer Weile etwas zögernd.

Harry Reffold nickte und sprang in den Wagen.

»All right ... Und für jede Viertelstunde, die Sie früher dort sind, ein Pfund mehr...«

10

Die Lichter in dem riesigen, getäfelten Raum waren so abgedämpft, daß die beiden Gestalten in den tiefen Klubsesseln beim Kamin nur in schattenhaften Umrissen zu sehen waren.

»Also wirklich!« sagte nach einer längeren Pause der grauhaarige Herr mit dem buschigen Schnurrbart und dem gesunden, energischen Gesicht. Um seinen Mund lag ein befriedigtes Schmunzeln, und seine gepflegte Hand griff immer wieder in die vor ihm liegenden kleinen Lederbeutel, um deren Inhalt spielend durch die Finger gleiten zu lassen.

Sooft das Kaminfeuer auf das Rinnsal fiel, das aus seiner Hand lief, leuchtete dieses in strahlenden Reflexen auf.

»Wirklich großartig«, fuhr er mit gedämpfter Stimme fort.

»Man könnte stundenlang sitzen und sich an dieser Herrlichkeit erfreuen.«

Plötzlich ließ er mit einer jähen Bewegung die Steine in die Beutel laufen und schob diese zur Seite. »Ihre Zigarre ist ausgegangen, Harald, und Ihr Glas ist leer; sogar meine Gastgeberpflichten habe ich über der Überraschung vergessen, die Sie mir bereitet haben.« Er reichte dem anderen die Hände über das Tischchen.

Der große junge Mann schüttelte sie herzlich.

»Machen Sie sich deshalb keine Gewissensbisse, Sir Wilford. Ich pflege mich schon selbst zu bedienen, wenn man mich vernachlässigt.« Er reckte seine hohe Gestalt etwas auf und lächelte den Grauhaarigen an. »Aber Sie wissen ja, daß ich heute noch einiges vorhabe, und da möchte ich nicht zuviel des Guten tun.«

Auf Sir Wilfords Gesicht kam ein ernster Zug.

»Ich weiß nicht, ob ich recht daran tue, wenn ich Sie noch weiter gewähren lasse«, meinte er bedenklich. »Es scheint mir, als ob Sie die Gefahr zu unterschätzen beginnen, und ich könnte es mir nie verzeihen, wenn Sie ihr zum Opfer fielen. Sie haben eine geradezu geniale Arbeit geleistet und mich dadurch zu größtem Dank verpflichtet. Dieser Erfolg könnte Ihnen doch wirklich genügen. Was noch zu tun ist, ist so untergeordneter Art, daß Sie es ruhig meinen Leuten überlassen sollten...«

Der junge Mann klemmte das Monokel ins Auge und schüttelte energisch mit dem Kopf.

»Sie irren, Sir Wilford. Gerade das Gegenteil ist der Fall. Was bisher war, war nebensächlich und ein Kinderspiel, und erst was jetzt kommt, ist die Hauptsache. Wenigstens für mich. Sie haben Ihre Juwelen, aber ich habe noch nicht das, was ich suche. Wenn ich es aber finde, wird es wahrscheinlich auch für Sie von weit größerem Wert sein als die Kostbarkeiten, die ich Ihnen eben gebracht habe.«

Sir Wilford warf den grauen Kopf mit einer raschen Bewegung zurück und sah den jungen Mann mit scharfem Blick an. »Ich verstehe Sie nicht, Harald...«

Um Harald Russells Mundwinkel spielte sein gewinnendes Lächeln.

»Sie können mich auch nicht verstehen, Sir Wilford, weil ich bis zu dieser Stunde nicht ganz aufrichtig zu Ihnen war. Als ich vor einigen Monaten zu Ihnen kam und Sie bat, mir in gewisser Hinsicht freie Hand zu gewähren, da sagte ich Ihnen, daß meine Nachforschungen den Juwelen der Herzogin von Trowbridge und Mrs. Fairfax gelten sollten. Ich wußte, daß Ihnen an dieser Sache, die so viel Staub aufgewirbelt hatte, viel gelegen sein mußte, und ich konnte daher damit rechnen, daß Ihnen meine Beihilfe, mochte sie auch noch so problematisch erscheinen, willkommen sein würde. Wäre ich Ihnen aber mit der Angelegenheit gekommen, die mir vor allem am Herzen lag, so hätten Sie mich wahrscheinlich ausgelacht und mit mehr oder weniger höflichen Worten vor die Tür gesetzt...«

Sir Wilford verriet eine gewisse Ungeduld, und Harald beeilte sich, seinem Verständnis zu Hilfe zu kommen.

»Erinnern Sie sich an den Tod von Hauptmann Colburn-Carringhton? Er war zum India Office kommandiert und ist am 29. März, also vor sechs Monaten, in seinem Büro tot aufgefunden worden...«

Sir Wilford dachte einen Augenblick nach und nickte dann. »Ich weiß. Ein sehr trauriger Fall. Colburn war noch ziemlich jung und hatte eine glänzende Karriere vor sich. Aber nach allem, was ich weiß, handelte es sich doch um einen ganz natürlichen Tod«, fügte er etwas befremdet hinzu.

Harald sah ihn vielsagend an. »Sir Wilford, wenn man sechsunddreißig Jahre alt und kerngesund ist, wie mein Vetter Arthur es war, dann geht man nicht ins Büro, um an seinem Schreibtisch auf natürliche Weise eines plötzlichen Todes zu sterben. Daran habe ich trotz aller ärztlichen Befunde nie geglaubt, sondern ich wußte vom ersten Augenblick an, daß da etwas Besonderes geschehen war. Ich hatte mit Arthur eine Stunde vor seinem Tode gefrühstückt, und er hatte mir dabei in höchster Erregung angedeutet, daß an diesem Vormittag Dokumente in seine Hände gelangt seien, durch die einige Persönlichkeiten der Armee und der Verwaltung sowie eine Reihe von anderen Leuten in schwerster Weise kompromittiert würden. Das Material befand sich in einem starken blauen Umschlag, der an Carringhton adressiert war, und durch einen Zufall konnte ich auf dem Umschlag einen auffallenden Farbfleck wahrnehmen. Dieser Umschlag wurde aber weder bei der Leiche Colburns noch in seinem Schreibtisch gefunden, und als ich dies festgestellt hatte, gab es für mich keinen Zweifel mehr, daß der Tod Arthurs mit dem Verschwinden der verfänglichen Dokumente in engstem Zusammenhang stand.«

Harald machte eine kleine Pause und starrte in die Kaminglut.

»Colburn war nicht nur mein Vetter, sondern auch mein Freund, denn obwohl er einige Jahre älter war als ich, hat uns von den Studienjahren in Cambridge bis zu seinem Tode die herzlichste Kameradschaft verbunden. Diese Freundschaft legte mir die Pflicht auf, das Dunkel zu lichten, das seinen jähen Tod umgab und die Schuldigen zu finden, wenn solche vorhanden waren. Sie wissen ja, Sir Wilford« – Harald lächelte boshaft, »daß ich in meiner Familie als ein völlig nutzloses Glied der menschlichen Gesellschaft gelte, weil ich nur für abenteuerliche Dinge zu haben bin. Das Rätsel von Colburns Tod stellte mich also vor eine Aufgabe, die mir zusagte, und lange, bevor ich zu Ihnen kam, war ich schon an der Arbeit. Aber die Sache schien aussichtslos, bis der zweite Juwelenraub bei Mrs. Fairfax mir endlich einen Anhaltspunkt lieferte...«

Sir Wilford war seinem Gegenüber mit sichtlichem Interesse gefolgt. »Sie sollten zu mir kommen, Harald, wenn Ihnen die Sache so viel Spaß macht«, unterbrach er den Sprecher lebhaft. »Ich habe Ihnen dieses Angebot schon einmal gemacht, obwohl ich damals noch nicht wußte, daß Sie so außerordentliche Fähigkeiten für unseren Dienst besitzen. Wie Sie mir die Sache darlegen, scheint sie mir möglich. Und ich weiß, Sie sind kein Phantast. Also, was haben Sie in der Hand?«

Der junge Mann spielte mit seinem Monokel und lächelte. »Ein Stückchen blaues Papier«, sagte er leichthin, »das Ihre Leute nach dem Einbruch bei Mrs. Fairfax gefunden haben, mit dem sie aber nichts anzufangen wußten. Mir jedoch brachte es die langgesuchte Fährte, denn es war ein Stück jenes Kuverts, das ich bei Arthur gesehen hatte; ein Teil der Adresse war darauf zu erkennen, ebenso der dunkle Farbfleck, der mir seinerzeit aufgefallen war...«

Der graue Kopf schoß blitzschnell vor, und ein Paar scharfer Augen hefteten sich fragend auf Russell. »Das würde also heißen...«

»...daß diejenigen, die die Juwelen von Mrs. Fairfax geraubt haben, auch mit dem plötzlichen Tode von Colburn zu schaffen hatten, Sir Wilford...«, ergänzte Harald mit Nachdruck. »Deshalb habe ich mich auf diese Spur gesetzt, und wie Sie mir bestätigen werden, mit einem ganz hübschen Erfolg.«

Sir Wilford begann in Eifer zu geraten.

»Wie weit sind Sie mit dem andern Fall gekommen?« fragte er hastig.

»Nur so weit, daß ich nun die Gewißheit habe, auf der richtigen Fährte zu sein«, erwiderte Harald, und seine Mienen verrieten, daß er damit nicht sonderlich zufrieden war. »Aber ich habe Zeit, und ich hoffe, daß mich die gestrigen Vorgänge im Kastanienhaus ein Stück weiterbringen werden.«

Der grauhaarige Herr sprang mit jugendlicher Elastizität auf. »Seien Sie vernünftig, Harald«, meinte er, während er mit großen Schritten auf und ab ging, »und lassen Sie mich zufassen.

Wenn wir die Burschen erst einmal haben, werden wir sie schon zum Sprechen zu bringen wissen.«

Der junge Mann machte rasch eine abwehrende Handbewegung, »Dazu ist es noch zu früh, Sir Wilford. Die Leute, die ich Ihnen heute ausliefern könnte, sind nichts weiter als untergeordnete Werkzeuge, und selbst Ihre Spezialisten könnten aus ihnen kaum etwas von Wichtigkeit herausbringen, weil sie nämlich selbst nichts oder wenigstens nicht viel wissen. Wir müssen die Anführer haben, Sir Wilford, wenn Ihnen und mir gedient sein soll, und diese kenne ich bisher nicht. Aber in nicht allzu langer Zeit werde ich sie Ihnen nennen können. Und dann können Ihre Leute das Letzte tun.«

Harald Russell stand lächelnd vor dem grauhaarigen Herrn, der ihm die Hand entgegenstreckte.

»Nun, Sie sollen also Ihren Willen haben. Aber vergessen Sie nicht das Signal«, fügte er eindringlich hinzu. »Wenigstens diese Beruhigung möchte ich haben...«

Der junge Mann drückte die dargereichte Rechte. »Ein langer und drei kurze Pfiffe«, sagte er, »jawohl. Ich danke Ihnen, Sir Wilford.«

Er schüttelte seinen linken Arm ein wenig und hielt plötzlich ein kleines Pfeifchen empor. »Sie sehen, ich bin jederzeit gerüstet...«

Sir Wilford lachte etwas spröde. »Sie sind ein Teufelskerl, Harald .«

Harald Russel befand sich bereits an der Tür, als ihn die Stimme des Grauhaarigen noch einmal zurückrief.

»Wie ist das mit den zwölftausend Pfund, die Sie mir übergeben haben? Gehören die ebenfalls zur Beute?«

Harald überlegte eine Weile. »Nein«, meinte er dann zögernd, »sie sind Privateigentum. Ich habe sie nur vorsichtshalber mitgenommen, und ich glaube, das war gut. Haben Sie aber die Liebenswürdigkeit, den Betrag vorläufig ebenfalls in Verwahrung zu behalten.«

Während der junge Mann die breite Treppe des großen Gebäudes am Victoria Embankment hinabstieg, nahm der grauhaarige Herr rasch den Hörer des Telefons ab, das auf dem riesigen, mit mächtigen Aktenstößen bedeckten Schreibtisch stand. »Oberst Jeffries ...? Erneuern Sie sofort den Befehl an alle Polizeimannschaften wegen des Signals: ein langer, drei kurze Pfiffe. Das Signal ist für mich von größter Bedeutung, und die Leute haben zu laufen, als ob es um ihr Leben ginge, sobald sie es hören. Kommen sie rechtzeitig, so werde ich es anzuerkennen wissen, kommen sie zu spät« – die Stimme Sir Wilfords klang kurz, hart und schneidend – »so jage ich die Schuldigen zum Teufel. Ich mache Sie persönlich verantwortlich, Oberst Jeffries, daß dies sofort nochmals veröffentlicht wird ...Danke...«

Harald Russell hatte noch nicht Charing Cross erreicht, als bereits alle Polizeiwachen Londons und ihre Leute wußten, daß ein langer und drei kurze Pfiffe für sie verdammt viel zu bedeuten hatten.

11

Es bedurfte einer vollen Flasche gewöhnlichen, aber kräftigen Whiskys, um Sam Dickson, von seinen Freunden kurz »der Affe« genannt, wieder in sein altes Gleichgewicht zu bringen, aus dem er durch das unangenehme Abenteuer der verflossenen Nacht geraten war.

Seitdem er den gewaltigen Hieb auf seine Nase abbekommen hatte, brummte ihm der Schädel wie eine Maschinenhalle, und in der blaugrünen Beule zwischen den Augen verspürte er von Zeit zu Zeit einen Stich, der ihm durch den ganzen Kopf bis in seinen Stiernacken lief.

Dann hieb Sam mit seiner von einer dicken Hornhaut überwucherten Tatze immer dröhnend auf den Tisch, und seine tückischen, kleinen Augen suchten zwischen den verschwollenen Lidern hervor nach irgend jemandem, an dem er seine grenzenlose Wut auslassen konnte.

Aber mit Mr. George Thompson, der ihm gegenübersaß, konnte er nicht gut anbinden, denn erstens war dieser sein Vorgesetzter, und zweitens hatte er trotz seiner Bärenstärke einen gewissen Respekt vor diesem Mann. Sam bildete sich zwar ein, ein ganz kapitaler schwerer Junge zu sein, aber ein instinktives Gefühl sagte ihm, daß der andere einer jener großen Schurken sei, gegen deren teuflische Tricks selbst die schwersten Jungen mit ihrer Einfalt nicht aufzukommen vermögen. Deshalb hatte er bisher gekuscht wie ein furchtsamer Hund, und nur in der verflossenen Nacht, in der ihm so übel mitgespielt worden war, hatte er einmal aufmucken wollen. Aber da hatte ihn Thompson so eigentümlich angesehen, daß es ihm eiskalt über den Rücken gelaufen war.

Thompson, der mit weit ausgestreckten Beinen auf einem wackligen Stuhl saß und zu den rauchgeschwärzten Deckenbalken emporstarrte, fand die Situation nicht gerade nach seinem Geschmack. Der Sturm, der draußen heulte, drang empfindlich durch den morschen Laden und das schlecht schließende Fenster des Wildhüterhauses und brachte zuweilen sogar die armselige Petroleumlampe zum Flackern.

George Thompson war trotz seines abenteuerlichen Lebens an eine so primitive Umgebung nicht gewöhnt, und ebensowenig behagte ihm die Aussicht, diese ungemütliche Nacht in einem Raum mit Sam zubringen zu müssen, der für ihn nichts weiter war als ein widerliches Tier, dessen man sich leider zu gewissen Zwecken bedienen mußte.

Aber schließlich wollte er diese unangenehme Nacht gern in Kauf nehmen, wenn sein gestriger Mißerfolg im Kastanienhaus dafür ohne schlimmere Folgen blieb. Vorläufig war er dessen nicht so ganz sicher, und der Gedanke daran verursachte ihm gewaltiges Unbehagen. Er wußte, daß der ›Herr‹ in gewissen Dingen keinen Spaß verstand und nicht viel Federlesens machte. So mancher, mit dem er in den letzten Monaten gearbeitet hatte, war plötzlich spurlos verschwunden, und den einen oder andern von ihnen hatte man später aus der Themse gefischt.

George Thompson war zu gewitzigt und hatte zu offene Augen, um nicht zu wissen, was es damit für eine Bewandtnis hatte. Im übrigen hatte man ihn ja bei seiner Aufnahme unter ›die Diener des Herrn‹ auch gar nicht im Zweifel darüber gelassen, was ihn erwartete, wenn er nicht strengstens Order parieren würde.

Der mittelgroße, breitschulterige Mann, zu dem er eines Nachts mit verbundenen Augen gebracht worden war, hatte es ihm unter einer dichten Maske hervor mit einer Gelassenheit gesagt, als ob es sich um eine Kleinigkeit handelte. Aber Thompson hatte den Eindruck empfangen, daß es verdammt ernst gemeint war, und er wäre unter diesem beklemmenden Gefühl damals noch im letzten Moment abgesprungen, wenn es noch ein Zurück gegeben und wenn ihm nicht das Wasser bereits bis zum Hals gestanden hätte.

Seit jener Stunde hatte er den Mann nicht mehr gesehen, sondern immer nur seine mürrische Stimme am Telefon vernommen oder seine schriftlichen Befehle erhalten. Er wußte nicht, wer dieser Mann war, sondern erfuhr immer nur die ständig wechselnde Telefonnummer, unter der er ihn in dringenden Fällen erreichen konnte.

Nur soviel glaubte Thompson bestimmt zu wissen, daß es nicht der ›Herr‹ selbst war, der mit ihm in Verbindung stand, sondern ein ›Diener‹ wie er, wenn dieser auch einen weiteren Wirkungskreis haben und mehr wissen mochte.

Diese Vermutung hatten ihm die letzten peinlichen Telefongespräche bestätigt, die er gestern nachmittag und heute morgen wegen des Verlustes des Päckchens und wegen des Pechs im Kastanienhaus geführt hatte. Bei der ersten Gelegenheit hatte er einen gewaltigen Fluch und ein »blödes Vieh« anhören müssen, bei der zweiten Meldung aber war der Mann überraschend ruhig geblieben, und nur seine Stimme hatte sehr bedenklich geklungen, als er schließlich sagte: »Sie scheinen ja ein ganz verdammter Pechvogel zu sein, mein Lieber. Solche Leute können wir nicht brauchen. Es würde mich nicht wundern, wenn die Geduld des Herrn zu Ende wäre ... Das Weitere werden Sie hören...«

Thompson hatte mit schlotternden Knien am Apparat gestanden. Das ärgste Donnerwetter hätte ihn nicht so in Angst und Schrecken versetzen können wie diese schneidenden Worte.

Immer wieder beruhigte er sich aber damit, daß er sich ja weder ein Versehen noch eine Nachlässigkeit hatte zuschulden kommen lassen.

Gewiß, daß ihm das Päckchen, das er sorgsam aufbewahren sollte, abhanden gekommen war, daran trug er die Schuld, aber so sehr er sich auch den Kopf zerbrach, er vermochte sich nicht zu erklären, wie dies geschehen war. Sein Auftrag ging dahin, um halb drei Uhr in das bestimmte Zimmer im Kastanienhaus einzudringen, dort zunächst mit größter Vorsicht ein Bambusrohr in Verwahrung zu nehmen, das vor dem Kamin liegen sollte, und dann nach Juwelen und einem Betrag von zwölftausend Pfund zu suchen, die er entweder irgendwo im Zimmer oder in den Taschen der anwesenden Personen vorfinden würde. Irgendwelche anderen Wertgegenstände oder Gelder mitzunehmen oder in geschlossenen Behältern Nachschau zu halten, war ihm strengstens untersagt worden, und Thompson hatte sich an dieses Verbot gehalten, obwohl er in den Brieftaschen manche Pfundnote gesehen hatte, die ihm hochwillkommen gewesen wäre.

Er wurde die Furcht, daß die Geschichte schlecht ausgehen könnte, nicht los, und als er an diesem Morgen wiederum eine schriftliche Nachricht erhalten hatte, war ihm der Schreck so in die Glieder gefahren, daß er das Schreiben kaum zu öffnen wagte. Es enthielt aber nur die Weisung, daß Sam sich gegen ein Uhr mit dem Rohr bereitzuhalten habe, und Thompson hatte daraufhin seinen Gehilfen vom Kastanienhaus, wo er aufpassen sollte, ob die Sache nicht etwa brenzlig wurde, eiligst herbeigelotst. Dann war das Auto vorgefahren, und Thompson hätte schwören mögen, daß die Gestalt im Wagen sein Mann gewesen war, obwohl er aus dem Hausflur in der kurzen Zeit, die der Wagen hielt, nur ganz undeutliche Umrisse hatte wahrnehmen können.

Einige Stunden später war ihm ein weiterer Befehl zugegangen, sich mit Einbruch der Dunkelheit in dem Wildhüterhaus einzufinden und darauf achtzugeben, daß Sam seiner Obliegenheit genauestens nachkomme.

Diese Obliegenheit bestand darin, einen Gefangenen zu bewachen, den man unter dem Dach hinter mächtigen Haufen alten Lagerstrohs untergebracht hatte. Der Mann war an Händen und Füßen kunstgerecht gefesselt und hatte einen Knebel im Mund. Als Thompson sich ihn beim Schein seiner Taschenlampe besah, sagte er sich erleichtert, daß ihm dieser Schützling gewiß nicht entweichen könnte. Er schichtete noch einige Strohbündel um den Hilflosen, stieg mit Sam wieder die Leiter hinab und schloß sorgfältig die Luke. Beide trugen dann die Leiter in die Stube, in der sie sich aufhielten.

Sam besah sich mit wehmütiger Grimasse den Rest in seiner Flasche und schüttete dann den ganzen ansehnlichen Schluck kurz entschlossen in seinen dicken Hals.

»Verdammt«, sagte er, indem er die leere Flasche kräftig auf den Tisch setzte, »das tut gut, wenn man nicht ganz beisammen ist. Aber ein bißchen wenig, Sir«, fügte er mit einem anzüglichen Blick aus den verschwollenen Äuglein hinzu, »wenn man bei solch einem Hundewetter in so einer vermaledeiten Hütte sitzen und aufpassen muß. Glauben Sie, daß es lange dauern wird? Ich habe jetzt erst den richtigen Durst und kann doch nicht Regenwasser saufen.«

Der Gedanke war für Sam so entsetzlich, daß er mit gesträubtem Bart an Thompson haarscharf vorbei an die Wand spuckte.

»Und wenn es vielleicht heute noch Arbeit geben sollte« – er machte eine bezeichnende Geste mit seinen gewaltigen Pranken, und grinste bösartig – »so möchte ich doch gern bei Kräften sein. Ich werde mir einbilden, daß ich den Kerl von gestern nacht unter den Händen habe. Sie wissen, Sir, daß man sich in solchen Dingen auf mich verlassen kann.«

Thompson war nicht in der Stimmung, die Geschwätzigkeit des Bärtigen über sich ergehen zu lassen, und er griff zu dem zuverlässigsten Mittel, um ihm den Mund zu stopfen. Er holte aus der Handtasche, die er mitgebracht hatte, zwei weitere Flaschen, setzte eine davon vor Sam hin und schob ihm dann auch noch ein Stück Speck und eine dicke Schnitte Brot zu.

Sam schlug vor Entzücken auf den morschen Tisch, daß alles nur so hüpfte.

»Der Teufel soll mich holen, Sir, wenn Sie nicht der anständigste Gentleman sind, der in ganz England herumläuft.« Er hatte mit blitzartiger Behendigkeit bereits die Flasche entkorkt und hob sie nun an die Lippen. »Auf Ihr Wohl, Sir!« Er tat einen langen Zug und schob dann von dem Speck und dem Brot einen gewaltigen Bissen in den Mund. »Gott lohne es Ihnen, Sir. Und ich will an der dreckigsten Stelle der Themse ersaufen, wenn ich Sie je im Stiche lasse.«

Draußen hatte das Unwetter an Heftigkeit zugenommen, und in das Heulen des Windes und das Prasseln des Regens klang das Krachen der dürren Äste, die von den Stämmen brachen.

Thompson fand dieses Konzert höchst unbehaglich, und er spürte, wie seine Nerven rebellisch zu werden begannen.

Plötzlich glaubte er zu bemerken, daß an Stelle der Tür, der er gegenübersaß, auf einmal ein dunkles Loch gähnte und daß zwei große, schwarze Gestalten zu beiden Seiten der Öffnung standen.

Er blinzelte mit verstörten Augen hin und griff zitternd nach der Flasche...

»Guten Abend, Gentlemen«, sagte da eine kalte Stimme aus der Dunkelheit. »Hebt gefälligst die Hände hoch, wenn ihr nicht lebensüberdrüssig seid.«

Thompson ließ entsetzt die Flasche zu Boden fallen und vermochte kein Glied zu rühren.

Sam aber bewies, daß er solchen Überraschungen gewachsen war. Er fuhr blitzschnell herum und stürzte mit dem kräftigen Messer los, mit dem er eben noch Brot und Speck geschnitten hatte.

Er kam aber nicht weit. Eine kräftige Faust flog ihm auf halbem Wege entgegen, traf ihn an der Schläfe, und Sams stämmiger Körper taumelte gegen die Wand, daß die morschen Balken in ihren Fugen krachten.

In der nächsten Sekunde erfolgte ein leises Klirren und ein kurzes Schnappen, und Sam Dickson war unschädlich gemacht. Thompson aber saß mit herabhängenden Armen und verglasten Augen unbeweglich auf seinem Stuhl und stierte entsetzt die beiden unheimlichen Wesen an, die die Dunkelheit ausgespien hatte: eine hohe, breitschulterige Gestalt, deren Gesicht unter der tief herabgezogenen Mütze nicht zu erkennen war, und einen Riesen von einem Neger, der ihn mit seinen glühenden Augen so vielsagend angrinste, daß er an allen Gliedern zu zittern begann.

»Mr. George Thompson«, forderte ihn der Herr mit der Mütze sehr liebenswürdig auf, »seien Sie vernünftig, und überlassen Sie uns Ihre Hände zu einer kleinen Formalität. Die Sache ist völlig schmerzlos, und Ihr Freund Sam war ein Dummkopf, sich deshalb solchen Unannehmlichkeiten auszusetzen.«

Der Mann mit dem roten Gesicht gehorchte wie ein Automat und streckte die Hände von sich. Er sah in das breite, vergnügte Gesicht des Schwarzen, fühlte, wie kalter Stahl sich um seine Gelenke legte und wie seine Arme hilflos herabsanken.

Sam hatte eine sehr zähe Natur, und so ausgiebig der Hieb auch gewesen war, den sein Schädel eben abbekommen hatte, lange hielt die Wirkung nicht an. Er kam bereits wieder zu sich und blinzelte eine Weile verwirrt umher – dann aber begann er unter wilden Flüchen an seinen Fesseln zu zerren und versuchte aufzuspringen.

Der Mann mit der Mütze trat dicht an ihn heran. »Du solltest dir Ruhe gönnen, Sam. Zwei solche Hiebe, wie du sie gestern und heute erhalten hast, sind selbst für dich etwas zuviel. Dein Schädel wird aus dem Brummen nicht herauskommen, und deiner Schönheit wird es auch nicht zuträglich sein...«

Sam brüllte in wahnsinniger Wut auf. »Du warst es? Du Hund, du!« Er stieß mit den Füßen nach ihm, aber der andere lachte.

»Unangenehm, was, lieber Sam? Aber das kommt davon, wenn man nachts die Nase in ein Zimmer steckt, in dem man nichts zu suchen hat.«

Der Bärtige wand sich unter grimmigem Geheul auf dem Boden, und der große Mann gab dem Neger, der ununterbrochen auf der Lauer stand, einen kurzen Wink.

Zwei riesige schwarze Fäuste ergriffen Sams Beine und schnürten sie zusammen, als ob es zwei Holzstückchen wären.

Der Herr mit der Mütze nahm Thompson gegenüber Platz, und dieser sah wie hypnotisiert in die unangenehme Mündung eines schweren Brownings.

»So, und nun wollen wir beide ein wenig plaudern, Mr. Thompson«, sagte der große Mann gemütlich. »Wenn Sie klug sind, wird die ganze Geschichte, die Ihnen nicht sehr angenehm zu sein scheint, bald vorüber sein, und Sie können sich dann mit Ihrem lieben Freunde Sam wieder die Zeit vertreiben. Ich möchte Sie nur ersuchen, mir einige Fragen zu beantworten. Ganz kurz und bündig, denn ich habe nicht viel Zeit. Vor allem: Wo ist Doktor Shipley?«

Thompson warf dem Sprecher einen raschen, forschenden Blick zu und empfand unwillkürlich eine gewisse Erleichterung. Er war bisher noch nicht dazu gekommen, sich über den Zweck der Überrumpelung völlig klarzuwerden, und hatte in seinem ersten Schreck nur gedacht, daß das Strafgericht des ›Herrn‹ über ihn hereinbreche.

Die Frage nach Dr. Shipley machte ihn aber stutzig und vorsichtig. Er war keineswegs feige, und nun, da er zu wissen glaubte, daß er nicht der geheimnisvollen Macht gegenüberstand, die er so fürchtete, gab er das Spiel noch nicht verloren. Auf Sam, der wie ein Haufen Unglück in der Ecke lag und mit den Zähnen knirschte, konnte er allerdings nicht mehr rechnen, aber wer weiß, was geschah, wenn es ihm gelang, Zeit zu gewinnen.

Er maß seinen Gegner lauernd von der Seite, um zu erfahren, was er von ihm zu gewärtigen habe. Sein von Pickeln übersätes, rotes Gesicht bekam einen höhnischen Ausdruck, und seine Lippen schlossen sich trotzig. Es war, als ob er die Frage gar nicht gehört hätte.

»Nun, Mr. Thompson?«

Sein Gegenüber klopfte mit dem Browning auf die Tischplatte, und Thompson fuhr unwillkürlich zusammen.

»Überlegen Sie sich's nicht zu lange, denn die Sache könnte für Sie unangenehm werden. Also, wo steckt Dr. Shipley? Ob Sie mir nun antworten oder nicht, ich werde ihn ja schließlich doch finden. Wenigstens hoffe ich es – auch um Ihretwillen...« Die Stimme des großen Mannes wurde plötzlich sehr drohend. »Denn wenn ich ihn nicht finde, so dürfte Ihnen in Ihrer alten Haut sehr unbehaglich werden. Und wenn Sie mir durch Ihre Verstocktheit die Mühe machen, dieses schmutzige Loch von oben bis unten durchstöbern zu müssen, so wird Ihnen für jede Minute, die ich damit vertrödle, der Schwarze dort einen anständigen Hieb verabreichen. Ich habe an alles gedacht, wie Sie sehen.«

Er griff in die Tasche seines langen Wettermantels und legte eine kurze, dicke Peitsche auf den Tisch, bei deren Anblick Thompson wütend auffuhr.

Aber er sah den Browning gerade auf seine Brust gerichtet, und der Gedanke, daß es nur einer winzigen Fingerbewegung des andern bedurfte, um ihn umzulegen, ließ ihn sofort wieder sanfter werden. Er begann langsam und vorsichtig gegen das Fenster zurückzugehen, aber der große Mann war damit nicht einverstanden.

»Behalten Sie gefälligst Platz, Mr. Thompson«, lud er ihn ein, und es klang so verflucht höflich, daß jener es vorzog, wieder näher zu kommen. »Im Stehen plaudert es sich nicht so gemütlich, und außerdem könnten Ihnen im Verlauf unserer Unterredung vielleicht doch die Knie zu zittern beginnen.«

Der Mann mit der Mütze legte seine Taschenuhr auf den Tisch. »Wie gesagt, für jede Minute einen Hieb. Die erste Minute hat bereits begonnen, Mr. Thompson...«

Er sah angelegentlich nach der Uhr, und Thompson verspürte die Sekundenschläge, die er deutlich zu vernehmen vermochte, wie einen körperlichen Schmerz. Er begann unruhig hin und her zu rücken, und seine geröteten Augen flogen verzweifelt durch den Raum.

Man sah ihm an, daß er mit seiner Fassung bald zu Ende sein würde, und das bemerkte auch Sam, der ihn aus seiner Ecke mit glühenden Blicken anstierte.

»Wenn Sie sprechen, Mr. Thompson«, brüllte er, »so reiße ich Ihnen die Zunge bei lebendigem Leibe aus dem Halse.«

»Sam Dickson, halte den Mund, und sorge dich um deine eigene Zunge«, lachte der große Mann. »Ich fürchte, sie wird dir nächstens etwas zu lang werden, weil sie wegen des Stricks um deinen Hals keinen Platz in deinem Mund haben wird. Ich möchte Sie darauf aufmerksam machen, Mr. Thompson«, fuhr er fort, »daß die ersten fünf Minuten bereits vorüber sind. Sie würden gut daran tun, es dabei bewenden zu lassen, denn fünf Hiebe von Bob sind gerade genug. Mehr dürften Sie bei lebendigem Leibe nicht überstehen...«

Der Herr mit der Mütze sprach sehr sanft, aber auch sehr eindringlich, und Thompson war nun soweit, seinen Widerstand aufzugeben. Die Art, wie man mit Sam umgesprungen war, wollte ihm gar nicht gefallen, und fürchtete die ihm angedrohten Hiebe. Er befeuchtete seine trockenen Lippen mit der Zunge.

»Er ist da oben«, preßte er halblaut hervor und deutete mit einer Kopfbewegung nach der Decke.

Sein Gegenüber erhob sich mit einem Ruck. »Unter dem Dach? – Bob, nimm deine Taschenlampe und beeile dich! Aber sei vorsichtig. Halte den Revolver bereit, und wenn du die geringste Gefahr merkst, so drücke los. – Thompson«, wandte sich der große Mann an diesen, »ich mache Sie darauf aufmerksam: wenn oben ein Schuß fällt, so knallt es sofort auch hier, und Sie fahren mit Ihrem Spießgesellen zur Hölle.«

Thompson schüttelte nur den Kopf, aber als der Neger schon unter der Tür war, sagte er leise: »Die Leiter...«

Der Mann mit der Mütze sah ihn fragend an und folgte seinen Blicken.

»Ach so. Bob, nimm die Leiter mit! Ich sehe, Thompson, daß sich jetzt mit Ihnen reden läßt, und das wird Ihr Schaden nicht sein.«

Man hörte, wie draußen im Flur die Leiter angelegt und die in ihren Angeln kreischende Luke geöffnet wurde.

Der große Mann lauschte gespannt auf jedes Geräusch. Seine Rechte hielt den Browning umklammert, und seine Blicke schweiften unausgesetzt zwischen den beiden Gefangenen hin und her.

Endlich vernahm man oben rasche Schritte und dann wieder das Knarren der Leiter.

»Hast du ihn gefunden?« fragte der Mann mit der Mütze hastig, als das Gesicht des Schwarzen in der Tür erschien.

»Yes, Sir, sein oben ... Hinter viel Stroh sein oben«, grinste er.

»Lebt er...?«

»Oh, viel leben, Sir ... Sehr viel leben...«, nickte Bob eifrig.

Der große Mann ließ die Waffe sinken und atmete tief auf. Dann zog er den Neger beiseite und gab ihm leise einen Befehl, der Bob eilig wieder verschwinden ließ.

»Sie können von Glück sagen, Thompson, daß die Sache so ausgegangen ist, sonst hätte ich Sie an den Galgen gebracht. Und nur noch einige kurze Fragen, dann will ich Sie nicht weiter stören: Von wem kam das kleine Paket, das Sie gestern nachmittag auf dem Waterloo-Bahnhof erhielten?«

Thompson fuhr zusammen und sah den Frager scheu von der Seite an. Er war aber bereits so mürbe, daß er sich ohne weiteres zu einer Antwort verstand. »Von meinem Mann...«

»Wer ist das?« forschte der andere weiter.

»Ich kenne ihn nicht. Ich habe ihn nur einmal gesehen und weiß von ihm ebensowenig wie Sie«, erwiderte Thompson verdrießlich.

Plötzlich aber fühlte er ein reges Mitteilungsbedürfnis und erzählte alles, was er wußte.

Der andere hörte ihm gespannt zu und mußte sich sagen, daß das, was er erfuhr, herzlich wenig war. Aber er hatte den Eindruck, daß Thompson mit nichts zurückhielt.

»Und was wollten Sie gestern nacht im Kastanienhaus?«

»Juwelen und zwölftausend Pfund holen – Und ein Bambusrohr«, fügte er gewissenhaft hinzu.

Der große Mann stieß überrascht einen leisen Pfiff aus.

»Ein Bambusrohr?« fragte er verwundert.

»Es lag vor dem Kamin, und wir sollten damit sehr vorsichtig umgehen. Wir hatten extra einen Sack dafür bekommen...«

»Wo befindet sich dieses Rohr jetzt?«

»Das weiß ich nicht. Mein Mann hat es wieder an sich genommen.«

Der Herr mit der Mütze dachte eine geraume Weile nach.

Man hörte wiederum, wie die Leiter unter einer schweren Last knarrte, und dann kamen langsame, feste Schritte an der Tür vorüber.

»Hier, Thompson«, sagte der große Mann und legte einen kleinen Schlüssel auf den Tisch, »ist der Stecher für Ihre Handschellen. Mit einiger Geduld und Geschicklichkeit werden Sie die unangenehmen Dinger wohl herunterbringen. Behalten Sie sie als Andenken an mich und die gemütliche Stunde, die wir eben verplaudert haben. Aber hüten Sie sich, jemals wieder in solche Eisen hineinzugeraten, denn ich glaube, daß Sie sie dann kaum mehr losbekommen würden...«

Er stand bereits unter der Tür, als er sich nochmals umwandte. »Noch einen Rat möchte ich Ihnen geben: Beeilen Sie sich nicht allzusehr, Ihrem Freunde Sam zu Hilfe zu kommen, denn es könnte für Sie sehr schlecht ausfallen...«

Es war gegen zwei Uhr morgens, als die Glocke an Dr. Shipleys Haus, in dem trotz der späten Nachtstunde noch einige Fenster erleuchtet waren, plötzlich Alarm läutete.

Wenige Augenblicke später eilte John zur Haustür und öffnete. Als er an der Schwelle erschien, schoß ein großes Auto, das knapp am Gehsteig gehalten hatte, in rasender Fahrt davon. John blickte dem Wagen mit offenem Munde nach.

»Gaffe nicht, mein Lieber«, hörte er da irgendwo dicht neben sich eine ungeduldige, mürrische Stimme sagen, »sondern laß mich ins Haus.«

Dr. Shipley schob den völlig Fassungslosen beiseite und betrat die hellerleuchtete Halle. Er ging etwas schwerfällig, und als Mrs. Carringhton, die erregt und erwartungsvoll an der Treppe stand, sein blasses, verfallenes Gesicht sah, fuhr sie erschreckt zusammen. Sie schlang die Hände ineinander, und ihre Lippen bewegten sich, als ob sie etwas sagen wolle, aber es kam kein Laut über ihre Lippen, und nur ihre großen, leuchtenden Augen sprachen.

Dr. Shipley schien diese Begegnung zu überraschen. »Entschuldigen Sie, Mrs. Carringthon, daß Sie zu so später Stunde gestört wurden«, sagte er mit einem steifen Gruß und ging nach seinen Zimmern.

John machte Madam eine tiefe, respektvolle Verbeugung und eilte dann seinem Herrn nach.

Wenn Dr. Shipley etwas Aufmerksamkeit für gewisse Dinge gehabt hätte, hätte ihm auffallen müssen, daß Mrs. Carringhton trotz der ungewöhnlichen Stunde völlig angekleidet war und daß sie aussah, als ob sie sehr schwer gelitten hätte.

Aber Dr. Shipley war weder das eine noch das andere aufgefallen, sondern er war nur wieder an seine quälenden Zweifel erinnert worden, die ihn nun mehr beschäftigten denn je.

»Mrs. Benett, es wäre mir lieb, wenn Sie mir mein Appartement noch für eine weitere Zeit zur Verfügung stellen könnten«, sagte Harry Reffold, als er am nächsten Vormittag, von London kommend, frisch und lächelnd in die ›Queen Victoria‹ zurückkehrte. »Es ist bei Ihnen viel gemütlicher als in der Stadt, und ich möchte mich noch ein wenig erholen.«

»Ich freue mich herzlich, Mr. Reffold, daß Sie noch bleiben wollen«, lispelte Jane. »Sie wissen ja, wie...« – sie zögerte und sah zur Decke – »welch ein lieber Gast Sie mir sind. Und wenn Sie etwa noch irgendwelche Wünsche haben sollten...«

Harry hob abwehrend die Hand. »Ich wüßte wirklich nicht, was ich noch wünschen sollte, Mrs. Benett«, meinte er verbindlich. »Ich bin ausgezeichnet untergebracht und kann mir kein behaglicheres Heim denken.«

»Oh«, wehrte die Herrin der ›Queen Victoria‹ bescheiden, aber strahlend ab, »damit wollen Sie mir wohl nur etwas Angenehmes sagen. Mit London können wir es hier draußen natürlich nicht aufnehmen, das weiß ich nur zu gut. – Übrigens war ich sehr froh, daß sie die heutige Nacht nicht hier verbracht haben«, sagte sie plötzlich mit lebhafter Mitteilsamkeit, »denn Sie wären um Ihre Ruhe gekommen. Ganz Newchurch war auf den Beinen.«

Reffold sah sie überrascht und fragend an, und Mrs. Benett nickte lebhaft.

»Ja, wir hatten Feueralarm. Etwa um drei Uhr. Es ist zwar nur ein altes Wildhüterhaus an der Straße nach Bedfont abgebrannt, aber da zu befürchten stand, daß das Feuer auf den Wald übergreifen könnte, wurde die Feuerwehr alarmiert, und auch eine Menge Leute ist trotz des strömenden Regens an den Brandplatz geeilt. Der Widerschein war bis hierher zu sehen, und ich selbst habe über eine Stunde am Fenster gestanden und beobachtet, wie immer wieder Feuergarben emporschossen...«

Mrs. Benett hätte nie geglaubt, daß ihre Mitteilung bei ihrem Gast ein derartiges Interesse auslösen würde.

Harry hatte sich in einen Klubsessel fallen lassen und starrte Mrs. Benett so seltsam an, daß ihr dabei fast unheimlich wurde.

»Es ist nichts geschehen«, versicherte sie beruhigend. »Das Haus war unbewohnt.«

»Ach so...«, meinte Reffold nach einer Pause etwas rasch und unvermittelt, strich sich über die Stirn und erhob sich. »Entschuldigen Sie, ich glaube, ich war nicht bei der Sache. Ich habe nämlich über etwas sehr Wichtiges nachgedacht.«

Er reichte der etwas verdutzten Mrs. Jane die Hand und ging in sein Zimmer.

Dort schloß er sich ein und grübelte lange über folgende Fragen nach:

Waren Thompson und Sam noch in dem alten Haus, als der Brand ausbrach?

Sind beide der Katastrophe entgangen oder nur einer? Oder keiner von beiden?

Wer hat den Brand angelegt?

Sam, um an Thompson Rache zu nehmen, oder irgend jemand anders, um beide zu vernichten?

Harry Reffold hätte viel darum gegeben, auch nur auf eine dieser Fragen eine zuverlässige Antwort zu erhalten.

Ann Learner hatte sich genötigt gesehen, Mr. Brook zu bitten, sie für einige Tage zu beurlauben. Sie hatte es sehr ungern getan, denn sie wollte keine Trauer vortäuschen, die sie nicht empfand. Aber durch die Ereignisse war ihr plötzlich die Leitung der Geschäfte im Kastanienhaus zugefallen, und es verging kaum eine Stunde, in der sie nicht in Anspruch genommen wurde.

Noch am Tage der Katastrophe war spät abends Crayton erschienen und hatte ihr seine Dienste angeboten.

»Einen besseren Anwalt können Sie nicht finden, Miss Learner«, versicherte er ihr dringlich mit einem vertraulichen Blinzeln. »Ich beschäftige mich zwar sonst nicht mit Erbschaftsangelegenheiten, aber bei Ihnen will ich eine Ausnahme machen. Und Sie werden mit mir zufrieden sein. Wie ich meinen Freund Milner kannte, hat er doch sicher kein Testament hinterlassen, denn davon hat er nie etwas hören wollen.«

Crayton verzog sein Mopsgesicht zu einem hämischen Feixen, dann kam plötzlich etwas Lauerndes in seine unsteten Augen. »Sagen Sie, Miss Ann, was ist das mit den Gerüchten? Ich habe so verschiedenes gehört. Es muß doch gleich geschehen sein, nachdem wir ihn nachts verlassen hatten.«

Ann hatte für die Bekannten ihres Onkels nie etwas übrig gehabt, und der Anwalt war ihr einer der Widerlichsten von allen. Sie hatte keine Lust, sich mit ihm über dieses Thema zu unterhalten, und antwortete daher nur mit einem stummen Achselzucken.

»Sonderbar, sehr sonderbar...« murmelte Crayton, kratzte sich mit einem Finger den spärlich behaarten Schädel und schien über etwas nachzudenken. »Und daß Stone auch dabei war...« Dann legte sich wieder das unangenehme Grinsen um seinen dünnen, bläulichen Mund.

»Nun, was glauben Sie, Miss Ann, wieviel werden wir erben, he?« fragte er und kniff verschmitzt die Augen zusammen.

Ann sprang empört auf und kehrte ihm den Rücken.

»Dafür habe ich mich noch nicht interessiert, Mr. Crayton«, meinte sie scharf.

»Haben Sie auch nicht nötig, Miss Learner«, kicherte er, und es klang, als ob ein alter Hahn krähte. »Es wird ein recht nettes Sümmchen sein. Ich schätze fünfzig- bis sechzigtausend Pfund, und das wird wohl stimmen.«

Ann war überrascht und wandte sich jäh zu dem Anwalt um.

»Ja, da staunen Sie, was? Er war ein sehr tüchtiger Mann, Ihr Onkel, und hat immer eine feine Nase für Geschäfte gehabt. – Es ist doch wohl alles versiegelt worden?« erkundigte er sich lebhaft. »Passen Sie nur gut auf, Miss Learner, denn es könnte nötig sein.«

»Wir haben zwei Schutzleute im Hause«, gab sie kurz zurück, und Crayton schien von dieser Mitteilung einigermaßen betroffen.

»Ausgezeichnet«, sagte er nachdenklich, »aber etwas seltsam, finden Sie nicht? Man setzt doch nicht so ohne weiteres Polizei in ein Haus. Es muß also doch irgend etwas an dem Gerede sein.«

Als er endlich einsah, daß aus dem jungen Mädchen nichts herauszubekommen war, entschloß er sich zu gehen.

»Also tun Sie nichts ohne mich, Miss Ann«, schärfte er ihr nachdrücklich ein. »Eine Erbschaft ist eine Rechtssache, und jede Rechtssache ist eine knifflige Geschichte, in der man sich auskennen muß, wenn man nicht zu Schaden kommen will.«

Er nahm ohne Umstände ihre Hände und schüttelte sie.

Als er gegangen war, eilte Ann mit gespreizten Fingern zum nächsten Wasserhahn und hielt die Hände minutenlang darunter...

Am folgenden Morgen kam aus London ein großes Polizeiauto, und Oberinspektor Burns traf Anordnungen für die Überführung der beiden Toten. Er ging dabei mit übertriebener Umständlichkeit und Vorsicht vor. Kein Wunder, daß der Wagen allgemeines Aufsehen erregte, als er unter der Bedeckung von fünf Polizisten die Rückfahrt antrat.

Dann schien sich Burns im Kastanienhaus gänzlich niederlassen zu wollen. Nick mußte ihm seine ziemlich umfangreiche Handtasche in den kleinen Raum zwischen Eß- und Arbeitszimmer bringen und sich bei dieser Gelegenheit gleich einem scharfen Verhör unterziehen. Aber er brachte es ohne irgendwelche Anstrengung fertig, eine so natürliche Beschränktheit an den Tag zu legen, daß er bald erlöst war.

Dann kamen Mag und Mrs. Emily an die Reihe, aber auch diese vermochten Burns nichts zu sagen, was ihn interessiert hätte.

Ann war in ihrem Zimmer eben mit den Eintragungen in das Haushaltsbuch beschäftigt, als es leise an ihre Tür klopfte Sie wandte überrascht den Kopf, war aber noch nicht dazu gekommen, ›Herein‹ zu rufen, als sich die lange schmächtige Gestalt des Oberinspektors auch schon durch die Tür schob. Er machte eine etwas linkische Verbeugung und saß gleich darauf, ohne eine Einladung abzuwarten, auf dem Stuhl, der neben dem kleinen Schreibtisch stand.

»Guten Abend, Miss Learner. Sie müssen verzeihen, daß ich Sie überfalle, aber ich wollte mir nur einmal auch diese Räumlichkeiten etwas näher ansehen.« Er blickte sich in dem Zimmer um und nickte dann beifällig. »Sehr nett haben Sie es hier.«

Er stand rasch wieder auf, trat zu den Fenstern, blickte interessiert hinaus und ging dann ohne weiteres in das anstoßende Zimmer.

Ann saß mit großen Augen wie gelähmt in ihrem Stuhl und wußte nicht, wie sie sich diesem sonderbaren Eindringling gegenüber verhalten sollte. Nach wenigen Augenblicken kam Burns mit leisen Schritten wieder zurück, und als er ihre betroffenen Blicke bemerkte, schlug er sich lächelnd an die Stirn.

»Schon wieder einmal meine Zerstreutheit, Miss Learner. Sie kennen mich ja gar nicht. – Oberinspektor Burns von Scotland Yard.«

Weder in dem unscheinbaren, bescheidenen Wesen des Mannes noch in seiner sanften Stimme lag etwas, das das bedrückende Gefühl gerechtfertigt hätte, das in Ann Learner plötzlich aufstieg. In ihrem Gesicht wechselten jäh Röte und Blässe, und als der Detektiv wieder neben ihr Platz nahm, suchte sie mit einem scheuen Augenaufschlag zu ergründen, was er wohl von ihr wolle.

»Sie haben hier eine wunderbare Aussicht, Miss Learner. Nach der Straße und nach dem Garten«, meinte er. »Ostseite und Südseite. Wer das auch so haben könnte!« Er seufzte leicht auf und faltete die Hände. »Und dieses Fenster« – er deutete auf das Fenster zur Rechten – »liegt gerade über dem Arbeitszimmer. – Sie waren natürlich auch müde und haben auch sehr fest geschlafen, denn Sie waren ja auch den ganzen Abend in der Küche, Miss Learner. Wenn auch nicht so lange wie die anderen…«

Er brach plötzlich ab, und seine ganze Aufmerksamkeit schien einer kleinen Pendüle zu gelten, die auf dem Kamin stand. Er erhob sich wieder, besah sich das alte Stück mit Kennerblicken und murmelte etwas vor sich hin.

»Pflegen Sie die Jalousien zu schließen, bevor Sie schlafen gehen?« hörte Ann plötzlich eine klare, durchdringende Stimme fragen. Burns stand beim Kamin und sah sie mit einem freundlichen Lächeln an. »Ich dachte nämlich, daß Sie vielleicht auf der Straße oder im Garten etwas beobachtet haben könnten«, meinte er leichthin. »Sie sind ungefähr gegen halb zwölf Uhr heraufgekommen, und wenn Sie da zufällig an eines der Fenster getreten wären, wäre es möglich gewesen, daß Ihnen irgend etwas aufgefallen wäre. Vielleicht haben Sie dem gestern keine Bedeutung beigemessen, aber heute ist jede Kleinigkeit von Wichtigkeit. Also denken Sie einmal nach…«

Er sprach schon wieder in seinem leisen, etwas schleppenden Tonfall, aber Ann war es, als ob mit jedem Wort eine ernste Gefahr näher kröche. Sie merkte zu ihrer großen Bestürzung, daß der Mann bis auf die Minute unterrichtet zu sein schien, und als er anfing, von den Fenstern zu sprechen, fragte sie sich, ob es sich hierbei wirklich nur um eine Annahme handle oder ob er vielleicht auch hierüber durch irgendeinen unerklärlichen Zufall etwas wisse.

Aber ein Gefühl, über das sie sich selbst nicht klar war, gab ihr den Entschluß ein, nicht zu sprechen, und sie empfand eine gewisse trotzige Befriedigung darüber, daß es dem Beamten unmöglich sein würde, in diesem Punkt einen Beweis zu erbringen. Allerdings schien die Sache den Oberinspektor schon nicht mehr zu interessieren, denn er begann wieder im Zimmer umherzuspazieren und betrachtete mit einer gerade zu kindlichen Neugierde alle möglichen Kleinigkeiten. Sogar einige Fotografien in bescheidenen Rahmen fanden sein Interesse. Eine von ihnen betrachtete er besonders lange und eingehend.

»Wohl Ihre Mutter, Miss Learner...?« fragte er, indem er seine Blicke zwischen dem Bild und Ann hin- und hergehen ließ.

Sie nickte und stellte die Fotografien mit peinlicher Genauigkeit wieder an ihren Platz.

»Eine geradezu sprechende Ähnlichkeit. Aber nicht ein Zug von Mr. Milner«, konstatierte er, indem er nochmals prüfend zu dem Bild hinsah. »Ihre Mutter war doch die Schwester Milners?«

Ann bejahte und wunderte sich, daß er auch über die Familienverhältnisse bereits unterrichtet schien.

»Hatte Mr. Milner noch andere Angehörige?« fragte er weiter.

»Soviel mir bekannt ist, nicht. Wenigstens haben Mutter und Onkel Frank nie von solchen gesprochen«, erwiderte Ann, und sie überlegte, warum Burns sie dabei so seltsam ansah.

»Sie müssen sich zuweilen sehr einsam gefühlt haben, Miss Learner«, sagte er plötzlich, und seine Stimme hatte einen warmen, herzlichen Ton. »Das Haus eines Junggesellen ist nichts für ein junges Mädchen.«

»Ich habe meinen Beruf, Mr. Burns«, wandte Ann ernst ein.

Der Oberinspektor lächelte. »Schön. Aber auch der Beruf ist schließlich nicht alles, wenn man« – er sah Ann schmunzelnd ins Gesicht und betrachtete sie – »zwanzig Jahre alt ist.«

»Vierundzwanzig«, verbesserte sie ihn mit einem leichten Lächeln.

»Also vierundzwanzig. Die vier Jahre spielen wirklich keine Rolle. Da braucht ein junges Mädchen doch noch andere Dinge: Freundinnen, ein bißchen Gesellschaft, einen Tanzpartner...«

Ann fühlte, wie seine Blicke immer forschender wurden, und das unheimliche Gefühl von vorhin kam wieder über sie.

»Dafür habe ich nie etwas übrig gehabt«, wehrte sie ab, und ihre Mundwinkel zuckten ein klein wenig verächtlich.

Burns saß mit einem Mal wieder neben ihr und begann mit den Fingern nervös auf die Tischplatte zu trommeln.

»Seit wann kennen Sie Mr. Harry Reffold, Miss Learner...?« Er hatte die Frage leicht hingeworfen und dabei schon wieder nach einem Gegenstand geblickt, der ihm zu gefallen schien, aber Ann war jäh emporgefahren, und die Hände, mit denen sie sich auf den Schreibtisch stützte, zitterten.

Der Detektiv drückte sie fürsorglich in ihren Stuhl zurück, und seine Hand strich beruhigend über ihren Arm.

»Aber, Miss Learner, das ist doch kein Grund, so zu erschrecken.« Er lächelte verschmitzt und drohte ihr mit dem Finger. »Der Beruf genügt eben doch nicht ganz für eine junge Dame. Aber damit wir bei der Sache bleiben: Wann und wo haben Sie also Mr. Reffold kennengelernt?«

Ann merkte, daß es auf dieses beharrliche Fragen kein Ausweichen gab, und sie überlegte blitzschnell, wie weit sie gehen durfte, ohne Reffold bloßzustellen, denn sie war nicht gewillt, die Verdachtsgründe, die gegen ihn vorliegen mochten, durch ihre Aussage noch zu verstärken.

»Vor etwa drei Wochen während der Fahrt von London hierher«, antwortete sie nun ohne weiteres, aber Burns merkte sofort, daß er auch weiterhin kein leichtes Spiel mit ihr haben werde.

»Und sind Sie seither öfter mit ihm zusammengetroffen?«

Ann sah ihn spöttisch an.

»Seit wann examiniert die Polizei junge Damen über solche Angelegenheiten? Im übrigen nehme ich an, daß Sie auch darüber informiert sein dürften, da Sie doch schon so viel zu wissen scheinen.«

Burns nahm die Ironie mit einem höchst freundlichen Gesicht hin und schien sie gar nicht zu verstehen. Jedenfalls aber ließ er sich dadurch nicht irremachen.

»Wissen Sie vielleicht etwas Näheres über den jungen Mann?«

Ann entschied sich dafür, den bisherigen Ton beizubehalten, da er ihr am wenigsten verfänglich schien.

»Ich bedaure, Ihnen nicht dienen zu können, Mr. Burns«, sagte sie sehr höflich. »Da mir Mr. Reffold noch keinen Heiratsantrag gemacht hat, hielt ich es nicht für schicklich, mich nach seinen Verhältnissen zu erkundigen.«

Sie sah den Oberinspektor herausfordernd an und er quittierte mit seinem sanften Lächeln.

»Sehr mitteilsam sind Sie gerade nicht, Miss Learner. Da hat es wohl keinen Zweck, wenn ich Sie frage, ob Mr. Reffold schon einmal hier im Hause war...?«

Das junge Mädchen fuhr empört auf. »Mr. Burns...«

»Also nicht«, fiel er beschwichtigend ein. »Ich dachte nur, daß er sich vielleicht für die Verhältnisse im Kastanienhaus interessiert haben könnte. Aber ich habe Sie nun schon allzulange in Anspruch genommen, Miss Learner, und Sie werden gewiß wichtigere Dinge zu tun haben, als meine Neugierde zu befriedigen.«

Er schüttelte ihr herzlich die Hand und verschwand mit seinen leisen Schritten wie ein Schatten.

Einige Augenblicke später vernahm Ann, wie er im Flur mit ziemlich lauter Stimme sprach, und zugleich darauf hörte sie die Haustür ins Schloß fallen.

Sie trat rasch ans Fenster und konnte gerade noch sehen, wie er mit langen Schritten das Gartengitter entlangstapfte und dann um die nächste Ecke verschwand.

Sie zögerte und schien zu überlegen – dann eilte sie die Treppe hinab und blickte vorsichtig ins Eßzimmer. Als sie es leer fand, huschte sie zum Telefon und rief mit nervöser Stimme die Pension von Mrs. Benett an.

»Bitten Sie Mr. Reffold zum Apparat. Sagen Sie ihm, es sei sehr dringend«, sagte sie hastig, als sich am anderen Ende der Leitung jemand meldete.

Sie mußte ziemlich lange warten und konnte alle Geräusche in dem Raum, mit dem sie verbunden war, vernehmen.

Endlich hörte sie, wie sich rasche, feste Schritte näherten, und gleich darauf schlug Reffolds fragende Stimme an ihr Ohr.

»Mr. Reffold...?« Sie lauschte gespannt auf die Antwort, dann flüsterte sie überstürzt: »Seien Sie auf Ihrer Hut. Die Polizei scheint sich für Sie zu interessieren. Man hat mich über Sie ausgefragt, aber ich habe nichts gesagt. Natürlich auch vom Garten nichts. Also richten Sie sich danach.«

Ohne eine Antwort abzuwarten, legte sie den Hörer auf die Gabel und atmete tief auf.

Als sie sich umwandte und das Zimmer verlassen wollte, mußte sie rasch nach der Anrichte fassen, um nicht in die Knie zu sinken. In der Tür zum Nebenzimmer stand Burns und sah sie mit einem strahlenden Lächeln an.

»Also Geheimnisse, Miss Learner«, meinte er und drohte schalkhaft mit dem Finger. »Wer hätte das gedacht!«

Dann ging er wirklich und schien es nun tatsächlich sehr eilig zu haben.

Mrs. Benett hatte einen scharfen Blick und war eine ausgezeichnete Menschenkennerin; für die Herren von der Polizei aber hatte sie eine geradezu instinktmäßige Witterung. Als Burns das Privatkontor in der ›Queen Victoria‹ betrat, war sich daher Mrs. Benett über diesen Besuch sofort im klaren.

Der Oberinspektor hatte kaum in seiner höflichen Art begonnen: »Ich möchte Sie um einige Auskünfte bitten...«, als ihn Mrs. Benett auch schon in das Kreuzfeuer ihrer schwarzen Augen nahm und ihm einen Klubsessel zurechtrückte.

»Wollen Sie, bitte, Platz nehmen, Herr Oberinspektor.«

Burns war von diesem Scharfblick äußerst überrascht und sah die höfliche Dame betroffen von der Seite an.

»Ich habe wohl das Vergnügen, mit Mrs. Benett zu sprechen? Verehelichte Thompson?«

Mrs. Benett liebte es nicht, wenn man diesen Punkt berührte, und wenn dies von Seiten der Polizei geschah, so hatte sie ein doppelt unangenehmes Gefühl, weil sie dann stets befürchten mußte, daß es sich um eine neue Lumperei ihres früheren Mannes handelte.

Aber der Oberinspektor ließ sie nicht lange im Zweifel, sondern ging geradewegs auf sein Ziel los.

»Ich möchte von Ihnen einiges über einen gewissen Mr. Harry Reffold wissen, der bei Ihnen logiert«, sagte er geschäftsmäßig. »Vor allem würde es mich interessieren, ob er die Nacht von Samstag auf Sonntag, also von vorgestern auf gestern zu Hause verbracht hat, beziehungsweise wann er heimgekommen ist. – Ich möchte Sie darauf aufmerksam machen, daß ich in amtlicher Eigenschaft frage«, er präsentierte ihr mit einem raschen Taschenspielergriff seine blinkende Polizeimarke, »und daß Sie Ihre Angaben eventuell werden verantworten müssen.«

Da war es also, was Mrs. Jane seit zwei Tagen stündlich erwartet hatte, und die Frage vermochte sie daher auch nicht eine Sekunde aus der Fassung zu bringen.

»Jawohl, Herr Oberinspektor«, bemerkte sie und neigte leicht den Kopf. »Ich stehe natürlich ganz zu Ihren Diensten. Nur weiß ich nicht«, sie zog etwas die Bräuen hoch und schien einigermaßen ratlos, »ob ich Ihnen so behilflich sein kann, wie ich möchte. Ich lasse natürlich meine Gäste nicht kontrollieren. Aber wir werden ja gleich sehen.«

Mrs. Jane tippte gemessen auf eine Taste, und gleich darauf flog ein sehr hübsches Stubenmädchen ins Kontor.

»Bessie«, fragte die Herrin und kramte dabei in den Papieren auf ihrem Schreibtisch, »kannst du dich erinnern, ob Mr. Reffold vorgestern abend zu Hause war oder wann er heimgekommen ist?«

Mrs. Benett tat so, als ob sie die Antwort nicht weiter interessiere, und setzte rasch eine Unterschrift unter einen Brief.

Bessie aber legte den Finger an ihr zierliches Stupsnäschen und dachte eine Weile angestrengt nach.

»Jawohl«, sagte sie plötzlich eifrig und bestimmt. »Da ist ja Mr. Reffold gar nicht ausgegangen, sondern den ganzen Abend daheimgeblieben, weil ihm nicht gut war. Sie wissen doch, Madam, daß Sie uns selbst aufgetragen haben, rasch zur Hand zu sein, wenn der Herr etwas brauchen sollte.«

Mrs. Jane sah mit dem einen Auge verbindlich auf Burns, der etwas enttäuscht schien, und ließ das andere gelangweilt durchs Fenster schweifen.

»Allerdings ... Ich erinnere mich jetzt auch«, meinte sie. »Sie können einstweilen in meine Zimmer gehen, Bessie, und nach den Blumen sehen.«

Als das Mädchen verschwunden war, wurde Mrs. Benett plötzlich sehr ernst und feierlich.

»Es ist natürlich eine verantwortungsvolle Sache um so eine Aussage«, bemerkte sie zu Burns, »und ich möchte mich daher auf Bessies Gedächtnis doch nicht so ohne weiteres verlassen. Wenn es Ihnen recht ist, will ich noch das zweite Mädchen kommen lassen. Jedenfalls kann es nicht schaden.«

Sie wartete die Zustimmung des Oberinspektors nicht erst ab, sondern tippte wieder, und das andere Mädchen kam. Es war lange nicht so hübsch wie Bessie und auch nicht so freundlich. Als Mary die Frage vernommen hatte, zog es wie eine unliebsame Erinnerung über ihr breites, sommersprossiges Gesicht. »Natürlich weiß ich das. Mir ist ja dadurch die ganze Nacht verdorben worden, und gestern sollte ich doch mit Ihrer Erlaubnis tanzen gehen, Madam. Aber wenn man die Nacht vorher in den Kleidern geschlafen hat, so ist einem dieses Vergnügen gehörig verleidet ...«

Mrs. Benett sah das Mädchen mit großen, fragenden Augen an.

»Jawohl, Madam«, greinte Mary. »Sie hatten ja befohlen, daß wir Mr. Reffold nicht zu lange warten lassen sollten, wenn er klingeln würde, und ich kann doch nicht so in das Zimmer eines Herrn laufen, wie ich gewöhnlich im Bett liege ...«

Mrs. Benett blickte den Beamten sehr verschämt und um Entschuldigung bittend an und hieß dann Mary mit einer kurzen Handbewegung gehen.

Als Mary die Tür öffnete, fragte Burns plötzlich: »Nun, hat er geklingelt?«

»Gott sei Dank nicht«, gab das Mädchen schnippisch zurück und sah ihn von oben bis unten an. »Das hätte mir noch gefehlt…«

Als sich die Tür hinter ihr geschlossen hatte, kreuzten sich die Blicke von Mr. Burns und Mrs. Benett wie Dolchklingen.

Der Oberinspektor schien etwas ratlos zu sein, Mrs. Jane aber aufrichtig betrübt, daß sie ihm nicht eine andere Auskunft hatte beschaffen können.

»Hat Ihre Pension vielleicht einen Nebenausgang, durch den sich Ihre Gäste unbemerkt entfernen können?« fragte Burns nach einer etwas peinlichen Pause.

Mrs. Benett war sehr gekränkt. »Was glauben Sie, Mr. Burns! Meine Pension ist doch kein Fuchsbau, aus dem man nach Belieben nach allen Seiten entweichen kann!«

Der Detektiv erhob sich und bürstete seinen abgegriffenen Hut umständlich mit dem Ärmel. »Ist Mr. Reffold zu Hause?«

Mrs. Benett hob bedauernd die vollen Schultern. »Ich werde sofort nachsehen lassen. Soll ich Sie anmelden?«

»Nein, danke«, lehnte Burns rasch ab. »Ich möchte lieber gleich selbst zu ihm gehen.«

»Bitte, wie Sie wünschen. Zimmer Nr. 12 bis 14 im ersten Stock rechts«, sagte Mrs. Benett sehr zuvorkommend, und der Oberinspektor machte eine linkische Verbeugung.

»Sie werden wohl kaum überrascht sein«, sagte er einige Minuten später, als ihn Reffold in sein Zimmer einließ, und lächelte dabei vergnügt. »Miss Learner war ja so liebenswürdig, mich bei Ihnen bereits anzumelden.«

Harry deutete höflich auf einen Sessel und zog überrascht die Brauen hoch.

»Ah, also Miss Learner war das? Ich hatte die Stimme wirklich nicht erkannt.«

Burns nickte mit einem leichten Schmunzeln. »Jawohl. Und ich habe mir die Freiheit genommen, zuzuhören.«

Er machte ein Gesicht, als ob er einen gewaltigen Trumpf ausgespielt hätte, und ließ Reffold nicht aus den Augen.

Dieser lächelte sehr fein. »Aha, ich verstehe: Ein kleiner netter Trick! Sie sind wohl aus dem Haus gegangen, um im Bogen wiederzukehren und Miss Learner beim Telefon abzufangen? Großartig. Ich hoffe nur, Mr. Burns«, seine Stimme bekam einen anderen Klang, und er sah den Detektiv eigentümlich an, »daß Sie die junge Dame nicht allzusehr erschreckt haben. Sie hat sicher nichts Böses beabsichtigt.«

Burns beruhigte ihn durch eine leichte Geste. »Oh, ich bin nicht so. Besonders jungen Damen gegenüber nicht«, versicherte er. Er betrachtete das gesunde, einnehmende Gesicht seines Gegenübers verstohlen aus den Augenwinkeln und schien in seiner Erinnerung zu suchen.

»Ich kann Ihnen über die Einleitung hinweghelfen, Mr. Burns«, sagte Reffold, schob dem Oberinspektor eine Zigarrenkiste hin, schlug die langen Beine übereinander und lächelte vergnügt. »Wozu sollen Sie sich erst lange den Kopf zerbrechen. Wir haben uns, soviel ich weiß, noch nie gesehen, und in Ihrem Familienalbum in Scotland Yard werden Sie mich auch nicht finden. – Das war es wohl, worüber Sie nachgedacht haben?«

Burns wählte sich sorgfältig eine der teuren Importen aus, biß die Spitze ab und begann gemächlich zu rauchen. »Mr. Reffold, wir wollen nicht Versteck spielen«, meinte er. »Irgendwie haben Sie bei der Sache im Kastanienhaus die Hände im Spiel gehabt, ich weiß augenblicklich nur noch nicht wie. Aber ich werde es herausbringen, darauf können Sie sich verlassen. Und dann, wird die Sache für Sie vielleicht unangenehmer ausfallen, als wenn wir uns jetzt offen aussprechen.«

Harry faltete die Hände über den Knien, und der Oberinspektor bewunderte die wohlgepflegten starken Nägel.

»Sie sind so nett, Mr. Burns, daß ich Ihnen schon deshalb sofort eine umfassende Beichte ablegen würde, wenn ich etwas zu berichten hätte. Aber mein Gewissen ist so rein, daß ich mir nicht erklären kann, wodurch ich Ihre Aufmerksamkeit auf mich gezogen habe.« Er wippte mit dem einen Fuß, und Burns' Blick wurde von dem eleganten schmalen Straßenschuh gefesselt.

»So ein Fuß müßte einen charakteristischen Abdruck geben, meinen Sie nicht?« grinste er, und in seine Augen kam ein eigentümliches Leuchten.

Reffold besah sich nachdenklich seinen Fuß. »Allerdings. Sehr charakteristisch.«

»Wollen wir eine kleine Probe machen?« fragte Burns mit einem sanften Lächeln und zog einen Bogen Papier aus der Tasche, den er langsam entfaltete.

»Mit Vergnügen, Mr. Burns, wenn Ihnen damit gedient ist«, erklärte Reffold. »Wollen Sie den rechten oder den linken?«

Der Oberinspektor besah sich seinen Bogen. »Sagen wir, den rechten...«

Er glättete das Papier, legte es rasch auf den Boden, und Harry setzte den Fuß in die mit schwarzem Stift dick umrissenen Konturen.

»Ungefähr dreiviertel Zentimeter schmaler und mindestens anderthalb Zentimeter kürzer, lieber Oberinspektor«, konstatierte er sachlich. »Außerdem ist das, was Sie hier haben, anscheinend ein Plattfuß.«

»Gummisohlen...«, brummte Burns und faltete übellaunig seinen Bogen zusammen. »Übrigens, sagen Sie mir doch einmal, was Sie hier in Newchurch eigentlich machen«, fuhr er dann in seinem sanftesten Tonfall fort. »Soviel mir bekannt ist, haben Sie keinen Beruf, der Sie hier festhalten würde, und es ist doch einigermaßen auffallend, wenn ein Mann wie Sie sich wochenlang in solch ein Nest setzt.«

Reffold sah den Oberinspektor erstaunt an. »Ich erhole mich«, meinte er mit würdevollem Nachdruck. »Und soviel mir bekannt ist, steht es jedem Engländer frei, dies zu tun, wo es ihm beliebt. Was das ›Nest‹ betrifft, so geht eben unser Geschmack in dieser Hinsicht auseinander. Mir gefällt es hier ausgezeichnet«, versicherte er und zeigte Burns lächelnd seine weißen Zähne.

Burns hatte das unangenehme Gefühl, in der ›Queen Victoria‹ auf der ganzen Linie abgeschlagen worden zu sein, und dieses Gefühl machte ihn gereizt.

Bevor er ging, wollte er wenigstens noch eine kleine Genugtuung haben und zu verstehen geben, daß er sich nicht so leicht zum Narren halten lasse.

»Wenn Sie sich nächstens nicht wohl fühlen, Mr. Reffold«, riet er wohlwollend und klopfte ihm gemütlich auf die Schultern, »und die armen Mädchen Ihretwegen in den Kleidern schlafen müssen, dann passen Sie auf, daß Ihre Sachen nicht eigenmächtig nächtliche Spaziergänge unternehmen. Sie könnten dadurch ganz unschuldig in ernste Unannehmlichkeiten geraten. Das hier«, er griff in die Westentasche und hielt Reffold rasch ein kleines, silbernes Schildchen unter die Augen, »habe ich unter dem Fenster von Milners Arbeitszimmer gefunden. Wie Sie sehen, sind die Initialen H. R. darauf eingraviert, und ich möchte wetten, daß es zu der Zigarrentasche gehört, die hier auf dem Tischchen liegt und eine so auffallend leere Ecke hat.«

Damit ließ Burns das Schildchen rasch wieder verschwinden und steckte gleichzeitig auch die Zigarrentasche zu sich.

»Sie entschuldigen, Mr. Reffold«, meinte er, »ich möchte nur die Sache in aller Ruhe etwas näher untersuchen.«

»Bitte, Mr. Burns«, erwiderte Harry mit verbindlichem Lächeln. »Aber ich an Ihrer Stelle würde die Zeit lieber dazu verwenden, ein bißchen in den Trümmern des Wildhüterhauses herumzustochern, das heute nacht niedergebrannt ist.«

Der Oberinspektor sah ihn mit einem raschen, forschenden Blick an, dann machte er ihm einen tiefen Bückling und verließ eiligen Schrittes und sehr nachdenklich die ›Queen Victoria‹.

Inspektor Webster erwartete Burns bereits ungeduldig vor der Tür des Kastanienhauses. Er war vor einer Weile aus London gekommen, geladen mit Neuigkeiten, die er loswerden wollte.

»Also, Dr. Shipley ist wieder da«, rief er freudig erregt. »Man hat ihn in der Nacht zurückgebracht und einfach vor die Haustür gestellt. Weiter ist nichts aus ihm herauszubringen. Er sieht sehr elend aus, ist aber doch heute früh bei der Totenschau gewesen. Die anderen Ärzte haben alle den Kopf geschüttelt, aber sein Befund lautet auf ›Tod durch Einatmung giftiger Dämpfe‹. Er hat der Kommission auch einen langen Vortrag gehalten, allerdings habe ich die Geschichte nicht recht verstanden. Ich bin ja kein Mediziner. Für uns ist die Hauptsache, daß Mordverdacht besteht. Ich habe Ihnen das Protokoll mitgebracht. Nun wissen wir also wenigstens, woran wir sind. Gibt es hier etwas Neues?«

Burns schüttelte melancholisch den Kopf, und als sie im Arbeitszimmer angelangt waren, vor dem ein Polizist Wache hielt, ließ er sich zunächst das Schriftstück geben. Er las es sehr aufmerksam durch, wobei er wiederholt innehielt und seine Blicke forschend durch den Raum schweifen ließ. Plötzlich schien ihm ein Einfall gekommen zu sein, und er dachte lange nach, wobei er sich den Platz vor dem Kamin aufmerksam ansah. Dann faltete er das Papier zusammen und steckte es zu sich.

»Haben Sie über die Gäste Erkundigungen einziehen lassen?« fragte er Webster, der planlos in allen Winkeln herumstöberte.

»Jawohl«, antwortete dieser, »alles besorgt. Es wird aber für uns dabei kaum etwas herausschauen. Einwandfreie Leute...« Er nahm am Schreibtisch Platz, zog einige Blätter aus seinem Taschenbuch und breitete sie vor sich aus. »Wollen Sie hören? Natürlich nur das Wichtigste, denn unsere Leute tragen ja immer zusammen, was sie nur kriegen können, und unsereiner kann sich dann durchbeißen.«

Burns nickte, und Webster begann in seinen Notizen zu blättern. »Also, da wäre zunächst Ernest Crayton. Einundfünfzig Jahre alt, Rechtsanwalt, Somerstown, Patschutt-Street 9. Ledig, hat aber ein Verhältnis mit Mrs. Joyce Winner, Witwe eines Eisenbahnangestellten, achtundvierzig Jahre alt. Ziemlich bedeutende Klientel, aber aus sehr zweifelhaften Kreisen. Hat unter anderen Jack Cornfield verteidigt, der wegen eines großen Kasseneinbruchs angeklagt war, und Miss Else Flesh, die wegen Wechselfälschungen vor Gericht stand. Beide freigesprochen. Persönlich nicht vorbestraft und nach den Polizeiakten einwandfrei.« Webster steckte seine Pfeife in Brand. »Dann hätten wir hier Dr. Charles Warner. Achtundfünfzig Jahre alt...«

Burns unterbrach ihn. »Brauchen wir nicht...«

»Hab ich mir auch gedacht«, nickte der Inspektor. »Aber es sind einige ganz nette Sachen, die man da erfährt. Der gute Mann soll jede Woche zweimal nach London fahren und dort alle Unterhaltungslokale abgrasen, in denen es gefällige Damenbedienung gibt.«

»Lassen Sie ihm doch das Vergnügen«, meinte Burns ungeduldig.

»Nun, meinetwegen. Alle Hochachtung, wenn er das in seinem Alter noch aushält ... Nun kommt also Mr. Robert Vane, Chef von Praighton & Wellmann, dreiundfünfzig Jahre alt. War Bankangestellter, heiratete dann die Tochter des alten Arthur Praighton und übernahm die Firma. Jetzt Witwer. Altes Bankhaus, nicht mehr das, was es war, aber noch immer gute Provinzkundschaft. Hauptsächlich Überseespekulationen und Exoten. Persönliche Verhältnisse: Sehr wohlhabend, führt großes Haus. Hat gesellschaftliche Beziehungen zu hohen Stellen, besonders zum Schatzamt und zum Kolonialamt und zu mehreren Parlamentsmitgliedern...«

»Weiß ich alles«, meinte Burns, »weiter...«

»Warum sagen Sie das nicht gleich?« brummte Webster etwas unwirsch. »Glauben Sie, es macht mir Vergnügen, so viel zu reden? – Thomas Flesh, Brompton, Beak-Street 12, eine der größten Handelsfirmen Englands. Vierundvierzig Jahre alt, ledig. Ist am Kleinen Westend-Theater und am Chinelly-Theater beteiligt. Verkehrt viel in Künstlerkreisen und steht in Beziehungen zu verschiedenen bekannten Artistinnen. – Glauben Sie, daß dieser Mann ein Interesse daran hatte, Milner und Stone umzubringen?«

»Warum nicht?« warf Burns lakonisch ein. Webster machte ein ziemlich verblüfftes Gesicht.

»Na, schön ... Hätten wir also noch Oberst Roy Gregory, zweiundfünfzig Jahre. Erst Kavallerieoffizier, dann beim Stab von Kitchener. Im Kriege wiederholt ausgezeichnet. Seit 1920 bei der indischen Armee in verschiedenen Spezialverwendungen. Hat vor ungefähr vier Monaten seinen Abschied genommen. Gründe unbekannt. Kriegsministerium auf vertrauliche Anfrage sehr reserviert. Scheint sehr vermögend zu sein, da auf großem Fuße lebend ... Komische Auskunft, wie?«

Der Oberinspektor hatte das Kinn in die Hand gestützt und sann eine Weile nach.

»Es wird vielleicht notwendig sein, Webster«, unterbrach er das Schweigen, »daß Sie hier in Newchurch bleiben. Können Sie es so einrichten?«

Webster horchte interessiert auf. »Wenn es sein muß, warum nicht? Wie Sie wissen, hat ja der Chef selbst angeordnet, daß ich den Fall mit bearbeiten soll. Haben Sie vielleicht eine besondere Aufgabe für mich?« Er sah Burns erwartungsvoll an.

Dieser nickte. »Logieren Sie sich in der ›Queen Victoria‹ ein und schenken Sie Mr. Reffold, der dort wohnt, Ihre Aufmerksamkeit. Aber seien Sie vorsichtig, denn der Mann ist nicht so einfach zu behandeln.«

»Das lassen Sie meine Sorge sein«, meinte Webster kurz und warf sich in die Brust. »Ich bin auch nicht von gestern und habe schon mit verschiedenen geriebenen Kunden zu tun gehabt. Glauben Sie, daß wir da auf einer Spur sind?«

Burns rieb sich nachdenklich die Nase. »Das kann ich Ihnen wirklich nicht sagen. Aber vielleicht wenigstens auf einer Spur, die uns auf die Spur führt…«

Der Inspektor machte ein etwas langes Gesicht und dachte eine Weile nach, um hinter den Sinn dieser Worte zu kommen.

»Wissen Sie, Burns«, sagte er dann, »ich möchte in dieser Sache gern noch Erfolg haben, denn Ende dieses Jahres nehme ich meinen Abschied.«

Burns sah ihn aus melancholischen Augen an.

»Das ist eine ausgezeichnete Idee, lieber Webster«, meinte er mit einem tiefen Seufzer. »Denn wenn wir in dieser verdammten Geschichte nichts ausrichten, so wird man uns ohnehin beide zum Teufel jagen.«

Thomas Flesh ließ sich von seinem Sekretär die Briefe vorlegen, die mit der Morgenpost gekommen waren, aber er schien wie gewöhnlich nicht bei der Sache zu sein. Kaum hatte er einige der Schreiben überflogen, als er auch schon den ganzen Stoß dem Sekretär zuschob und sich bequem in seinem Stuhl zurücklehnte.

»Sagen Sie mir lieber, was drinsteht«, meinte er mit seiner müden, eintönigen Stimme und schloß die Augen, so daß man hätte meinen können, daß alles, was der andere ihm schlagwortartig vorlas, sein Ohr kaum erreichte.

Weit mehr als die Geschäftspost pflegte Flesh seine Privatkorrespondenz zu interessieren, die ihm stets von seinem persönlichen Diener in einer versperrten Tasche überbracht wurde und mit der er sich dann oft länger als eine Stunde hinter verschlossenen Türen zu beschäftigen pflegte. Im Kontor wußte man, daß er dann auch mit den dringlichsten geschäftlichen Angelegenheiten nicht gestört werden durfte, und man machte sich hierüber seine besonderen Gedanken. Erschien er nach der Lektüre seiner Privatpost mit einem verkniffenem Lächeln in dem starren, dunklen Gesicht – dann gab es gutes Wetter; kam er mit zuckenden Fältchen um den wulstigen Mund und stechenden Augen, dann setzte es zumeist einen Sturm, der das ganze Haus erzittern ließ.

In der letzten Zeit war Thomas Flesh immer erst spät am Vormittag erschienen, hatte in nervöser Hast und sichtlicher Zerstreutheit die notwendigsten Anordnungen getroffen und war dann den ganzen Tag über nicht mehr zu sehen gewesen. Nicht einmal der Manager wußte, wo der Chef zu finden war, und er hätte es auch gar nicht gewagt, ihn zu suchen, denn wenn Flesh nicht ausdrücklich angab, wo er zu erreichen war, dann wollte er eben von allen geschäftlichen Dingen verschont bleiben.

Der Manager war mit seinem Bericht schon längst zu Ende und harrte ungeduldig seiner Entlassung, aber Flesh rührte sich nicht und schien die Anwesenheit des anderen ganz vergessen zu haben. Mit einem Mal aber richtete er sich aus seiner nachlässigen Haltung auf. »Mr. Lee«, fragte er plötzlich, »wie hoch sind unsere Außenstände?«

Der Manager dachte einen Augenblick nach. »Ungefähr neunzehntausend Pfund, Mr. Flesh.«

Flesh schien zu rechnen. »Und unsere verfügbaren Barbestände?«

»Rund fünfundzwanzigtausend Pfund. Wir haben in der letzten Zeit ganz bedeutende Abhebungen gemacht.«

»Warum erzählen Sie mir das?« meinte Flesh gereizt. »Habe ich Sie danach gefragt, oder meinen Sie, ich hätte ein so schlechtes Gedächtnis? Stellen Sie mir noch heute zwanzigtausend Pfund zur Verfügung, und sehen Sie zu, die Außenstände so rasch wie möglich hereinzubringen. Ich brauche in den nächsten Tagen mindestens vierzigtausend Pfund.«

»Bis dahin könnten wir bereits den Wechsel von Frank Milner diskontieren«, bemerkte Lee geschäftig. »Er ist kurzfristig und lautet auf zwanzigtausend Pfund.«

Flesh dachte eine Weile nach.

»Nein«, bestimmte er dann, »damit rechnen Sie nicht. Es bleibt so, wie ich angeordnet habe.«

Er machte eine entlassende Kopfbewegung, und der Manager verschwand, ohne sich über die Weisungen des Chefs weiter den Kopf zu zerbrechen, denn er war nicht gewohnt, von diesem irgendwelche Aufklärungen zu erhalten.

Flesh ließ eine kleine Weile verstreichen, dann schob er an den beiden dichtgepolsterten Türen, von denen eine zu den Geschäftsräumen, die andere auf den Korridor führte, sorgfältig die Riegel vor. Er wußte, daß er nun ungestört bleiben würde, da das mattblaue Licht über seiner Tür, das er automatisch mit eingeschaltet hatte, von seinen Angestellten unbedingt respektiert wurde.

Er setzte sich auf eine Ecke des großen Schreibtisches, stützte das Kinn in die Hand und überlegte mit der Gründlichkeit und Kaltblütigkeit eines Spielers, der im Begriff ist, einen entscheidenden Schlag zu wagen.

Endlich schien er mit sich im reinen zu sein, und als er das Telefon aufnahm, glich er einem Menschen, der zu allem bereit ist und vor nichts zurückschreckt.

Es dauerte geraume Zeit, bis die Verbindung hergestellt war.

»Hier Thomas ... Ja ... Den Herrn.« Seine Stimme klang ungeduldig und befehlend.

Es trat wieder eine Pause ein, und Flesh ließ müde die Lider über die Augen sinken. Plötzlich aber schlug er sie blitzartig auf, und seine Gestalt straffte sich unwillkürlich.

»Ja ... Thomas ...«, antwortete er.

Die Stimme im Apparat schien etwas zu sagen, was ihm nicht paßte, denn er warf den Kopf zurück, und seine Worte bekamen einen scharfen Klang.

»Oh, nicht in diesem Ton, wenn ich bitten darf ... Sie wissen, daß ich das nicht mag.«

Das Telefon übermittelte ihm eine Entgegnung, die ihn nur höhnisch auflachen ließ.

»Versuchen Sie es doch. Ich kenne Ihre Methoden zu gut, um sie fürchten zu müssen.« Er hob die Brauen, und man merkte, daß er zu einem besonderen Schlag ausholte. »Und vielleicht kenne ich noch mehr als die Methoden.«

Er lauschte angestrengt in das Telefon, um sich die Wirkung seiner Worte nicht entgehen zu lassen.

Als die Antwort erfolgte, verzogen sich seine Lippen zu einem höhnischen Lächeln.

»Nun«, meinte er kühl, »lassen wir es doch auf eine Probe ankommen. Soll ich Ihnen sagen, was ich alles weiß? Es ist gewiß lange noch nicht alles, aber es ist immerhin genug, um Mr. Burns eine große Freude zu machen.«

Die Stimme im Telefon fiel wiederum ein, und Flesh schien über ihre Erwiderung ein teuflisches Vergnügen zu empfinden. »Oh, ich bin auf meiner Hut. Im schlimmsten Fall ist ja Dr. Shipley da. Sie verstehen mich doch?«

Seine Worte schienen offenbar am anderen Ende der Leitung den gewünschten Eindruck gemacht zu haben, denn Flesh lächelte befriedigt vor sich hin.

Die Stimme am anderen Ende der Leitung meldete sich wieder, und er hörte mit verkniffenen Lippen zu.

»Mein Lieber«, höhnte er, »davon würden Sie besser nicht sprechen. Für mich bedeutet dieses blaue Kuvert im allerschlimmsten Falle zwei bis drei Jahre Zuchthaus. Für den Tag, an dem Sie dann gehenkt werden, würde ich mich beurlauben lassen, denn um das Vergnügen, dies mit anzusehen, möchte ich um keinen Preis kommen. – Übrigens wäre es klüger von Ihnen, statt an die alte Geschichte an die letzte Sache zu denken«, fuhr er gereizt fort. »Die haben Sie nämlich so verdammt ungeschickt angepackt, daß nun alle Teufel los sind. Das, was Sie haben wollten, ist Ihnen vor der Nase weggeschnappt worden; dafür aber sind hinter Ihrem Trick, von dem Sie so viel erwartet haben, jetzt die gefährlichsten Spürhunde her.«

Die Stimme im Apparat machte einen Einwand, der Flesh noch ärgerlicher werden ließ.

»Unterschätzen Sie den Mann nicht«, fiel er schroff ein. »Das wäre eine neue Dummheit, und ein solche können wir uns nicht mehr leisten. Burns hat noch selten einen Mißerfolg gehabt. Noch unbequemer und gefährlicher erscheint mir allerdings der andere. Die Sache mit Shipley beweist, wozu er fähig ist. Was will der Mann und wer ist er? Das müssen wir vor allem erfahren und dann rasch zugreifen. Sie verstehen mich? Seit gestern erwarte ich stündlich, von Ihnen etwas darüber zu erfahren, aber Sie haben sich nicht gerührt. Ich gestehe offen, der Unbekannte macht mich nervös, und das will bei mir viel heißen. Es müßte doch mit dem Teufel zugehen, wenn ...«

Flesh brach jäh ab, und seine Mienen verrieten das lebhafte Interesse, das er an der Erwiderung nahm.

»Na, endlich«, stieß er erleichtert hervor. »Wie? Reffold ...« Er schüttelte den Kopf und schien nicht zu wissen, was er mit dem Namen beginnen sollte. »Was wissen Sie von ihm? Und was wollen Sie tun?«

Er hörte einige Augenblicke gespannt zu, dann legte sich um seinen wulstigen Mund wieder das verbissene Lächeln.

»Sie werden natürlich auch dabei wiederum unsichtbar bleiben wie immer?« meinte er herausfordernd »Der geheimnisvolle ›Herr‹, der an den Drähten zieht und uns andere tanzen läßt...«

Er lachte kurz auf, und sein lauernder Blick schien mit den Worten durch den Apparat dringen zu wollen.

Die Antwort, die aus dem Telefon kam, nahm Flesh die gute Laune und ließ sein Gesicht plötzlich wieder hart und drohend werden.

»Ich möchte Ihnen den freundschaftlichen Rat geben keine Dummheiten zu machen, denn wenn ich nicht mehr bin, könnten gewisse Aufzeichnungen, die ich gemacht habe, in unrichtige Hände geraten, und es würde mir leid tun, wenn Ihnen daraus Unannehmlichkeiten erwachsen würden. Haben Sie mich verstanden? Schön, das wird unseren ferneren Verkehr wesentlich freundlicher gestalten. Also, ich erwarte Ihre weiteren Mitteilungen. Und das Geld erhalten Sie, sobald ich weiß, ob sich mit dem Wechsel etwas anfangen läßt.«

Die Erwiderung schien Fleshs Beifall zu finden, denn er nickte lebhaft.

»Sehen Sie, das ist vernünftig. Nur jetzt keine Nervosität. Und tun Sie nichts, ohne mich zu verständigen. Es wäre manches anders ausgefallen, wenn Sie mich bisher nicht nur als Marionette behandelt hätten. Gut ...ja ...Meine Nummer wissen Sie ...Schluß!«

Flesh legte den Hörer auf und trocknete sich die Stirn.

Trotz seiner äußerlichen Fassung schien ihn das Gespräch doch außerordentlich erregt zu haben, denn er mußte sich einige Augenblicke auf den Tisch stützen, bevor er imstande war, zu den Türen zu gehen und die Riegel zurückzuschieben.

Mittlerweile hatte Robert Vane im Kontorraum eine höchst ungeduldige Viertelstunde verbracht.

Das Personal kannte zwar den Bankier von gelegentlichen Besuchen, aber wenn das mattblaue Licht über der Tür des Chefs leuchtete, gab es keinen Eintritt, mochte warten, wer immer es war.

Vane begann von Minute zu Minute nervöser und zappeliger zu werden und schickte sich zu wiederholten Malen bereits zum Gehen an, aber dann überlegte er sich die Sache doch immer wieder.

Das tragische Ende Milners, unmittelbar nachdem er mit ihm beisammen gewesen, beschäftigte den Bankier so sehr, daß er sich darüber aussprechen mußte. Die Zeitungen ergingen sich über den mysteriösen Fall in den rätselhaftesten Andeutungen, und Vane grübelte unausgesetzt nach, ob sich nicht vielleicht in den letzten Stunden, die er mit Flesh und den anderen im Kastanienhaus verbracht hatte, ein Moment fände, mit dem das spätere furchtbare Geschehen irgendwie in Zusammenhang gebracht werden konnte.

Als er Flesh, der ihn in seiner ruhigen, geschmeidigen Art empfing begrüßt hatte, kam er dann auch sofort auf die Sache zu sprechen.

»Sie wissen nicht«, sagte er und fingerte dabei an seinem Kragen herum, »wie mich die Geschichte aufgeregt hat. Meine Bekanntschaft mit Milner war ja zwar nur ganz oberflächlich, aber daß der Mann ein solches Ende finden mußte, gleich nachdem wir ihn in bester Laune verlassen hatten, darüber komme ich nicht hinweg...« Er richtete seine wässerigen Augen mit einem ängstlichen Blick auf Flesh, der ihm höflich zuhörte, und sein Gesicht erschien noch bleicher und schwammiger als sonst. »Schauderhaft, wenn man daran denkt. Übrigens eine etwas sonderbare Gesellschaft, in der er sich befand. Haben Sie den Mann gekannt?«

Flesh schien sich für das Thema nicht sonderlich zu interessieren, sondern wählte umständlich eine Zigarre. »Sie meinen Stone, von dem in den Berichten die Rede ist?« Er schob Vane eine der Zigarrenkisten hin und dachte einen Augenblick lang nach. »Stone ...Möglich. Wir kommen ja bei unseren Geschäften mit so vielen Leuten in Berührung.«

Der Bankier nickte zustimmend. »Ich habe einige Male mit ihm zu tun gehabt. Natürlich in ganz korrekten Sachen«, beeilte er sich zu versichern, »aber ich wußte schon längst, daß bei ihm nicht alles in Ordnung war. Er hatte wohl recht faule Geschichten auf dem Kerbholz, aber man konnte ihm nicht beikommen. Nun allerdings dürfte die Polizei leichtere Arbeit haben, und sie scheint auch sehr scharf ins Zeug zu gehen. Wahrscheinlich nimmt sie an, daß in Stones anrüchigen Unternehmungen der Schlüssel zu dem Verbrechen im Kastanienhaus zu suchen sei. Wenigstens vermute ich das nach einigen Fragen, die mir Oberinspektor Burns von Scotland Yard gestellt hat.«

Flesh nahm langsam die Zigarre aus dem Mund und streifte umständlich die Asche ab.

»Was haben Sie mit Scotland Yard zu tun, Mr. Vane?« fragte er lächelnd, ohne die schweren Augenlieder zu heben.

»Nichts«, meinte der Bankier etwas pikiert, »aber man hat es notwendig gefunden, mir auf den Zahn zu fühlen. Heute am frühen Morgen, als ich eben beim Frühstück saß. Und ich kann nicht gerade sagen, daß diese Unterredung meinen Appetit angeregt hätte. Sie hatte verdammte Ähnlichkeit mit einem Verhör. Dieser Mr. Burns hat eine ekelhafte Manier, einem in die Enge zu treiben. Sie werden ihn ja wohl auch noch kennenlernen.«

Flesh schlug langsam die Augen auf, und in dem Blick, mit dem er den Bankier ansah, lag eine überraschte Frage. »Ich wüßte nicht, womit ich ihm dienen könnte«, bemerkte er gedehnt. »Aber es wird mir ein Vergnügen sein.«

Vane verzog den Mund und ließ seine Goldzähne sehen »Ich kann Ihnen sagen, ein Vergnügen ist anders, lieber Flesh. Der Mann geht einem bei aller Liebenswürdigkeit furchtbar auf die Nerven. Wir alle, die wir den letzten Abend mit Milner verbracht haben, scheinen ihm einigermaßen verdächtig zu sein.« Er blickte Flesh bedeutsam an und rückte in seinem Sessel unruhig hin und her. »Auch Crayton und Oberst Gregory«, fügte er mit halblauter Stimme hinzu und begann dann mit den Lippen zu schmatzen, weil der andere dazu nur gelassen nickte. »Was halten Sie übrigens von Oberst Gregory?« fragte er dann plötzlich und beugte sich nahe zu Flesh. »Ein interessanter Mann, nicht? Ein sehr interessanter Mann. Erinnern Sie sich, daß er der einzige von uns war, der das Arbeitszimmer Milners betreten hat? Wenige Augenblicke bevor wir uns verabschiedeten...« Der Bankier suchte dem Blick seines Gegenübers zu begegnen, aber Flesh spielte mechanisch mit seiner Zigarre; der eigentümliche Unterton in Vanes letzten Worten schien ihm ganz entgangen zu sein.

»Allerdings, ich entsinne mich«, meinte er leichthin. »Er wollte sich umziehen, und sein Diener ging mit ihm.« Er löschte mit einem kräftigen Druck seine Zigarre aus und sah den Bankier durchdringlich an. »Wie lange kann es wohl gewesen sein, daß die beiden in dem Zimmer waren?«

»Zehn Minuten waren es sicher«, flüsterte Vane nach einer Weile wichtig und vielsagend und suchte in der Miene des anderen zu lesen.

Aber Flesh machte sein gewöhnliches, gelangweiltes Gesicht. »Haben Sie Mr. Burns davon Mitteilung gemacht?«

»Natürlich, das mußte ich doch«, bemerkte Vane. »Es war ja so ziemlich auch das einzige Wesentliche, was ich zu sagen hatte.«

»Und was meinte der Oberinspektor dazu?«

»Gar nichts«, erwiderte der Bankier kurz, und man sah ihm an, daß er darüber höchst ungehalten war. »Der Mann fragt immer nur, aber aus ihm selbst ist nicht ein Wort herauszubekommen. Ich habe noch selten mit einem so unleidlichen Menschen zu tun gehabt.«

Flesh lächelte eigentümlich, und es blitzte dabei etwas wie Spott und Schadenfreude unter seinen halbgeschlossenen Lidern hervor.

»Das ist fatal, lieber Vane, daß Ihnen der Mann so unsympathisch ist«, sagte er. »Ich glaube nämlich, daß Sie in der nächsten Zeit seine Gesellschaft öfter genießen werden.«

Der Bankier erschrak, und sein Gesicht wurde noch fahler als sonst.

»Meinen Sie das im Ernst?«

Flesh nickte gleichmütig. »Sie können sich darauf verlassen. Diese Leute sind nicht abzuschütteln, wenn man einmal ihre Bekanntschaft gemacht hat.«

Als Vane kurze Zeit darauf nervös und in ziemlich übler Laune in sein Auto stieg, hätte er sich davon überzeugen können, wie recht Flesh mit seiner Bemerkung gehabt hatte.

Sein Wagen hatte kaum einige hundert Meter zurückgelegt, als ein Motorradfahrer, der plötzlich wie aus dem Boden aufgetaucht war, in einigem Abstand die Verfolgung aufnahm.

Thomas Flesh stand hinter den Portieren seines Kontors und beobachtete die Abfahrt Vanes. Als das Motorrad aus einer kleinen Seitengasse hervorschoß und hinter dem Auto drein ratterte, verzog sich sein Gesicht zu einer Grimasse. Er wußte nun, daß äußerste Vorsicht geboten war.

14

Als Vane seine Geschäfte an der Börse erledigt hatte und nach etwa zwei Stunden bei seinem Kontor in der City vorfuhr, gewahrte er etwas, was seine gedrückte Stimmung mit einem Schlage verscheuchte.

Vor dem Haupteingang hielt ein eleganter Cadillac, den er überrascht als Mrs. Mabel Hughes' Wagen erkannte, und das genügte, um ihn sofort in einen Zustand freudigster Erregung zu versetzen. Er nahm die Treppen zum Zwischenstock in einer derartigen Eile, daß er vor der Entreetür einen Augenblick haltmachen mußte, um wieder zu Atem zu kommen.

Als ihm der Diener im Vorraum meldete, daß Mrs. Hughes ihn bereits seit ungefähr einer Viertelstunde erwarte, nickte er nur und kämmte seine spärlichen Haare rasch zu einer möglichst vorteilhaften Frisur zurecht.

Mrs. Mabel Hughes vertrieb sich die Zeit damit, eine Zigarette nach der andern zu rauchen und mit stoischer Gelassenheit nach der Decke zu blicken. In dem brünetten Gesicht, das mit seiner klassischen Regelmäßigkeit und den ausdrucksvollen Augen von seltsamer Schönheit war, zuckte keine Miene. Alles an dieser rassigen Frau sprach von einer unerschütterlichen Ruhe und Selbstbeherrschung.

Als Vane strahlend und geschäftig ins Zimmer stürzte, schnitt sie den Schwall seiner Entschuldigungen mit einer verbindlichen Geste ab.

»Nichts davon, lieber Freund«, sagte sie, und der Bankier war wie immer entzückt von dem reizenden Akzent, mit dem sie das Englische sprach. »Setzen Sie sich zunächst und erholen Sie sich etwas.« In ihren Augen blitzte es belustigt auf, und sie drückte ihn mit einer sanften Handbewegung in einen Sessel. »Sie sind manchmal zu stürmisch.«

Vane schöpfte einige Male tief Atem und sah Mrs. Mabel mit einem Blick an, der ihm das Aussehen eines schmachtenden Seehundes gab. »Nur, wenn es sich um Sie handelt, Mrs. Hughes«, flüsterte er vielsagend, und seine fette Stimme vibrierte in gefühlvoller Erregung.

Die schöne Frau hatte auf diese Bemerkung keine Antwort, sondern schlug die langbewimperten Lider nieder und wippte mit dem Fuß.

Vane hätte sein halbes Vermögen dafür gegeben, wenn er ihre Gedanken in diesem Augenblick hätte lesen können, aber so durchdringend er sie auch anstarrte, er kam zu keinem Resultat und er konnte seinen Gefühlen nur durch einen elegischen Seufzer verstärkten Ausdruck geben.

Das schien zu wirken, denn aus den großen Augen Mrs. Mabels traf ihn ein so warmer Blick, daß Vane glückselig nach ihrer behandschuhten Linken griff und das feine Leder mit Inbrunst an seine Lippen führte.

Mrs. Mabel machte keine Miene, dem Bankier das Vergnügen zu stören, ja, er glaubte sogar, einen leisen Druck ihrer langen schmalen Finger zu spüren.

Trotz seiner heftigen Leidenschaft für die wunderbare Frau hatte sich Vane so viel Überlegung bewahrt, daß er sich nicht verhehlte, wie die Dinge lagen. Mr. Mabel Hughes war nämlich nicht nur eine sehr schöne, sondern auch eine sehr reiche Frau, und ihrer blendenden Erscheinung hatte er leider gar nichts entgegenzusetzen als sein Vermögen, das dem ihren, soviel er beurteilen konnte, im besten Falle gleich war. Wenn er da Erfolg haben wollte, mußte ihm ein besonders glücklicher Umstand zu Hilfe kommen, und diesen Umstand erblickte Vane darin, daß Mrs. Mabel ihn zu ihrem Berater in allen Geldangelegenheiten bestellt hatte. Er war ein wirklich gewiegter Finanzmann, und Mrs. Mabel konnte mit dem, was er bisher für sie abgewickelt hatte, sehr zufrieden sein.

»Ich möchte London auf einige Zeit verlassen, lieber Freund«, sagte sie unvermittelt. »Diese Spätherbsttage in der Stadt behagen mir nicht. Ich sehne mich nach Licht und Luft.«

Ihre dunklen Augen bekamen einen sehnsüchtigen Ausdruck, und sie reckte den geschmeidigen Körper wie eine Katze.

Vane war überrascht. »Sie wollen verreisen, Mrs. Hughes?«

Sie schüttelte lächelnd mit dem Kopf, und den Bankier traf ein Blick, der ihn einigermaßen beruhigte.

»Nein, Mr. Vane. Ich würde nur gerne einige Tage irgendwo auf dem Lande verbringen. Aber nicht allzu weit von London, damit ich die Zerstreuungen der Großstadt nicht entbehren muß, wenn mich die Lust danach anwandelt. Wissen Sie vielleicht zufällig einen solchen Ort?«

Mr. Vane hatte plötzlich einen Einfall, der ihn sehr zu begeistern schien.

»Gewiß«, sprudelte er lebhaft, »ich wüßte etwas, was vielleicht Ihren Wünschen entsprechen würde. Ich habe in Newchurch ein Landhaus – nicht sehr groß«, sagte er bescheiden, »aber ganz wohnlich, und es wäre mir ein besonderes Vergnügen, Ihnen das Haus zur Verfügung stellen zu dürfen. Sie würden dort Ruhe finden und andererseits könnten Sie London in kürzester Zeit erreichen. Ihr Wagen dürfte für die Strecke kaum mehr als eine Stunde benötigen. Selbstverständlich würde ich alles entsprechend instand setzen lassen und auch dafür sorgen, daß Sie sich in der ländlichen Einsamkeit nicht langweilen.«

Er sprach sehr eifrig auf Mrs. Mabel ein, und diese schien an dem Vorschlag Gefallen zu finden.

»Sie sind sehr lieb, Mr. Vane«, sagte sie und reichte ihm die Hand. Plötzlich schien sie sich an etwas zu erinnern und dachte eine Weile nach. »Newchurch? Wo habe ich nur diesen Namen in der letzten Zeit gehört?«

»Sie haben wahrscheinlich in den Zeitungen davon gelesen. Es gab dort vor einigen Tagen ein etwas mysteriöses Verbrechen.«

Mrs. Mabel Hughes sah den Bankier etwas furchtsam an.

»Das soll Ihnen den Ort nicht verleiden, Mrs. Hughes«, beeilte sich Vane, sie zu beruhigen. »Solche Dinge kommen schließlich überall vor, und in diesem Fall scheint es sich um eine Sache besonderer Art gehandelt zu haben. Sonst ist Newchurch das ruhigste und gemütlichste Fleckchen, das Sie sich denken können«, versicherte er. »Übrigens stehen Ihnen in meinem Diener, in dem Portier und dem Gärtner drei äußerst verläßliche Personen zur Verfügung. – Darf ich also die Anordnungen treffen? Ich benötige hierzu nicht mehr als vierundzwanzig Stunden.«

Er sah die schöne Frau erwartungsvoll an und entwarf dabei bereits die großzügigsten Pläne, wie er ihr den Aufenthalt in seinem Landhaus so angenehm wie möglich gestalten wollte.

Mrs. Hughes schien noch immer zu überlegen, aber dann streifte sie plötzlich den Handschuh von ihrer Rechten und erhob sich. Vane mußte zu ihr aufsehen, weil ihre prachtvolle Gestalt ihn um einen halben Kopf überragte.

»Wann darf ich also kommen?« fragte sie mit einem Lächeln, das ihm wie eine beseligende Verheißung erschien. »In drei, vier Tagen...?«

Der Bankier ergriff die feine, schlanke Hand, die sie ihm reichte, und küßte sie stürmisch. »Morgen nachmittag ist alles zu Ihrem Empfang bereit, Mrs. Hughes«, versicherte er hastig.

»Also dann übermorgen. Wir wollen die Sache nicht überstürzen, lieber Freund.«

Als Vane Mrs. Mabel Hughes zu ihrem Wagen geleitete, gaben die beiden ein sehr ungleiches Paar ab. Aber Vane sah diesen Unterschied nicht. Er sah nur die Frau neben sich, die an Ebenmaß und Rassigkeit nicht so bald ihresgleichen fand.

Bis zum Lunch war der Bankier selbst für die wichtigsten geschäftlichen Dinge nicht zu haben. Er saß ununterbrochen an seinem Telefon und traf aufgeregt die verschiedensten Anordnungen.

Als er endlich damit fertig war, ging er die Liste seiner näheren Bekannten durch und überlegte, wen er gelegentlich nach Newchurch einladen könnte, damit Mrs. Mabel Hughes auch dort nicht auf jede Gesellschaft verzichten müßte.

Er entschied sich für Thomas Flesh, von dem er wußte, daß er ein ausgezeichneter Golfspieler war, und dann fiel ihm Oberst Roy Gregory ein, dessen gesellschaftliche Talente er wiederholt bewundert hatte.

Aber in demselben Augenblick dachte er an den Abend im Kastanienhaus, und unwillkürlich empfand er einen leichten Schauer.

15

Während Webster mit Burns im Eßzimmer der ›Queen Victoria‹ das erste Frühstück einnahm, gab er deutlich zu verstehen, daß die Methode, wie sein Kollege von Scotland Yard arbeitete, nicht seinen Beifall fand.

»So werden wir nicht weiterkommen, Oberinspektor«, sagte er entschieden und schob eine geröstete Brotscheibe, die er dick mit gebratenem Speck belegt hatte, in den Mund. »Nun renne ich seit drei Tagen hinter diesem verdammten Mr. Reffold drein, aber klüger sind wir dadurch bisher nicht geworden. Ich weiß nur, daß dieser Gentleman ein besonderes Faible für das Spazierengehen hat und daß er immer wieder um das Kastanienhaus herumstreicht. Dieser Umstand ist ja gewiß verdächtig, aber daraus allein können wir ihm noch nicht den Strick drehen, den er zu verdienen scheint. Wenn es nach mir ginge, würde ich die Sache ganz anders anpacken. Sie scheinen ja etwas mehr zu wissen, Burns – weshalb greifen Sie da nicht zu und stecken den Burschen kurzerhand ins Loch? Glauben Sie mir, das ist das beste Mittel, um etwas zu erreichen, und man spart damit riesig viel Arbeit.«

Burns steckte den Zettel, auf dem er sich bisher eifrig Notizen gemacht hatte, in die Westentasche und rieb sich dann gedankenvoll die Nase.

»Es ist Ihnen doch hoffentlich ernst damit, daß Sie in Pension gehen wollen, Webster?« fragte er nach einer Weile unvermittelt.

Dem Inspektor war diese Frage nicht recht verständlich und auch nicht sehr angenehm. »Wie kommen Sie jetzt darauf?« meinte er mißtrauisch. »Das ist doch schließlich meine Sache. Haben Sie wirklich keine anderen Sorgen?«

Burns wiegte melancholisch den Kopf. »O doch. Leider eine ganze Menge«, sagte er und griff wieder nach dem Zettel, den er vorher eingesteckt hatte. Er überflog nachdenklich die Notizen und überlegte. »Genauer gesagt, sechs. Wenn Sie mir da helfen können, Webster, können Sie sich als Oberinspektor zur Ruhe setzen. Dafür bürge ich Ihnen.«

»Schießen Sie los«, forderte ihn Webster lebhaft auf, denn diese Aussicht kam seinem sehnlichsten Wunsche entgegen. »Es müßte doch mit dem Teufel zugehen, wenn zwei so erfahrene Burschen wie wir sich keinen Rat wüßten.«

»Es sind sechs Fragen«, sagte Burns mit gedämpfter Stimme, indem er sich über den Tisch beugte und auf seinen Zettel sah. »Erstens: Woran sind Milner und Stone gestorben? Doktor Shipley sagt, durch ein giftiges Gas, und wenn Shipley das behauptet, so ist diese Frage für uns erledigt. Aber dann Frage zwei: Wie ist das Gas in das versperrte Zimmer gekommen, und wo ist der Behälter oder die Zuleitung nachher geblieben? Vielleicht kommen wir darauf, wenn wir auf die Frage drei eine Antwort finden: Was hat vor dem Kamin gelegen oder gestanden, wie und von wem ist es entfernt worden? Dann Frage vier: Warum haben Milner und Stone daran glauben müssen, und was ist nachher geschehen? Wer hat die Juwelen? Der erste, der da war, oder die beiden andern, die nach ihm gekommen sind?«

Webster machte ein überraschtes Gesicht. »Das ist ja wieder etwas Neues. Seit wann handelt es sich denn dabei um Juwelen?«

»Für mich von Anfang an, lieber Webster. Dieser Stone hatte solche Dinger immer billig auf Lager, und Milner scheint ein Freund von Edelsteinen gewesen zu sein, wenn sie nicht viel kosteten. Dafür fragte er auch nicht weiter danach, woher sie stammten. Ich hätte gar nicht erst die Perle unter den Papieren auf dem Schreibtisch finden müssen, um zu wissen, daß die beiden bei einem solchen Geschäft gesessen haben. Aber wo blieb die Ware, um die es ging? Wegen einer Perle hätte sich Stone nicht um Mitternacht nach Newchurch bemüht, auch wenn sie, wie ich mir habe sagen lassen, gut ihre hundert Pfund wert ist. Also dürfte noch mehr dagewesen sein.«

Der Oberinspektor brach ab und starrte wieder auf seinen Zettel. »Dann Frage fünf: Welche Rolle spielt Mr. Reffold in dieser Geschichte? Daß er sich in der kritischen Nacht im Garten des Kastanienhauses herumgetrieben hat, weiß ich – aber alles andere ist mir rätselhaft. Warum, zum Kuckuck, ist er nicht gleich ausgerissen, sondern sitzt hier herum und spielt mit uns Katze und Maus? Zeit genug hätte er gehabt.«

Burns kratzte sich hinter dem Ohr und schien sich die Frage nochmals sehr gründlich durch den Kopf gehen zu lassen. Dann kam ihm plötzlich ein Gedanke. »Das wäre zwar seltsam«, murmelte er vor sich hin, »ist aber schon dagewesen...«

Webster liebte es nicht, wenn man ihm mit unverständlichen Andeutungen kam.

»Wenn Sie mit sich selbst sprechen wollen, Mr. Burns, dann muß ich ja nicht dabeisein«, sagte er verdrießlich. »Daraus kann kein Mensch klug werden. Also reden Sie so, daß das, was Sie mir sagen wollen, Hand und Fuß hat.«

Der Oberinspektor war schon wieder in seine Notizen vertieft. »Da ist also noch die Frage sechs«, sagte er. »Was hat Oberst Roy Gregory mit seinem Diener in dem Arbeitszimmer gemacht? Das wäre sehr wichtig zu wissen, aber damit brauchen Sie sich nicht zu beschäftigen. Das ist eine Sache, bei der man leicht in eine Schlinge geraten kann, und ich möchte nicht, daß Sie, knapp bevor Sie in den wohlverdienten Ruhestand treten, noch ein Malheur hätten. Übrigens wollen wir heute nachmittag einmal ausspannen und einen kleinen Ausflug machen. Vielleicht kommt uns dabei ein guter Einfall. Ich habe den hiesigen Kommissar ersucht, die Trümmer des niedergebrannten Wildhüterhauses aufräumen zu lassen, und da wollen wir dabeisein. Wir fahren um zwei Uhr mit einem Auto hinaus.«

Webster war von dieser Mitteilung nicht sehr begeistert und machte auch kein Hehl daraus. »Was soll denn das wieder heißen?« brummte er mißgelaunt. »Wie kommen Sie auf diese Idee?«

»Mr. Reffold hat mich darauf gebracht«, gestand Burns gelassen.

Der Inspektor war einen Augenblick sprachlos und blickte ihn verdutzt an. »So«, sagte er dann, und man merkte an seinen Mienen ebenso wie an dem Ton seiner Worte, wie einfältig ihm das vorkam, »und da fallen Sie gleich darauf herein?«

Er schlug sich auf den Schenkel und bog sich vor Lachen.

Burns war weder beirrt noch beleidigt, sondern nickte nur bedächtig.

»Jawohl. Ich glaube nämlich, daß wir beide gern einige Pfund geben würden, wenn wir manches von dem wüßten, was dieser Mann weiß. Wenn er mir etwas rät, so tue ich es. Ich bin schon einmal gut dabei gefahren.«

Webster sah ihn verständnislos an.

»Mit dem Brief im Garten«, sagte Burns. »Sie wissen ja, worin von dem Kranken die Rede war, den man Ihnen weggeholt hat...«

Webster fühlte sich, wie immer bei diesem Thema, etwas unbehaglich.

»Der war von Reffold?« fragte er ungläubig. »Woher wissen Sie denn das?«

»Durch einen kleinen Zufall«, erwiderte Burns kurz, nickte dem Kollegen flüchtig zu und schlenderte mit langen Schritten zur Tür hinaus.

16

Als Burns im Kastanienhaus eintraf, hatte die gerichtliche Aufnahme des Nachlasses eben begonnen.

Sie brachte einige Überraschungen. Mit Ausnahme einige Industriepapiere im Werte von wenigen tausend Pfund und eines Bankausweises über ungefähr siebenhundert Pfund wurde in dem primitiven Kassenschrank nur Gold und Papiergeld gefunden, das sie auf die ansehnliche Summe von rund zweiundsiebzigtausend Pfund belief. Die Scheine – zumeist englisches Geld und etwa achttausend Dollar – waren mit peinlicher Sorgfalt geordnet und gebündelt, und ein einfach, aber sehr übersichtlich geführtes Kassabuch, das sich in einem kleinen Fach des Tresors befand, bot die Möglichkeit einer genauen Kontrolle. Dabei stellte sich plötzlich heraus, daß ein Betrag von zwölftausend Pfund nicht gebucht war. Milner hatte zwei Tage vor seinem Tode einen Abschluß gemacht, der auf der Vermögensseite vierundachtzigtausend Pfund auswies, aber sooft die Kommission auch das Geld überzählte, es blieben immer nur zweiundsiebzigtausend Pfund und selbst die wiederholte Durchsuchung der Kasse und des Schreibtisches förderte nicht einen weiteren Geldschein zutage.

Diese Unstimmigkeit war um so auffallender, als Milner auch die kleinsten Posten gebucht zu haben schien, wenn auch zuweilen ganz eigenartige Eintragungen vorkamen, offenbar nur Milner verständliche Chiffren.

Aber die Ziffern stimmten auf den Penny, und das Manko blieb einfach unerklärlich.

Daß der Betrag nach dem Tode Milners aus der Kasse entnommen worden war, erschien ausgeschlossen, denn erstens war der Tresor bereits wenige Stunden später versiegelt worden, und zweitens war es unwahrscheinlich, daß in diesem Falle nur diese verhältnismäßig kleine Summe entwendet worden wäre.

Der Leiter der Kommission machte Burns auf dieses Ergebnis aufmerksam, aber der Oberinspektor schien nicht allzu überrascht zu sein. Er sagte nur einfach »Oh«, und als der Gerichtsbeamte ihn fragend ansah, fügte er etwas widerstrebend und orakelhaft hinzu: »Das habe ich erwartet. Ein recht rentables Geschäft. Zwei Fliegen auf einen Schlag.«

Sehr gründlich wurde auch nach irgendwelchen testamentarischen Bestimmungen gesucht, aber es fand sich auch nicht eine diesbezügliche Zeile vor. Überhaupt war die Ausbeute an Schriftstücken gering. Der große Schreibtisch enthielt, von einigen alten, geschäftlichen Korrespondenzen und Rechnungen abgesehen, fast nur Zeitungsausschnitte, die völlig belanglos schienen. Nur Burns interessierte sich dafür und belegte sie mit Beschlag, ebenso ein altes, abgegriffenes Notizbuch, das der Gerichtsbeamte nach flüchtiger Durchsicht achtlos beiseite gelegt hatte.

Crayton hatte sich als Anwalt Milners verpflichtet gefühlt, der Kommission beizuwohnen, obwohl er hierzu nicht aufgefordert worden war. Er hielt sich die ganze Zeit über bescheiden im Hintergrund, aber es entging ihm kein Wort, und seine erwartungsvoll funkelnden Augen verrieten, daß er ununterbrochen bei der Sache war.

Als endlich die Frage des Kurators aufgeworfen wurde, die sich durch das Fehlen eines Testaments ergab, hielt er seinen Augenblick für gekommen.

»Ich möchte darauf aufmerksam machen, daß ich den Toten seit fünfzehn Jahren vertreten habe und mich daher wie kein anderer in seinen Angelegenheiten auskenne«, sagte er bescheiden und machte vor jedem der Kommissionsmitglieder einen Bückling. »Ich habe auch noch eine Forderung von ungefähr achthundert Pfund...«

Burns fuhr wie der Blitz herum und sah den Anwalt durchdringend an.

»Wofür?«

Crayton knickte etwas zusammen, aber dann setzte er eine gekränkte Miene auf.

»Das werde ich natürlich spezifizieren und belegen«, erwiderte er mit Würde. »Übrigens glaube ich, daß dies nicht Sache der Polizei, sondern des hohen Gerichtes ist«, fügte er mit einem devoten Blick auf den Beamten hinzu, und dieser schien derselben Ansicht zu sein.

»Wenn Mr. Crayton den Verstorbenen tatsächlich so lange vertreten hat, so finde ich es allerdings richtig...«

»Einen Augenblick, Sir«, schnitt ihm Burns das Wort ab. »Ich möchte Sie darauf aufmerksam machen, daß eine voraussichtlich erbberechtigte Person, Miss Ann Learner, im Hause ist, und daß diese das Recht hat, in dieser wichtigen Frage ebenfalls gehört zu werden. Bitte, lassen Sie sie holen, bevor Sie Ihre Entscheidung treffen.«

Der Beamte zuckte etwas ärgerlich die Schultern, ließ sich aber doch bestimmen, dem Wunsche Burns' Rechnung zu tragen.

Als Ann Learner eintrat, machte ihre Erscheinung sichtlich einen außerordentlichen Eindruck. Sie sah von einem zum andern, und ihre Miene verriet, daß sie zur Abwehr irgendeines Angriffs gerüstet war.

Crayton ließ es sich nicht nehmen, sie sofort mit einer Herzlichkeit zu begrüßen, als ob er mit ihr auf sehr vertrautem Fuße stände, aber Ann sah ihn nur verwundert an und kehrte ihm den Rücken.

Der Anwalt hätte seine Sache jedoch sicher nicht so leicht verloren gegeben, wenn nicht Burns in seiner entschiedenen Art eingegriffen hätte. Er schob den schwatzenden Crayton mit einer ruhigen Armbewegung beiseite und nahm dann Ann bei der Hand.

»Die Sache ist die, Miss Learner«, erklärte er, und seine Stimme klang sanft und väterlich, »daß wir kein Testament vorgefunden haben und daß daher ein Vermögensverwalter bestellt werden muß, bis die gesetzlichen Erbansprüche geregelt sind. Nun meint Mr. Crayton, daß er dafür der geeignete Mann sei, aber ich habe beantragt, daß man auch Sie darüber hören soll. Wie ist es also: Sind Sie mit Mr. Crayton einverstanden?«

Ohne einen Augenblick zu überlegen, warf Ann den Kopf zurück und antwortete mit einem scharfen »Nein«.

»Schön«, meinte Burns. »Können Sie nun vielleicht jemanden anders vorschlagen, Miss Learner? Wissen Sie irgend jemanden, zu dem Sie Vertrauen haben und der für dieses Amt geeignet wäre?«

Das junge Mädchen geriet in Verlegenheit, denn sie mußte sich sagen, daß sie völlig allein stand und auch nicht einen Menschen kannte, dem sie zumuten durfte, sich für ihre Interessen einzusetzen. Endlich fiel ihr ein, daß sie vielleicht William Brook darum bitten könnte, der ihr stets soviel Anteilnahme entgegengebracht hatte, und sie nannte zögernd seinen Namen.

»Brook & Sons ...? Kenne ich«, sagte Burns. »Eine der ersten Firmen der City, Sir«, wandte er sich an den Gerichtsbeamten, »und ich glaube, daß dagegen das Gericht wohl keinen Einspruch erheben wird.«

»Jedenfalls werde ich den Antrag stellen«, erwiderte der Beamte, der plötzlich überaus entgegenkommend geworden war, und machte Ann eine sehr höfliche Verbeugung.

Als Ann das Zimmer verlassen wollte, stürzte Crayton auf sie zu und faßte sie unsanft am Arm.

»Das soll Ihnen teuer zu stehen kommen«, zischte er ihr zu, und in seinen geröteten Augen blitzte es drohend auf.

Ann entwand sich seinem Griff und eilte fluchtartig davon.

»Mr. Crayton«, sagte Burns, »finden Sie sich damit ab, und machen Sie keine Dummheiten. Ich glaube, daß Sie für die Sache ohnehin nicht genügend Zeit gefunden hätten, weil Ihnen in den nächsten Tagen das Eiserne Tor einiges zu schaffen geben dürfte.«

Der Anwalt zuckte wie unter einem Peitschenhieb zusammen und starrte den Oberinspektor mit entsetzten Augen an.

17

Ann Learner stand bereits im Begriff, ihre Firma anzurufen, als sie sich die Sache wieder überlegte und den Entschluß faßte, lieber in die Stadt zu fahren und Mr. Brook ihr Anliegen münd-
lich vorzutragen. Sie konnte noch bequem den Mittagszug erreichen, und da ihr Chef nie vor
vier Uhr das Kontor verließ, hatte sie die Gewißheit, ihn dort anzutreffen.

Sie machte rasch Toilette, und da sie seit dem schrecklichen Geschehen keinen Schritt aus
dem Hause getan hatte, bedeutete die Fahrt für sie eine Abwechslung, der sie mit einer gewissen
erwartungsvollen Ungeduld entgegensah.

Wenn Ann aber ehrlich gegen sich gewesen wäre, hätte sie sich eingestanden, daß die Ungeduld, die plötzlich über sie gekommen war, von einer geheimen Sehnsucht und Hoffnung
herrührte, aber das junge, hübsche Mädchen war nicht ehrlich gegen sich, sondern redete sich
nachdrücklich ein, daß sie nur das fieberhafte Bedürfnis habe, wieder einmal unter Menschen
zu kommen.

Ohne nach rechts oder links zu blicken, legte sie den Weg zum Bahnhof zurück, und es
schien, als ob sie mit ihrer Eile einer unliebsamen Begegnung entgehen wolle.

Aber als sie allein im Abteil saß und der Zug sich in Bewegung setzte, spiegelte sich in ihrem
Gesicht etwas wie Enttäuschung wider, und sie starrte trüben Blicks auf die vorüberfliegende
herbstliche Themselandschaft.

Sie hörte nicht, daß die Tür geöffnet wurde, und erst als Crayton sich vernehmlich räusperte,
wandte sie sich um und sah die klebrigen kleinen Augen des Anwalts hämisch auf sich gerichtet.
Er ließ sich ohne viele Umstände ihr gegenüber nieder, und als sie unwillkürlich aufspringen
wollte, drückte er sie mit seiner dürren, behaarten Hand kurzweg auf ihren Sitz zurück.

»Bleiben Sie hübsch ruhig sitzen, Miss Learner«, sagte er mit einem widerlichen Grinsen,
»und lassen Sie uns vernünftig reden. Es wird nur zu Ihrem Besten sein, wenn Sie mich anhören und wenn Sie sich entschließen, mit mir gut auszukommen. Ich bin zu lange Anwalt
Ihres Onkels gewesen, um nicht verschiedenes zu wissen, was auch Ihnen sehr unangenehm
werden könnte. Und außerdem« – er wog sichtlich jedes Wort, bevor er es aussprach – »möchte
ich Sie darauf aufmerksam machen, daß vielleicht verschiedene Ansprüche geltend gemacht werden könnten. Es wäre ja möglich, daß Milner bei seinen Geschäften die eine oder andere sehr
bedeutende Verpflichtung eingegangen ist, die vielleicht erst später präsentiert werden wird. Da
könnte es leicht passieren, daß Sie um alles kommen, was Ihnen so plötzlich zugefallen ist. Der
alte, ehrliche Mr. Brook würde Ihnen da kaum helfen können. Vielmehr würden Sie einen gerissenen Anwalt brauchen, wie ich es bin ... Was haben Sie denn überhaupt gegen mich, Miss
Learner«, fuhr er einschmeichelnd fort und sah sie mit lüsternen Augen an. »Sie wissen gar
nicht, wie gut ich Ihnen bin. Wenn Sie ein bißchen freundlich zu mir wären, würde ich Ihnen
Dienste leisten, die Sie heute nicht einmal ahnen können...«

Ann verharrte wie gelähmt. Sie war weder imstande, etwas zu erwidern noch zu fliehen, und
Crayton war entschlossen, ihre Hilflosigkeit auszunützen.

Er nahm ihre Hand, die sie ihm apathisch überließ, tätschelte sie zärtlich und drückte dann
sein unsauberes, stoppeliges Gesicht darauf.

»Sehen Sie, Kindchen«, flüsterte er, und seine Augen funkelten gierig, »so gefallen Sie mir.
Und es wird Ihr Schaden nicht sein, wenn Sie etwas lieb zu mir sind...« Er setzte sich plötzlich
neben Ann und legte seinen Arm begehrlich um ihre Schultern. »Schließlich bin ich ja...«

Ann fuhr wie aus einem fürchterlichen Traum empor, aber sie wußte noch lange Zeit nachher
nicht, was sich in diesem Augenblick eigentlich zugetragen hatte...

Sie hatte nur plötzlich einen großen dunklen Schatten wahrgenommen, einen gewaltigen,
polternden Krach gehört, und als sie dann nach einer Weile die Augen aufschlug, saß auf dem
Platz ihr gegenüber, den kurz vorher der Anwalt eingenommen hatte, jemand anders.

Sie schloß rasch wieder die Lider und begann nach einer Weile durch das Fenster zu blinzeln,
um sich zu vergewissern, ob sie wache oder träume.

Aber da waren die endlosen Züge, die nach Osten und nach Westen rollten, da waren die Themsedampfer, die mächtige Rauchschwaden in die Luft stießen und deren Sirenen ihr scharf ins Ohr gellten.

Und da saß unzweifelhaft in seiner ganzen Größe Harry Reffold, der sie mit seinem sympathischen Lächeln ansah. Das junge Mädchen blickte sich verwundert um, und als sie ihre Augen verlegen auf Harry richtete, lag darin eine stumme, ängstliche Frage.

Er nickte ihr beruhigend zu und zeigte vergnügt seine weißen Zähne. »Mr. Crayton ist fort, Miß Learner, und ich garantiere Ihnen dafür, daß Sie ihn so bald nicht wieder zu sehen bekommen werden.«

Ann atmete unwillkürlich tief und befreit auf. Zu sprechen vermochte sie nicht, aber in dem verlegenen, weichen Blick, mit dem sie ihn streifte, konnte Reffold lesen, daß sie ihm danken wollte.

Er fand das junge, selbstbewußte Geschöpf reizender als je und stellte mit Befriedigung fest, daß ihm selbst ein sehr kritisches Auge einen ausgezeichneten Geschmack zubilligen mußte. Er hatte sich in den letzten Tagen wiederholt dabei ertappt, daß ihm Ann Learner mehr beschäftigte, als es die Sache erforderte, und seine vergeblichen Versuche, sie wiederzusehen, hatten ihn in eine unerträgliche Laune versetzt.

Heute hatte er sie aber endlich doch abgepaßt, und als er ihr vorsichtig gefolgt war und dann im Gang gestanden hatte, um eine günstige Gelegenheit abzuwarten, war er gerade zur rechten Zeit gekommen, um den zudringlichen Crayton mit einem festen Griff vor die Abteiltür zu befördern.

Er sagte sich, daß er dem jungen Mädchen Zeit lassen müsse, sich von den Aufregungen der letzten Augenblicke zu erholen, und daß er nicht aufdringlich werden dürfe, wenn er ihre Bedenken zerstreuen wollte, ohne allzuviel verraten zu müssen.

Er brach daher das Schweigen, das eingetreten war, mit keinem Wort, und Ann war ihm dankbar dafür, denn sie gewann dadurch Zeit, sich zu fassen und zu überlegen, wie sie sich verhalten sollte.

Aber sie kam nicht dazu, sich darüber schlüssig zu werden; denn als er endlich zu sprechen begann, geschah dies in so unbefangener, ehrlicher und bestimmter Weise, daß all ihre Zweifel an diesem rätselhaften Mann zu weichen begannen.

»Es ist nicht ratsam, Miss Learner«, meinte er und sah ihr dabei ernst und warm in die Augen, »daß Sie nach den gewissen Geschehnissen so ganz ohne Begleitung nach London fahren. Ich will Sie nicht ängstigen, aber ich muß Sie darauf aufmerksam machen, daß Sie als voraussichtliche Erbin Milners vielleicht das Interesse jener Kreise erweckt haben, die Ihrem Onkel so verhängnisvoll geworden sind, und da ist eine gewisse Vorsicht jedenfalls am Platze.«

Er merkte, wie sich ihre Augen vor Entsetzen weiteten und in einem jähen Impuls legte er seine Rechte auf ihre Hände.

»Sie haben nichts zu fürchten, Miss Ann«, beruhigte er sie, und um seinen Mund lag ein entschlossenes Lächeln, das sie sicherer machte als all seine Worte, »aber es ist gut, wenn Sie davon wissen, damit Sie keine Unvorsichtigkeit begehen, so wie heute«, fügte er launig hinzu. »Aber dafür werden Sie auch entsprechend bestraft werden, indem Sie sich meine Gesellschaft gefallen lassen müssen. Entweder freiwillig oder unfreiwillig – jedenfalls werde ich Ihnen auf Schritt und Tritt folgen, bis Sie wieder zu Hause sind.«

Trotz seines scherzenden Tons merkte Ann, daß es Reffold ernst war, und zum ersten Mal seit vielen Tagen flog ein Lächeln über ihr Gesicht. Es verriet Harry mehr, als sie ihm je gesagt haben würde.

Die Unterhaltung verlief auch weiterhin sehr einsilbig, aber Ann Learner gestand später einmal bei einer gewissen Gelegenheit, daß sie sich trotzdem in dieser Stunde so glücklich gefühlt habe wie noch nie in ihrem Leben.

Als sie den Bahnhof verließen, entdeckte Reffold in der Menge plötzlich das lauernde Gesicht Craytons und fing einen Blick wildesten Hasses auf. Er winkte dem Anwalt gutgelaunt zu, lüftete mit übertriebener Höflichkeit den Hut und schwang sich dann lachend neben Ann in ein Taxi.

William Brook empfing seine Korrespondentin mit großer Herzlichkeit, und als sie zögernd ihre Bitte vorbrachte, war er sofort Feuer und Flamme.

»Es freut mich, Ihnen dienlich sein zu können, Miss Learner«, versicherte er ihr eifrig, »denn jetzt, wo Sie nicht da sind, wissen wir erst, was wir an Ihnen haben. Ich habe das zwar schon immer gewußt«, verbesserte er sich rasch, »aber auch Mr. Grapes singt jetzt jeden Tag Ihr Loblied in allen Tonarten.«

Mr. Grapes ließ es sich denn auch nicht nehmen, im Kontor des Seniorchefs zu erscheinen, um Ann in wohlgesetzten Worten seine Anteilnahme auszudrücken. Er war wie ausgewechselt und behandelte Ann ganz als vornehme Dame.

Als sie sich endlich losmachen konnte, fand sie Reffold bereits im Flur des alten Hauses warten. Er stand da wie ein Wachtposten, und als sie erschien, blickte er auf die Uhr.

»Wenn damit Ihre Geschäfte erledigt sind, Miss Learner«, sagte er, »könnten wir jetzt frühstücken gehen. Wir haben bis zur Abfahrt unseres Zuges noch sehr viel Zeit.«

Sie geriet über diese Einladung etwas in Verlegenheit, brachte es aber nicht über sich, kurzweg abzulehnen, wie sie es noch vor ein paar Tagen sicher getan haben würde.

»Ich habe leider noch eine Reihe von Besorgungen zu machen«, wandte sie ausweichend ein, aber Harry ließ sich dadurch nicht beirren.

»Ausgezeichnet«, erwiderte er lebhaft, »dann habe ich noch Zeit, eine Dame einzuladen, damit wir zu dritt sind. Es schickt sich wirklich nicht, daß ein junges, hübsches Mädchen allein mit einem Herrn speist, den es auf der Straße kennengelernt hat.« Er zwinkerte lustig mit den Augen, und Ann fand, daß diesmal sein Lächeln wieder ein bißchen impertinent war.

Tatsächlich verschwand Reffold in einer Telefonzelle und kehrte erst nach einer längeren Weile strahlend zurück.

»Alles in Ordnung, Miss Ann«, flüsterte er ihr zu. »Ich habe Ihnen eine Gardedame besorgt, die Ihnen gewiß gefallen wird.«

Das kleine Restaurant lag in einer Seitenstraße der Regent Street, und als Ann das elegante Lokal betrat, das mit erlesenem Geschmack eingerichtet war, fühlte sie sich einige Augenblicke äußerst befangen. Aber sie hatte sich sofort wieder in der Gewalt und gab sich mit einer so vornehmen Sicherheit, als wäre sie inmitten dieses kultivierten Luxus aufgewachsen.

Reffold schien in dem Lokal sehr bekannt zu sein und war offenbar bereits erwartet worden, denn sie fanden trotz des starken Besuchs eine der gemütlichen Nischen reserviert, und die Bedienung überbot sich in ehrerbietigster Beflissenheit.

Während Harry, das Monokel im Auge, mit großer Sorgfalt und Sachkenntnis das Frühstück zusammenstellte und der Kellner devot seiner Befehle harrte, hingen Anns Blicke ununterbrochen an seinem energischen Gesicht, und wiederum drängte sich ihr die bange Frage auf: »Wer ist dieser Mann...?«

Als er endlich fertig war, wandte er sich ihr mit einem verschmitzten Lächeln zu.

»Sie entschuldigen, Miss Learner – aber das war eine sehr wichtige Sache. Ich möchte nämlich, daß Sie die Spezialitäten dieses Lokals kennenlernen.« Er sah etwas ungeduldig nach der Uhr. »Wir sind einige Minuten zu früh gekommen. Mrs. Carringhton ist sonst...«

Er brach ab, um einer Dame entgegenzugehen, die eben das Lokal betreten hatte und sich suchend umsah.

»Miss Learner«, sagte er, als er mit seiner Begleiterin zurückkehrte. »Mrs. Carringhton freut sich sehr, Sie kennenzulernen. Ich habe ihr schon viel von Ihnen erzählt.«

Ann sah in ein sympathisches Frauengesicht, das sie mit lebhaftem Interesse musterte, und sie konnte in ihrer reizenden Verlegenheit nichts anderes tun als mit dem Kopf nicken und die dargereichte Hand herzlich schütteln.

Die kurze Begrüßung war ganz unauffällig vor sich gegangen und in einem derartigen Etablissement gewiß auch etwas ganz Alltägliches, aber auf einen der Gäste hatte sie doch eine ganz außerordentliche Wirkung gehabt.

Dr. Shipley, der in der nächsten Nische saß, hatte plötzlich den Namen Mrs. Carringhtons vernommen, und das genügte, um ihn gespannt aufhorchen zu lassen. Er beugte sich neugierig vor, zog sich aber blitzschnell wieder zurück, als er zu seinem größten Erstaunen seiner Hausdame ansichtig wurde, die eben eingetreten war.

Ihr plötzliches Auftauchen an diesem Ort und in fremder Gesellschaft ließ ihn in fieberhafte Erregung geraten, und es drängte ihn, Näheres über die Zusammenhänge zu erfahren. Er sagte sich zwar, daß er sich eigentlich um das Tun und Lassen von Mrs. Carringhton nie gekümmert hatte und daß ihn dieses auch gar nichts anginge, aber das von Eifersucht geschürte Mißtrauen ließ ihn alle ruhigen und vernünftigen Einwendungen beiseite schieben. Er lauschte angestrengt, um von der allmählich immer lebhafter und fröhlicher werdenden Unterhaltung in der anderen Nische ein Wort aufzufangen, das ihm irgend etwas verraten hätte, aber es war immer nur von ganz gleichgültigen Dingen und von Newchurch die Rede.

Als dann eine männliche Stimme einfiel und längere Zeit sprach, spiegelte sich in den Mienen Dr. Shipleys plötzlich lebhafte Spannung, und er schien jedes Wort in Klang und Tonfall nachzuprüfen.

Kein Zweifel, diese Stimme hatte er schon einmal gehört. Er wußte noch heute jedes Wort, das sie gesprochen hatte.

Er erhob sich geräuschlos, schlenderte an das Ende des Speisesaals und ging dann an der anderen Seite vorsichtig so weit vor, bis er Einblick in die Nische gewinnen konnte.

Er sah eine hohe, breitschultrige Gestalt. Auch diese Gestalt kannte er. Sie hatte ihn aus dem Wagen bis vor seine Haustür geführt, hatte ihn mit einem geschickten Griff von dem Knebel befreit und war dann mit einem Satz wieder in das Auto gesprungen, das mit angelassenem Motor gewartet hatte.

Und nun frühstückte Mrs. Carringhton mit diesem geheimnisvollen Mann.

Dr. Shipley verließ das Lokal eiligst durch einen rückwärtigen Ausgang. Er verwünschte Lady Crowford und verwünschte sich selbst, weil er Webster gegenüber so zurückhaltend gewesen war.

Aber das wollte er wieder gutmachen. Er war nicht mehr gesonnen, auf Mrs. Carringhton irgendwelche Rücksicht zu nehmen.

Harry Reffold schlürfte mit großem Behagen eine Auster und wandte sich dann lächelnd Mrs. Carringhton zu. »Ich muß Ihnen etwas mitteilen, Cicely, was Sie sehr interessieren dürfte.«

Mrs. Cicely sah ihn erwartungsvoll an, und Harry blinzelte ihr fröhlich zu.

»Doktor Shipley war eben hier und hat sich sehr für uns interessiert.«

Mrs. Carringhton errötete und sagte nur: »Oh.« Dann begann sie nervös mit ihren Ringen zu spielen.

18

Crayton befand sich in übelster Laune. Wenn ihm die Vermögensverwaltung von Milner entging, so bedeutete dies, daß ihm und andern ein Strich durch ein sehr fein eingefädeltes und überaus einträgliches Geschäft gemacht wurde und daß er also seine Haut diesmal für nichts und wieder nichts zu Markte getragen hatte.

Und das mit der Haut war leider nicht nur eine Redensart, sondern Crayton hatte wirklich ein höchst unangenehmes Gefühl am Halse, seit Burns die anzügliche Bemerkung über das Eiserne Tor hingeworfen hatte.

Der Oberinspektor mußte also von dieser heiklen Sache etwas wissen, und es hieß nun jedenfalls äußerst vorsichtig sein. Wenn er sich nicht überrumpeln ließ, konnte ihm zwar nichts nachgewiesen werden; aber wenn die Polizei einmal einen Fall aufrührte, ergaben sich oft Zufälle, an denen selbst der Vorsichtigste und Gewiegteste im wahrsten Sinne des Wortes hängenbleiben konnte.

Crayton beschloß, sich mit jemandem zu beraten, denn schließlich ging ja die unangenehme Geschichte nicht nur ihn allein an.

Er fuhr vom Bahnhof nach Somerstown und rief von seinem Büro, das aus zwei düsteren Räumen bestand, Flesh an.

Er erreichte ihn erst nach mehrmaligen vergeblichen Versuchen in seiner Privatwohnung, und Flesh war nicht gerade sehr höflich, als er sich am Apparat meldete.

»Was fällt Ihnen ein, zum Teufel? Sie wissen doch, daß mir das nicht paßt...«

»Mir ist es auch kein besonderes Vergnügen«, erwiderte der Anwalt im gleichen Ton. »Aber ich wollte Sie noch erreichen, bevor man Sie irgendwo hinsteckt, wo es kein Telefon gibt. Die Sache in Newchurch ist heute schiefgegangen, und Burns hat mir etwas vom Eisernen Tor angedeutet. Ich dachte, daß Sie das interessieren würde.«

Flesh antwortete erst nach einer Weile, diesmal weit ruhiger und höflicher. »Wo sind Sie jetzt?«

»In meinem Büro.«

»Paßt es Ihnen, wenn ich Sie in einer Stunde aufsuche? Ich brauche etwas mehr Zeit, weil ich einen Umweg machen muß. Das empfiehlt sich jetzt auch für Sie bei Ihren Gängen. Verstehen Sie mich?«

Der Rat war Crayton nicht gerade angenehm. »Glauben Sie wirklich, daß das notwendig ist?« fragte er aufgeregt. »Haben Sie etwas bemerkt?«

»Wenn ich es nicht für notwendig hielte, würde ich nicht davon sprechen«, lautete die schroffe Erwiderung. »Also erwarten Sie mich, und sorgen Sie dafür, daß wir allein sind.«

Der Anwalt hatte gehofft, in dem Gespräch mit Flesh eine gewisse Beruhigung zu finden, aber was er eben gehört hatte, ließ ihn nur noch besorgter werden. Wenn er recht verstanden hatte, so war Flesh unter Überwachung gestellt, und in diesem Fall hatte gewiß auch er damit zu rechnen, daß die Polizei seinen Schritten ihre Aufmerksamkeit schenken würde.

Crayton fühlte sich bei diesem Gedanken sehr ungemütlich, und er benützte die nächste Stunde dazu, um vor allem einmal gründlich darüber nachzudenken, ob er sich irgendeine Blöße gegeben hatte und welches gefährliche Material sich in seinen Händen befand. Er war, soviel er sich erinnerte, seit Wochen an keinem verfänglichen Ort gewesen, jedenfalls nicht im Eisernen Tor, auch hatte er keinen Verkehr gepflogen, der ihn kompromittieren konnte. Die einzigen verfänglichen Schriftstücke lagen in der Akte Milner, die er sofort einer gründlichen Durchsicht unterzog. Er nahm einige Papiere heraus, überflog sie nochmals und warf sie dann ins Kaminfeuer.

Craytons Büro befand sich in einem großen, langgestreckten, vierstöckigen Steinkasten, mit seiner notdürftig getünchten Fassade und seinen endlosen Fensterreihen eine typische Mietskaserne, die schon von außen einen nicht sehr einladenden Anblick bot.

Flesh kam mit hochgeschlagenem Rockkragen und tief in die Stirn gedrückten Hut eilig aus einer Seitengasse, überquerte mit wenigen Schritten die Fahrbahn und verschwand dann in dem dunklen Hauseingang. Er bedurfte keines Wegweisers, denn er war schon einige Male hier gewesen, wenn er Craytons zur Regelung irgendeiner geschäftlichen Angelegenheit bedurft hatte, die er seinem offiziellen Anwalt nicht anvertrauen konnte.

Er stieg rasch die Treppe hinauf, wandte sich im ersten Stock nach links, bog dann in den Hoftrakt ein und klopfte dort an eine wurmstichige Tür, an der ein einfaches, halbverrostetes Blechschild verkündete, daß hier der Anwalt Ernest Crayton amtierte.

Etwa zur gleichen Zeit betrat Oberst Roy Gregory, der mit den gemächlichen Schlender- schritten eines Spaziergängers die Straße heruntergekommen war, das Haus und fand sich mit derselben Sicherheit wie Flesh zurecht. Er nahm aber seinen Weg bis in das zweite Stockwerk, und wandte sich erst dort nach links, bis er im Hoftrakt verschwand.

Der Anwalt hatte die Haustür sorgfältig hinter seinem Gast versperrt und auch die Tür seines Arbeitszimmers verschlossen, um vor jeder Überraschung sicher zu sein.

»So, jetzt können wir frei von der Leber weg reden«, meinte er und bot Flesh einen Stuhl an, den er vorher fürsorglich mit seinem Taschentuch abgewischt hatte.

Aber Flesh machte keine Miene, sich zu setzen, und er fand es nicht einmal notwendig, den Hut abzunehmen. Er ging in dem kleinen Raum, der sein Licht aus dem düsteren Hof erhielt, langsam auf und ab, und unter jedem seiner Schritte knarrten die alten Dielen.

»Also legen Sie endlich los«, fuhr er Crayton plötzlich an. »Ich habe keine Lust, länger als unbedingt nötig in dieser stinkenden Bude zu verweilen.«

Crayton fühlte sich nicht im mindesten beleidigt, sondern beeilte sich, über die Vorgänge am Vormittag in möglichst knapper Form zu berichten. Auch der Episode im Eisenbahnwagen tat er Erwähnung, allerdings unter Verschweigen einiger Details, die ihm nicht wesentlich erschienen.

Als er den Namen Reffold nannte, zog Flesh die Brauen hoch, aber dies war auch das einzige Zeichen des Interesses, das er während der ausführlichen Mitteilungen des Anwalts verriet. Als Crayton zu Ende war, trat eine Pause ein; erst nach einer geraumen Weile fragte Flesh: »Wie steht also nun die Sache mit dem Wechsel? Können wir sie wagen?«

»Die ist ungefährlich«, versicherte Crayton eifrig und überzeugt. »Dafür kann ich bürgen. Schließlich war ich ja sein Anwalt und habe als solcher ein gewichtiges Wort.« Er zwinkerte dem andern zu und grinste vielsagend.

Flesh schien Craytons Ansicht nicht zu teilen. Er starrte eine Weile mit verkniffenen Lippen vor sich hin, dann aber traf den Anwalt ein Blick, der ihm in die Beine fuhr. »Ich werde Ihnen etwas sagen: Machen wir uns nichts vor! Die Sache fängt an, verdammt kritisch zu werden. Ein Fehlschlag nach dem andern in der letzten Zeit. Die Geschichte im Kastanienhaus war geradezu wie verhext. Die Steine weg, das Geld weg, mit dem Wechsel kaum etwas zu machen und dazu noch das Malheur mit Doktor Shipley. Wenn es einmal so beginnt, ist das bedenklich.«

Er sah den Anwalt durchdringend an und überlegte nochmals, ob er diesen Mann gegenüber mit offenen Karten spielen sollte. »Man muß auf alles gefaßt sein. Was das bedeutet, brauche ich Ihnen wohl nicht erst zu sagen, und Sie werden verstehen, daß ich nicht gern mit in der Falle sitzen möchte, wenn sie zuklappt. Dazu brauche ich Ihre Hilfe. Wenn Sie klug sind, werden Sie mit sich reden lassen. Es geht um Ihren Hals genauso wie um meinen.«

Crayton gefiel diese Einleitung nicht, denn die drohende Gefahr hatte ihn gewitzigt, und er war entschlossen, sich in nichts mehr einzulassen. Was er bisher auf dem Kerbholz hatte, waren schließlich Dinge, aus denen er sich bei seiner genauen Kenntnis der einschlägigen Paragraphen des Strafgesetzbuches herauswinden konnte, wenn es dazu kam; aber andere Dinge wollte er nicht zu verantworten haben. Und Fleshs Worte klangen bedenklich.

Er zuckte daher ratlos mit den Schultern und schnitt ein sehr einfältiges Gesicht. »Ich wüßte wirklich nicht, wie ich Ihnen nützlich sein könnte. Überhaupt halte ich es für das beste, wenn wir uns so ruhig wie möglich verhalten, denn mit der Polizei auf den Fersen –.«

Flesh sah ihn wütend an. »Behalten Sie Ihre albernen Ratschläge für sich. Was ich brauche, ist etwas anderes.«

Er blieb plötzlich dicht vor dem Anwalt stehen und dämpfte seine Stimme zu einem halblau- ten Flüstern. »Wer ist ›der Herr‹, und wie komme ich an ihn heran? Wissen Sie etwas über ihn?

Es soll Ihr Schaden nicht sein, wenn Sie mir einen Wink geben. Hätte ich noch einige Wochen Zeit, so würde ich wohl selbst dahinterkommen. Aber nun drängt die Sache. Wie ich Sie kenne, sind Sie nicht der Mann, der sich nicht auch darum gekümmert hätte, wer an den Drähten zieht, an denen wir tanzen. Schon deshalb, weil so etwas Ihnen viel Geld einbringen könnte ...«

»Oder einen raschen Tod«, flüsterte Crayton entsetzt. »Reden Sie mir nicht von dieser Sache. Sie sollten doch wissen, wie gefährlich das ist.« Er war förmlich in sich zusammengekrochen, und sein scheuer Blick verriet die Angst, die er empfand.

Flesh machte eine verächtliche Geste. »Weil ihr alle Feiglinge seid. Mich schreckt man mit solchen Dingen nicht. Ich muß wissen, wer der Geheimnisvolle ist, weil ich mit ihm ins reine kommen möchte, bevor uns der Boden unter den Füßen zu heiß wird. Und ich nehme an, daß Sie mir manches sagen könnten, was mich auf meiner Spur weiterbringen würde. Also legen Sie los. Zweitausend Pfund, wenn es nur eine Andeutung ist, fünftausend Pfund, wenn ich dadurch wirklich zum Ziel gelange. Das ist ein schönes Stück Geld, und ich an Ihrer Stelle würde mir's nicht lange überlegen. Denn schließlich ist meine Sache auch die Ihre. Wenn Sie in der Hand des ›Herrn‹ bleiben, bringt er Sie eines Tages doch an den Galgen, oder Sie verschwinden, wie alle andern verschwunden sind, die er nicht mehr brauchen konnte. Denken Sie nur an Stone, der ihm doch sicher viel Geld eingebracht hat und eigentlich unentbehrlich schien.«

Was Flesh sagte, machte auf Crayton Eindruck, und er würde sich, die fünftausend Pfund gern verdient haben, wenn er sicher gewesen wäre, daß jener schließlich die Oberhand behielt und er selbst mit heiler Haut davonkam. Er traute diesem energischen und verschlagenem Manne viel zu, aber ob er der geheimnisvollen Persönlichkeit gewachsen war, die es verstand, jeden, der etwas auf dem Kerbholz hatte, in ihren Dienst zu zwingen, dessen war Crayton nicht sicher. Er hatte in dem einen Jahr, seit er durch eine etwas unsaubere Mündelgeschichte unter die Botmäßigkeit des ›Herrn‹ geraten war, schon zuviel von dessen unheimlichen Überwachungssystem kennengelernt, um ein leichtsinniges Spiel zu wagen, aber er wollte die Chance, die ihm eben geboten wurde, auch nicht ohne weiteres ausschlagen.

»Lassen Sie mir noch einige Stunden Zeit«, bat er daher, als Flesh ungeduldig zu werden begann. »So etwas will überlegt: sein. Und es ist möglich, daß ich Ihnen dann noch mehr sagen kann als jetzt«, fügte er wichtigtuend hinzu.

Flesh nickte. »Ich erwarte Sie also um zehn Uhr abends bei mir. Kommen Sie aber über die Hintertreppe. Nur eines möchte ich schon jetzt wissen: Ist es viel oder wenig, was Sie mir mitteilen können?«

Der Anwalt dachte an die fünftausend Pfund und rieb sich unwillkürlich die Hände.

»Ich glaube, viel«, flüsterte er schmunzelnd. »Wenn ich damals, als ich vom Eisernen Tor der Spur nachging, etwas mehr Glück gehabt hätte, könnte ich Ihnen wohl alles sagen. So aber fehlt noch das Letzte.«

Flesh war von dieser Mitteilung so befriedigt, daß er Crayton zum Abschied zwei Finger seiner Rechten reichte.

»Das soll dann meine Sorge sein«, sagte er mit Nachdruck.

Als der Anwalt seinen Gast entlassen hatte, schloß er sich wiederum in seinem Arbeitszimmer ein. Er verspürte plötzlich eine Unruhe, der er nicht Herr zu werden vermochte. Seine Augen suchten jeden Winkel des kahlen Raumes ab und glitten sogar über die riesige Wandtäfelung und die geschwärzte Decke, ob von dort nicht eine Gefahr drohe. Aber erst als er auch noch in den beiden großen Wandschränken Nachschau gehalten hatte, fühlte er sich einigermaßen sicher und ließ sich an seinem Schreibtisch nieder.

Nachdem er eine Weile vergeblich versucht hatte, sich zu sammeln, mußte er feststellen, daß seine Nerven durch die Aufregungen der letzten Stunden doch sehr gelitten hatten. Er verspürte plötzlich ein derartiges Flimmern vor den Augen, daß er sie immer wieder für eine Weile schließen mußte, und in seinem Kopf begann es fieberhaft zu hämmern. Er schenkte sich ein Glas Kognak ein, um diesen eigenartigen Anfall zu bekämpfen, aber kaum hatte er das Glas geleert, da hatte er das Gefühl, als ob sich ihm ein eiserner Reifen um Brust und Hals legte und ihn immer enger einschnürte.

Er begann krampfhaft nach Atem zu ringen, und seine Augen weiteten sich mit einem Ausdruck wahnsinnigen Entsetzens:

Durch den flimmernden Schleier, der sich vor sein Gesicht legte, erblickte Crayton ein breites, grellfarbiges Band, das sich unter einem der Wandschränke schlangengleich hervorschob und dessen stechend rote, grüne, gelbe und blaue Flecken ineinanderzufließen begannen, dann in flammenden Kreisen immer rascher durcheinanderwirbelten, um schließlich als scheußliche Fratze auf und nieder zu tanzen und nach seiner Kehle zu fassen.

Minutenlang währte dieser höllische Wirbel – dann hatte Ernest Crayton den entsetzlichen Traum, der nach seinem Leben griff, ausgeträumt...

Nach einer Weile ging ein leises Schleifen durch den totenstillen Raum, und langsam kroch das buntschillernde breite Band unter den Wandschrank zurück.

Wenige Minuten später verließ Oberst Roy Gregory eilig das Haus.

Ein Zeitungsverkäufer, der gegenüber die Abendblätter ausrief, sah unauffällig auf seine Uhr und machte sich dann eine kurze Notiz.

Burns erhielt die Meldung auf der Polizeistation in Newchurch telefonisch von einem der Sergeanten, die er mit der Überwachung des Anwalts betraut hatte, aber er schien nicht allzu überrascht zu sein.

Ebenso gleichgültig nahm er die Mitteilung auf, daß Flesh den Anwalt am vorhergehenden Nachmittag besucht hatte und daß auch Oberst Gregory um dieselbe Zeit im Hause gewesen war.

Erst nachdem er eine seiner schwarzen Zigarren angezündet und nachdenklich daran gekaut hatte, rief er Webster in der ›Queen Victoria‹ an.

»Machen Sie sich fertig. Ich hole Sie in einer Viertelstunde mit einem Auto ab. Wir haben in London zu tun.«

Webster, der eben mit Mrs. Benett bei einer jener kleinen Mahlzeiten saß, die er zwischen die Hauptmahlzeiten einzuschieben pflegte, war wütend. Er liebte es nicht, wenn man ihn unausgesetzt hin und her schob, wie Burns dies tat, und wenn er dann obendrein nicht einmal erfuhr, welchen Zweck dies hatte. Wie beispielsweise am gestrigen Tage, an dem Burns ihn mit in den Wald geschleift hatte, wo er stundenlang zusehen mußte, wie man die Trümmer einer niedergebrannten Baracke aufräumte und schließlich sorgfältig einige menschliche Knochen sammelte, die wahrscheinlich die sterblichen Überreste eines betrunkenen Landstreichers waren.

Burns hatte bei diesem Fund sehr interessiert getan, aber als Webster ihn gefragt hatte, was dies zu bedeuten habe, hatte der Oberinspektor nur mit den Schultern gezuckt und es nicht der Mühe wert gefunden, auch nur ein Wort zu erwidern.

Der Inspektor haßte diese Geheimnistuerei, und wenn es nicht wegen des ›Oberinspektors‹ gewesen wäre, den ihm Burns in Aussicht gestellt hatte, würde er für die ganze Sache schon längst gedankt haben.

Er setzte sich ziemlich verärgert wieder vor sein Frühstück und beantwortete Mrs. Benetts stumme Frage mit einem bezeichnenden Achselzucken.

»Natürlich wieder der leidige Dienst, Mrs. Benett«, seufzte er verdrießlich, »Unsereiner hat ja Tag und Nacht keine Minute Ruhe, und wenn man sich einmal recht behaglich fühlt« – er warf Mrs. Jane einen galanten Blick zu, der diese verschämt erröten ließ – »kann man sicher damit rechnen, daß man wegen irgendeiner Bagatelle in Atem gesetzt wird.«

»Also nichts Wichtiges?« fragte Mrs. Benett interessiert, und ihre Miene verriet, wie sehr sie den armen, geplagten Inspektor bedauerte.

Webster verzog den Mund. »Eine Sache in London«, sagte er. »Wird wahrscheinlich wieder nicht der Rede wert sein.«

Mrs. Bennett schien dies auch anzunehmen, denn sie verlor kein Wort mehr darüber, weil ja Reffold mit Dingen, die in London vorgingen, kaum etwas zu tun hatte.

Im übrigen bereitete ihr Harry Reffold genügend Sorgen; denn erstens wußte sie von Webster, daß die Polizei ihn keine Minute mehr aus den Augen ließ, und zweitens verriet ihr Gast in den letzten Tagen eine derartige Unrast, daß sie befürchten mußte, er habe seine eisernen Nerven plötzlich eingebüßt. Er lief mehrmals am Tage aus dem Haus, um nach Stunden abgehetzt und müde zurückzukehren und sich in seinem Zimmern einzuschließen oder im Eßzimmer vor sich hinzuträumen, ohne die besonderen Leckerbissen, die sie ihm servieren ließ, auch nur eines Blickes zu würdigen.

Alles das wollte Mrs. Jane nicht gefallen, am allerwenigsten aber der Umstand, daß er für sie nicht mehr das entzückende Lächeln hatte, das wie ein zündender Funke in ihr Herz gedrungen war. Mrs. Benett war darüber etwas gekränkt, denn sie gab sich wirklich alle Mühe, um ihm dienlich zu sein. Sie hatte den Inspektor so in Behaglichkeit und Liebenswürdigkeit eingesponnen, daß dieser wie ein beglückter Kater schnurrte und überhaupt nichts mehr dachte und tat, ohne sich bei der klugen und charmanten Mrs. Benett Rat zu holen, seitdem sie ihn auch noch bei der Überwachung Reffolds so eifrig unterstützte.

Mrs. Jane ihrerseits fand, daß Mr. Webster ein vollendeter Gentleman war, der vor allem wußte, was man einer Dame schuldig war, und ganz besonders gefiel ihr, daß er einen ausgesprochenen Sinn für die Annehmlichkeiten der Häuslichkeit und ein dankbares Verständnis für eine gute Küche besaß.

Wenn er sie nicht gerade über Reffold ausfragte, konnte ihr Webster stundenlang davon vorschwärmen, wie gemütlich er sich das Leben einzurichten gedenke, wenn er erst einmal in Pension sein werde, und Mrs. Benett ließ es sich nicht nehmen, ihm in dieser Hinsicht mit verschiedenen praktischen Ratschlägen an die Hand zu gehen.

Kurz, er war ein Mann, mit dem man nicht nur über unangenehme Kriminalsachen, sondern auch über Dinge sprechen konnte, die einer Frau näherliegen, und Mrs. Benett ertappte sich oft bei dem Gedanken, wie ganz anders sich wohl ihr Leben gestaltet haben würde, wenn sie seinerzeit statt des Halunken George Thompson den sehr ehrenwerten Patrick Webster kennengelernt hätte.

Jetzt allerdings vermochte auch ein so ausgezeichneter Mann bei ihr nur das Gefühl aufrichtiger Sympathie auszulösen, denn mit Mr. Harry Reffold konnte er natürlich keinen Vergleich aushalten.

Mrs. Jane seufzte bei diesem Gedanken tief und schmachtend, und dasselbe tat Webster, der bereits längst an der Seite des schweigsamen Burns nach London raste.

Sie hatten schon den äußeren Gürtel passiert, und noch immer wußte er nicht, warum er Mrs. Benett und ihre Fleischtöpfe hatte verlassen müssen, denn der Oberinspektor saß mit geschlossenen Augen da und hatte die wiederholt vorgebrachten Fragen überhört.

Erst als sie eine Unebenheit etwas zu scharf nahmen und wie Kautschukballen in die Höhe flogen, schlug Burns die Augen auf, blickte um sich, als ob er eben aus einem Traume erwache, und sagte so ganz nebenbei:

»Am meisten leid bei der Geschichte tut mir Jackson...«

Webster wußte mit dieser Bemerkung nichts anzufangen, denn Mr. Jackson war der Henker, und er konnte sich nicht denken, was diesem Unangenehmes widerfahren sein mochte.

Aber Burns schien darum zu wissen, denn er war sehr nachdenklich und machte ein höchst melancholisches Gesicht.

»Er kommt dabei um ein schönes Stück Geld«, meinte er nach einer weiteren Weile unvermittelt, »denn ich bin überzeugt, daß er alle drei über kurz oder lang unter die Hände bekommen hätte. Aber die Bande stört ihm das Geschäft und räumt selbst unter sich auf. Erst Stone, dann der Mann im Wildhüterhaus und nun Crayton. Die Kerle scheinen es verdammt eilig zu haben, Ballast über Bord zu werfen, und das ist für uns ein gutes Zeichen.«

»Möchten Sie sich nicht etwas deutlicher ausdrücken?« knurrte Webster, dem die Geduld riß. »Sagen Sie mir doch, zum Teufel, kurz und bündig, was eigentlich los ist.«

Burns sah den Inspektor verwundert an. »Das könnten Sie doch schon erraten haben. Man hat gestern Crayton um die Ecke gebracht. Ganz auf dieselbe nette und saubere Weise wie Milner und Stone. Eine schöne Bescherung, was?«

Diese Mitteilung überraschte Webster so sehr, daß sein Gesicht einen unbeschreiblichen Ausdruck annahm. Aber allmählich faßte er sich und begann nun intensiver darüber nachzudenken, wie das neue Geschehnis mit der Theorie, die er sich schon längst gebildet hatte, in Einklang zu bringen sei. Diese unumstößliche Theorie bestand darin, daß der Hauptbeteiligte an dem Verbrechen im Kastanienhaus niemand anders als Harry Reffold sei, und da ihm dieser gestern auf unerklärliche Weise für einige Stunden entwischt war, gab es für den Inspektor auch in diesem neuen Falle bezüglich der Täterschaft nicht den geringsten Zweifel.

Er sagte dies Burns auch ganz unumwunden. »Und anstatt erst wieder lange herumzuschnüffeln, sollten wir den Burschen endlich beim Kragen nehmen«, schloß er mißvergnügt und anzüglich.

Als sie das Büro Craytons erreichten, vor dem sich die aufgeregten Mietparteien mit Kind und Kegel versammelt hatten, ließ Burns von einem der wachhabenden Polizisten erst einmal Platz schaffen und besah sich den dunklen Gang dieses Traktes. Neben der Glastür befanden sich rechts weitere drei, links zwei Türen, und der Oberinspektor beauftragte einen Sergeanten, sofort die Bestimmung und die Bewohner dieser Räumlichkeiten festzustellen. Dann trat er durch die Glastür in den kleinen Vorraum, der mit allerlei Gerümpel und Aktenstößen angefüllt war, und von hier in das Schreibzimmer, von dem links eine Tür in das Arbeitszimmer Craytons führte.

Er sah sich in dem Raum flüchtig um und wandte sich dann an Webster. »Sie können sich mittlerweile den Schreiber vornehmen. Ich glaube zwar nicht, daß er viel zu sagen haben wird, aber vielleicht kann er uns wenigstens den einen oder anderen Fingerzeig geben. Und dann wäre es mir lieb, wenn Sie für alle Fälle Doktor Shipley herbitten würden.«

Burns öffnete vorsichtig die Tür zum nächsten Zimmer, und Webster, der ihm über die Schulter blickte, konnte die reglose Gestalt Craytons wahrnehmen, die noch immer so, wie man sie gefunden hatte, im Sessel vor dem Schreibtisch lag.

Aber der Oberinspektor wollte offenbar bei seiner Untersuchung allein bleiben, denn er drückte Webster die Tür vor der Nase zu. Nun, Webster war nicht böse darüber. Wenn das wieder so ein Fall war wie jener im Kastanienhaus, so war ja sicherlich nichts zu finden, und er freute sich schon darauf, wie Burns, von dessen Fähigkeiten man soviel Aufhebens machte, mit langem Gesicht wieder erscheinen würde.

Er mußte aber auf diesen Augenblick ziemlich lange warten, denn Burns schien die Sache äußerst gründlich zu nehmen. Er selbst hatte schon längst mit Dr. Shipley gesprochen und dann den Schreiber ins Verhör genommen, aber der Oberinspektor ließ sich noch immer nicht blicken.

Webster hörte aus dem Nebenzimmer nur hie und da ein Geräusch, als ob Schränke und Laden geöffnet und schwere Möbel gerückt würden.

Endlich erschien Burns wieder in der Tür, und sein gerötetes Gesicht sowie seine zerknitterten und bestaubten Kleider verrieten, daß er schwere Arbeit geleistet hatte.

»Nun«, fragte Webster und stellte sich breitspurig vor ihm auf, »glauben Sie, daß wir diesmal mehr Glück haben werden?«

Der Oberinspektor fuhr sich mit seinem großgemusterten Taschentuch über das erhitzte Gesicht und schüttelte wortlos den Kopf. Er schien über etwas nachzugrübeln, und erst nach einer Weile ging er in den Vorraum und rief nach dem Sergeanten, den er mit der Feststellung der Personalien der benachbarten Mietparteien beauftragt hatte.

In diesem Augenblick betrat Dr. Shipley das Kontor und betrachtete überrascht und verwundert die seltsame Gruppe.

Aber schon in der nächsten Sekunde hatte er die Situation erfaßt und war mit einem Satz bei dem Detektiv, den er forschend musterte. Gleich darauf manipulierte er auch schon in seiner Taschenapotheke und fragte nur hastig über die Schulter: »Wann ist das geschehen?«

»Gerade eben«, erwiderte Webster und sprach so leise, als ob ihm die Kehle zusammengepreßt würde. »Er hat da drinnen alles untersucht und, als er herauskam, den Mann dort verhört. Und dann ist er plötzlich umgefallen, wie ein Stück Holz.«

Der Arzt war bereits dabei, dem Bewußtlosen eine Injektion zu verabreichen.

»Rufen Sie das Polizeikrankenhaus an, daß man Burns sofort abholt.«

Während Webster am Apparat sprach, ging Dr. Shipley ins Nebenzimmer, kehrte aber schon nach kurzer Zeit wieder zurück. »Es ist tatsächlich wieder dieselbe niederträchtige Geschichte«, sagte er, während er nervös auf und ab ging. »Ich will nur hoffen, daß ich diesmal noch zur rechten Zeit gekommen bin.«

»Werden Sie ihn bald wieder auf den Damm bringen?« Der Inspektor erwartete die Antwort mit Ungeduld.

Dr. Shipley zuckte mit den Achseln. »Wenn alles gut geht, in vierundzwanzig Stunden. Er dürfte zwar etwas mitgenommen sein, aber wie ich Burns kenne, wird er sich aus ein bißchen Schwindelgefühl nicht sonderlich viel machen.«

Er trat zu dem Kranken, den der Sergeant mit Hilfe der Polizisten mittlerweile auf den Fußboden gebettet hatte, fühlte ihm den Puls und nickte dann befriedigt.

Auf einmal aber wandte er sich in einem plötzlichen Entschluß an Webster, und um seinen Mund lagen zwei harte Falten.

»Ich glaube, es wird höchste Zeit, daß wir in dieser Sache weiterkommen«, sagte er, »und ich kann Sie vielleicht auf eine Spur bringen: Ich habe den Mann wiedergesehen, der mich zurückgebracht hat.«

Der Inspektor machte ein Gesicht, als ob der Blitz neben ihm eingeschlagen hätte. »Wo?« keuchte er. »Kennen Sie ihn...?«

Der Arzt schüttelte mit dem Kopfe. »Ich sah ihn in einem Restaurant...«

Er brach plötzlich zögernd ab, aber Webster war vor Aufregung außer Rand und Band.

»Wie sieht er aus?« drängte er. »Wenn Sie mir sine halbwegs vernünftige Beschreibung geben können, garantiere ich Ihnen, daß wir ihn binnen weniger Stunden haben werden.«

Dr. Shipley wich den ungeduldigen Augen des Inspektors aus und mußte noch einmal gegen die innere Stimme ankämpfen, die ihn schweigen ließ. Aber er fühlte sich in seinem Vertrauen zu sehr getäuscht und in seinen Gefühlen zu sehr verletzt, um weitere Rücksicht zu nehmen.

»Das alles wird nicht notwendig sein«, meinte er nach einer Pause, und Webster wunderte sich, wie gepreßt seine Stimme klang, »wenn Sie sich mit Mrs. Carringhton ins Einvernehmen setzen.«

»Was meinen Sie damit?« fragte der Inspektor betroffen.

»Daß Ihnen die Dame wohl genaue Auskunft über den Unbekannten geben kann, da sie gestern mit ihm gespeist hat.«

Dr. Shipley hatte versucht, seine Mitteilung in möglichst gleichgültigem Ton vorzubringen, aber es war ihm nicht gelungen, und Webster sah ihn verblüfft an.

»Warum haben Sie sie denn nicht selbst gefragt? Ich dächte, das hätte Sie doch interessieren müssen...«

Der Inspektor verstummte und zog die buschigen Brauen hoch. Er begann zu ahnen, was in dem andern vorging, und war darüber ehrlich bestürzt. Dann aber kam ihm zum Bewußtsein, daß es ihm nun vielleicht als erstem vorbehalten war, etwas Licht in das Dunkel zu bringen, und er klopfte Shipley beruhigend auf die Schulter.

»Also – ich werde die Sache in die Hand nehmen. Kann mir denken, daß Ihnen die Geschichte verdammt unangenehm ist. Darauf, daß Mrs. Carringhton mit im Spiel sein könnte, wäre ich allerdings nie gekommen...«

Dr. Shipley verspürte plötzlich eine unbändige Wut auf sich und alle Welt.

»Wie kommen Sie auf diese alberne Idee?« fuhr er den Inspektor an. »Ich habe Ihnen nur gesagt, daß ich Mrs. Carringhton in der Gesellschaft des Unbekannten gesehen habe – das ist noch lange kein Verbrechen. Und im übrigen handelt es sich um den Mann, der mich befreit hat, nicht um jenen, von dem ich überfallen wurde.«

Der Inspektor war völlig niedergedonnert, und er war froh, daß die Ankunft der Ambulanz, die Burns ins Krankenhaus bringen sollte, der ungemütlichen Situation ein Ende bereitete. Erst als Dr. Shipley sich anschickte, der Bahre, auf der man den Kranken forttrug, zu folgen, nahm Webster wieder einen Anlauf.

»Hätten Sie etwas dagegen, wenn ich Sie jetzt nach Hause begleite?« fragte er schüchtern und vorsichtig. »Sie werden doch sicher auch wünschen, daß wir bald genauer wissen, woran wir sind ...«

»Ich wünsche nur, mit der Geschichte nichts weiter zu tun zu haben«, erwiderte Shipley schroff. »Gehen Sie also hübsch allein, denn ich bringe Burns ins Krankenhaus und werde dort wahrscheinlich längere Zeit zurückgehalten werden.«

Als Webster allein war, kratzte er sich eine Weile unschlüssig den Schädel, dann reckte er sich energisch auf, und seine Miene verriet nichts Gutes.

John war außerordentlich erstaunt, den Inspektor mit einer so düsteren und strengen Amtsmiene vor sich zu sehen, wie er sie an ihm noch nie beobachtet hatte.

»Doktor Shipley ist leider nicht zu Hause«, sagte er.

»Weiß ich«, erwiderte Webster barsch. »Melden Sie mich Mrs. Carringhton.«

John ging mit gekränkter Würde ab, und als er zurückkehrte, um den Beamten in den ersten Stock zu geleiten, war seine Miene zu arroganter Höflichkeit gefroren.

»Mrs. Carringhton«, sagte Webster und sah an den hübschen, freundlich lächelnden Augen krampfhaft vorbei, »es tut mir sehr leid, aber ich muß Sie dienstlich belästigen. Es handelt sich vorläufig um eine Auskunft ...«

Er schöpfte etwas Atem, und Mrs. Cicely, die plötzlich sehr verlegen geworden war, machte automatisch eine einladende Handbewegung, die er aber übersah.

»Jawohl ... nämlich ... es würde uns daran liegen, Näheres über eine Persönlichkeit zu erfahren, die uns sehr interessiert und die Sie kennen: Ich meine den Herrn, in dessen Gesellschaft Sie gestern gefrühstückt haben.«

Der Inspektor beobachtete scharf, welchen Eindruck seine Worte auf Mrs. Carringhton machen würden. Er war sehr befriedigt, als er bemerkte, wie diese immer mehr die Fassung verlor. Sie ließ sich auch sehr lange Zeit zum Überlegen, und erst als Webster ein nachdrückliches Räuspern hören ließ, bequemte sie sich zu antworten.

»Wenn Sie mich fragen, muß ich Ihnen natürlich Auskunft geben, obwohl ich dieses förmliche Verhör etwas seltsam finde. Aber Sie müssen ja wohl Ihre Gründe dafür haben, Mr. Webster. Der betreffende Herr war Mr. Harry Reffold ...«

Mrs. Carringhton sah überrascht auf den Beamten, der sie mit weit aufgerissenen Augen und offenem Munde anstarrte, und trotz ihrer augenblicklichen Stimmung konnte sie sich eines Lächelns nicht erwehren.

»Harry Reffold ...« stotterte Webster. »So ... Also der ...« Sein Gesicht nahm plötzlich einen entschlossenen Ausdruck an. »Ich möchte nur wünschen, daß Ihnen diese Bekanntschaft nicht allzugroße Ungelegenheiten bereitet.«

Mrs. Carringhton blickte dem Inspektor, der sich eilig verabschiedete, betroffen nach. Einen Augenblick schien es, als ob sie ihn zurückrufen wollte, und noch lange, nachdem er gegangen war, stand sie mit den Händen vor den Augen, bis sie zu einem Entschluß gekommen war.

Betty, die auf das schrille Glockenzeichen hereinstürzte, glaubte nicht recht zu hören, als sie den Befehl ihrer Herrin vernahm. »Packen Sie so rasch wie möglich. Wir werden noch heute das Haus verlassen. Aber ich wünsche nicht, daß Sie darüber sprechen. Auch zu John nicht.«

Das Mädchen sah einige Augenblicke sehr verständnislos drein, aber Mrs. Carringhton machte eine höchst ungeduldige Bewegung, und Betty beeilte sich ihrem Auftrag nachzukommen.

Inspektor Webster ging den Mauern von Scotland Yard am liebsten aus dem Wege, aber heute konnte er es kaum erwarten, diesen gefährlichen Boden zu betreten. Als er sich beim Stellvertreter des Chefs melden ließ, tat er dies im Bewußtsein, daß ein großer Augenblick seiner Karriere gekommen sei.

Der Kommissar empfing ihn mit lebhaftem Interesse.

»Was Neues im Milner-Fall?«

»Jawohl Sir«, antwortete Webster wichtig und gab dann einen Bericht über die letzten Ereignisse. Der Beamte hörte mit gespannter Aufmerksamkeit zu.

»Verdammt noch einmal«, fuhr er auf, als er von Burns' Erkrankung erfuhr, »die Sache wird ja immer schöner. Wenn das so weitergeht...«

»Es wird nicht mehr lange so weitergehen«, fiel ihm Webster gewichtig ins Wort. »Ich bitte um einen Haftbefehl gegen Harry Reffold in Newchurch, ›Queen Victoria‹.«

»Ah...« Der Kommissar hob überrascht den Kopf. »Nun, ich würde Ihnen diesen Erfolg wünschen, Inspektor. Wie sagten Sie? Harry Reffold? Sind Sie Ihrer Sache sicher?«

»Todsicher, Sir.«

»Schön. Ich werde sofort dem Chef berichten. Gedulden Sie sich einen Augenblick. Vielleicht will er selbst mit Ihnen sprechen.«

Webster mußte sich eine ziemliche Weile gedulden, aber das machte ihm nichts aus, denn es waren recht angenehme Gedanken, mit denen er sich die Zeit vertrieb, und neben dem ›Oberinspektor‹, der ihm nun nicht mehr entgehen konnte, spielte hierbei auch Mrs. Benett eine besondere Rolle.

Endlich kehrte der Kommissar zurück. Webster empfing ihn mit einem erwartungsvollen Blick.

Aber der Beamte hatte einen roten Kopf, und der Inspektor war über das, was er zu hören bekam, äußerst bestürzt.

»Was, zum Teufel, haben Sie denn angestellt? Ich kenne mich in der Sache nicht aus. Der Chef hat zuerst unbändig aufgelacht, dann aber geriet er außer sich. Und er läßt Ihnen sagen, daß Sie bis zur Genesung Burns' nichts unternehmen sollen. Haben Sie verstanden?«

Webster nickte, gab aber doch noch nicht alle Hoffnung auf.

»Und was ist mit dem Haftbefehl?« fragte er hartnäckig.

»Mit dem Haftbefehl?« Der Kommissar sah ihn eigentümlich an. »Nun, wenn Sie's durchaus wissen wollen: Ihr Pensionsgesuch unterschreibt der Chef sofort, falls Sie dies wünschen – den Haftbefehl nicht. Das sind seine eigenen Worte.«

Inspektor Webster verließ Scotland Yard mit dem feierlichen Gelöbnis, nie wieder einen Fuß in diese verfluchten Mauern zu setzen, wenn es nicht unbedingt sein mußte.

Was aber Harry Reffold betraf, so sollte ihm dieser trotz der stupiden Blindheit von Scotland Yard nicht entwischen.

Dr. Shipley hatte mehrere Stunden am Krankenlager Burns' verbracht und die Genugtuung gehabt, den Patienten in einer Verfassung verlassen zu können, die seine baldige Wiederherstellung verbürgte.

Burns hatte bereits zusammenhängende Angaben machen können und es unterlag keinem Zweifel, daß er bei der Durchsuchung des Arbeitszimmers Craytons irgendwie mit dem gefährlichen Giftstoff in Berührung gekommen war.

Nach den Mitteilungen Burns' war ihm besonders eine Spalte aufgefallen, die er an der linken getäfelten Wand knapp an der Fußbodenleiste entdeckt hatte und von der er vermutete, daß sie eine Verbindung mit dem anstoßenden Raum bilde. Bei der Sondierung war er zwar jenseits auf Mauerwerk gestoßen, aber es war möglich, daß die Öffnung in dem anstoßenden Zimmer wieder geschlossen worden war. Die Aussagen Dan Peels bestätigten diesen Verdacht. Man hatte den Mann durch eine eigenartige Beschäftigung, die man ihm gab, offenbar von seiner Wohnung fernhalten wollen, um dadurch Gelegenheit zu haben, Crayton beständig überwachen und gegebenenfalls auf möglichst unauffällige Weise beseitigen zu können.

Trotz seiner Hinfälligkeit brannte Burns bereits vor Begierde, den Fall wieder aufzunehmen, und Shipley fand es angezeigt, ihm ein Schlafmittel zu verschreiben, damit er vor meiner ununterbrochen arbeitenden Phantasie Ruhe fände.

Es war bereits spät am Abend, als der Arzt aus seinem Klub heimkehrte. Er wurde von John mit einer geradezu steinernen Miene empfangen.

Dr. Shipley fühlte sich bei diesem Gesicht seines Dieners plötzlich nicht recht wohl, aber erst nachdem er ihm Mantel und Hut abgenommen hatte, bequemte sich John, auf die stumme Frage seines Herrn zu antworten.

»Madam ist vor zwei Stunden mit Miss Betty abgereist, Sir. Sie hat mir einen Brief übergeben, den ich auf den Schreibtisch gelegt habe.«

Dr. Shipley wandte sich rasch und wortlos ab, um in sein Zimmer zu gehen. Ehe ihm John folgen konnte, hörte er, wie die Tür heftig zufiel und der Riegel vorgeschoben wurde.

19

Das Eiserne Tor war ein Gebäudekomplex in jenem Teil von Rotherhithe, dem man am besten aus dem Wege ging.

Seinen Namen führte es von einem mächtigen, verwitterten eisernen Portal, das zwischen zwei hohen Giebelhäusern in ein Gewirr von Höfen und Baulichkeiten führte, die eng aneinandergedrängt waren und trotz ihrer Ungleichheit ein zusammenhängendes Ganzes zu bilden schienen.

Der ausgedehnte Block glich einem Fuchsbau mit unzähligen Ausschlupfen, denn wer das Eiserne Tor passiert hatte und sich hier auskannte, konnte bereits nach wenigen Minuten ganz unvermutet in einer entlegenen Gasse wieder auftauchen.

Daß ein so idealer Schlupfwinkel der Polizei schon viel zu schaffen gemacht hatte, war kein Wunder, aber alle Versuche, das Nest für alle Zeiten gründlich auszuräuchern, waren bisher fehlgeschlagen. Denn wenn man auch den ganzen riesigen Komplex mit einem Heer von Schutzmannschaften umstellt hätte, so blieben immer noch so viele unterirdische Kanäle, daß das verfolgte Wild sich in aller Gemächlichkeit in Sicherheit bringen konnte. Heute aufgescheucht, hatte es sich morgen schon wieder eingenistet, und Scotland Yard wußte, daß hier einige der gefährlichsten schweren Jungen hausten, aber man wußte auch, daß sie nicht zu fassen waren, solange sie nicht die Unvorsichtigkeit begingen, sich aus diesem Bau hervorzuwagen.

Inmitten eines der großen Höfe stand ein kleines, einstöckiges Haus. An der linken Seite war ein primitiver Holzschuppen angebaut, und einige Kraftwagen verschiedenster Typen sowie eine einfache Holztafel zeigten an, daß hier Tonio Perelli seine Autoreparaturwerkstatt hatte.

Perelli hatte das ganze Haus für einen Spottpreis gemietet, bewohnte jedoch nur zwei Stuben im Erdgeschoß, die dürftig eingerichtet, aber peinlich saubergehalten waren. Er hatte keine Bedienung, sondern schien den ganzen Haushalt selbst zu besorgen, und die einzigen, die das Haus betraten, waren einige Leute, die sich von Zeit zu Zeit einstellten, um die eingebrachten Wagen in Arbeit zu nehmen. Im übrigen kümmerten sich die Bewohner des Eisernen Tores um den verschlossenen Italiener und sein Treiben nicht weiter, da jeder von ihnen mit sich selbst genug zu tun hatte.

Es mochte bereits gegen Mitternacht sein, als Perelli plötzlich mit gespannter Aufmerksamkeit das Schaltbrett betrachtete, das ihm gegenüber an der Wand hing. Eine der kleinen Glühbirnen war sekundenlang aufgeflammt, und während eine gedämpfte Klingel zu rattern begann, erschien auf der Tafel ein farbiges Lichtsignal, das sich nach kurzen Intervallen noch zweimal wiederholte.

Der Mann legte rasch seine Pfeife beiseite, sprang zu dem Brett, wo er auf einige Taster drückte, und eilte dann in den dunklen Hof, um lautlos in dem Schuppen zu verschwinden.

Wenige Augenblicke später stieg er beim Schein einer Taschenlampe eine schmale Steintreppe hinab und bog; in einen langen, niedrigen Gang ein, an dessen rückwärtigem Ende sich rechts zwei massive, mit starken Eisenbändern beschlagene Türen befanden.

Der Mann leuchtete hier eine Weile, dann setzte er seinen Weg fort, bis er an die Mauer stieß, die den Gang abschloß. Er nahm ein flaches Metallstück aus der Tasche und steckte es in eine Fuge zwischen den bloßen Steinblöcken. Wenige Sekunden später begann die Mauer sich zu drehen, so daß er bequem durchschlüpfen konnte.

Er befand sich in einem kaum zwei Quadratmeter großen Raum, der zur Rechten ebenfalls eine der schweren Türen hatte, und nachdem Perelli wie vorher mit dem Metallkontakt das Lichtsignal gegeben hatte, fand er sofort Einlaß.

Obwohl der Italiener bereits daran gewöhnt war, mußte er doch für einige Sekunden die Lider schließen, um durch das Licht, das ihm mit einem Mal entgegenstrahlte, nicht geblendet zu werden.

Das Gewölbe unter dem verfallenen Häuserblock des Eisernen Tors glich einem phantastischen Prunkraum, und jedes der kostbaren Möbelstücke sprach von einem üppigen Geschmack.

Perelli blieb an der Tür stehen, und alles in seiner Haltung und in seinem ganzen Wesen verriet bedingungslose Unterwürfigkeit.

Minutenlang ruhten seine dunklen Augen ergeben auf der Gestalt im langen, schwarzen Seidenmantel, die lässig in einem der tiefen Klubsessel ruhte. Kopf und Gesicht waren von einer Kapuze verhüllt, und sogar die auffallend schlanken Hände waren in Handschuhen verborgen.

Es verging einige Zeit, ehe die scharfe Stimme des Geheimnisvollen die Stille des Raumes unterbrach. »Es wird in den nächsten Tagen viel Arbeit geben, Tonio. Ist alles bereit?«

»Alles, Herr«, versicherte der Mann, und sein muskulöser Körper straffte sich.

»Wieviel Leute stehen dir zur Verfügung?«

»Elf. Sechs bei den Telefonen und fünf für den Außendienst.«

Der Verhüllte dachte einen Augenblick nach.

»Du kannst die Verbindungen mit Doktor Shipley und Flesh auflassen. Sie können uns nicht mehr viel nützen. Dafür ist Vanes Landhaus in Newchurch sofort anzuschließen. Die Leitung muß bereits morgen funktionieren. Und an dem Draht von Scotland Yard und von der ›Queen Victoria‹ ist verschärfter Dienst zu halten. Sind die Leute unbedingt verläßlich?«

»Es sind unsere besten, Sir.«

Der ›Herr‹ machte mit der feinen, schmalen Rechten eine verächtliche Bewegung. »Wo ist Sam?«

»Drüben.« Der Italiener deutete nach der rechten Wand. »Ich habe ihm den Bart abgenommen, wie Sie befohlen haben, und er darf das Eiserne Tor nicht verlassen.«

Der andere nickte. »Er ist morgen in das Haus in Newchurch zu bringen und noch zwei der Tüchtigsten, die du hast. Unterweise sie in den Signalen und in allem übrigen.«

Der Verhüllte erhob sich plötzlich mit einer elastischen Bewegung, reckte seine mittelgroße, geschmeidige Gestalt und ging mit eigenartigen, weit ausgreifenden Schritten einige Male auf und ab.

Die Mauern des Gewölbes waren mit schweren, kostbaren Stoffen verhangen, und der Widerschein der vielen farbigen Lampen schuf phantastische Lichteffekte.

Nach einer Weile machte der ›Herr‹ an der rechten Wand halt, schob die Stoffverkleidung etwas zur Seite, hinter der ein Sehschlitz zum Vorschein kam, durch den er die anstoßenden Räumlichkeiten überblicken konnte.

In dem ersten Gewölbe, das mit seinem Gewirr von Drähten und Apparaten einer Telefonzentrale glich, saßen drei Männer mit Kopfhörern unbeweglich an kleinen Tischen, sichtlich jeden Augenblick bereit, ein Gespräch auf den vor ihnen liegenden Blocks festzuhalten. Im nächsten Raum, der nur durch einen massiven Steinbogen abgetrennt war, standen einige Feldbetten und ein primitiver Tisch mit einigen Stühlen, auf denen mehrere Gestalten lungerten, die der Geheimnisvolle scharfen Auges musterte.

»Von den zwei Leuten, die dir bleiben, übernimmt der eine Burns, der augenblicklich im Polizeihospital liegt, der andere Webster«, wandte er sich wieder an Perelli, indem er das Guckloch und die Verkleidung schloß. »Sie sollen vorläufig nichts unternehmen, aber ich muß über jeden Schritt der beiden unterrichtet werden. Sage ihnen, daß es um ihre Köpfe geht und daß sie meinen Arm weit mehr zu fürchten haben als den Strick. – Du selbst mußt Tag und Nacht auf dem Posten bleiben, Tonio«, fuhr er nach einer Pause fort, »denn es können ernste Dinge geschehen. Ist die Kammer unter der Treppe vorbereitet?«

Die Frage ließ den Italiener mit einem raschen, forschenden Blick aufschauen. »Ja, Herr«, erwiderte er, und in seinen Augen lag ein unruhiges Flimmern.

»Dann lade sie morgen und schließe die Leitung an. Den roten Draht, merke dir dies wohl. Und nimm genau die Menge, die ich dir angegeben habe. Es darf nur die Treppe und der Gang bis zu den Türen verschüttet werden. Das genügt, um die Falle zu schließen, wenn ein allzu Neugieriger die Nase hereinstecken sollte.«

»Glauben Sie, daß das notwendig sein wird, Herr? Steht es so schlimm?«

Es klang zögernd und unterwürfig, aber der Verhüllte nahm die Frage sehr übel. Er schnellte jäh herum, und seine Bewegungen bekamen plötzlich etwas Katzenartiges, als er nahe an Perelli herantrat.

»Schlimm?« wiederholte er. »Was ist das für ein Wort, Tonio? Bekommst du's mit der Angst zu tun? Du mußt es nur sagen, und ich lasse dich gehen...«

Der Italiener fühlte die drohende Schärfe, die in den harmlosen Worten lag. Aber er verzog keine Miene und richtete seine dunklen Augen fest und freimütig auf den andern.

»So war es nicht gemeint, Herr. Wenn Sie es befehlen, so sprenge ich mich selbst mit in die Luft, denn ich weiß, was ich Ihnen schuldig bin. Wären Sie nicht gewesen, so hätte ich schon vor einem Jahr am Galgen gehangen...«

»Es ist gut, daß du dich daran erinnerst«, sagte der Geheimnisvolle. »Und es soll dein Schaden nicht sein, wenn du aushältst.«

»Herr, darauf kommt es mir nicht an«, wehrte Perelli lebhaft ab. »Nur möchte ich wissen, was vorgeht, damit ich mich danach richten kann. Und vielleicht finde ich auch einen Ausweg, denn ich bin nicht auf den Kopf gefallen. Denken Sie nur daran, wie wir den Inder hier ausgehoben haben. Da habe ich gewiß bewiesen, daß ich zu brauchen bin und daß Sie sich auf mich verlassen können.«

Der ›Herr‹ drehte an den Lichtschaltern, die neben dem Schreibtisch in die Mauer eingelassen waren, und schien nur für das bunte Farbenspiel Interesse zu haben, das er auslöste.

»Vielleicht ist es wirklich gut, Tonio, wenn du es weißt«, unterbrach er das Schweigen. »Es besteht zwar noch lange kein Grund zu Befürchtungen, aber wir müssen auf der Hut sein. Die Polizei scheint sich wieder einmal für das Eiserne Tor zu interessieren und wird wohl alles gründlich durchschnüffeln.«

Perelli schnitt eine hämische Grimasse. »Sie wird nichts finden, Herr. Wenn aber einer durch Zufall auf etwas kommen sollte«, fügte er hinzu und zeigte seine Zähne, »so wird er es für sich behalten müssen.«

Der Verhüllte nickte. »Ich verlasse mich auf dich, und wenn es zum Äußersten kommt, so haben wir ja immer noch den roten Draht. Deshalb sorge ich mich auch nicht. Aber daß uns in der letzten Zeit alles fehlschlug und daß wegen jeder Sache solch ein Lärm entstand, das macht mich unsicher. Und ich hatte damit gerechnet, daß wir gerade mit dem Teppich eine sichere und ruhige Arbeit haben würden.«

»Ich nicht, Herr«, fiel der Italiener hastig ein, und in seiner Miene spiegelte sich zum ersten Male etwas wie Furcht. »Sie wissen, daß ich Sie davor gewarnt habe. Es gibt Dinge, die einem Unglück bringen, glauben Sie mir, Herr, und solch ein Ding ist der Teppich. Ich muß immer an den giftigen, höhnischen Blick dieses indischen Halunken denken, als ich ihm die Hand um den Hals legte. Er hat sicher in diesem Augenblick daran gedacht, daß ihn der verhexte Teppich rächen werde. Wenn Sie es sich überlegen, Herr, so ist wirklich alles Unglück, das wir in der letzten Zeit hatten, von dem Teppich gekommen. Erst hat es Bill getroffen, den wir eines Tages wie eine Leiche auf dem Teppich gefunden haben und schon in die Themse werfen wollten. Dabei sind wir dann fast überrascht worden, und Bill ist der Polizei und diesem Doktor Shipley in die Hände gefallen, der uns mit seiner verdammten Gescheitheit in die Karten geguckt hat. Und dann ist eine Sache nach der andern schiefgegangen. Doktor Shipley hat unsere Leute verhauen, und als wir bei ihm einbrachen, um das gewisse Papier zu holen, ist uns ein anderer in die Quere gekommen und hat es uns wieder abgenommen. Und dann haben wir trotz des Teppichs bei Milner und Stone das Nachsehen gehabt, und Doktor Shipley ist uns auch entwischt, obgleich wir ihn schon so sicher hatten. Wer weiß, was jetzt bei der Crayton-Sache noch herauskommen wird. Das geht nicht mit natürlichen Dingen zu, Herr...«

Der Italiener hatte sich in Erregung geredet und wischte sich nun nervös die Stirn. Er hatte es mit seiner abergläubischen Angst zu tun bekommen, und wenn die ihm im Genick saß, dann war es mit seinem Draufgängertum zu Ende.

Der ›Herr‹ hatte ihn ruhig aussprechen lassen, aber man merkte es seiner Stimme an, wie ärgerlich er war.

»Man könnte glauben, du seist ein altes furchtsames Weib, wenn man dich so reden hört«, fuhr er Perelli an. »Glaubst du wirklich an solchen Blödsinn? Wenn wir Pech hatten, so ist daran nicht der Teppich schuld, sondern die Unzuverlässigkeit unserer Leute.«

Die Hand des ›Herrn‹ fuhr mit einer kurzen, energischen Bewegung durch die Luft. »Wir werden reinen Tisch machen und für Ersatz sorgen müssen, Tonio. Auch für Flesh, denn es kann sein, daß seine Stunde schon heute oder morgen schlägt. Laß ihn nicht einen Schritt ohne Überwachung tun, und sieh jedes seiner Telefongespräche sofort durch, sobald es aufgenommen ist. Es kann viel davon abhängen. Und nochmals: Vergiß nicht den roten Draht.«

Der Verhüllte entließ Tonio mit einem Nicken und drückte auf eine der Tasten, die sich in allen möglichen Farben kreisförmig von der Wandverkleidung abhoben. Die schwere Tür öffnete sich etwa mannsbreit, und der Italiener verschwand stumm mit ehrerbietig gekrümmtem Rücken.

Eine Weile verharrte der ›Herr‹ mit gekreuzten Armen, dann begann er mit kurzen, elastischen Schritten, die von seinem bisherigen Gang ganz verschieden waren, hin und her zu gehen. Er besah sich an verschiedenen Stellen prüfend die Wände und blieb schließlich an der Mauer gegenüber der Tür stehen. Auf einen Druck öffnete sich ein in der Mauer verborgenes geräumiges Geheimfach, das mit allen möglichen Papieren angefüllt war, und der Verhüllte entnahm ihm zunächst ein Bündel Banknoten, das er sorgfältig abzählte, und dann ein schadhaftes, dickes Kuvert von blauer Farbe, worauf er die Dinge zu sich steckte und das Fach wieder schloß.

Dann bückte er sich, tastete eine Weile am unteren Ende der Mauer herum und zog ein dünnes, rotumsponnenes Kabel hervor, das er an der Wand emporführte und etwa in Kopfhöhe sorgfältig zwischen der Stoffbekleidung verbarg. Den roten Druckkontakt am Ende des Drahtes versenkte er ebenfalls in eine der Stoffalten, die er bedachtsam auswählte.

Als er damit fertig war, griff er wiederholt nach dem Knopf, als ob er sich dadurch ein für allemal einprägen wolle, wo dieser zu finden sei.

Hierauf löschte er die Lichter bis auf eine winzige Birne, und seine Gestalt verschmolz mit der dunklen Öffnung, die sich in der Wand gegenüber der Tür aufgetan hatte.

Aber noch einmal erschien die Hand und tastete prüfend nach der Falte, die den roten Kontakt barg.

Etwa zehn Minuten später erschien eine mittelgroße, schlanke Gestalt unter dem dunklen Torbogen eines der schmutzigsten Häuser, die das Eiserne Tor umsäumten und spähte minutenlang in das menschenleere Gäßchen. Es war kein Laut zu hören, und der kalte Nebel war dicht wie eine Wand.

Rasch und sicher, als ob er den Weg schon unzählige Male gegangen wäre, eilte Oberst Roy Gregory die Häuser entlang und war bereits nach wenigen Schritten verschwunden.

20

»Oh, ich bin sehr einverstanden, Mr. Vane«, versicherte Mrs. Mabel Hughes mit ihrem pikanten Akzent und richtete sich lebhaft auf. »Sie müssen nämlich wissen«, fügte sie vertraulich hinzu, und ihr stolzes Gesicht bekam einen allerliebsten Ausdruck, »daß ich eine gefährliche Spielratte bin. Und nachdem ich hier in Ihrem reizenden Heim und in der wunderbaren Herbstluft seit zwei Tagen nur der Schonung meiner etwas unbotmäßig gewordenen Nerven gelebt habe, sehne ich mich nach einer derartigen Aufregung. Was werden wir spielen? Bridge oder irgendein Hasardspiel?« Sie blinzelte Vane launig an. »Wenn ich offen sein soll – Bridge finde ich furchtbar langweilig. Was würden Sie zu einer Partie Poker sagen?«

Der Bankier vermochte kein Auge von der prachtvollen Frau zu wenden, die zwar schon über die erste Jugend hinaus war, aber mit ihrem vollendeten Ebenmaß und ihrem klassischen, rassigen Kopf selbst die Jüngsten in den Schatten, stellte.

»Ich sage zu allem ›Ja‹, was Sie wünschen«, antwortete er schmachtend und verdrehte die Augen. »Mir ist ja daran gelegen, Ihnen den Aufenthalt hier so angenehm wie möglich zu gestalten, damit Sie recht lange bleiben. Denn da fällt für mich doch hie und da ein Stündchen ab, während in London oft viele Tage vergehen, ohne daß ich das Vergnügen habe, Sie zu sehen.«

Die Stimme Vanes hatte der schönen Frau mehr gesagt als die Worte, und den Bankier traf ein so ernster, fragender Blick, daß er verlegen die Augen senkte.

»Ist Ihnen daran so viel gelegen?« Mrs. Mabel hatte eine ziemlich lange Pause verstreichen lassen, bevor sie diese Frage stellte, und sie klang nach dem stimmungsvollen Schweigen dem bis über die Ohren verliebten Vane doppelt bedeutsam. Er fühlte, daß sich ihm eine Chance bot, die vielleicht nicht so bald wiederkehren würde, und er beschloß, sie zu nützen, obwohl ihm das Herz bis zum Halse klopfte und er nicht wußte, wie er beginnen sollte.

»Mrs. Mabel«, stotterte er, »muß ich Ihnen darauf wirklich noch eine Antwort geben?«

Er wagte es, seine Augen für eine Sekunde zu erheben, aber Mrs. Mabel sah starr und träumerisch ins Leere, und nur die schlanken, schmalen Finger trommelten nervös auf der Armlehne. Aber dann beugte sie mit einer raschen Bewegung den Kopf zu Vane und berührte mit ihrer Rechten leicht seinen Arm.

»Was soll das heißen, Mr. Vane?« In ihren Augen lag ein weicher Glanz, und um ihre Lippen spielte ein ermunterndes Lächeln. »Ich glaube gar, Sie wollen mir ein Geständnis machen? Überlegen Sie sich das wohl!«

»Da gibt es nichts zu überlegen, Mrs. Mabel«, sprudelte der Bankier hervor und haschte nach ihrer Hand, die sie ihm willig überließ. »Seit Monaten wartete ich auf diesen günstigen Augenblick, um Ihnen zu sagen, daß ich Sie grenzenlos verehre und daß es für mich kein größeres Glück geben könnte, als wenn Sie sich entschließen würden, meine Frau zu werden…«

Vane atmete tief auf, und Mrs. Mabels Mienen trugen einen allerliebsten Ausdruck der Verwunderung.

»Also nicht nur ein Geständnis, sondern sogar einen Antrag«, sagte sie nach einer Weile, und es schien, als ob diese Tatsache sie außerordentlich überrascht hatte. »Und nun erwarten Sie wohl eine Antwort von mir? Wenn ich nun ›Ja‹ sagen würde?«

Der Bankier drückte Mrs. Mabels Hand krampfhalt an seine Brust, und seine Hängebacken wackelten vor Erregung.

»Mrs. Mabel, ich…«

Er verstummte jäh, denn sie schüttelte energisch ihren Kopf und entzog ihm die Hand.

»Lassen Sie uns vernünftig sein, lieber Freund. Sie gehen ja mit dem Ungestüm eines Jünglings ins Zeug, und da kann ich Ihnen mit meiner gesetzten Schwerfälligkeit nicht folgen. Solch eine Sache will doch wirklich gründlich überlegt sein.«

»Überlegen Sie, Mrs. Mabel«, flüsterte der Bankier hastig und dringlich, »überlegen Sie, solange Sie wollen, aber sagen Sie nicht ›Nein‹. Sie werden es gewiß nicht zu bereuen haben. Ich weiß ja nur zu gut, daß Sie ganz andere Ansprüche stellen dürfen, aber niemand kann Ihnen ergebener sein als ich…«

Die schöne Frau hob leicht die Hand, und Vane brach erschöpft ab.

»Ich glaube Ihnen, lieber Freund, und ich vertraue Ihnen. Damit müssen Sie sich für heute begnügen. Das heißt«, fügte sie hastig und mit einem etwas verschämten Blick hinzu, »etwas sollen Sie doch noch wissen: daß ich des Alleinseins tatsächlich müde bin und daß ich aufrichtig wünsche, einen selbstlosen Freund und Berater an der Seite zu haben. Wenn Sie sich mit dieser Rolle begnügen wollen, würden Sie mir die Entscheidung leichter machen.«

Der Bankier verließ Mrs. Mabel in einem Taumel der Verzückung. Es war ihm, als ob sein Blut plötzlich wieder mit jugendlicher Kraft durch die Adern rollte. Er tänzelte frisch und trällernd die Treppe hinab und schwang sich mit einer Behendigkeit in das Auto, daß die Federn des Wagens bedenklich aufstöhnten.

Wie an den beiden vorhergegangenen Tagen, war er auch heute vor Eröffnung der Börse nach Newchurch geeilt, um sich nach dem Befinden und den Wünschen von Mrs. Hughes zu erkundigen, und noch vor einer Stunde hätte er nicht: zu hoffen gewagt, daß dieser flüchtige Besuch ihn an das Ziel seiner Wünsche bringen könnte. Die Sache war so plötzlich gekommen, und eigentlich so leicht gegangen, daß Vane sich von Zeit zu Zeit lächelnd in die Backen kniff, um sich zu vergewissern, daß er nicht träumte.

Der Rolls-Royce nahm die Straßen des Ortes in einem so rasenden Tempo, daß er an einer Kreuzung um ein Haar einen Herrn angefahren hätte, der eben die Fahrbahn überquerte.

Das plötzliche Bremsen ließ Vane auffahren und aus dem Fenster blicken; in seiner Miene malte sich lebhafteste Überraschung.

Er gab dem Chauffeur Befehl zu halten und beugte sich rasch aus dem Wagen: »Hallo, Oberst Gregory ...!«

Der Oberst wandte sich verwundert um und kam dann eilig heran. Er trug einen eleganten Sportdreß, und sein scharfgeschnittenes Gesicht hatte noch immer die Bräune des Sommers.

»Was treiben Sie in Newchurch, Oberst?« fragte Vane interessiert, indem er ihm die Hand schüttelte.

»Dasselbe möchte ich von Ihnen wissen, Mr. Vane«, entgegnete Gregory mit einem feinen Lächeln. »Wenn ein Gewaltiger der City während der Geschäftszeit in dieser ländlichen Idylle herumkutschiert, muß das besonders triftige Gründe haben.«

»Ich war in meinem Landhaus, um dort ein bißchen Nachschau zu halten«, erklärte der Bankier etwas verlegen. »Ich habe Ihnen ja davon erzählt.«

Der Oberst nickte und lächelte wie vorher. »Und ich bin hier, um in meinem Fischwasser Nachschau zu halten. Es mündet kaum zwei Meilen von hier in die Themse, und die prächtigen Tage sind ein geradezu ideales Wetter für den Hechtfang. Wenn Sie etwas für diesen Sport übrig haben, Mr. Vane, so kommen Sie einmal mit. Bei einigem Glück können Sie eventuell einen Zwanzigpfünder landen. Ich gedenke etwa acht Tage hierzubleiben und bin in der ›Queen Victoria‹ zu erreichen.«

»Danke, danke«, lehnte der Bankier höflich ab. »Leider verstehe ich von der Fischerei nichts. Ich kann nur im Trüben fischen.«

Er lachte meckernd über diesen Witz, auf den er sich sehr viel zugute tat. Plötzlich aber schien ihm ein Einfall zu kommen, und er überlegte eine Weile. Sollte er oder sollte er nicht? Aber dann fand er, daß er für den Abend, den er Mrs. Mabel in Aussicht gestellt hatte, kaum einen repräsentativeren Gast finden konnte als Gregory. Er beschloß daher, den Zufall zu nützen.

»Spielen Sie Poker?« fragte er unvermittelt und blinzelte den Oberst an.

Gregory nickte. »Ich tue alles, was geeignet ist, die Zeit totzuschlagen.«

»Ausgezeichnet. Dann bitte ich Sie, übermorgen abend mein Gast zu sein. Ich werde eine kleine intime Party arrangieren, und zwar auf Wunsch meiner Klientin Mrs. Mabel Hughes, die sich hier draußen doch ein bißchen zu langweilen scheint. Kennen Sie die Dame übrigens?«

»Nur vom Sehen«, erwiderte Oberst Gregory bedauernd.

»Dann werde ich Sie also vorstellen. Präzise um neun Uhr, bitte. Mein Landhaus werden Sie ja finden.«

Er schüttelte dem Oberst die Hand und zwängte sich wieder in sein Auto, während Gregory mit nachdenklicher Miene seinen Weg nach der ›Queen Victoria‹ fortsetzte.

Er war mit seinem Wagen erst vor etwa einer Stunde angekommen und hatte sofort mit der Neugier und Gemächlichkeit eines ortsfremden Bummlers einen Spaziergang durch Newchurch unternommen; dabei war er auch in die stille Gasse mit dem alten Haus geraten, in dessen windgeschützter Toreinfahrt er eine Weile Unterschlupf gesucht hatte, um eine Zigarre in Brand zu setzen.

21

»Drittens...«, sagte Harry Reffold unvermittelt und ließ das Monokel geschickt in die Handfläche gleiten, während er etwas erstaunt die Brauen hochzog.

Eben war Oberst Gregory an ihm vorübergekommen, und Harry hatte einen scharfen Blick aufgefangen, den er mit kühler Gelassenheit erwidert hatte.

Er vergrub sich wieder in den tiefen Klubsessel, der in der Halle stand. Hatten ihn bisher zwei Dinge beschäftigt, so waren es jetzt drei – und sie erinnerten ihn daran, daß der Zweck seines Aufenthaltes in Newchurch nicht die hübsche Ann Learner, sondern eine weit unangenehmere Sache war.

Da war zunächst dieses seltsame Schreiben, das auf ebenso seltsame Weise in seine Hände gelangt war. Er hatte es nach einem kurzen Spaziergang mit Ann, die er auf dem Wege zu verschiedenen Besorgungen getroffen hatte, in der Tasche seines Mantels gefunden.

Der Brief stak in einem gewöhnlichen Geschäftskuvert, das seine Adresse trug, und war auf einem gewöhnlichen Geschäftspapier mit einer tadellosen Maschine einer der landläufigsten Typen geschrieben. Reffold war, als er das Schreiben entfaltete, auf verschiedenes gefaßt, aber was er zu lesen bekam, hatte er doch nicht erwartet.

Die Zeilen lauteten:

>Sie haben es gewagt, mir ins Gehege zu kommen, und ich will mich deshalb mit Ihnen auseinandersetzen.

Finden Sie sich am Tage nach Erhalt dieses Schreibens um die zehnte Abendstunde bei dem abgebrannten Waldhüterhaus an der Straße nach Bedfont ein.

Sind Sie vernünftig und lassen Sie mit sich reden, so haben Sie nichts zu befürchten, denn ich brauche entschlossene Leute Ihres Schlages. Kommen Sie aber nicht oder denken Sie an Verrat oder einen Gewaltstreich, so wird meine strafende Hand Sie ebenso sicher zu erreichen wissen wie die Hand, die Ihnen diese Zeilen zugestellt hat.

Denken Sie an Milner, Stone und Crayton.

Der Herr.<

Nachdem er diesen kategorischen Befehl, über dessen Ernst er nicht einen Augenblick im Zweifel war, einige Male überflogen hatte, war sich Reffold dessen bewußt geworden, daß nach Monaten mühevoller Nachforschungen endlich ein entscheidender Augenblick bevorstand.

Der geheimnisvolle Gegner, der nun selbst in Aktion trat, war weit gefährlicher als seine Werkzeuge, mit denen er bisher so leichtes Spiel gehabt hatte. Harry mußte nun mit einem Kampf rechnen, bei dem der andere seine ganze Verschlagenheit und all seine tückischen Waffen anwenden würde.

Während Harry vor dem Eingang der >Queen Victoria< eine Zigarette nach der anderen geraucht hatte, um sich über seine nächsten Schritte schlüssig zu werden, hatte sich die zweite bedeutsame Episode dieses Morgens abgespielt.

Auf der Landstraße, die in einer Entfernung von etwa dreißig Schritten an der Pension vorüberführte, hatte ein Auto unter einem scharfen Knall eine Reifenpanne gehabt, und als Reffold unwillkürlich hinblickte, war es wie ein elektrischer Schlag durch seinen Körper gefahren.

Er sah nämlich plötzlich das dunkle Gesicht vor sich, das er vor einigen Tagen in dem Auto wahrgenommen hatte, und nun, da er den Mann, der sich mit fieberhafter Eile an die Ausbesserung des Schadens machte, genauer betrachten konnte, wußte er mit einem Mal, woher er dieses olivenfarbige Gesicht und diese gedrungene Gestalt kannte.

Er hatte an jenem Abend, der später Dr. Shipley seinen seltsamen Fall bringen sollte, den ihm längst verdächtigen Thompson in dem winkligen Gassengewirr von Bermondsey verfolgt, doch war ihm dieser knapp an der Themse entwischt. Als er dann den Kai entlanggeschlendert war, hatte er plötzlich einige warnende Pfiffe gehört, und im nächsten Augenblick hatte ihn in dem dichten Nebel eine Gestalt so heftig angerempelt, daß er fast das Gleichgewicht verloren hätte. Unwillkürlich hatte er zugefaßt und dabei sekundenlang in ein Paar wildfunkelnder Augen geblickt, die sich ihm, wie die ganze fremdländische Physiognomie des Mannes, unauslöschlich eingeprägt hatten. Dann aber hatte sich der Bursche frei gemacht und war blitzschnell im Dunkel verschwunden. Nach wenigen Schritten war Reffold auf mehrere Polizisten gestoßen, die sich um einen anscheinend Leblosen bemühten, und er hatte Gelegenheit gehabt, diese wichtige Episode bis zu ihrem Ende zu verfolgen.

Nun hatte ihm der Zufall diesen Mann wieder in den Weg geführt, aber Harry sah keine Möglichkeit, sich diese günstige Fügung zunutze zu machen. Der Bursche schien sehr mißtrauisch und beeilte sich mit seiner Arbeit derart, daß der Wagen sich schon nach wenigen Minuten wieder in Bewegung setzen konnte. Aber im letzten Augenblick war Reffold ein Einfall gekommen, der ihn lächelnd zusehen ließ, wie das Auto mit dem braunhäutigen Chauffeur in eiliger Fahrt den Weg nach London nahm; und diesem Einfall war es zuzuschreiben, daß Tonio Perelli plötzlich von Richmond bis zum Eisernen Tor ein flinkes Motorrad auf den Fersen hatte.

Nun, da Oberst Roy Gregory auf der Bildfläche erschienen war, hatte der Tag für Reffold das dritte Ereignis gebracht, das ihm zu denken gab.

Er kannte Gregory, der erst vor wenigen Monaten nach London zurückgekehrt war, nur vom Sehen, aber der arme Arthur Colburn hatte zuweilen von ihm gesprochen, und Reffold hatte aus verschiedenen dieser Äußerungen seine Schlüsse gezogen.

Wenige Wochen nach dem Tode seines Vetters hatte er dann gelesen, daß der Oberst seinen Abschied genommen hätte, und als er ihn vor wenigen Augenblicken plötzlich vor sich gesehen hatte, war ihm eine seltsame Vermutung gekommen.

Und diese Vermutung beschäftigte Harry Reffold nun weit mehr als die Persönlichkeit des dunkelhäutigen Chauffeurs. Sie versetzte ihn sogar in noch größere Unruhe als die bevorstehende Zusammenkunft mit dem geheimnisvollen ›Herrn‹!

Burns sah noch immer sehr angegriffen aus, denn er war nur mit Mühe zwei Tage im Hospital zu halten gewesen und dann einfach ausgekniffen, um wieder in der ›Queen Victoria‹ sein Quartier aufzuschlagen.

Seit seinen Nachforschungen beim Tod Craytons begann er auch im Fall Milner viel klarer zu sehen, und als er am Tag nach seiner Rückkehr sich nochmals im Kastanienhaus umgeblickt hatte, war er auf verschiedenes gekommen, das ihn außerordentlich befriedigte.

»Sie sollten sich noch schonen und vor allem zusehen, daß Sie wieder zu Kräften kommen«, sagte Webster mit vollem Mund, während sie beim Lunch saßen. »Es hat gar keinen Zweck, wenn man seine Gesundheit wegen des albernen Dienstes aufs Spiel setzt, denn Dank hat man dafür doch nicht zu erwarten«, fügte er bissig hinzu.

Der Inspektor nahm einen gehörigen Schluck Porter, um seinen Grimm hinunterzuspülen.

»Ich sage Ihnen«, fuhr er mißgestimmt fort, »mir steht Scotland Yard bis hier.« Er fuhr sich mit dem dicken Zeigefinger um den Hals und rollte wütend die Augen. »Alles hatte ich schon so fein eingefädelt, und wenn wir diesen verdammten Reffold und Mrs. Carringhton einfach hinter Schloß und Riegel gesetzt hätten...«

»Mrs. Carringhton? Was soll die damit zu tun haben?« unterbrach ihn Burns verblüfft.

Webster weidete sich an dem Blick, der ihn traf.

»Da staunen Sie, was? Aber die Sache stimmt. Ich habe ein bißchen auf eigene Faust gearbeitet, während Sie krank waren.«

»Leider scheint es so«, murmelte Burns und kratzte sich verzweifelt am Kopf.

»Wie meinen Sie das?« Der Inspektor sah ihn mißtrauisch an, und seine Frage klang sehr gereizt. »Sie scheinen auch einer von denen zu sein, denen es nicht paßt, wenn ein anderer einen Erfolg hat.«

»Gott behüte«, meinte Burns sanft, »Ihnen würde ich das von Herzen gönnen.«

»Nun«, trumpfte Webster auf, »ist es etwa nichts, wenn ich festgestellt habe, daß Reffold der Mann war, der Doktor Shipley gefesselt und geknebelt zurückgebracht hat? Und wenn ich darauf gekommen bin, daß Mrs. Carringhton eine sehr gute Bekannte von diesem Gauner ist? Wäre Ihnen das je eingefallen, he?«

Er sah den Oberinspektor triumphierend an. Burns hatte überrascht den Kopf gehoben. Was er vernommen hatte, schien ihm zu denken zu geben.

»Das sind doch gewiß Dinge, über die man nicht so ohne weiteres hinweggehen sollte«, fuhr Webster nach einer Weile fort. »Und wenn Sie gesehen hätten, wie Mrs. Carringhton in die Enge geraten ist, als ich sie mir vorgenommen habe, hätten Sie sich auch einen Reim darauf gemacht.«

»So …? Vorgenommen haben Sie sie also?« Das Gesicht des Oberinspektors war immer länger geworden. »Na, und dann?«

»Und dann…?« echote Webster ärgerlich. »Dann ist sie eben durchgegangen.« Er grinste bissig und blickte Burns herausfordernd an. »Scotland Yard war ja so nett, ihr Zeit dazu zu lassen.«

»Gott sei Dank«, hauchte Burns, und man merkte ihm die Erleichterung an. »Der arme Doktor Shipley…«

»Der tut mir allerdings auch leid«, pflichtete Webster etwas kleinlaut bei. »Aber bei solchen Dingen kann man keine Rücksicht nehmen. Die Hauptsache ist, daß wir mit der verdammten Geschichte endlich einmal fertig werden.«

»Werden wir ja…«, nickte Burns. »Ich verstehe nicht, warum Sie auf einmal so ungeduldig sind. In etwa einer Woche, schätze ich, wird es soweit sein…«

Burns unterbrach sich plötzlich und hob interessiert den Kopf. Seine scharfen Augen blinzelten sekundenlang Oberst Gregory an, der eben das Eßzimmer betrat und sich an einem der kleinen Tische niederließ.

»Sonderbar…«, murmelte er halblaut und wiegte nachdenklich den Kopf.

»Was ist sonderbar?« grölte Webster, der zugehört hatte.

»Daß Sie mit Ihrer prachtvollen Stimme nicht Bassist geworden sind«, erwiderte Burns ebenso laut. »Oder Kapitän auf einem Walfischfahrer. Oder meinetwegen auch Marktschreier. Da hätten Sie es mit diesem Organ zu etwas bringen können. Aber bei der Polizei schreit man nicht so, mein Lieber«, fuhr er tuschelnd fort. »Darauf habe ich Sie doch schon einige Male aufmerksam gemacht. Ich finde es nämlich sonderbar«, setzte er noch leiser hinzu, »daß man Oberst Gregory, der doch einmal ein großer Mann war – drehen Sie sich nicht um, er sitzt hinter Ihnen –, plötzlich so sang- und klanglos fallengelassen hat. Nicht einmal auf seinen Namen darf man anscheinend zu sprechen kommen. Ich habe gestern selbst versucht, bei einigen Stellen, die etwas wissen müßten, auf den Busch zu klopfen, habe aber damit kein Glück gehabt. Die Leute waren anfangs ganz nett, aber sowie ich den Namen Gregory nannte, gab es überall mißtrauische Blicke und höchstens ein verlegenes Schulterzucken.«

»Das ist allerdings auffallend«, hauchte Webster. »Sie lassen ihn doch überwachen?«

Burns lächelte etwas wehmütig. »Soweit er sich's eben gefallen läßt. Und er ist in dieser Beziehung nicht gerade entgegenkommend. Bis jetzt weiß ich nur zweierlei: Einmal, daß er in Craytons Haus war, als dieser ums Leben kam, und zweitens, daß er für die Umgebung des Eisernen Tors eine besondere Vorliebe zu haben scheint. Er ist dort in den letzten Nächten wiederholt gesehen worden, aber immer ebenso spurlos wieder verschwunden, wie er aufgetaucht ist.«

Der Inspektor schnaufte vor Erregung und legte Burns seine große Hand auf den Arm.

»Sie glauben also, daß der Oberst mit Reffold unter einer Decke steckt?«

Burns richtete sich plötzlich kerzengerade auf und starrte Webster an. Dann begann er sich heftig die Nase zu reiben und wurde so nachdenklich, daß der Inspektor kein Wort mehr aus ihm herausbekommen konnte.

Oberst Gregory speiste mittlerweile mit der vornehmen Gelassenheit eines Menschen, der seiner Umgebung nicht das geringste Interesse abgewinnen kann. Nur zuweilen schien es, als ob sein Blick blitzartig den Tisch der beiden Polizeibeamten streifte und als ob um seine schmalen Lippen dabei ein spöttisches Zucken spielte.

22

Mrs. Benett war außerordentlich in Anspruch genommen, denn sie mußte nicht nur unausgesetzt in der Küche und im Eßzimmer Nachschau halten, sondern sich natürlich auch Mr. Reffold widmen, der heute an dem Platz in der Halle besonderen Gefallen gefunden zu haben schien. Er rührte sich nicht vom Fleck und starrte vor sich hin.

Das konnte sie auf die Dauer nicht ertragen.

»Haben Sie Sorgen, Mr. Reffold?« Sie ließ sich bei ihm nieder und lächelte ihn mit dem einen ihrer schwarzen Augen zärtlich an. »Kann ich Ihnen irgendwie dienlich sein?«

»Allerdings, Mrs. Benett. Sie scheinen heute einen neuen Gast bekommen zu haben...«

Mrs. Jane verstand sofort. »Ah, Sie meinen Oberst Gregory. Zimmer dreiundzwanzig«, flüsterte sie. »Interessieren Sie sich für ihn?«

»Sehr. Wenn Sie mir hie und da eine Mitteilung machen könnten...«

Die rundliche Frau spitzte den üppigen Mund und lächelte schalkhaft. »Ich verstehe...«

»Sie sind sehr lieb, Mrs. Benett...«

»Und Sie sind sehr garstig, Mr. Reffold«, schmollte sie. »Sie haben seit einiger Zeit kein Vertrauen mehr zu mir. Glauben Sie, ich merke das nicht? Früher waren Sie ganz anders. Nicht so« – sie suchte verlegen nach den richtigen Worten – »verschlossen und viel liebenswürdiger...«

Harry legte seine Hand begütigend auf die ihre, und sie fühlte sich im siebenten Himmel.

»Verzeihen Sie, Mrs. Benett. Sie dürfen mir glauben, daß ich Sie nach wie vor herzlich verehre und daß ich nie vergessen werde, was Sie für mich getan haben. Aber mit einunddreißig Jahren unterliegt man eben noch gewissen Stimmungen...«

Mrs. Jane empfand plötzlich einen heftigen Stich.

»Mit einunddreißig Jahren...?« stammelte sie bestürzt. »Ich ... ich ... hätte Sie für älter gehalten, Mr. Reffold...« Harry schüttelte wehmütig mit dem Kopf.

»Es stimmt, Mrs. Benett«, sagte er etwas kleinlaut. »Leider bin ich einige Jahre zu spät auf die Welt gekommen. Gerade vor acht Tagen habe ich meinen einunddreißigsten Geburtstag gefeiert.«

Mrs. Jane hatte keine Zeit, weiter zuzuhören, sie rechnete fieberhaft.

Wenn er heute einunddreißig Jahre alt war und sie noch nicht ganz fünfundvierzig, also eigentlich erst vierundvierzig, so war sie, wenn er fünfunddreißig war, achtundvierzig, und wenn er vierzig war, war sie dreiundfünfzig, und wenn er fünfundvierzig war, war sie achtundfünfzig...

Mrs. Benett brach das interessante Rechenexempel ab und drückte Harrys Hand so heftig, daß dieser überrascht in ihr plötzlich so blasses Gesicht sah.

»Sie müssen mich entschuldigen, Mr. Reffold«, sagte sie, und es kam ihm so vor, als ob ein leises Beben in ihrer Stimme läge, »aber es gibt heute besonders viel zu tun. Wegen Oberst Gregory können Sie sich also auf mich verlassen...« Sie nickte ihm mit etwas gequälter Koketterie zu und eilte davon.

»Sooft ich diesen frechen Burschen sehe, juckt mir die Hand«, brummte Webster, als er mit Burns aus dem Eßzimmer trat und Reffold gewahrte. »Aber an dem Tag, an dem ich ihn trotz Scotland Yard zu fassen kriege, soll ihm das Lachen gleich für einige Jahre vergehen.«

»Sie könnten eigentlich vorausgehen, Webster, und den Londoner Sergeanten abpassen«, meinte Burns, indem er plötzlich stehenblieb. »Er muß jeden Augenblick auf der Polizeistation eintreffen. Wenn er Post für mich hat, so nehmen Sie diese einstweilen an sich. Und sagen Sie ihm, daß ich heute abend gegen neun Uhr in Scotland Yard sein werde. Smith soll sich also bereithalten. Er weiß schon, worum es sich handelt.«

Nachdem der Inspektor mit einem letzten giftigen Blick auf Reffold fortgestapft war, schob sich Burns einen der bequemen Sessel heran.

»Sie gestatten wohl, Mr. Reffold. Es ist schon einige Zeit her, daß wir miteinander geplaudert haben. Damals gab es, glaube ich, ein kleines Mißverständnis.«

»Nicht von meiner Seite, Mr. Burns«, meinte Harry mit einem sehr verbindlichen Lächeln.

Der Oberinspektor nickte und legte bedächtig die Fingerspitzen aneinander.

»Ich weiß«, bekannte er etwas verlegen. »Sie waren damals sogar so liebenswürdig, mir einen Rat zu geben. Einen ausgezeichneten Rat. Sie wissen, mit dem Wildhüterhaus...«

Er machte eine Pause und warf seinem Gegenüber einen raschen Blick zu, aber Reffold spielte interessiert mit seinem Monokel und machte ein Gesicht, als ob er von der Geschichte zum ersten Mal hörte.

Aber Burns war hartnäckig. »Eine seltsame Sache, das. Ich bin Ihnen sehr dankbar dafür, und wenn Sie mir nun noch beiläufig andeuten könnten, wessen sterbliche Überreste wir dort gefunden haben, würde ich mich gern erkenntlich zeigen. Unsereiner weiß ja hie und da auch ganz interessante Dinge. So könnte ich Ihnen zum Beispiel etwas über einen Besuch des Oberst Gregory im Kastanienhaus erzählen...«

Reffold schnellte mit einem jähen Ruck aus seiner lässigen Haltung auf. »Was hatte denn der dort zu suchen?«

»Etwas sehr Merkwürdiges. Aber wir wollen der Reihe nach vorgehen, Mr. Reffold. Wer also, glauben Sie, könnte zu der kritischen Zeit im Wildhüterhaus gewesen sein?«

Harry überlegte einen Augenblick.

»George Thompson und Sam Dickson.«

»Soso ... Thompson und Sam...« Burns verdrehte die Augen und legte sein Gesicht in wehmütige Falten. »Dann waren es also die Gebeine des Halunken Thompson. Glauben Sie, daß Mrs. Benett sehr erschüttert sein wird, wenn sie davon erfährt? Sie wissen doch ...? Natürlich, Sie wissen ja so verschiedenes. Aber Sam haben Sie wohl noch nicht wiedergesehen? Sie würden staunen, wie der sich hergerichtet hat. Er sieht jetzt aus wie eine rasierte Bulldogge. Ich habe ihn heute kaum wiedererkannt, als er dem Mann, der Ihnen den Brief in die Tasche schob, so geschickt die Mauer machte. Es muß wohl eine sehr wichtige Mitteilung gewesen sein? Na, das ist schließlich Ihre Sache. Ich möchte Sie nur bitten, mir noch eins zu sagen: Wo sind die Juwelen?«

Reffold nagte unschlüssig an der Unterlippe. Der Mann, in dem offenbar weit mehr steckte, als man nach seinem unscheinbaren Äußeren vermuten konnte, begann ihm zu imponieren. Aber er hielt es trotzdem nicht für angebracht, seine Rolle aufzugeben. »Nehmen Sie an, sie seien in Sicherheit«, erwiderte er ausweichend.

»Ausgezeichnet, Mr. Reffold«, flüsterte der Oberinspektor und rieb sich die Hände. »Das ist mir eine große Beruhigung und erspart mir gewisse Rücksichten. Dafür sollen Sie nun auch erfahren, daß Oberst Gregory sich für alte Uhren zu interessieren scheint. Er war heute, während Sie mit Miss Ann einen Spaziergang unternahmen, im Kastanienhaus und hat sich dort an der Wanduhr im Arbeitszimmer zu schaffen gemacht. Und Nick, der ihn einließ, hat dafür ein so fürstliches Trinkgeld bekommen, daß er sich sofort sternhagelvoll betrunken hat. Seltsam, wie? Vielleicht gehen Sie der Sache nach. Und wenn Ihnen die Abende hier draußen gar zu langweilig werden, so versuchen Sie an Mr. Vane heranzukommen. Sie haben ja sicher verschiedene Beziehungen, und ich glaube, Sie würden in seinem Landhaus eine recht interessante Gesellschaft finden. Aber seien Sie vorsichtig und muten Sie sich nicht zuviel zu. Ich spreche aus Erfahrung, denn wie Sie vielleicht wissen, bin ich gerade noch mit einem blauen Auge davongekommen.«

23

Mrs. Emily schob mit ihren fleischigen Fingern die Karten, zurecht, die sie auf dem Küchentisch ausgebreitet hatte, und schüttelte bedenklich den Kopf.

»Verlaß dich drauf, Mag«, sagte sie sorgenvoll und tippte nachdrücklich auf den Pique-Buben, »es steht nichts Gutes ins Haus. Entweder geschieht wieder etwas Schreckliches, oder wir werden gekündigt, oder ich muß mich so ärgern, daß ich wieder meine Magenkrämpfe kriege.«

Der schrille Ton der Hausglocke enthob Mag der Antwort. Als sie nach einer längeren Weile zurückkam, hatten die schwierigen Probleme der neu aufgelegten Karten Mrs. Emily ihren Ärger bereits vergessen lassen.

»Wer war das?« fragte sie nur so ohnehin.

»Der Herr von Miss Ann«, erwiderte Mag und verzog den breiten Mund bis zu den Ohren. »Sie werden sehen, der Herzbub...«

Mrs. Emily besah sich bedächtig die Stellung der Karten und überlegte. »Na ja«, meinte sie und wiegte den Kopf, »etwas scheint sich ja vorzubereiten. Es steht schon auf dem Wege, nur ist da noch verschiedenes dazwischen: eine schwarzhaarige Dame und ein Brief, und hier steht ins Haus jemand, der nicht wohlgesinnt ist. Da kann man also nichts Gewisses sagen. Wenn ich Miss Ann wäre und ihr Geld hätte, würde ich mir's auch dann noch überlegen, wenn die Karten besser stünden. Denn mit den Männern macht man so seine Erfahrungen. Solange sie jung sind, laufen sie allen Schürzen nach, und wenn sie älter werden, fangen sie an zu saufen.«

Mag paßte dies verallgemeinernde Urteil nicht, und sie versuchte Einspruch zu erheben.

»Nick läuft doch sicher keiner andern nach«, verwahrte sie sich.

»Nein, der nicht«, gab Mrs. Emily zu, »weil er sogar dazu zu blöd ist. Darum hat er sich gleich von Anfang an auf den Suff verlegt und sich so ein Gesteck wie dich ausgesucht. Auch ein Geschmack! Im übrigen kannst du ihm raten, daß er mir heute nicht in die Nähe kommen soll, sonst setzt es etwas. In einem halbwegs anständigen Haus betrinkt man sich höchstens am Abend, aber nicht schon am hellen Mittag...«

In dem dunklen Eßzimmer hatte mittlerweile Harry ziemlich lange warten müssen, bevor Ann erschien.

»Das ist ganz gegen unsere Verabredung, Mr. Reffold«, begrüßte sie ihn. »Ich habe nichts dagegen, wenn Sie mich hie und da begleiten, aber Besuche habe ich Ihnen nicht gestattet. Es tut mir leid, daß ich Sie daran erinnern muß.«

»Mir auch«, versicherte er betrübt, »aber ich habe natürlich einen Grund, der mich entschuldigt.«

»Dann lassen Sie ihn möglichst rasch hören.«

»Ob es gar so rasch gehen wird, weiß ich nicht, Miss Ann. Aber ich werde mich jedenfalls bemühen. Aber es handelt sich um den Besuch, der heute während Ihrer Abwesenheit hier war. Die Sache interessiert mich nämlich.«

»So? Und da fallen Sie einfach ins Haus? Das ist doch wirklich kein triftiger Grund.«

»Oh, doch. Ich möchte mir nämlich die Uhr auch einmal ansehen.«

»Davon werden Sie nicht viel haben. Es ist zwar ein altes Stück, aber kein Kunstwerk.«

Da Harry aber trotzdem darauf bestand, begleitete sie ihn in das Arbeitszimmer, und er machte sich sofort daran, die alte Pendüle einer gründlichen Untersuchung zu unterziehen. Sogar das Gehäuse öffnete er, und auch in dem Gehwerk stocherte er herum.

Ann sah ihm spöttisch zu. »Mir scheint, Sie interessieren sich für alles, nur für keine wirkliche Arbeit«, sagte sie spitz, als er endlich fertig war.

»Sie haben es getroffen«, gab er unumwunden zu und lachte sie an, aber das junge Mädchen begann plötzlich ernstlich ärgerlich zu werden.

»Schämen Sie sich wirklich nicht, das einzugestehen? Wie kann ein Mann in Ihren Jahren ein solches Leben führen? Es geht mich zwar eigentlich nichts an, aber durch Ihre Zudringlichkeit haben Sie mir das Recht gegeben, Ihnen meine Meinung zu sagen. Was sind Sie eigentlich, und was treiben Sie? Treiben Sie irgendwelche dunklen Geschäfte? Es hat eine Zeit gegeben, da ich das glaubte. Oder sind Sie Polizeibeamter? Auch daran habe ich schon gedacht, aber als ich Sie näher kennenlernte, sagte ich mir, daß Sie wohl weder das eine noch das andere sein dürften, da Ihnen zu beidem der notwendige Ernst fehlt. Ich glaube, Sie dilettieren einfach überall herum, weil Sie sich doch einreden möchten, daß Sie etwas tun. Ich kann mich ja vielleicht irren...«

»Nein, Sie irren sich leider nicht, Miss Ann«, unterbrach er sie, und sie war sehr überrascht, wie eigentümlich er sie ansah und wie ernst er sein konnte. »Sie sind eine sehr kluge Frau, und ich bin Ihnen aufrichtig dankbar dafür, daß Sie so ehrlich waren. Ich habe zwar das, was Sie mir eben sagten, schon oft hören müssen, aber es hat noch nie einen solchen Eindruck auf mich gemacht. Sie dürfen mir glauben, daß ich mich danach richten werde.«

»Das sollte mich freuen, Mr. Reffold«, sagte sie lebhaft und mit Wärme, und er war entzückt über die leichte Röte, die dabei ihr hübsches Gesicht überzog.

»Und was gedenken Sie nun zu tun, Miss Ann?«

Sie blickte ihn groß und kühl an.

»Was ich bisher getan habe. Ich nehme nächste Woche meine Arbeit wieder auf, da ja nun die unangenehmen Dinge gottlob erledigt sind.«

Er hatte plötzlich wieder sein impertinentes Lächeln.

»Sie werden also wieder Mr. Brooks Schreibmaschinen bearbeiten?« fragte er etwas überrascht und tippte mit den Fingern. »Trotz der großen Erbschaft?«

In ihre Miene kam ein scharfer Zug, und aus ihrer Antwort klang eine gewisse Herausforderung.

»Ja, Mr. Reffold. Das können Sie wohl nicht verstehen? Und noch weniger werden Sie wahrscheinlich begreifen, daß ich von der großen Erbschaft nichts anderes zu behalten gedenke als dieses Haus.«

Harry starrte sie sekundenlang verwundert an.

»Weshalb, Miss Ann...«

»Weil mir verschiedenes zu Ohren gekommen ist:, das mir jeden Penny dieses Geldes verleiden würde«, erwiderte sie etwas verlegen. »Mr. Brook sagt zwar, ich sei überspannt, aber...«

Miss Ann Learner vermochte nicht weiterzusprechen, denn plötzlich stand Harry dicht vor ihr, und sie vernahm nur noch: »Sie sind ein Prachtmädel, Ann...«

Was weiter geschehen war, ließ sich nie so recht feststellen, denn während Harry immer wieder beteuerte, daß er nur ihren Kopf leicht an sich gezogen und sie ganz schüchtern auf die Stirn geküßt hätte, behauptete Ann entrüstet, er hätte die Unverschämtheit gehabt, sie in seine Arme zu nehmen und ihre Lippen mit einem Kuß so fest zu verschließen, daß sie nicht einmal zu atmen, geschweige denn zu schreien vermochte.

Aber diese Auseinandersetzung ergab sich erst später.

Unmittelbar nachdem die Sache geschehen war, sagte Ann nur: »Genug, Mr. Reffold ...Bitte, gehen Sie jetzt...«

Sie hatte dabei ein sehr erhitztes Gesichtchen und sehr leuchtende Augen, die aber angelegentlich auf den Boden sahen. »Darf ich wiederkommen, Ann?« fragte Harry leise, und es schien ihr, als ob er niederträchtiger denn je lächelte.

»Nein«, erwiderte sie entschieden und hob zum ersten Male wieder den Blick. »Wenn Sie so albern fragen, nie mehr...«

24

»Guten Abend, Doktor Shipley«, sagte Burns und schüttelte dem Arzt die Hand. »Ich bin eben für einige Stunden nach London gekommen, und mein erster Weg war zu Ihnen. Großartig haben Sie das gemacht, Doktor – ohne Sie hätte ich diesmal wohl daran glauben müssen.«

Er nahm gemächlich Platz und betrachtete Shipley mit forschenden Blicken. Der Doktor sah etwas spitz aus, und in seinem sonst so frischen Wesen lag eine verdrießliche Müdigkeit.

»Ich bin froh, daß ich zur rechten Zeit gekommen bin, um Ihnen noch helfen zu können. Im übrigen war die Sache ein glücklicher Zufall. Wenn mir damals nicht der Mann auf der Revierwache unter die Hände gekommen wäre, hätte ich mir wahrscheinlich keinen Rat gewußt.«

»Ja, so hat es angefangen«, nickte Burns. »Ein verdammt feiner Zufall für uns und ein verfluchtes Pech für die andern. Eigentlich eine Kleinigkeit, aber doch der Punkt, um den sich später alles andere gedreht hat.«

»Sind Sie also bereits weitergekommen?« Die Frage klang etwas zögernd, und Shipley schien die Antwort mit: einer gewissen Spannung zu erwarten.

»Nun, ich bin ganz zufrieden«, meinte Burns. »Vor allem kann ich Ihnen nun genau sagen, wie die Dinge im Kastanienhaus und im Büro Craytons vor sich gegangen sind. Es muß in beiden Fällen so eine Art Teppich gewesen sein, von dem die tödliche Wirkung ausging, denn ich habe hier wie dort die gleichen Spuren auf dem Fußboden gefunden. Halten Sie das für möglich?«

»Gewiß. Nach diesen Fasern, die ich in der Hand des Kranken entdeckte, habe ich gleich auf so etwas Ähnliches geschlossen.«

»Sehen Sie. Das dürfte also stimmen. Wie der Teppich in Milners Arbeitszimmer gekommen ist und wer ihn dann wieder weggenommen hat, kann ich allerdings nur vermuten, aber im Fall Crayton weiß ich bestimmt, daß er durch einen Spalt in der Wand aus dem Nebenzimmer hereingeschoben und auf demselben Wege auch wieder entfernt wurde. Ich habe die schmale Durchbruchstelle genau feststellen können, obwohl sie auf der anderen Seite wieder verschmiert worden war. Und als ich dann an dem Spalt in Craytons Zimmer herumtastete, bin ich wahrscheinlich mit einigen Stäubchen dieses mörderischen Zeugs in Berührung gekommen. Es muß eine furchtbare Wirkung haben, wenn schon so wenig davon einen Menschen so zurichten kann.«

Er sah Dr. Shipley fragend an, und dieser nickte bestätigend. »Es ist eines der stärksten und eigenartigsten Gifte, die ich je kennengelernt habe. Wahrscheinlich besteht das ganze Gewebe aus Fasern giftiger Pflanzen, wie sie in den Tropen zu Hunderten vorkommen, ohne daß die Wissenschaft sie bisher auch nur zu katalogisieren vermocht hätte. Nur die Eingeborenen kennen sich darin aus und wissen damit umzugehen. Jedenfalls genügte es, wenn von dem Ding, mit dem wir es zu tun haben, winzige Teilchen unter die Haut oder in die Atmungsorgane gelangen oder wenn man den auf irgendeine Weise zum Verdunsten gebrachten Giftstoff eine Weile einatmet. Die Wirkung...«

»Halt, Doktor, halt«, unterbrach ihn Burns mit zappeliger Lebendigkeit. »Das müssen Sie mir genauer erklären. Ich glaube nämlich, daß ich da vielleicht etwas hören werde, worauf ich bisher nicht gekommen bin. Also, wie stellen Sie sich die Wirkung dieses Teufelszeugs vor, wenn man mit ihm nicht in Berührung kommt, wenn beispielsweise dieser Teppich nur in einem Raum liegt, in dem gerade jemand weilt?«

»Nun, ich stelle mir das so vor, daß die giftigen Stoffe entweder bereits auf Wärme reagieren und verflüchtigen oder daß sie aber durch eine vorhergehende Befeuchtung zur Verdunstung gebracht werden.«

Der Oberinspektor sprang strahlend auf und klopft Dr. Shipley auf die Schulter.

»Ausgezeichnet, Doktor. Das habe ich wissen wollen. Sie sind ein Genie. Jawohl...« Er brach plötzlich ab, und sein Gesicht bekam wieder einen melancholischen Ausdruck. »Ich habe gehört, daß Mrs. Carrinhgton verreist ist«, sagte er nach einer Weile unvermittelt und blickte Shipley ganz harmlos an. »Wann kommt sie denn zurück? Und wo ist sie überhaupt hin?«

Dr. Shipley hatte sich jäh verfärbt, und um seinen Mund waren zwei scharfe Falten erschienen. Er wußte nicht, was die Frage bedeuten sollte, und beantwortete sie daher nur mit einem Schulterzucken.

»Was, das wissen Sie nicht?« meinte Burns erstaunt. »Schade. Ich dachte mir nämlich, daß Sie Mrs. Carringhton schleunigst zurückholen sollten. Vielleicht ist sie bei Lady Crowford auf Holway Castle. Mir ist es, als ob ich so etwas gehört hätte. Es wäre auch gut für Sie, wenn Sie einmal einen Tag ausspannen würden. Sie gefallen mir nicht. Uns allen hat die verdammte Geschichte ziemlich mitgespielt. Nur der gute Webster gedeiht bei der Sache besser denn je. Überhaupt ein netter Kerl. Nur wenn er auf eigene Faust arbeitet, mag ich ihn nicht recht, denn da stellt er hie und da eine kapitale Dummheit an.«

Dr. Shipley hatte überrascht den Kopf gehoben und starrte den Oberinspektor an.

»Glauben Sie wirklich, Mr. Burns?« fragte er nach einer Pause.

»Glauben«, erwiderte Burns sanft und wiegte mit dem Kopf. »Ich weiß es leider bestimmt. Und Sie werden sich auch noch davon überzeugen.«

Als der Oberinspektor mit einem leichten Schmunzeln in die Halle kam, stand John steif und eisig an der Haustür und würdigte ihn kaum eines Blickes. Seit dem letzten Besuch Websters haßte er alles, was Polizei hieß, und machte kein Heil daraus. Burns sah sich in der Halle um und zog mißbilligend die Mundwinkel herab.

»Es sieht bei euch lange nicht mehr so nett und behaglich aus wie früher«, bemerkte er leichthin. »Höchste Zeit, daß Mrs. Carringhton zurückkommt. Sorgen Sie nur dafür, John, daß sie alles in Ordnung findet, wenn sie morgen oder übermorgen eintrifft.«

Über Johns steinernes Gesicht ging plötzlich ein Lächeln.

»Sehr wohl, Mr. Burns«, versicherte er hastig und riß mit einer tiefen Verbeugung die Tür auf.

*

Es war etwas vor der verabredeten Zeit, als der Oberinspektor in seinem Büro eintraf. Aber Sergeant Smith war bereits da und wartete auf ihn.

»Nun, wie weit sind wir?« fragte Burns gutgelaunt.

»Es geht vorwärts, Sir. In der letzten Nacht sind die Leute an den Leitungen bis knapp an das Eiserne Tor herangekommen, aber es wird natürlich immer schwieriger.«

Burns nickte bedächtig. »Haben Sie bisher etwas Verdächtiges gefunden?«

»Gewisse Drähte geben zu denken«, meldete der Sergeant wichtig. »Und Card, der etwas davon versteht, meint, da sie alle gegen einen Punkt im Eisernen Tor zusammenlaufen scheinen, möchte er darauf wetten, daß etwas nicht richtig ist.«

»Schön. Sorgen Sie also dafür, daß die Leute bei ihrer Arbeit nicht gestört werden. Wieviel Mann haben Sie dort?«

»Über Nacht vierzehn. Und die üblichen Polizeiposten.«

Der Oberinspektor marschierte eine Weile auf und ab und rechnete nach.

»Heute haben wir Donnerstag. Von Sonntag früh an lassen Sie die vierzehn Mann ununterbrochen Dienst tun. Suchen Sie sich die Tüchtigsten aus, die wir haben. Aber alles muß ganz unauffällig vor sich gehen, verstanden? Also weiter: Was ist mit Flesh?«

»Flesh scheint sich nicht recht sicher zu fühlen, Sir. Er ist seit zwei Tagen nicht mehr im Kontor gewesen, sondern hält sich meistens zu Hause auf, und er läßt niemanden vor. Sogar Miss Morland vom Crockley-Theater wurde gestern an der Pforte abgefertigt, was sie sehr übelgenommen hat. Um das Haus herum lungern einige Kerle, die sich Flesh als eine Art Leibwache beigelegt zu haben scheint, und wenn er ausfährt, hat er außer dem Chauffeur immer auch noch den Diener mit. Er ist aber nur zweimal fort gewesen. Gestern vormittag in der Bank von England, wo er sechsundfünfzigtausend Pfund abgehoben hat, und dann in Belgravia, Dawson Street. Dort hat er den Wagen an der Ecke halten lassen und ist dann bis zur Nummer 19 gegangen ...«

Burns stieß einen leisen Pfiff aus.

»Oh ... Oberst Gregory ...«

»Jawohl. Flesh ist wenigstens eine Viertelstunde auf der gegenüberliegenden Straßenseite auf und ab gegangen und hat das Haus betrachtet. Und heute ist er wieder dort gewesen und hat einen von seiner Leibgarde mitgebracht. Ich glaube, ich habe diese Visage schon in unserem Album gesehen.«

Das Schmunzeln des Oberinspektors ging in ein schadenfrohes Grinsen über.

»Hören Sie, Smith«, sagte er lebhaft, »da mischen wir uns nicht ein. Lassen Sie dort geschehen, was geschieht, nur wissen müssen wir davon.« Burns sah auf die Uhr. »Schicken Sie sofort zwei Mann nach Dawson Street 19 und instruieren Sie die Leute. Oberst Gregory ist in Newchurch. Und ich fahre mit dem Zehnuhrzwanzig-Zug auch wieder hinaus ...«

Als Oberst Roy Gregory am nächsten Morgen zu ziemlich früher Stunde, mit der Angelrute und einer eleganten Fischtasche ausgerüstet, beim Frühstück erschien, trat Burns höflich auf ihn zu.

»Oberst Roy Gregory ...?«

Der Oberst hob befremdet den Kopf und sah der. Detektiv an.

»Bitte ...?«

»Oberinspektor Burns von Scotland Yard«, stellte sich dieser mit einer linkischen Verbeugung vor. »Ich habe Ihren Namen im Fremdenbuch gelesen und möchte Ihnen nur eine Meldung mitteilen, die ich eben erhalten habe. In Ihrer Wohnung in der Dawson Street 19 ist heute kurz nach zwei Uhr nachts ein Einbruch verübt worden ...«

»Ah ...« Der Oberst zog nur ein wenig die Brauen hoch, und seine Stimme verriet keine allzu große Bestürzung. »Und mein Diener?«

»Der gibt an, geschlafen zu haben.«

»Natürlich. Und wie ich ihn kenne, glaube ich es auch. Ich danke Ihnen, Oberinspektor.«

Der Oberst wollte sich mit einer kurzen Bewegung verabschieden, aber Burns ließ sich dadurch nicht beirren.

»Die Diebe scheinen ziemlich böse gehaust zu haben. Der ganze Inhalt Ihres Schreibtisches ist auf den Boden geworfen, und auch alle anderen Laden sind durchwühlt.«

»Wie kann man sich so viel unnütze Arbeit machen?« meinte Oberst Gregory lächelnd. »Ich pflege in meinem Schreibtisch keine Wertsachen aufzubewahren.«

»Aber vielleicht andere Dinge?« fiel Burns rasch ein und richtete seinen Blick fest auf Gregory.

»Auch diese nicht, Mr. Burns«, erwiderte der Oberst nachdrücklich und ließ sich nach einer abgemessenen Verbeugung an seinem Tisch nieder.

Der Oberinspektor war von dem Verlauf dieser kurzen Unterredung nicht gerade befriedigt, und als Webster eine Weile später mit hochrotem Kopf hereinpolterte, hob er nicht einmal den. Blick, sondern rührte gedankenvoll in seiner Teetasse. Webster öffnete bereits den Mund, um mit der Sache, die er offensichtlich auf dem Herzen hatte, herauszuplatzen, als er im letzten Augenblick Oberst Gregory gewahrte, der eben im Aufbruch begriffen war. Er ließ die kräftigen Kinnladen rasch wieder zuklappen und nahm gewichtig, aber schweigend neben Burns Platz.

Auch als der Oberst bereits das Zimmer verlassen hatte, blieb Webster noch eine Weile stumm, aber er glich immer mehr einem überheizten Dampfkessel, der in der nächsten Minute explodieren muß.

Endlich brachte er seinen Mund ganz nahe an Burns' Ohr. »Haben Sie schon Gregorys Chauffeur gesehen?«

Der Oberinspektor schüttelte gleichgültig seinen Kopf.

»Schauen Sie sich ihn an«, flüsterte Webster dringlich. »Er wäscht eben im Hof den Wagen.«

»Was ist mit dem Mann?« fragte Burns ungeduldig, da er von umständlichen Wichtigtuereien nicht viel hielt.

»Was mit ihm ist? Er ist der Kranke, den man mir damals weggeschnappt hat.«

Webster lehnte sich tief aufschnaufend zurück, und Burns zeigte sich nun doch interessierter.

»Ist das auch gewiß?«

»So gewiß wie meine Nase, die ich im Gesicht habe«, bekräftigte Webster. »Und wenn ich mich vielleicht auch in dem Gesicht irren könnte, die Narbe an der Hand gibt es kein zweites Mal. Sie geht vom Daumen quer über den Handrücken und ist wenigstens einen halben Zoll breit.«

»Nun, wir werden ja sehen«, sagte Burns. »Bleiben Sie hübsch ruhig hier, bis ich zurückkomme, sonst könnte der Bursche, wenn er ein schlechtes Gewissen hat, Lunte riechen.«

Der Inspektor ließ sich das nicht zweimal sagen, denn eben erschien eines der Mädchen mit seinem Frühstück, gefolgt von Mrs. Benett, die ihm bereits unter der Tür freundlich zulächelte. Webster warf zunächst einen prüfenden Blick auf die reiche Platte, wobei ihm das Wasser im Munde zusammenlief.

»Fein, Mrs. Benett. Lauter Lieblingsspeisen von mir. Sie verwöhnen mich. In meinem ganzen Leben ist es mir noch nie so gut gegangen wie bei Ihnen...«

Über Mrs. Janes Gesicht, das heute etwas blaß und leidend schien, ging ein geschmeidiges Lächeln, und sie blickte schüchtern zu Boden.

»Das höre ich gern, Mr. Webster. Und ich würde mich freuen, wenn Sie« – ihre Stimme begann etwas zu vibrieren – »die ›Queen Victoria‹ immer in guter Erinnerung behalten würden...«

»Natürlich«, beteuerte der Inspektor. »Die ›Queen Victoria‹ und Sie...«

Mrs. Benett war es, als ob die letzten Worte einen besonders weichen Klang gehabt hätten, und sie schlug schmachtend das eine Auge auf.

Aber Webster schien sich die Sache plötzlich überlegt zu haben, denn er brach unvermittelt ab, machte ein sehr bärbeißiges Gesicht, und sein Organ dröhnte, daß die Wände zitterten.

»Wie meinten Sie, Mrs. Benett? In guter Erinnerung? Daß ich nicht lache ... Ha ... ha ... ha ... Was hätte ich denn von der Erinnerung, he«? Er beugte sich rasch zu der fassungslosen Herrin der ›Queen Victoria‹ und blinzelte sie schalkhaft an. »Was ist denn schon eine Erinnerung, wenn man es besser haben kann? Bin ich nicht, Gott sei Dank, ein freier Mann, wenn ich mich zur Ruhe setze? Und wäre ich nicht ein kompletter Narr, wenn ich mich anderswo niederließe als in der ›Queen Victoria‹? Mit hundertzehn Pfund Rente und meiner Pension kann ich mir das erlauben. Sie geben mir das Zimmer, das ich jetzt habe, Mrs. Benett...«

Mrs. Jane saß mit geschlossenen Augen da und atmete sehr schwer.

»Oh, Mr. Webster«, flüsterte sie nach einer kleinen Pause und sah ihn strahlend an, »wo denken Sie hin! In diesem Fall sollen Sie bei mir ganz anders aufgehoben sein...«

»Um so besser«, meinte der Inspektor, der schon wieder eifrig zu kauen begonnen hatte, und tätschelte ihre kleine fleischige Hand.

»Lassen Sie sich, bitte, nicht stören«, sagte Burns schüchtern, indem er wieder seinen Platz einnahm. »Im übrigen, Webster, können Sie recht haben. Aber wenn Sie glauben, daß wir dadurch klüger geworden sind, so irren Sie sich sehr. Im Gegenteil...«

Es war am Freitag vormittag, und das Wetter schien umschlagen zu wollen. Der Himmel hatte sich stark bewölkt, und ein starker Wind trieb immer neue Wolkenfetzen zusammen.

Vane interessierte sich sonst nicht im geringsten für das Wetter, aber heute warf er während der Fahrt nach Newchurch immer wieder einen besorgten Blick zum Himmel.

Wenn das plötzlich losbrach, war es mit den schönen Herbsttagen gründlich zu Ende, und Mrs. Mabel würde gewiß schon nach den ersten Stunden die Flucht ergreifen.

Er fand sie in der kleinen Bibliothek.

»Oh, ich langweile mich gar nicht«, versicherte sie auf seine Frage. »Nun komme ich wenigstens einmal wieder dazu, etwas für meine Bildung zu tun.«

»Hätten Sie nicht Lust, mit mir nach London zu fahren, Mrs. Mabel?« fragte er. »Vielleicht haben Sie einige Besorgungen zu machen. Wir könnten zusammen speisen, und dann bringe ich Sie zurück.«

Die schöne Frau überlegte eine Weile. »Das wäre eigentlich ganz nett. Wann haben wir unsere Party?«

»Morgen. Ich werde mir erlauben, Ihnen bei dieser Gelegenheit Oberst Roy Gregory vorzustellen...«

Mrs. Hughes nickte zustimmend. »Ist er sehr alt und sehr steif?« fragte sie besorgt.

»Im Gegenteil«, versicherte Vane eifrig, »ein ausgezeichneter Gesellschafter. Ferner habe ich mir erlaubt, Mr. Harry Reffold einzuladen, einen jungen, sehr netten Menschen, der mir eben heute von einer hochstehenden Persönlichkeit empfohlen worden ist. Der junge Herr geht hier augenblicklich irgendeinem Sport nach, und ich kann verstehen, daß er mit den Abenden nichts anzufangen weiß. Und schließlich werde ich Ihnen noch Mr. Flesh bringen, einen meiner näheren Bekannten aus dem Klub. Auch eine ganz interessante Persönlichkeit. Er hat zwar noch nicht zugesagt, aber ich zweifle nicht, daß er mit Vergnügen kommen wird.«

»Nun, wenn die Herren wirklich so sind, wie Sie mir sie schildern, so dürfte es sehr nett werden«, meinte Mrs. Mabel befriedigt, und ihre dunklen Augen glänzten erwartungsvoll. »Und weil Sie alles so hübsch arrangiert haben, fahre ich jetzt mit Ihnen.«

Der Wagen hatte Newchurch bereits hinter sich gelassen, als der Bankier endlich den Mut fand, die etwas stockende Unterhaltung auf das zu lenken, was ihn unausgesetzt beschäftigte.

»Verzeihen Sie, Mrs. Mabel«, begann er zögernd und kurzatmig, »ich möchte Sie absolut nicht drängen, aber vielleicht können Sie mir heute schon Bescheid sagen.« Er sah sie unsicher von der Seite an, und seine Stimme zitterte. »Wenn Ihre Antwort auch ein ›Nein‹ sein sollte, so ...«

Er verstummte erwartungsvoll, denn die schöne Frau, die angelegentlich durch die Scheiben blickte, schüttelte leicht mit dem Kopf, und er wußte nicht, wie er das deuten sollte.

»Ich gedenke nicht ›nein‹ zu sagen, Vane«, bemerkte sie nach einer Pause und wandte ihm ihr Gesicht zu, »Aber ich müßte einige Bedingungen stellen.«

Er haschte glückselig nach ihrer Hand. »Sprechen Sie, Mrs. Mabel. Ich füge mich jedem Ihrer Wünsche.«

»Also, die Sache müßte rasch und in aller Stille vor sich gehen. Ich weiß, daß es für mich gut ist, nicht weiter allein zu sein, und ich möchte daher nicht lange der Versuchung ausgesetzt bleiben, meinen Entschluß noch widerrufen zu können. Vielleicht fürchte ich auch«, fügte sie mit einem schalkhaftem Lächeln hinzu, »daß Sie sich die Sache noch überlegen. Stellen wir also uns und die Welt so schnell wie möglich vor vollendete Tatsachen. Meine Dokumente stehen Ihnen jederzeit zur Verfügung, und ich überlasse es völlig Ihnen, den Termin festzusetzen.«

Vane befand sich förmlich in einem Rausch. Während der ganzen weiteren Fahrt entwarf er Pläne und verbreitete sich darüber, wie er die notwendigen Formalitäten zu beschleunigen gedächte.

Als er Mrs. Hughes vor ihrem villenartigen Haus in Tyburnia abgesetzt hatte, entschloß er sich, zu Flesh zu fahren, und sich dessen Bescheid auf die Einladung zu holen.

Es befremdete ihn, daß Flesh bisher nichts von sich hatte hören lassen, und sein Befremden steigerte sich, als er bemerkte, welche Umständlichkeiten es machte, bei ihm vorzukommen.

»Hören Sie, Flesh, was ist denn mit Ihnen los?« fragte er verwundert. »Sie haben sich ja hier förmlich verbarrikadiert.«

Flesh, der sehr nervös schien, lächelte gezwungen. »Ich fühle mich seit einigen Tagen nicht recht wohl.«

»Nun, Sie sehen allerdings etwas angegriffen aus«, gab der Bankier zu, »aber es wird wohl nichts Ernstes sein. Sie wollen mir doch hoffentlich deshalb nicht für morgen absagen?«

»Ich bin wirklich nicht in der Stimmung«, entschuldigte sich Flesh.

»Ach was, Stimmung«, fiel Vane lebhaft ein. »Das lasse ich nicht gelten. Sie würden mich in Verlegenheit bringen, mein Lieber, denn mir liegt sehr viel an diesem Abend.« Er schmunzelte geheimnisvoll und blinzelte Flesh ermunternd zu. »Es wird sehr nett werden, und es würde Ihnen nachher sicher leid tun, nicht mit dabeigewesen zu sein. Ich nenne Ihnen nur einen Namen: Mrs. Mabel Hughes. Sonst werden nur noch Oberst Gregory und ein Mr. Reffold dasein.«

Trotz seiner Selbstbeherrschung vermochte Flesh nicht zu verbergen, daß diese Mitteilung ihn aus irgendeinem Grunde in Bestürzung versetzte.

»Was haben Sie denn?« meinte der Bankier betreten. »Sie machen ja ein so sonderbares Gesicht ...«

Aber Flesh hatte sich bereits wieder in der Gewalt und schüttelte seinen Kopf.

»Ich habe nur daran gedacht«, sagte er langsam, indem er den Mund zu einem eisigen Lächeln verzog, »daß ja dann alle wieder beisammen sein würden, die bei Milner an seinem letzten Abend waren – soweit wir eben noch übrig sind.«

Der Bankier warf ihm einen entsetzten Blick zu. »Hören Sie mir doch schon damit auf«, kreischte er ärgerlich. »Ich habe ohnehin lange genug gebraucht, um die schreckliche Geschichte ein wenig zu vergessen.«

»Läßt Sie also die Polizei bereits in Ruhe?« fragte Flesh leichthin, aber etwas in seinem Blick verriet, daß er an der Antwort besonderes Interesse hatte.

»Die Polizei? Wieso? Wie meinen Sie das?« Vane machte ein sehr erstauntes Gesicht, dann erinnerte er sich. »Ach so ... Offen gestanden habe ich mich nicht weiter darum gekümmert. Ich habe jetzt Gott sei Dank, an ganz andere Dinge zu denken.« Er lächelte schon wieder geheimnisvoll und hatte plötzlich große Eile. »Also seien Sie nett, Flesh, und kommen Sie.« Er hielt Flesh die Hand hin, doch dieser starrte zur Seite und schien sich nicht schlüssig werden zu können. Dann aber warf er plötzlich trotzig den Kopf zurück und schlug ein.

»Gut«, sagte er, »ich komme.«

Der Bankier wußte nicht, was es dabei so höhnisch und trotzig zu lächeln gab. Der gute Flesh mußte mit seinen Nerven vollständig fertig sein.

Reffold hatte die Einladung Vanes am gleichen Morgen erhalten, aber sie war ihm, obwohl er sich so darum bemüht hatte, nichts weniger als gelegen gekommen.

Seit seiner letzten Aussprache mit Ann war die Aufgabe, der er sich Monate hindurch gewidmet hatte, für ihn völlig in den Hintergrund getreten. Aber er war nicht der Mann, eine einmal begonnene Sache aufzugeben, sondern er wollte das, was er sich vorgenommen hatte, zu Ende führen. Dann allerdings ...

Er lächelte geheimnisvoll vor sich hin, fuhr aber plötzlich mit der Hand energisch durch die Luft, denn er hatte jetzt keine Zeit, sich solchen Träumereien hinzugeben.

In etwa zwölf Stunden stand ihm das Zusammentreffen mit dem geheimnisvollen Unbekannten bevor, und er mußte sich in jeder Hinsicht völlig in der Gewalt haben, wenn dieses Wagnis nicht verdammt übel ausgehen sollte.

Während Reffold den kurzen Weg von der ›Queen Victoria‹ zum Bahnhof zurücklegte, hielt er unauffällig nach Sam oder einem anderen Verfolger Umschau, denn er war überzeugt, daß man ihn in diesen Stunden nicht aus den Augen lassen würde.

Am Schalter löste er eine Karte nach London, und als der Zug einfuhr, schwang er sich in ein Abteil Erster Klasse und sah vom geöffneten Fenster aus gelangweilt auf den Bahnsteig. Auch auf den Stationen zwischen Sunbury und Twickenham sah er jedesmal aus dem Fenster, und als der Zug in St. Margarets das Abfahrtszeichen erhielt, zog er sich mit einer Miene zurück, als ob ihn das Tempo dieses Bummelzuges zur Verzweiflung brächte.

Der Zug war bereits im Rollen, als Harry die Tür auf der dem Bahnsteig abgekehrten Seite öffnete und mit einem Sprung zwischen die Geleise glitt.

Er landete unmittelbar vor einem Eisenbahner, der ihn mißtrauisch anstarrte.

»Übertretung der Eisenbahnvorschriften, Sir«, knurrte er mit hochgezogenen Brauen. »Fünf Schilling Strafe, bitte.«

Er gab Harry einen kategorischen Wink, ihm zu folgen, und stelzte würdevoll zum Stationsgebäude.

»Bitte«, sagte dort Reffold verbindlich, indem er einen Zehnschillingschein auf den Tisch legte. »Ich finde das sehr billig und möchte Sie ersuchen, den Rest für sich zu behalten.«

Bevor der Mann noch dazu kam, sich von seiner Überraschung zu erholen, hatte Reffold bereits die Tür hinter sich zugedrückt und war zum Ausgang geeilt.

Unmittelbar vor dem kleinen Stationsgebäude hielt ein Rolls-Royce, dessen Chauffeur den Kragen hochgeschlagen hatte und unbeweglich wie eine Statue schien.

Mit einem Satz war Reffold im Wagen, und als der Schlag zufiel, sprang auch schon der Motor an. Das Auto schoß mit einer Geschwindigkeit davon, die jede Verfolgung mit einem landläufigen Benzinkarren aussichtslos erscheinen ließ. Es ging über Isleworth nach Nordwesten. Der regungslose Chauffeur nahm den Weg mit einer Sicherheit, als ob er ihn bereits unzählige Male gefahren wäre.

Als der Wagen Cranford passiert hatte, sah Harry nach der Uhr und schob dann die Glasscheibe zum Führersitz etwas beiseite.

»Stop. – Hast du alles richtig besorgt, Bob?«

»Oh, alles fein gemacht, Sir«, kam die Antwort von vorne, ohne daß der Mann den Kopf auch nur um einen Zentimeter zur Seite gewandt hätte. »Bob wissen, wo sein gestern hin Mann mit Auto und wer sein...«

»Nun?« fragte Reffold gespannt.

»Heißen Tonio Perelli und machen gut kaputte Auto in Eiserne Tor...«

Reffold nickte befriedigt. »Schön. Und was ist mit den Pistolen?«

»Pistolen, was machen nur pffft«, der Schwarze stieß die Luft mit einem kurzen Knall zwischen den wulstigen Lippen hervor, »sein richtig, Sir. Bob schießen viel und gut und nix Krach, aber viel Loch im Holz.«

»Nun, wir werden sehen«, meinte Reffold bedächtig. »Wenn du heute nicht deinen Mann stellst, kann es uns beiden übel bekommen. Du mußt Augen und Ohren aufsperren, und wenn du etwas Verdächtiges bemerkst, so drückst du los. Aber vergreife dich nicht. Zuerst mit der Luftpistole, und wenn ich schieße, kannst auch du den Revolver gebrauchen.«

Zum ersten Male wandte der Neger den Kopf, und ein verschlagenes Lächeln legte sein mächtiges Gebiß bloß. »Oh, nix übel bekommen Sir, und nix übel Bob. Bob nix brauchen Licht, daß sehen, und Bob hören kriechen Schlange.« Sein Gesicht strahlte, als ob ihm eine köstliche Belustigung bevorstünde. »Und wenn Bob was hören, dann Bob schauen und dann gleich machen pffft.«

Reffold lächelte vergnügt. Er wußte, daß er sich auf diesen Burschen verlassen konnte wie nicht sobald auf einen zweiten. »Also jetzt nach Drayton. Das Weitere werde ich dir noch sagen.«

Bob saß schon wieder kerzengerade und drückte auf den Anlasser.

»Und wie ist es mit deinem Lieblingsgericht, Bob? Ich habe es schon wieder vergessen.«

»Oh, gehackt Steak, Sir. Mit gelbe Sauce, Sir, und Senf, viel Senf und viel Zwiebel«, gluckste der Neger mit nassem Munde.

»Und natürlich zwei Portionen?«

»Oh, Bob auch essen zwei Portionen«, meinte er lebhaft, und ließ den Wagen mit voller Geschwindigkeit anlaufen.

25

Sooft Lady Laura Crowford von ihrem in Buckingham gelegenen Landsitz nach dem benachbarten Drayton kam, um dort irgendwelche Besorgungen zu machen, pflegte sie in Bows Palace-Hotel je nach der Tageszeit das zweite Frühstück oder den Tee zu nehmen.

Sie war eine große, hagere Frau, die ihren bescheidenen Gatten um einen ganzen Kopf, aber auch stattlichere Männer immer noch um einige Zentimeter überragte. Sie trug stets ein Hörrohr in der Linken und einen Stock in der Rechten.

Jetzt saß sie beim Lunch, dem sie alle Ehre antat, aber so ganz schien sie doch nicht bei der Sache zu sein, denn von Zeit zu Zeit legte sie das Besteck nieder, sah nach der unförmigen Armbanduhr an ihrem knochigen Handgelenk und begann dann ungeduldig mit dem Stock zu klopfen.

Das war dann ein übles Zeichen, und Mrs. Carringhton, die ihr Gesellschaft leistete, begann unruhig zu werden.

»Möchtest du aufbrechen, Tante Laura?« fragte sie eifrig und machte Anstalten, sich zu erheben.

Lady Laura schüttelte energisch ihren Kopf und leerte kritisch prüfend das dritte Glas Sherry. Es gab Augenblicke, da sie ohne Hörrohr ausgezeichnet hörte, während sie wiederum zuweilen absolut nichts verstand, auch wenn man noch so laut in das Rohr sprach.

In diesem Augenblick geschah etwas, was Mrs. Cecily zuerst erbleichen, dann erröten und schließlich in einen Zustand förmlicher Erstarrung geraten ließ.

Mr. Bow selbst gab sich die Ehre, den Fremden, der nach Lady Laura Crowford gefragt hatte, in den Speisesaal zu geleiten.

Dr. Shipley hatte kaum die Schwelle übertreten, als sein Fuß plötzlich stockte, denn der Kopf von Lady Laura war stoßartig herumgefahren, und es war Shipley, als ob die graugrünen Augen über der kühnen Nase einfach durch ihn hindurch blickten.

Er hatte dabei ein etwas unheimliches Gefühl und fand es angezeigt, Lady Laura schon auf diese Entfernung durch eine respektvolle Verbeugung zu begrüßen.

Aber Lady Laura sah ihn einfach nicht, und sie sah ihn auch noch nicht, als er nach einigen weiteren Schritten die Begrüßung noch respektvoller wiederholte.

Erst als er bereits am Tisch stand und sich zum dritten Male verneigte, hielt sie ihm zwei Finger der Linken hin, während sie mit den anderen das Hörrohr krampfhaft umklammerte.

»Ach, Doktor Shipley«, sagte sie dabei gedehnt und nichts weniger als freundlich, »da schau an. Na, setzen Sie sich meinetwegen und lassen Sie hören, was ich für Sie machen kann.«

Dr. Shipley fand die Situation äußerst unerquicklich. Vor allem mußte er sich nun wieder einige Male vergeblich vor Mrs. Cicely verbeugen, bevor diese in tödlichster Verlegenheit die Augen aufschlug und es bemerkte, und dann wußte er nicht, was er auf die Frage von Lady Laura antworten sollte. Er hatte sie gestern telegrafisch um eine Unterredung gebieten, und sie hatte ihm geantwortet: »Bin morgen zwei Uhr Palace-Hotel Drayton.« Daß er sie aber in Gesellschaft von Mrs. Cicely antreffen würde, hatte er nicht erwartet.

»Ich wollte wieder einmal nach Ihrem Befinden sehen, Mylady«, erwiderte er ausweichend und begann nervös mit dem Geschirr auf dem Tisch herumzuschieben.

Lady Laura ließ rasch das Hörrohr sinken, klopfte ihm damit sanft auf die Hände und schüttelte mißbilligend den Kopf.

»Lassen Sie das, Doktor. Wenn ich will, daß der Tisch in Ordnung gebracht wird, werde ich den Kellner rufen. Und sagen Sie mir nicht, daß Sie nach meinem Befinden sehen wollten. Das paßt mir nicht. Malen Sie den Teufel nicht an die Wand, sonst bekomme ich wieder meine Zustände, und dann werden Sie nichts zu lachen haben.«

Dr. Shipley hatte eigentlich nicht so recht verstanden, was ihm Lady Laura gesagt hatte, denn er mußte immer wieder Mrs. Cicely betrachten und sich den Kopf zerbrechen, wie er mit ihr möglichst glatt und harmlos ins Gespräch kommen könnte.

»Sie haben sich glänzend erholt, Mrs. Carringhton«, sagte er endlich. »Das ist mir eine große Beruhigung, denn...« – er geriet aus dem Konzept, da Mrs. Cicely die Augen aufschlug und ihn ansah – »jawohl ...nämlich ...ich habe mir die schwersten Vorwürfe gemacht, daß Sie derartigen Aufregungen ausgesetzt waren.«

»Oh«, erwiderte Mrs. Cicely sanft und lächelte dabei ein wenig, »es war ja nicht so schlimm. Nur...«

Sie kam aber nicht dazu, weiterzusprechen, denn Lady Laura, die rasch das Hörrohr ins Ohr gesteckt und hurtig nach links und rechts gedreht hatte, ergriff bereits wieder das Wort.

»Hat er dir auch erzählt, daß er gekommen ist, um nach deinem Befinden zu sehen?« trompetete sie. »Sehr aufmerksam von ihm, nicht? – Na, Doktor, das werde ich Ihnen nicht vergessen«, versicherte sie Shipley und trommelte ihm mit dem Hörrohr bekräftigend auf den Arm. »Dafür schicke ich Ihnen eine neue Hausdame, wenn ich erst Zeit habe, mich darum zu kümmern. Vorläufig bin ich damit beschäftigt, Cicely unter die Haube zu bringen. Sie müssen deshalb kein so verdattertes Gesicht machen, Doktor, denn so etwas geht bei mir rasch. In drei Wochen habe ich Cicely verheiratet, und eine Woche darauf haben Sie Ihre neue Hausdame. Ich habe schon andere Dinge fertiggebracht.«

Lady Laura verstummte mit einem Mal, und ihre Augen funkelten nach der Entreetür, in der eben, groß, frisch und wohlgemut, Harry Reffold erschienen war.

Der Anblick schien für sie etwas ungemein Aufreizendes zu haben, denn ihre Nase hob sich wie ein Schnabel, der zum Stoß ansetzt, und man merkte, wie ihre Hände Hörrohr und Stock kampfbereit umklammerten.

»Oh, dieser Schlingel«, zischte sie empört, »dieser Landstreicher ...Na, warte, mein Junge...«

Sie kniff die Lippen zusammen und begann mit dem Stock einen Wirbel zu schlagen, daß es im ganzen Saal widerhallte und Harry erstaunt herumfuhr.

Lady Laura sah ihm höhnisch in das entsetzte Gesicht. »Eine Überraschung, was, Verehrtester? Und keine angenehme, he?«

»Nein«, schrie Harry und zeigte lachend seine Zähne, »angenehme Überraschungen sehen anders aus.«

»Werd Er nicht unverschämt«, eiferte sich Lady Laura, die plötzlich ausgezeichnet zu hören schien. »Setz Er sich gefälligst da her...«

Reffold winkte höflich, aber auch sehr energisch ab.

»Danke, Tante Laura. Heute nicht. Vielleicht ein andermal.« Er nickte ihr liebenswürdig zu und verschwand.

»Daß dich der...«, stieß Lady Laura empört hervor und erhob sich mit einem Ungestüm, daß Geschirr und Gläser bedenklich klirrten. »So haben wir nicht gewettet, mein Junge...«

Sie schoß mit Riesenschritten hinter Reffold drein, und während ihr Stock kräftig auf den Boden stieß, schwang ihr Hörrohr kriegerisch durch die Luft.

»Fahr los!« rief Reffold dem erstaunten Bob zu, indem er die Hotelstufen hinabflog. »Wir müssen unser Steak anderswo essen – hier würde es uns versalzen werden.«

Lady Laura schwang ihren Stock drohend hinter der dichten Staubwolke, die der Wagen zurückließ, und sie schien an dieser Beschäftigung solches Vergnügen zu finden, daß sie sie auch noch fortsetzte, als die Staubwolke sich schon längst verzogen hatte.

»Wer war der Herr?« fragte im Speisesaal Dr. Shipley mit etwas gepreßter Stimme, indem er näher an Mrs. Cicely heranrückte und ihr in die Augen zu schauen versuchte.

Mrs. Cicely blickte aber nicht auf, sondern lächelte nur. »Der einzige Mensch, mit dem Tante Laura nicht fertig wird«, antwortete sie. »Sie haben es ja eben gesehen.«

Shipley begann nervös an den Lippen zu nagen und rückte noch näher an Mrs. Cicely heran.

»Mrs. Carringhton«, sagte er nach einer kleinen Pause, »was ich eben von Lady Crowford gehört habe« – er begann heftig zu schlucken – »macht mich sehr unglücklich...«

»Mich auch«, hauchte Mrs. Cicely.

»Sie auch? Wieso?«

»Weil Lady Laura es sicher tun wird, wenn sie es sich einmal in den Kopf gesetzt hat«, seufzte Mrs. Cicely, und Shipley kam es vor, als ob sie ihn dabei schalkhaft anlächelte.

Er rückte rasch noch näher an sie heran und ergriff stürmisch ihre Hand.

»Mrs. Cicely«, flüsterte er strahlend, »glauben Sie, daß … wenn ich …«

»Wenn Sie mir telegrafiert hätten, daß Sie mit Cicely so beisammensitzen wollen, dann hätte ich Sie nicht ins Palace-Hotel in Drayton bestellt«, krächzte Lady Laura von der Tür her und schüttelte höchst mißbilligend ihren Kopf. »Das schickt sich nicht, wenn auch keine Gäste hier sind. Auf Holway Castle können Sie es meinetwegen tun, wenn Sie so darauf erpicht sind. Also kommen Sie mit, aber machen Sie sich im Wagen nicht zu breit, denn ich brauche Platz für meine Beine.«

26

Die Nacht war stockdunkel, so daß Reffold unter den dichten Bäumen auch nicht einen Schritt weit zu sehen vermochte, aber Bob, an den er sich hielt, glitt mit einer solchen Sicherheit zwischen den Stämmen hin, daß sie verhältnismäßig rasch vorwärtskamen.

Harry hatte das Auto in Stames zurückgelassen und war mit Bob in flottem Marsch bis an den Nordwestrand des Waldes gewandert, den sie nun nach Süden durchschritten.

Nach etwa einer halben Stunde machte Bob plötzlich halt und schien sich zu orientieren.

»Müssen jetzt links, Sir«, flüsterte er nach einigen Augenblicken. »Haus sein dort drüben.«

Reffold hielt ihn für einige Sekunden fest und sah auf das leuchtende Zifferblatt seiner Uhr. Es ging gegen halb neun, und da der Wald hier ungefähr zwei Meilen breit war, mußten sie die Lichtung an der Straße lange vor der festgesetzten Stunde erreichen. Sie konnten sich also Zeit lassen.

»Bist du auch sicher, Bob, daß wir nicht irregehen?«

Der Schwarze gluckste belustigt, und Reffold sah ein Paar leuchtende Augen, und darunter einen breiten, weiß schimmernden Strich vor sich.

»Oh, Bob sein sehr sicher, Sir, wenn Bob schon sein gewesen wo, Bob auch schon riechen Haus.«

»Na, alle Hochachtung vor deiner Nase«, meinte Harry. »Die kannst du meinetwegen auch weiter offenhalten, aber die Augen und den Mund mach hübsch zu, sonst wäre es möglich, daß dir plötzlich eine Kugel zwischen deine Augen oder in dein hübsches Gebiß fährt. Das wäre jammerschade.«

»Oh, nix schade, weil nix Kugel«, kicherte Bob vergnügt. »Bob machen Augen so klein, daß nix leuchten und zeigen nur schwarzen Mund, daß sein ganz so wie Baum.«

Reffold konnte sich nicht genug über den sichern Instinkt wundern, mit dem ihn Bob, ohne auch nur einmal von der eingeschlagenen Richtung abzuweichen, ans Ziel brachte.

Die letzte Strecke legten sie in einem etwa mannstiefen, nach allen Richtungen sich verzweigenden Graben zurück, der sich erst zwischen ziemlich spärlichem Baumbestande hinzog und dann über eine leicht ansteigende Abholzung hinlief.

Hier machte Bob etwa in der Mitte halt und deutete nach vorn. »Sehen Sie Haus?«

Harry bemerkte auch nicht die Spur von dem Trümmerhaufen, sondern sah nur, daß sich etwa zehn Schritt vor ihnen wieder die dunkle Waldwand erhob und daß hinter ihr ein etwas lichterer Schimmer lag.

»Bob sehen schwarz Punkt, was sein Haus«, tuschelte der Neger wichtig. »Wenn Sir machen Augen zu und auf und zu und auf, sehen Sir auch. Wald nur sein breit fünfzig Schritt bis Haus, und Bob sehen alles.«

Reffold versuchte es, wie Bob ihm geraten, aber solange er auch die Augen geschlossen hielt und so angestrengt: er dann auch in das Dunkel starrte, er vermochte nicht das geringste zu unterscheiden.

Er mußte sich also völlig auf den Schwarzen verlassen, der ihren Standort mit der Genialität eines Busch-Strategen gewählt hatte. Sie waren nach allen Richtungen gegen eine Überrumpelung gesichert, hatten, allerdings nur mit den Katzenaugen Bobs, überallhin freie Sicht, und der Graben bot ihnen die Möglichkeit eines ungefährdeten Rückzuges.

»Gut gemacht, Bob«, raunte Reffold befriedigt und klopfte dem Schwarzen auf die Schulter. »Wenn wir heil in Stames anlangen, setzt es für dich zehn Pfund.«

»Zehn Pfund, ho...« Bob gurrte vor Wonne und machte seinem Entzücken in allen möglichen Verrenkungen Luft. »Zehn Pfund sein fein Ticktack mit fein Kett...«

»Eine Uhr mit Kette willst du dir kaufen?« fragte Reffold, der das Kauderwelsch seines Schwarzen schon kannte. »Die bekommst du obendrein, wenn alles gut geht. Aber nun halte den Mund und passe scharf auf, sonst kriegst du statt der Uhr mit Kette einen Strick um den Hals.«

Es verstrich aber wohl eine Stunde, ohne daß die scharfen Sinne Bobs irgend etwas Verdächtiges wahrgenommen hätten, und Reffold wurde immer nervöser. Hatte der Geheimnisvolle es sich anders überlegt, oder war das Ganze eine geschickt gestellte Falle, in die er trotz aller Vorsichtsmaßnahmen bereits geraten war?

Da fühlte er Bobs Hand auf seinem Arm.

»Dort sein Mensch und dort sein auch Mensch«, lispelte der Schwarze und deutete nach vorn unter die Bäume. »Dort drei Mensch und da drei Mensch.«

Die Stellen, nach denen der Neger wies, lagen etwas links und rechts von den Trümmern des Wildhüterhauses, und wenn Bob mit seiner Beobachtung recht hatte, so wären sie dort in eine nette Patsche geraten.

Harry griff in seine Manteltasche und neigte sich dicht zu Bob. »Die Pistole...«, flüsterte er. »Wenn sich einer zeigt, so brennst du ihm eins drauf. Aber keinen Laut.«

Er entsicherte seinen Browning und lehnte sich an die Grabenböschung.

»Wie lange, glauben Sie, daß ich noch warten werde?« hallte plötzlich seine Stimme durch das nächtliche Schweigen. »Ich finde es hier verdammt ungemütlich, und wenn Sie mir etwas zu sagen haben, so beeilen Sie sich gefälligst.«

Sogar Harry vernahm die hastige Bewegung, die seine Worte dort drüben auslöste, und er glaubte auch hier und dort einen Schatten huschen zu sehen.

Aber schon nach wenigen Augenblicken trat wieder völlige Stille ein, und Reffold hörte nur noch das leise Fauchen Bobs, der seinen Kopf ununterbrochen nach links und rechts drehte. Plötzlich aber zog er ihn ein und schob die Hand etwas vor. Dann gab es einen leisen, klatschenden Ton, dem vom Waldrand her sofort ein unterdrückter Fluch folgte.

»Verdammt...Das Schwein schießt«, brummte eine Stimme.

»Zurück«, scholl es in diesem Augenblick befehlend unter den Bäumen hervor.

»Sehr vernünftig«, rief Reffold hinüber. »Wer die Nase herausstreckt, bekommt so ein Ding in den Leib. Sie gehen zwar nur bis ins Fleisch, aber wenn man sie herausklauben will, muß man ein ganz tüchtiges Loch machen.«

Eine Weile blieb es im Wald still; man schien dort Kriegsrat zu halten.

Dann ließ sich wieder die befehlende, seltsam harte und schleppende Stimme vernehmen, die vorher den Rückzug angeordnet hatte. »Weshalb haben Sie sich nicht an dem Platz eingefunden, den ich bestimmt habe?« fragte sie scharf.

»Weil ich nicht so einfältig bin, wie Sie anzunehmen scheinen, mein Lieber«, erwiderte Harry heiter. »Ich bin auch nicht etwa gekommen, weil Sie es befohlen haben, sondern weil mir die Sache Spaß macht. Mich interessieren so großmäulige Burschen wie Sie außerordentlich und ich bin neugierig, was Sie mir zu sagen haben.«

Der Mann drüben ließ sich nicht aus der Ruhe bringen.

»Es ist sehr wenig, und Sie werden gut daran tun, wenn Sie es ernst nehmen. Geben Sie die Beute aus dem Kastanienhaus heraus. Die Juwelen und die Hälfte des Geldes. Das andere können Sie behalten.«

»Sehr nett von Ihnen, aber leider unmöglich«, erwiderte Reffold höflich. »Ich habe alles schon untergebracht.«

»Machen Sie keine Ausflüchte«, kam es herrisch und drohend zurück. »Meine Geduld wird bald zu Ende sein.«

»Das wird mich freuen, denn wahrscheinlich werden Sie dann eine Dummheit machen. Jedenfalls bekommen Sie aber die Sachen auch dann nicht, denn die sind an einem Ort, wo sie vor Ihren langen Fingern sicher sind...«

Harry hatte kaum ausgesprochen, als er Bobs Pistole rasch hintereinander zweimal knacken hörte, worauf sich unter den Bäumen ein aufgeregtes Gemurmel erhob.

Eine Sekunde später zuckte aus dem Dunkel ein Blitz, dann noch einer und ein dritter, und irgendwo in die Lichtung pfiff unter scharfem Knall ziellos Kugel auf Kugel.

»Nicht schießen, ihr Hunde«, hörte Reffold die scharfe Stimme in höchstem Diskant rufen, dann beugte er sich zu dem Neger, der fanatisch in den Wald schoß, und rüttelte ihn energisch.

»Es ist Zeit, daß wir uns davonmachen, Bob. Den Burschen beginnt die Haut zu jucken, und sie werden ungemütlich. Ich hatte zwar gehofft, daß wir mehr ausrichten würden, aber schließlich hatten wir unseren Spaß, und sie haben ihren Denkzettel. Also vorwärts!«

Lautlos und sicher und weit rascher, als sie gekommen, legten sie den Weg durch den Wald wieder zurück. Von Zeit zu Zeit machte Bob für einige Sekunden halt und lauschte in die Nacht, und als sie die letzten Bäume erreichten, schlüpfte er, auf dem Boden kriechend, ins Freie und hielt dort wenigstens eine Viertelstunde Umschau.

Dann winkte er Reffold lebhaft, und während des ganzen Weges nach Stames schüttelte er sich vor Lachen.

»Oh, Bob schießen viel und schießen fein. Bob schießen in Arm und Fuß und Bob immer treffen. Und Bob kriegen zehn Pfund und Ticktack mit Kett. Oh, Bob sein fein vergnügt...«

Es war gegen zwei Uhr, als Reffold, die Hand unausgesetzt am Revolver, auf Umwegen zu seiner Pension schlich und schließlich schattenhaft in dem kleinen Hofpförtchen verschwand. Er wußte, daß er von heute an jeden Augenblick eine Kugel oder einen Messerstich zu gewärtigen hatte, und war auf seiner Hut. Er hatte es sich bereits bequem gemacht und war eben dabei, nach den Aufregungen des Tages in aller Ruhe eine Zigarre zu rauchen, als er plötzlich den Kopf hob und angestrengt lauschte. Dann war er mit wenigen raschen Schritten bei der Tür und knipste das Licht aus.

Er hörte nun ganz deutlich ein leises Geräusch, und als er vorsichtig öffnete und in den Korridor spähte, gewahrte er eine mittelgroße, schlanke Gestalt, die auf den Fußspitzen dem jenseitigen Ende des Ganges zuschlich.

Vor der vorletzten Tür, die zu den Zimmern Oberst Gregorys führte, machte der Mann halt und schickte sich an sie zu öffnen. Er ging dabei äußerst behutsam, aber etwas ungeschickt zu Werke, denn er benützte nur die linke Hand, während er die rechte krampfhaft in der Tasche des dunklen, hochgeschlossenen Wettermantels verborgen hielt.

Als Reffold die Tür leise zugedrückt und das Licht wieder angedreht hatte, lag in seinen Mienen ein Zug der Überraschung und Ratlosigkeit, und er zerbrach die Zigarre mit einem kräftigen Druck zwischen den Fingern.

27

»Madam«, sagte Mrs. Mabels Zofe am nächsten Morgen geheimnisvoll, als sie ihrer Herrin das Frühstück servierte, »es scheint heute nacht hier im Hause etwas vorgegangen zu sein. Man spricht zwar nicht darüber, aber Mr. Vanes Diener und der Gärtner stecken fortwährend die Köpfe zusammen, und ich habe beobachtet, wie sie im Erdgeschoß einen Fensterflügel, dessen untere Scheibe eingedrückt ist, lange untersuchten.«

Mrs. Hughes zog mißbilligend die Brauen hoch. »Ich wünsche nicht, daß du dich um Dinge kümmerst, die dich nichts angehen«, verwies sie das Mädchen scharf. »Es ist höchste Zeit, daß wir wieder nach London kommen, denn du nimmst hier Manieren an, die ich nicht vertrage.«

Die Zofe verzog pikiert den etwas zu roten Mund, »Haben Madam wegen der Toilette besondere Wünsche?« fragte sie verschnupft.

»Nein. Ich fühle mich nicht wohl und will Ruhe haben. Laß vor allem die Rouleaus herab, denn der Anblick dieser trostlosen Regenlandschaft macht mich krank.«

Die schöne Frau griff sich nervös an die Schläfen und begann dann an ihrem Tee zu nippen, während das Mädchen dem Befehl nachkam.

Draußen strömte der Regen vom blaugrauen Himmel, und über die fernen Hänge zogen wallende Nebelschwaden.

Unter der Tür machte die Zofe nochmals halt.

»Wenn Mr. Vane kommen sollte, Madam...?«

»So führe ihn hierher«, bestimmte Mrs. Mabel. »Und für heute abend«, sie überlegte eine Weile, bevor sie sich entschied, »bereite die neue Pariser Robe vor.«

»Sehr wohl, Madam. Mit den Pariser Schuhen...«

»Nein«, sagte Mrs. Mabel rasch und nachdrücklich, »mit einfachen Lackschuhen.«

Mrs. Hughes schien unter dem Witterungsumschlag, der plötzlich hereingebrochen war, wirklich außerordentlich zu leiden. Ihr Gesicht war von einer fahlen Blässe, und die dunklen Schatten unter den Augen sowie eine gewisse Ermüdung in den Zügen ließen es seltsam scharf und starr erscheinen.

Als sie ihr Frühstück beendet hatte, erhob sie sich schwerfällig, tat einige unsichere Schritte und begab sich dann in den Ankleideraum, den sie hinter sich abschloß. Hierauf schloß sie in nervöser Hast einen der vielen Koffer auf, entnahm ihm eine kleine Ledermappe und begann den Inhalt Blatt für Blatt durchzusehen. Aber sie schien das, was sie suchte, nicht zu finden, denn sie wurde sichtlich ungeduldiger, und ihre bleichen Wangen röteten sich leicht. Schließlich leerte sie den Koffer bis auf den Grund, und als sie damit fertig war, dachte sie eine Weile angestrengt nach.

Plötzlich gruben sich um ihren Mund zwei harte Falten, sie verschloß den Koffer und betrachtete die Schlösser, die sie wiederholt prüfend auf- und zusperrte.

Aber es war alles in Ordnung, und Mrs. Mabel vermochte auf die Frage, die sie so in Unruhe versetzte, keine Antwort zu finden.

Mr. Vane stellte sich heute zu einer früheren Stunde als sonst ein, denn es war Samstag, und außerdem wollte er das Arrangement für den Abend, an dem ihm soviel gelegen war, selbst überwachen. Er hatte auch einen großen Teil seines Londoner Hauspersonals herbeordert, so daß die Villa schon in den ersten Vormittagsstunden einem Ameisenhaufen glich, in dem alles geschäftig, aber lautlos in Bewegung war.

»Ich bin untröstlich, Mrs. Mabel, daß das schöne Wetter nicht wenigstens noch einen oder zwei Tage angehalten hat«, meinte er und sah mit ehrlicher Besorgnis in ihr leidendes Gesicht. »Sie werden nun vielleicht von Newchurch einen sehr unfreundlichen Eindruck mitnehmen.«

»O nein, es war sehr nett hier, und ein bißchen Regenwetter, mag es auch noch so trostlos sein, kann mich die reizenden Tage nicht vergessen machen. Schließlich muß ja alles einmal ein Ende haben. Nun werde ich aber wohl morgen die Flucht ergreifen...«

»Bitte, wie Sie wünschen«, sagte er hastig. »Es fällt mir gar nicht ein, Ihnen zuzureden«, er rieb sich schmunzelnd die Hände und blinzelte glückselig, »im Gegenteil. Denn, Mrs. Mabel, es ist soweit.«

Er griff mit einer großen Geste in die Brusttasche und legte einige Papiere auf den Tisch. »Wollen Sie bitte in den Ehevertrag, den mein Anwalt entworfen hat, Einsicht nehmen und darin nach Belieben Änderungen vornehmen!«

»Ehevertrag? Wie entsetzlich das klingt!« Mrs. Hughes schüttelte sich und verzog den Mund. »Ist das so wichtig?«

Vane lächelte und strich sich mit Würde über die Hängebacken. »Gewiß, Mabel. Nicht für mich, aber für Sie. Das Dokument soll Sie überzeugen, wie ...wie...« – er suchte nach den richtigen Worten und seufzte dabei gefühlvoll – »wie glücklich Sie mich machen und wie dankbar ich Ihnen dafür bin.«

Mrs. Hughes erwiderte nichts, aber sie reichte ihm die Hand, und er küßte diese, wobei er seinen überschwenglichen Gefühlen durch ein verzücktes Schmatzen Ausdruck verlieh.

»Mabel«, sagte er nach einer Weile ziemlich echauffiert, »wollen Sie nun den Tag bestimmen?«

Sie schüttelte ihren Kopf. »Nein, Vane. Auch das nicht. Ich habe alles Ihnen überlassen, also müssen Sie auch den Termin festsetzen.«

Der Bankier zappelte vor Wonne. Er hatte nie geglaubt, daß alles so rasch und leicht gehen würde.

»Wir haben heute Samstag. Was würden Sie zu kommendem Mittwoch sagen?«

»Einverstanden. Aber denken Sie an meine Bedingung: in aller Stille. Und heute feiern wir also Abschied von Newchurch.«

»Vorläufigen Abschied«, verbesserte er mit Nachdruck. »Wenn wir dann wiederkommen, sollen Sie hier allerdings alles anders finden. Ganz nach Ihren Wünschen.«

»Oh, ich wüßte nicht, was ich anders haben möchte. Es ist ja alles so nett und wohnlich hier. Nur habe ich mich zuweilen gefürchtet. Das Haus liegt so einsam, und es wäre gewiß sehr leicht, hier einzubrechen...«

Etwas in ihrer Stimme ließ ihn aufhorchen.

»Ich fürchte, es ist Ihnen etwas von dem albernen Geschwätz zu Ohren gekommen«, meinte er ärgerlich und sah sie besorgt an. Sie tat sehr erstaunt und neugierig. »Von welchem Geschwätz, Vane?«

»Nun, meine Leute behaupten, daß irgend jemand Fremdes heute nacht im Hause gewesen sein müsse. Man hat in einem Zimmer des Erdgeschosses eine kunstvoll eingedrückte Fensterscheibe und einige Fußspuren entdeckt, aber ich bin überzeugt, daß die Sache eine ganz harmlose Erklärung haben dürfte. Man bricht doch nicht zum bloßen Vergnügen irgendwo ein. Jedenfalls ist im ganzen Hause auch nicht das geringste entwendet worden.«

»Das wäre allerdings sonderbar«, meinte Mrs. Hughes zerstreut und schien damit jedes weitere Interesse an der Sache verloren zu haben.

Mrs. Benett sah immer wieder ungeduldig nach der Uhr, denn Reffold klingelte weder nach seinem Frühstück, noch ließ er sich blicken, und sie hatte für ihn eine Mitteilung, die ihn vielleicht interessieren konnte.

Ihre Gefühle für den liebenswürdigen jungen Mann hatten zwar in den letzten Tagen eine gewisse Läuterung erfahren, aber das hinderte nicht, daß sie noch immer bis über die Ohren in ihn verliebt war und, wenn es hätte sein müssen, für ihn durchs Feuer gegangen wäre.

Als Reffold endlich strahlend und sichtlich gut gelaunt die Treppe herabstürmte, empfand Mrs. Jane in der Gegend des Herzens eine wonnige Beklemmung, und sie mußte sich Mühe geben, um ihrer Miene jenes Gemisch von entsagungsvoller Liebe und mütterlicher Zärtlichkeit zu verleihen, das sie in den letzten Tagen immer wieder vor dem Spiegel einstudiert hatte und das ihr, wie sie festgestellt hatte, so gut stand.

Sie nickte ihm auf seinen herzlichen Gruß lebhaft zu und machte mit dem einen Auge ein bedeutsames Zeichen.

Er verstand sie sofort.

»Etwas los, Mrs. Benett?« fragte er leise und behielt ihre Hand in der seinen, was sie gern geschehen ließ.

Sie zuckte mit den Achseln. »Etwas Bestimmtes weiß ich leider nicht«, tuschelte sie. »Aber Oberst Gregory scheint verletzt zu sein...«

Harry lächelte eigentümlich und stieß einen leisen Pfiff aus.

»Jawohl«, fuhr Mrs. Jane eifrig fort, als sie sein Interesse bemerkte. »Das Stubenmädchen hat an den Handtüchern und im Badezimmer ziemlich starke Blutspuren entdeckt, obwohl man sich«, sie tat noch geheimnisvoller und wichtiger, »anscheinend alle Mühe gegeben hat, die Flecke zu beseitigen. Aber das ist nicht so einfach. Ich habe mir auch gleich gedacht, daß etwas los sein muß, denn als der Oberst heute nacht in aller Heimlichkeit heimkam« – Mrs. Benett senkte die Augen und wurde noch leiser – » – unmittelbar nach Ihnen, Mr. Reffold – hat er sich lange im Badezimmer zu schaffen gemacht. Er ist auch bisher nicht zum Vorschein gekommen...«

Eben in diesem Augenblick schellte die Klingel, und Mrs. Benett, die unwillkürlich einen Blick auf die Signaltafel geworfen hatte, zog die Brauen hoch.

»Zimmer Nr. 23«, sagte sie und sah Reffold vielsagend an. Einige Minuten später kam eines der Stubenmädchen eilig die Treppe herab.

»Wohin?« fragte Mrs. Benett geschäftsmäßig.

»Oberst Gregory wünscht seinen Chauffeur, Madam.«

Mrs. Jane nickte, und als das Mädchen vorüber war, legte sie ihre Hand vertraulich auf Harrys Arm.

»Gehen Sie ruhig frühstücken, Mr. Reffold«, meinte sie und schob ihn zur Tür des Eßzimmers. »Ich werde schon dafür sorgen, daß Sie über alles auf dem laufenden bleiben.«

Als Gregorys Chauffeur hastig die Treppe heraufkam, war sie ganz zufällig damit beschäftigt, den Läufer in Augenschein zu nehmen und an einigen Stellen höchst eigenhändig zurechtzuschieben.

Der mürrische Bursche wollte mit einem kurzen Gruß an ihr vorüber, aber Mrs. Benett drohte ihm schalkhaft mit dem Finger und lächelte dabei so geheimnisvoll, daß er stehenblieb.

»Mr. Nutt«, sagte sie und dämpfte ihre Stimme zu einem vertraulichen Flüstern, »weshalb steigen Sie immer durch das Fenster ein, wenn Sie morgens nach Hause kommen? Das ist doch sicherlich sehr unbequem...«

Der Mann sah sie betroffen und tückisch an.

»Mir scheint, Sie spionieren hinter mir her?« zischte er mit hochrotem Gesicht. »Was hat Sie das zu kümmern?«

»Oh, sehr viel«, erwiderte Mrs. Jane Benett scharf und war mit einem Male ganz hoheitsvolle Würde. »Und ich glaube, daß Oberst Gregory mir sicher recht geben wird, wenn er von Ihrer eigentümlichen Gewohnheit erfährt.«

»Na, Sie müssen das nicht gleich an die große Glocke hängen«, lenkte der Mann rasch und plötzlich etwas sehr kleinlaut ein.

»Das ist auch nicht meine Absicht, versicherte sie und lächelte schon wieder sehr freundlich. »Ich wollte Ihnen ja nur sagen, daß Sie es nicht nötig haben, so halsbrecherische Turnübungen auszuführen, wenn Sie ungesehen in Ihr Zimmer gelangen wollen. Ich verstehe, daß junge Leute gern ein bißchen Freiheit haben wollen und daß der Herr nicht alles wissen muß. Wollen Sie sich also nur an mich wenden, Mr. Nutt. Ich werde Ihnen schon einen weniger anstrengenden Weg zeigen.«

Der Mann fand, daß diese Mrs. Benett eine verdammt schlaue Person sei, mit der man sich gut stellen müsse, und machte sich mit einem dankbaren Grinsen davon.

»Sie werden mit dem Mittagszug nach London fahren und bis auf weiteres in der Wohnung bleiben«, sagte Gregory in seiner knappen bestimmten Art. »Statt Ihrer hat sofort William herauszukommen und mir die Sachen, die ich aufgeschrieben habe, mitzubringen.«

Der Chauffeur war sichtlich bestürzt.

»Sind Sie mit mir unzufrieden, Sir?« fragte er zögernd.

Der Oberst, der die Arme über der Brust verschränkt hielt, warf ungeduldig den Kopf zurück.

»Das würden Sie in anderer Form zu hören bekommen«, meinte er, und seine Stimme klang noch schärfer als sonst. »Ich benötige für heute einen perfekten Diener, und das sind Sie nicht. Also machen Sie sich fertig. Und bestellen Sie William ausdrücklich, daß er die kleine Handtasche nicht vergessen soll.«

Der Mann war sehr nachdenklich, als er wieder in die Halle kam, wo Mrs. Benett noch immer ihre geschäftigen Hände regte.

»Schlechtes Wetter heute?« fragte sie mit einer bezeichnenden Kopfbewegung nach oben.

»Kann mir egal sein«, brummte Nutt und zuckte mit den Schultern. »Ich fahre nach London, und für mich kommt ein anderer.«

»Oh...«, meinte Mrs. Benett bedauernd und überlegte, ob diese Nachricht für Reffold von Bedeutung sein könnte.

Eine Viertelstunde später saß Oberst Gregory im Eßzimmer beim Frühstück und bediente sich mit der Linken, da er die Rechte zwischen zwei Knöpfe seines Sakkos geschoben hatte. Er schien weder Harry noch Burns und Webster und die übrigen Gäste zu sehen, die der Regentag hier vereint hatte, sondern blickte kalt und hochmütig über alle hinweg.

Burns wiegte den Kopf von einer Seite zur andern und rutschte auf seinem Stuhl nervös hin und her.

»Webster«, sagte er plötzlich und rieb heftig seine Nase, »wenn die Geschichte auch nur noch acht Tage dauert, verliere ich den Verstand.«

»Ich nicht«, meinte der Inspektor selbstbewußt und schob sich behaglich eine belegte Brotschnitte in den Mund.

Als Reffold gegen neun Uhr abends in Frack und Abendmantel und mit dem Monokel im Auge in die Halle kam, schlängelte sich Burns an ihn heran und betrachtete ihn schmunzelnd.

»So gefallen Sie mir, Mr. Reffold«, sagte er und rieb sich lebhaft die Hände. »Wenn ich mich so herrichten könnte, hätte ich es sicher längst schon zum Kommissar gebracht. Diese Figur, diese Haltung ... Selbst die vollendetsten Hochstapler, die ich kennengelernt habe, haben nicht halb so fabelhaft ausgesehen.«

Harry lachte belustigt. »Hören Sie auf, Mr. Burns. Oder wollen Sie mir eine Liebeserklärung machen?«

Der Oberinspektor verzog den Mund und blinzelte vergnügt. »Die werden Sie unbedingt von Mrs. Benett zu hören bekommen, wenn sie Sie in dieser Aufmachung sieht. Ich für meine Person wollte Ihnen nur sagen, daß Ihnen solch ein tadelloser Abendanzug weit besser steht als gewisse andere Kleidungsstücke, die Sie zuweilen bei Anbruch der Dunkelheit anlegen. Darin sehen Sie lange nicht so vorteilhaft aus, und« – Burns' Stimme bekam einen ernsten und eindringlichen Klang – »solche Dinge sind nichts für Sie. Manchmal mögen Sie sich ja dabei ganz gut unterhalten, aber über kurz oder lang würden Sie doch einmal in Teufels Küche geraten. Und fast möchte ich Ihnen noch in letzter Stunde den guten Rat geben, heute abend nicht mitzutun...«

Harry zündete sich eine Zigarette an und ließ seinen Blick fragend auf dem Detektiv ruhen.

Burns zuckte mit den Schultern. »Offen gestanden, ist das nur so ein Gefühl, aber ich gebe etwas auf solche Ahnungen. Jedenfalls halten Sie die Augen offen, und seien Sie auf Ihrer Hut.«

Reffold blies nachdenklich den Rauch in die Luft. »Vor wem?« fragte er leise und ließ die Lider sinken.

»Am besten vor allen«, flüsterte Burns und lüftete in demselben Augenblick den Hut gegen Oberst Gregory, der lautlos wie ein Schatten plötzlich neben ihnen aufgetaucht war.

Der Oberst erwiderte den Gruß gemessen und war bereits an der Haustür, als er einen Augenblick unschlüssig stehenblieb und dann wieder auf Harry zukam.

»Ich nehme an, Mr. Reffold, sagte er mit einem dünnen Lächeln, »daß wir denselben Weg haben. Darf ich Sie einladen, mit mir zu fahren?«

Für einige Sekunden kreuzten sich die Blicke der beiden Männer, dann warf Harry mit einem kurzen Ruck den Kopf zurück und verbeugte sich verbindlich.

»Ich bin Ihnen sehr dankbar, Oberst Gregory. Sie sind außerordentlich liebenswürdig.«

Burns sah den beiden nach, bis sich die Tür hinter ihnen geschlossen hatte, dann schob er die Hände in die Hosentaschen und begann in nervöser Unruhe in der Halle auf und ab zu gehen.

Vane hatte es sich angelegen sein lassen, den ganzen etwas aufdringlichen Prunk zu entfalten, über den sein Hausstand verfügte, und schon das Treppenhaus wimmelte von einer Dienerschaft, die sich ihrer Würde in jeder Bewegung bewußt war.

»Donnerwetter«, murmelte Reffold, als ihm einer dieser Gentlemen gemessen Hut und Mantel abnahm, und um seinen Mund spielte ein belustigtes Lächeln.

Vane sah im Frack und in der weißen Weste, die auf dem ansehnlichen Bäuchlein keinen recht Sitz hatte, womöglich noch unvorteilhafter aus als sonst, aber sein Gesicht strahlte vor Selbstgefälligkeit und freudiger Erregung, als er seinen Gästen entgegentrippelte.

»Willkommen, meine Herren. Ich freue mich, Sie in meinem bescheidenen Heim begrüßen zu können«, sprudelte er hervor und schüttelte Gregory und Reffold mit großer Herzlichkeit die Hände.

Dann geleitete er sie, unablässig an seiner widerspenstigen Weste zupfend, durch eine Reihe von Zimmern, in denen sichtlich das Unterste zuoberst gekehrt worden war, um sie zu Gesellschaftsräumen herzurichten.

»Sie gestatten wohl, daß ich Sie nun Mrs. Mabel Hughes vorstelle«, sagte er, indem er die Hand an eine schwere Portiere legte, und Stimme wie Miene verrieten die freudige Genugtuung, die ihm dieser Augenblick bereitete.

Da er Oberst Gregory den Vortritt gelassen, hatte Reffold Gelegenheit, den ersten Eindruck von Mrs. Mabel in aller Ruhe in sich aufzunehmen, und er mußte sich sagen, daß er noch selten einer Frau von so bestrickender Erscheinung begegnet war. Die geschmackvolle, kostbare Abendtoilette ließ ihre prachtvolle Figur zu besonderer Geltung kommen. Das schwarze Haar, die blendenden Schultern wurden durch den dunklen Samt der Robe wirkungsvoll hervorgehoben. Hals, Arme und Hände der schönen Frau glitzerten von Juwelen, die ein Vermögen repräsentierten.

Auch Oberst Gregory schien von dem Zauber ihrer Persönlichkeit sofort gefangen zu sein, denn sein sonst so kühles und hochmütiges Gesicht bekam einen Zug bewundernder Ehrerbietung.

»Ich bin Mr. Vane außerordentlich verbunden, Mrs. Hughes, daß er mir einen Vorzug verschafft, den ich seit langem ersehnt habe«, sagte er und führte die schmale, gepflegte Hand, die sie ihm reichte, an die Lippen. »Bisher mußte ich mich leider damit begnügen, Sie immer nur aus der Ferne bewundern zu dürfen.«

Mrs. Mabel lächelte sehr fein, und um ihre Mundwinkel ging ein leichtes Zucken.

»Hoffentlich bringt Ihnen die Erfüllung Ihrer Sehnsucht keine allzu große Enttäuschung, Oberst Gregory. Die Nähe ist für uns Frauen zuweilen eine Feindin ... Mr. Reffold, bitte setzen Sie sich – ich fühle mich sehr unbehaglich, wenn jemand aus so respektabler Höhe lächelnd auf mich herabsieht.«

Vanes wäßrige Augen hingen in Verzückung an der Frau, die mit so viel Geist und Schlagfertigkeit die Konversation zu führen wußte, mit sprunghafter Lebendigkeit von einem Thema aufs andere kam und über alles etwas Treffendes zu sagen hatte. Sie plauderte mit Oberst Gregory über Paris, Rom und Indien, mit Harry über die großen sportlichen Ereignisse und fand dabei immer noch Gelegenheit, auch Vane, der da nicht mitreden konnte, durch irgendeine alltägliche Frage mit ins Gespräch zu ziehen, wofür dieser ihr unendlich dankbar war.

»Seit wann sind Sie aus Indien zurück, Oberst Gregory?« fragte sie plötzlich interessiert, und ihr Blick haftete dabei seltsam auf dem leichten Verband, den der Oberst trug. »Und bleiben Sie nun in England, oder gedenken Sie wieder zurückzukehren?«

Gregory schien den ersten Teil der Frage überhört zu haben und durch den zweiten einigermaßen in Verlegenheit gebracht worden zu sein, denn er ließ einige Sekunden verstreichen, bevor er antwortete.

»Das letztere wohl nicht, da ich den Dienst quittiert habe«, meinte er ausweichend, und Reffold, der ihn beobachtete, empfing den Eindruck, als ob es ihm unangenehm sei, darüber zu sprechen.

Aber die schöne Frau schien nichts davon zu merken, sondern zog überrascht die dunklen Brauen hoch, und ihre strahlenden Augen richteten sich verwundert auf Gregory.

»Sie haben den Dienst quittiert, Oberst? Ist das Ihr Ernst? Ich habe so viel von Ihrer glänzenden Karriere und Ihren militärischen Unternehmungen gehört, daß ich Sie für einen eingefleischten Soldaten hielt, der ohne den Reiz aufregender Abenteuer überhaupt nicht zu leben vermöchte.«

»Sie irren, Mrs. Hughes«, sagte er mit einem eigenartigen Lächeln. »Mein Bedürfnis nach aufregenden Abenteuern ist durch meine indischen Jahre vollauf gedeckt worden, und ich habe nun keinen anderen Wunsch, als das ruhige Leben eines Privatmannes zu führen.«

Mrs. Mabel schüttelte ungläubig ihren Kopf.

»Halten Sie das für möglich, Mr. Reffold?« fragte sie lebhaft, und es war Harry, als ob in dem Blick, den sie auf ihn richtete, eine Herausforderung läge. »Ich glaube, von solch einem Leben voll Aufregungen und Gefahren kommt man nicht los – und wenn man es nicht mehr hat, so schafft man es sich auf die eine oder die andere Weise. Sie scheinen ja auch einen gehörigen Schuß Abenteuerlust im Blut zu haben und werden vielleicht verstehen, was ich meine.«

Reffold lächelte harmlos. »Ich verstehe Sie sehr gut, Mrs. Hughes. Sie meinen, die Katze läßt das Mausen nicht. Aber ich kann darüber leider nicht mitsprechen. Denn wenn Sie mit der Abenteuerlust vielleicht auch recht haben mögen – ich hatte noch nicht Gelegenheit, auf den richtigen Geschmack zu kommen. Mein Leben war bisher so arm an derartigen Reizen wie das eines ehrsamen Landpredigers ...«

In diesem Augenblick stellte sich als letzter der Gäste Thomas Flesh ein, und Vane, der ihm entgegenging, bemerkte auf den ersten Blick, daß er sich in einer Erregung befand, die er nur schlecht zu verbergen vermochte.

Seine Augen wanderten unstet von einem zum andern, und sein ganzes Wesen verriet eine Spannung, als ob er jeden Augenblick ein besonderes Ereignis erwarte.

Um über seine seltsame Unruhe hinwegzutäuschen, gab er sich mit krampfhafter Lebhaftigkeit, und Reffold, der ihm zum ersten Mal begegnete, kam auf den Verdacht, daß er getrunken hatte.

Kurze Zeit später meldete einer der Diener, daß serviert sei, und Oberst Gregory fiel die Ehre zu, Mrs. Mabel Hughes zu Tisch zu führen.

Die Tafel war ein Prunkstück, auf dem Vane seinen Reichtum bis zur Überladenheit zur Schau gestellt hatte. Der ganze Raum war mit seltenen Blüten angefüllt, und der ovale Eßtisch blinkte von schwerem Silber und kostbarem Kristall.

Mrs. Mabel nahm den Platz der Hausfrau oben an der Tafel ein, ihr zur Linken und Rechten saßen Oberst Gregory und Flesh, und neben diesen Reffold und Vane. Mehrere Diener servierten lautlos und mit vollendeter Schulung, und das Dinner machte den Eindruck einer Galatafel in einem Peershaus mit jahrhundertealter Tradition.

Das Gespräch war sehr lebhaft und drehte sich hauptsächlich um die großen Ereignisse der kommenden Saison, über die sich vor allem Mrs. Mabel und Gregory genauestens informiert zeigten. Reffold warf hie und da eine seiner drastischen Bemerkungen dazwischen, und die schöne Frau pflegte ihn dann mit so rätselhaften Augen anzusehen, daß ihm ganz eigenartig zumute wurde.

Vane hörte still zu, schmachtete Mrs. Mabel verliebt an und wiegte sich in seinem heimlichen Glück.

Auch Flesh war plötzlich schweigsam geworden. Harry, der ihm schräg gegenübersaß, bemerkte, daß er unruhig mit den Fingern spielte und daß er den schweren Weinen reichlich zusprach. Seine Augen bekamen allmählich einen starren Ausdruck, und um seine Mundwinkel grub sich ein feindseliger, aggressiver Zug.

»Sie erinnern sich doch an den letzten Abend, den wir zusammen verbracht haben, Mr. Vane«, sagte er plötzlich laut und scharf, indem er sich dem Bankier zuwandte. »Ich meine den Abend bei Milner. Es war auch hier in Newchurch...«

Vane fuhr herum und erschien noch fahler als sonst.

»Gewiß«, erwiderte er hastig und blinzelte Flesh mißbilligend zu. »Wir haben ja unlängst darüber gesprochen.«

Er sagte dies leichthin und in einem Ton, der andeuten sollte, daß er das Thema für abgetan erachte, aber Flesh schien sich in diese Erinnerung verbissen zu haben. Er wiegte leicht mit dem Kopf, und um seine Lippen trat ein boshaftes Lächeln.

»Jawohl. Und ich habe Ihnen gesagt, daß wir heute wieder alle beisammen sein werden – bis auf die beiden, die mittlerweile Malheur gehabt haben, und auf den Doktor, der aber nicht mitzählt. Finden Sie das nicht interessant?«

Er ließ seine Blicke herausfordernd von einem zum andern gleiten, und sein Lächeln wurde noch eisiger.

Mrs. Mabel sah ihn mit sichtlicher Neugierde an, Oberst Gregory blickte aus halbgeschlossenen Lidern vor sich hin, und Harry mußte plötzlich an Burns' Warnung denken. Vane aber war sprachlos vor Empörung und räusperte sich nachdrücklich, aber seine Hoffnung, daß Flesh nun endlich von der heiklen Sache abkommen werde, sollte sich nicht erfüllen.

»Mit diesem Abend scheint es ja eine besondere Bewandtnis gehabt zu haben«, bemerkte Mrs. Mabel interessiert, und ihre fragenden Augen waren für Flesh eine Aufforderung fortzufahren.

»Gewiß«, nickte er grimmig. »Es war so eine Art Henkersmahlzeit für unsern Freund Milner, denn einige Stunden später hat man ihn um die Ecke gebracht. Haben Sie nicht davon gehört?« fragte er lauernd. »Es geschah ja, kurz bevor Sie hierherkamen. Und dann mußte der zweite von uns dran glauben, der Anwalt Crayton...«

Er machte eine Pause, und wiederum wanderte sein stechender Blick von einem zum andern, bis er durchdringend auf Gregory haften blieb. »Und ich habe das Gefühl, als ob die Reihe an einen dritten von uns käme«, fuhr er mit einem verzerrten Lächeln fort. »Aber«, er hob plötzlich die Stimme, und seine Worte klangen schneidend und drohend, »vielleicht nicht an den, auf den es abgesehen ist. Es kann sein, daß diesmal die Sache ganz anders ausgeht.«

»Sie scheinen Gespenster zu sehen, Mr. Flesh«, meinte Gregory gelassen.

»Um so besser – für den andern«, fiel Flesh rasch und mit Nachdruck ein, »denn er würde diesmal das Spiel verlieren.«

Vane bebte vor Ärger und trommelte nervös mit den Fingern auf den Tisch.

»Ich bitte Sie, lieber Flesh, hören Sie doch schon mit der dummen Geschichte auf. Sie scheinen wirklich sehr überreizt zu sein. – Verzeihen Sie, Mrs. Hughes«, fügte er mit einem entschuldigenden Blick auf Mrs. Mabel hinzu.

Deren Augen leuchteten vor Spannung. »Oh, Mr. Vane«, versicherte sie lebhaft, »ich liebe solche Geschichten. Das klingt ja alles so schaurig und geheimnisvoll. Ich möchte gern mehr erfahren. – Nun, Mr. Flesh?«

Sie sah ihn aufmunternd an und neigte den Kopf erwartungsvoll vor.

Flesh ließ einige Sekunden seinen Blick auf ihr ruhen, dann zog er die Mundwinkel herab und schüttelte seinen Kopf.

»Sie müssen sich noch etwas gedulden, Mrs. Hughes. Noch ist es nicht so weit, daß ich darüber sprechen möchte. Aber in zwei, drei Tagen werde ich wohl in der Lage sein, Ihre Wißbegierde zu befriedigen – falls Sie dies wünschen sollten.«

Mrs. Mabel nickte eifrig. »Gewiß wünsche ich dies, Mr. Flesh Ich werde Sie beim Wort nehmen.«

Sie bediente sich von dem Kompott, das ihr der Diener servierte und wandte sich an Gregory. »Man scheint also auch in England recht aufregende Dinge zu erleben, Oberst. Vielleicht ist das ein kleiner Trost für Sie.«

Gregory hob lächelnd die Schultern und lehnte sich auf seinem Sitz zurück. »Ich habe Ihnen doch schon gesagt, Mrs. Hughes –.«

Er wurde durch eine heftige Bewegung Fleshs unterbrochen, der plötzlich zusammenzuckte und dann mit seinem Stuhl blitzartig zurückfuhr.

Er sah bestürzt zu Boden, streckte den linken Fuß von sich, betrachtete ihn kopfschüttelnd und befühlte ihn. Dann trat in seinem Blick, den er verstört umhergleiten ließ, mit einem Mal ein Ausdruck furchtbaren Entsetzens, und er richtete sich mit einem jähen Ruck auf.

Seine Lippen bewegten sich, als ob er sprechen wolle, aber er brachte keinen Ton aus der Kehle, begann zu schwanken und stürzte rücklings nieder...

Mrs. Mabel war mit einem unterdrückten Aufschrei aufgefahren und starrte mit angstvollen Augen auf das furchtbare Bild.

Vane zitterte am ganzen Leib. Er hatte völlig die Fassung verloren und rang nach Atem, und erst als sein Blick auf Mabel Hughes fiel, die einer Ohnmacht nahe schien, kam wieder Leben in ihn. Er stürzte auf sie zu, führte sie fürsorglich am Arm und geleitete sie durch die Dienerschaft, die sich gaffend an den Türen zusammengedrängt hatte.

Oberst Gregory und Reffold waren fast gleichzeitig bei Flesh und bemühten sich, ihm zu helfen; aber Harry hatte kaum einen Blick in das fahle, starre Antlitz geworfen, als er auch schon erkannte, daß alle Bemühungen vergeblich sein würden.

»Telefonieren Sie sofort nach dem nächsten Arzt«, herrschte er einen Diener an, »und entfernen Sie die Leute. Nur zwei Mann sollen in der Nähe bleiben.«

In dem von betäubendem Blütenduft erfüllten Raum war es plötzlich leer geworden, und über der ausgestreckten Gestalt Fleshs standen sich Gregory und Reffold gegenüber. Der Oberst etwas blaß und mit halbgeschlossenen Lidern, Harry hochaufgerichtet, mit gespannten Nerven und Muskeln.

»Was meinen Sie dazu, Oberst Gregory?« fragte er.

Der Oberst hob leicht die Schultern. »Soviel ich beurteilen kann, hoffnungslos.«

Harry zeigte einen Augenblick seine Zähne. »Das weiß ich auch. Sie haben meine Frage mißverstanden. Ich wollte von Ihnen hören, ob Sie für das, was hier vorgegangen ist, eine Erklärung haben?«

Gregory hob etwas erstaunt den Kopf und sah Reffold groß und kühl an.

»Was wollen Sie damit sagen? Ich glaube, daß es sich um eine ganz natürliche und klare Sache handelt. Der arme Flesh befand sich, wie Sie ja wohl bemerkt haben werden, in einem Zustand derartiger Erregung...«

»Ich bin anderer Meinung, Oberst«, sagte Reffold bestimmt und beugte sich wieder über den Leblosen. »Und ich bin überzeugt, daß Sie derselben Ansicht sind und vielleicht noch etwas klarer sehen als ich...«

Harry stand schon wieder aufrecht, und in seinem Blick lag eine offene Herausforderung, aber Gregory wurde durch das Erscheinen des Hausherrn einer Erwiderung enthoben.

Vane wankte mühsam herein und ließ sich auf einen Stuhl fallen.

»Entsetzlich, meine Herren«, stöhnte er und bedeckte die Augen mit den Händen. »Ich kann diesen Anblick nicht ertragen. Gibt es denn keine Hilfe? Bitte, sagen Sie mir, was zu tun ist – ich bin solchen Situationen nicht gewachsen. Auch Mrs. Mabel ist vollständig zusammengebrochen. Ich habe bereits meinen Wagen nach London zu meinem Hausarzt geschickt. Aber er kann frühestens in zweieinhalb Stunden hier sein. Bleiben Sie bis dahin, meine Herren – ich bitte Sie inständigst.«

Vane bot in seiner Verzweiflung einen jammervollen Anblick, und Reffold legte ihm beruhigend die Hand auf die Schulter.

»Ich glaube, Ihnen dies auch im Namen Oberst Gregorys zusagen zu können, Mr. Vane. Es wird vielleicht das beste sein, wenn Sie sich für eine Weile zurückziehen, um sich etwas zu beruhigen. Wir werden mittlerweile tun, was sich eben tun läßt.«

Gregory verneigte sich zustimmend, und Vane schwankte nach einem dankbaren Händedruck davon.

Es ging bereits gegen ein Uhr, als Oberst Gregory und Reffold endlich aufbrechen konnten.

Sowohl Dr. Warner, der als erster erschienen war, wie der Londoner Arzt hatten bei Flesh nur den bereits eingetretenen Tod konstatieren können, und Dr. Warner hatte, um dem verzweifelten Vane gefällig zu sein, die sofortige Überführung der Leiche in das Krankenhaus von Sunbury veranlaßt.

Vanes Hausarzt war fast ausschließlich von der Fürsorge für Mrs. Mabel Hughes in Anspruch genommen worden, die einen völligen Nervenzusammenbruch erlitten zu haben schien. Sie hatte sich sofort nach der Katastrophe in ihre Zimmer eingeschlossen und war erst nach langen, flehentlichen Bitten Vanes zu bewegen gewesen, den Arzt vorzulassen.

Gregory hatte seinen Wagen telefonisch zur Villa beordert und machte bereits eine höfliche, einladende Geste gegen Harry, als er sich die Sache plötzlich anders zu überlegen schien.

»Wenn es Ihnen beliebt, Mr. Reffold, so wollen Sie sich bitte des Wagens bedienen. Ich für meine Person ziehe nach den aufregenden Stunden etwas Bewegung in der frischen Luft vor.«

»Ich auch«, pflichtete Harry lebhaft bei, und trotz des strömenden Regens und des dunklen, aufgeweichten Weges stapften sie in ihren Abendanzügen durch die Nacht.

Es dauerte fast zwanzig Minuten, bis sie die ›Queen Victoria‹ erreichten, aber weder der eine noch der andere sprach während dieser ganzen Zeit ein Wort.

Erst als sie die Halle der Pension erreicht hatten, lüfteten sie gegeneinander höflich und gemessen den Hut und verabschiedeten sich mit einem zeremoniellen Händedruck.

Harry hatte kaum seine nasse Garderobe abgelegt, als er plötzlich ein leises Klopfen zu vernehmen glaubte. Er öffnete befremdet, und im selben Augenblick schlüpfte Burns ins Zimmer und drückte rasch die Tür hinter sich zu.

»Verzeihen Sie, Mr. Reffold, daß ich Sie so überfalle«, flüsterte er hastig, »aber ich glaube, daß Sie mir manches zu erzählen haben werden.« Er blinzelte Harry erwartungsvoll an und trat ungeduldig von einem Fuß auf den andern.

»Wissen Sie bereits etwas?« fragte Reffold erstaunt.

»Was geschehen ist, ja, aber nicht, wie es geschehen ist. Das möchte ich von Ihnen erfahren.«

Reffold hob ratlos die Schultern. »Darüber zerbreche ich mir seit Stunden den Kopf, ohne eine Lösung zu finden.«

»Wenn Sie erlauben, werden wir uns nun zusammen mit der Sache beschäftigen, Mr. Reffold«, meinte Burns sanft und rieb sich umständlich die Nase. »Wir wollen dabei recht gründlich und ganz systematisch vorgehen. Vielleicht ergibt sich dann ein Moment, das Ihnen als unmittelbarem Zuschauer nicht weiter aufgefallen ist; während es mir als Unbeteiligtem einen Anhaltspunkt gibt. Also beginnen Sie bitte von vorn, und vergessen Sie womöglich auch nicht die geringste Kleinigkeit. Vor allem sagen Sie mir auch, worüber gesprochen wurde, das wäre mir sehr wichtig.«

Harry brannte so darauf, dem rätselhaften Vorfall, der sich vor seinen Augen abgespielt hatte, auf den Grund zu kommen, daß ihm die Beihilfe des klugen Burns sehr willkommen war. Er schilderte daher in knappen Worten den Empfang in der Villa, berichtete von dem aufgeregten Wesen, das Flesh schon bei seinem Erscheinen an den Tag gelegt hatte und kam dann auf die Konversation während des Dinners zu sprechen.

Burns, der mit geschlossenen Augen zugehört hatte, unterbrach ihn hier zum erstenmal und ließ sich auf einem Blatt Papier die Sitzordnung skizzieren, die er eine Weile aufmerksam studierte und dann sorgfältig in seinem Taschenbuch verwahrte.

Dann vollendete Reffold seinen Bericht bis zu dem Augenblick, da Flesh plötzlich zu Boden gestürzt war, und der Oberinspektor dachte eine lange Weile nach.

Harry schob ihm eine Kiste mit Zigarren hin, und Burns wählte mit großer Sorgfalt, biß die Spitze ab und begann mächtig zu kauen und zu paffen.

»Die Sache war also so«, unterbrach er endlich das tiefe Schweigen, »Flesh sagte: ›Aber in zwei drei Tagen werde ich wohl in der Lage sein, Ihre Wißbegierde zu befriedigen – falls Sie dies wünschen sollten...‹ Und nach einer Weile ist er dann plötzlich zusammengezuckt, vom Tisch zurückgefahren, hat erst bestürzt zu Boden gesehen, dann seinen Fuß betrachtet und befühlt, und wenige Augenblicke später ist die Katastrophe eingetreten. So war es, nicht wahr?«

Harry nickte. »Genau so. Das ist aber auch alles, was ich Ihnen sagen kann.«

Burns schien die Sache nochmals zu überdenken.

»Vielleicht genügt es«, meinte er dann. »Ich glaube sogar, daß wir damit alles wissen, was wir brauchen.«

Er sah Harry, der ein etwas verwundertes Gesicht machte, mit strahlenden Augen an und schmunzelte befriedigt.

»Fragen Sie sich doch nur einmal, warum Flesh alles das getan hat. Jedenfalls deshalb, weil ihm plötzlich etwas Außergewöhnliches zugestoßen ist. Das Zusammenzucken und das Zurückweichen waren offenbar Reflexbewegungen auf irgendeinen Schmerz, dessen Ursache er sich nicht sofort zu erklären wußte. Er muß ihn nach seinem ganzen Verhalten am Fuß verspürt haben, denn er hat ihn erst betrachtet und dann sogar befühlt. Aber die Sache war für ihn so rätselhaft, daß er sich darüber nicht sofort klar wurde. Und als ihm dann endlich die Wahrheit dämmerte, war es bereits zu spät. Verdammt fein gemacht, die Geschichte – und einmal etwas anderes.«

Harry starrte den Oberinspektor einige Sekunden groß an, dann erhob er sich plötzlich und begann hastig, einen seiner großen Koffer aufzuschließen.

Als er zurückkam, legte er wortlos ein kleines Päckchen vor Burns auf den Tisch.

»Was haben Sie da Schönes?« fragte dieser verwundert.

»Wahrscheinlich das, was uns noch fehlt«, meinte Reffold und streifte vorsichtig die Hülle von der Schachtel, die er seinerzeit in Thompsons Tasche gefunden hatte.

Der Detektiv griff interessiert zu, aber Reffold fiel ihm rasch in den Arm.

»Vorsicht, Mr. Burns«, mahnte er. »Sie wissen ja bereits aus eigener Erfahrung, wie behutsam man mit diesen Sachen umgehen muß.« Er brachte eine Pinzette herbei und demonstrierte dem fieberhaft erregten Detektiv das Plättchen mit dem Stachel.

»Großartig«, murmelte Burns und rutschte auf seinem Stuhl hin und her. »Sie sind ein Teufelskerl, Mr. Reffold. Entschuldigen Sie vielmals, aber ich muß Ihnen das sagen.«

Er stocherte mit der Pinzette an dem Plättchen herum und wiegte den kleinen Kopf lebhaft hin und her.

»Wenn jemand so ein Ding in die Schuhsohle eingeschraubt hat«, sagte er plötzlich langsam und bedächtig, »möchte ich meine Füße nicht mit ihm unter einen Tisch stecken.«

»Es bleibt also nur noch die Frage: Wer war es?« meinte Harry und richtete seinen Blick gespannt auf den Oberinspektor.

Aber Burns schien an dieser Frage kein sonderliches Interesse zu haben, denn er tat sie mit einem flüchtigen Schulterzucken ab und hatte es plötzlich sehr eilig, sich zu verabschieden.

»Wie fühlen Sie sich, Mr. Reffold?« fragte am nächsten Morgen Mrs. Benett, und aus dem Ton ihrer Stimme klang ehrliche Besorgnis.

»Dank Ihrer Fürsorge ausgezeichnet«, sagte Harry und drückte ihr herzlich die Hand.

»Was nützt meine Fürsorge«, schmollte Mrs. Jane, »wenn Sie so unverantwortlich mit Ihrer Gesundheit umgehen. Wie kann man bei einem derartigen Wetter und in solcher Bekleidung nächtlicherweise herumstapfen, wenn man ein Auto zur Verfügung hat? Entschuldigen Sie, Mr. Reffold, aber das war ein seltsamer Einfall.«

»Wie Sie sehen, liebe Mrs. Benett, hat mir die Sache nicht geschadet. Nur meine Garderobe dürfte etwas gelitten haben.«

Mrs. Jane lächelte, und in ihrem Auge strahlte schon wieder ungetrübte, schwärmerische Zärtlichkeit.

»Das kann ich mir denken. Oberst Gregory hatte so nasse Schuhe, daß er sie an den Kamin stellte, und dabei ist einer in die Glut gefallen und vollständig verkohlt.«

Reffold starrte Mrs. Benett wie entgeistert an.

»Erzählen Sie das doch Mr. Burns«, sagte er dann leichthin und sah gleichgültig nach seiner Uhr.

»Das habe ich schon getan«, erwiderte sie. »Die Geschichte ist ja so lustig; und wir haben alle sehr gelacht, als wir sie von Gregorys Kammerdiener erfuhren.«

»Und was meinte Burns?« fragte Harry gespannt.

»Oh, Mr. Burns ist zuweilen so komisch. Er hat mich erst eine Weile ganz verstört angesehen, dann griff er mit beiden Händen an den Kopf und schrie: ›Soll ich denn wirklich noch ganz verrückt werden?‹«

Reffold fand diesen Schmerzensschrei Burns' auch etwas seltsam, aber er hatte augenblicklich weder Zeit noch Lust, sich darüber den Kopf zu zerbrechen.

28

Es war eine stillschweigende Vereinbarung, daß Harry Reffold bei halbwegs erträglicher Witterung Ann um diese Stunde auf einem bestimmten Weg treffen konnte, und da er sie seit vollen achtundvierzig Stunden nicht gesehen hatte, gab es für ihn augenblicklich keine wichtigere Angelegenheit.

Ann Learner hielt darauf, daß ihre Zusammenkünfte, so harmlos sie waren, unbedingt den Charakter zufälliger Begegnungen hatten. Harry tat ihr daher den Gefallen, ungemein überrascht zu tun, als sie ihm auf einem der Wege zwischen den Villen entgegenkam. Sie sah frisch und heiter aus, und die leichte Befangenheit, die sie bei der stürmischen Begrüßung Reffolds befiel, kleidete sie entzückend.

»Nun, was machen Ihre Angelegenheiten, Miss Ann?« fragte Harry. »Haben Sie endlich damit Ruhe?«

Sie nickte lächelnd. »Gott sei Dank, ja«, sagte sie und atmete befreit auf. Es hat mich einige Mühe gekostet, Mr. Brook von der Richtigkeit meiner Ansicht zu überzeugen, aber nun ist auch er Feuer und Flamme dafür. Nur die Einzelheiten der Aufteilung stehen noch nicht ganz fest, aber darum kümmere ich mich weiter nicht. Mr. Brook ist ein seelenguter Mensch und wird schon das Richtige treffen.«

»Und Sie werden sich also weiterhin mit acht Pfund in der Woche begnügen, Miss Ann?«

»Mit acht Pfund sechs Schillingen«, korrigierte sie nachdrücklich. »Das ist mehr als genug für meine Ansprüche.«

Er sah starr geradeaus, und sie gingen eine Weile schweigend nebeneinander her.

»Miss Ann«, sagte er nach einiger Zeit ganz unvermittelt und so obenhin, als ob es sich um eine Kleinigkeit handelte, »was würden Sie dazu sagen, wenn ich Sie bäte, meine Frau zu werden?«

Ann Learner blieb wie angewurzelt stehen und sah mit einem befremdeten, stolzen Blick zu ihm auf.

»Ich würde sagen«, erwiderte sie langsam, »daß Sie entweder den Verstand verloren oder zuviel getrunken haben, Mr. Reffold.«

»Weshalb? Endlich einmal habe ich einen wirklich vernünftigen Einfall und muß dafür so etwas hören. Bin ich Ihnen denn wirklich so unsympathisch?«

»Das hat damit gar nichts zu tun«, wehrte sie verlegen ab. »Aber ich kann Ihre Worte wirklich nur als, gelinde gesagt, geschmacklosen Scherz auffassen. Denn ich glaube, zwischen uns beiden gibt es eine Kluft, die nicht zu überbrücken ist. Ich denke dabei nicht nur an unsere anscheinend so verschiedene Lebensauffassung, sondern auch noch an andere Dinge. Man kennt sich ja bei Ihnen nicht aus, und ich weiß nicht, was an Ihnen echt, was falsch, was Natur und was Pose ist. Nur Ihren Namen kenne ich.«

»Und der ist auch falsch«, fiel Reffold lakonisch ein und lachte so frisch und herzlich, daß sie mitlachen mußte.

»Sie sind unverbesserlich«, meinte sie.

Er sah sich blitzschnell um, und bevor sie sich wehren konnte, riß er sie in seine Arme und küßte sie.

»Um Gottes willen, Mr. Reffold, wenn das jemand gesehen hätte«, stotterte sie hochrot und mit vorwurfsvollen Augen, als er sie endlich losließ.

»Das wäre mir nur angenehm gewesen«, meinte er lächelnd, »denn dann könntest du wenigstens keine Geschichten mehr machen.«

Etwa eine Stunde später kehrte Reffold in seine Pension zurück. Er hatte die Absicht, mit dem nächsten Zug nach London zu fahren, um dort die zweite Angelegenheit zu betreiben, die er nun raschestens zum Abschluß bringen wollte.

Diese Angelegenheit war durch den gestrigen Vorfall im Landhaus Vanes in das Stadium der Entscheidung getreten, und Harry ahnte, daß es vielleicht schon in den nächsten Stunden um den Enderfolg gehen würde. Die Zugeknöpftheit, die Burns am Schluß ihrer Unterredung in der verflossenen Nacht plötzlich an den Tag gelegt hatte, wollte ihm nicht recht gefallen, und noch bedenklicher stimmte ihn ein anderer Umstand, der gleichzeitig auch die Lösung des Rätsels von gestern in sich barg. Hatte er mit seiner Vermutung recht, die ihm blitzartig in dem Augenblick gekommen war, da Oberst Gregory sich in der ›Queen Victoria‹ eingestellt hatte, dann stand er jetzt endlich der Gewißheit gegenüber. Sie war ungeheuerlich und unfaßbar, aber er hütete sich, sie von der Hand zu weisen.

In jedem Fall mußte er den Augenblick nützen, und es schien ihm vorteilhaft, die Spur nun bei jedem geheimnisvollen Tonio Perelli aufzunehmen, dessen Schlupfwinkel im Eisernen Tor Bob aufgespürt hatte.

In der Halle stieß Reffold auf Burns, der eifrig damit beschäftigt war, eine Menge Zettel durchzustudieren und zu sortieren. Er zwinkerte Harry lebhaft zu, und als dieser neben ihm stand, flüsterte er, ohne von seiner Arbeit aufzusehen: »Es stimmt. Ich habe mit dem Krankenhaus telefoniert. Eine winzige Stichwunde am linken Fuß, etwas oberhalb der dritten Zehe. Anscheinend von einer Nadel herrührend.«

»Und der sonstige Befund?« fragte Reffold gespannt.

Burns zuckte mit den Schultern. »Herzschlag. Ich habe auch nichts anderes erwartet. Vielleicht ergibt aber die Obduktion doch irgendeinen Hinweis. Jedenfalls habe ich veranlaßt, daß von Scotland Yard wieder Doktor Shipley dazu beordert wird.«

»Und was sagen Sie zu dem verunglückten Schuh Gregorys?«

Der Oberinspektor beschäftigte sich wieder mit seinen Papieren. »So etwas kann vorkommen«, meinte er philosophisch, und der Ton, in dem er diese Feststellung vorbrachte, verriet, daß er darüber nichts weiter zu sagen wünschte.

Kurze Zeit später fuhr der Wagen Vanes vor der ›Queen Victoria‹ vor, und der Bankier ließ sich durch eines der Mädchen bei Oberst Gregory melden.

Gregory empfing ihn etwas überrascht, aber mit ausgesuchter Höflichkeit.

Vane bedurfte einiger Minuten, bevor er sein Anliegen vorbringen konnte.

»Ich bin gekommen, um Sie um eine ganz besondere Gefälligkeit zu bitten, Oberst«, begann er nervös und verlegen, wobei er es vermied, Gregory anzusehen. »Ich hätte gewiß nicht den Mut gefunden, Sie damit in Anspruch zu nehmen, da ich ja die Ehre Ihrer Bekanntschaft erst seit kurzer Zeit genieße, aber das furchtbare Ereignis hat mich in eine Zwangslage versetzt.«

Er machte eine Pause, denn der kühle, verbindlich fragende Blick Gregorys ermutigte ihn nicht sonderlich, aber dann dachte er an die Wichtigkeit der Sache und nahm einen verzweifelten Anlauf.

»Es handelte sich nämlich darum«, sprudelte er hervor, »daß für kommenden Mittwoch meine Trauung mit Mrs. Mabel Hughes angesetzt war. Nun befindet sich aber Mrs. Mabel infolge des gestrigen Ereignisses in einem so leidenden Zustand, daß es wünschenswert erscheint, die Angelegenheit zu beschleunigen. Ich würde dadurch in die Lage versetzt, offiziell für sie sorgen zu können, und ich glaube, daß eine Mittelmeerreise ihr am raschesten volle Erholung bringen würde. Nun geht gerade Mittwoch früh einer der großen Luxusdampfer der White Star Line ab, und ich habe bereits die Plätze belegen lassen. Ebenso habe ich erwirkt, daß die Trauung schon Dienstag erfolgen kann. Dürfte ich Sie nun bitten, Oberst Gregory, mein Trauzeuge zu sein? Ich weiß, daß dies ein etwas unbescheidenes Ansinnen ist, aber vielleicht findet es unter den besonderen Verhältnissen eine gewisse Entschuldigung.«

Er hielt inne und sah Gregory unsicher und fragend an.

»Es wird mir ein Vergnügen sein, Ihnen dienen zu können«, sagte der Oberst verbindlich. Vane ergriff lebhaft seine linke Hand und schüttelte sie herzlich.

»Ich danke Ihnen, Oberst. Sie erweisen mir wirklich einen großen Dienst. Also, Dienstag um zwölf Uhr. Und wenn es Ihnen nichts ausmacht, Oberst Gregory, und Sie mir auch morgen eine Stunde opfern könnten, so würde ich Sie noch bitten, bei meinem Anwalt den Ehepakt als Zeuge zu unterzeichnen. Es muß aber nicht sein, da ich Ihre Liebenswürdigkeit nicht allzusehr in Anspruch nehmen möchte.«

Oberst Gregory machte eine leichte Handbewegung und lächelte sehr höflich. »Ich bitte Sie, Mr. Vane, ganz über mich zu verfügen. Also morgen um wieviel Uhr?«

»Wann es Ihnen paßt, Oberst«, erwiderte der Bankier lebhaft.

Gregory dachte einen Augenblick nach.

»Ich habe ohnehin die Absicht, morgen auf einige Stunden nach London zu fahren. Mit der Fischerei sieht es nämlich infolge des trüben Wassers augenblicklich sehr trostlos aus, und sonst hat Newchurch wirklich keine Reize für mich. Würde es Ihnen genügen, wenn ich Sie in London anrufe, um Ihnen zu sagen, um welche Zeit ich bei Ihnen vorüberkomme? Ich habe nämlich verschiedene Dinge zu erledigen und kann heute noch nicht bestimmt sagen, wie lange mich diese in Anspruch nehmen werden.«

»Ausgezeichnet, Oberst Gregory. Ich erwarte also Ihren Anruf und danke Ihnen recht, recht herzlich.«

Als Vane gegangen war, stand Oberst Gregory eine Weile unbeweglich, und um seinen Mund grub sich ein harter, entschlossener Zug.

Dann verschloß er leise die Tür, entnahm der Brusttasche ein zusammengefaltetes, starkes Papier, breitete es vor sich aus und saß stundenlang grübelnd über den seltsamen Strichen, die in bunten Farben durcheinanderliefen.

*

Das einstöckige Barockhaus in Mayfair, nahe der Park Lane, lag in einem ausgedehnten Garten und machte den Eindruck gediegenen Geschmacks und vornehmer Abgeschlossenheit.

Als Harry den Klopfer energisch in Bewegung gesetzt hatte, mußte er eine geraume Weile warten, bevor sich die kleine Einlaßpforte öffnete und der graue Kopf eines würdevollen Bedienten sichtbar wurde.

Überrascht gab der Mann den Weg frei und verbeugte sich ehrerbietig.

»Etwas Neues, Frederick?« fragte Reffold gut gelaunt und klopfte dem Alten zum Willkomm auf die Schulter.

»Nein, Sir. Nur Lady Laura Crowford hat täglich einige Male angerufen und gefragt, ob Sir bereits zurückgekehrt seien oder wann Sir zurückkehren würden oder wo Sir sich augenblicklich aufhalten.«

Reffolds Lustigkeit nahm zu. »Nun, und was hast du erwidert?«

»Daß ich darüber leider nicht unterrichtet bin«, meinte Frederick, und seine etwas gekränkte Miene verriet, daß er das nicht in Ordnung fand.

»Ausgezeichnet, mein Lieber. Und wenn Lady Laura in den nächsten Stunden etwa wieder anrufen sollte, so bleibt es dabei, verstanden?«

Reffold stürmte die breite Treppe hinauf und schlenderte dann mit wohligem Behagen durch die Räume, deren erlesenen Komfort er so lange entbehrt hatte. In der ›Queen Victoria‹ war es ja ganz nett, und Mrs. Benett tat gewiß das Möglichste, um ihn in jeder Hinsicht zu verwöhnen – Harry lächelte amüsiert, als er daran dachte –, aber hier ließ es sich denn doch etwas angenehmer leben.

Vor allem leistete er sich das Vergnügen, mit Hilfe seines zuverlässigen und unvergleichlichen Kammerdieners Ben einmal wieder gründlichst Toilette zu machen, und dann ließ er Bob kommen.

Der Schwarze erschien mit einem strahlenden Grinsen und rollte erwartungsvoll die runden Augen.

»Nun, Bob, hättest du wieder einmal Lust zu einer kleinen Sache?«

»Oh, Bob haben viel Lust, Sir«, platzte der Mann lebhaft heraus und wußte sich vor Ungeduld kaum zu fassen.

»Also erwarte mich pünktlich um neun Uhr an der London Bridge. Jenseits in der Borough High Street. Aber kein Wort von unserer Verabredung.«

Bob legte beteuernd seine mächtige Hand auf den breiten Mund und machte ein höchst verschmitztes Gesicht.

Der nächste, der an die Reihe kam, war Frederick. Er mußte sämtliche Räume des Hauses, von denen einige schon seit dem Tode des alten Baronets Sir Ralph Russell nicht mehr geöffnet worden waren, aufschließen, und Harry schritt prüfend hinter ihm her und lächelte ununterbrochen in sehr geheimnisvoller Weise.

Als die Besichtigung zu Ende war, begab sich Harry in sein Arbeitszimmer und vertiefte sich in das Telefonbuch, aus dem er sich eine lange Reihe von Adressen und Nummern notierte. Und dann hatte er in buntem Durcheinander sehr eigenartige Telefongespräche mit einem Rechtsanwalt, einem Architekten, dem Chef einer großen Firma für Innendekoration, der Direktrice des bekanntesten Modesalons Londons, mit einem der ersten Juweliergeschäfte und mit der Leiterin eines Vermittlungsbüros für weibliches Hauspersonal. Die Gespräche nahmen fast eine Stunde in Anspruch, und als Harry endlich fertig war, legte er schmunzelnd den Hörer auf und ließ sich den Tee servieren.

Es war kurz vor neun Uhr, als er die Station London Bridge erreichte und von dort gemächlich den Weg zur Themse nahm.

In den Straßen lag undurchdringlicher Nebel, und vom Wasser her pfiff ein eisiger, feuchter Wind, der selbst durch die wetterfesten Überkleider drang.

An der Brücke angelangt, patrouillierte Reffold einige Male auf und ab. Dann winkte er einem Taxi und stieg ein. Als der Chauffeur nach dem Ziel fragte, gebot er ihm durch eine kurze Handbewegung zu warten, und es vergingen nur wenige Sekunden, als auch schon ein schwarzes Gesicht am Wagen auftauchte und der Neger blitzschnell neben dem Chauffeur Platz nahm.

Die Fahrt ging durch Bermondsey bis zum Southwark Park, wo Harry den Chauffeur bezahlte und nun Bob die Führung überließ.

Der Schwarze tauchte nach wenigen Minuten lautlos wie ein Schatten in das enge Gassenlabyrinth des Dockviertels von Rotherhithe, das menschenleer und in nächtlicher Ruhe lag. Nur aus den zahlreichen Matrosenkneipen tönte Lärm, und hie und da schob sich aus dem Dunkel eine fragwürdige Gestalt heran, die Bob jäh haltmachen ließ. Reffold gewahrte, daß in der Hand seines Begleiters ein kurzes Messer blitzte.

Nach etwa einer Viertelstunde wurden die Schritte des Negers langsamer, und er gab seinem Herrn durch eine Gebärde zu verstehen, daß sie sich ihrem Ziel näherten.

Die Gäßchen wurden noch enger und winkliger, und die Mauern der verwahrlosten Häuser schienen sich ineinanderzuschieben. Es ging an Haustüren vorbei, die schief in den Angeln hingen und Einblick in dunkle Schlünde gewährten, aus denen ein stickiger Modergeruch drang, über Haufen von Gerumpel und Unrat, aber der Fuß des Schwarzen strauchelte auch nicht ein einziges Mal, und er fand auch immer noch Zeit, seinen Herrn vor allen Tücken dieses furchtbaren Weges zu bewahren.

Plötzlich machte Bob mit einer jähen Bewegung halt, und während er Reffold die Hand warnend auf den Arm legte, horchte er minutenlang angestrengt in die Nacht. Er schien etwas gehört zu haben, was ihn zu besonderer Vorsicht mahnte. Nach einer Weile schüttelte er verwundert seinen Kopf und schlich, wie ein Raubtier zum Sprung geduckt, weiter.

Unwillkürlich schob Harry die Hand in die Tasche seines Wettermantels und umklammerte den Griff des Brownings.

Sie traten nun in eine etwas breitere Gasse, die der Neger rasch überquerte. Kurz darauf zog er Reffold in das Eiserne Tor.

Auch hier schien alles Leben erstorben, und aus den dunklen Schluchten der Höfe schimmerte nur hie und da ein trübes Licht.

Das Haus Tonio Perellis lag völlig im Dunkeln, und auch als Bob vorsichtig heranglitt und durch die geschlossenen Läden blickte, vermochte er nicht den geringsten Lichtschein wahrzunehmen.

Sie umschlichen nun das ganze Haus mit der anstoßenden Holzgarage und hielten dann im Hof Umschau, dessen Mauerwerk an zahlreichen Stellen eingestürzt war und so eine Menge von Ausgängen bot.

Plötzlich blieb Bob wiederum mit einem Ruck stehen, um zu lauschen. Auch Harry hatte einen Ton vernommen, der ihn aufhorchen ließ.

Der Ton, der wie das leise, metallische Zittern einer Saite klang, kam von oben, und Reffold sah unwillkürlich zu den winkeligen Giebeln auf, die sich schattenhaft aus dem nächtlichen Nebel hoben.

Nach einigen weiteren Schritten glaubte Harry den in Intervallen wiederkehrenden Klang besonders deutlich und ganz nahe zu hören, und er machte halt, um der Sache nachzugehen. Sie standen in einem abgelegenen Winkel etwa dreißig Schritt von Perellis Haus entfernt, und als Reffold die Mauer untersuchte, stieß er auf eine Metallröhre, die in die Höhe führte.

Harry war eben im Begriff, eine nähere Untersuchung anzustellen, als er plötzlich die Hand seines Begleiters auf seinem Arm fühlte und im Schatten der Mauer rasch vorwärts gezogen wurde.

Die scharfen Sinne Bobs mußten irgendeine Gefahr entdeckt haben, denn er drängte in wilder Flucht dem Torbogen zu, und es schien ihm nichts auszumachen, daß ihre hastigen, stolpernden Schritte laut durch den Hof hallten.

Mit einem kräftigen Ruck riß der Schwarze seinen Herrn in das dunkle Tor und eilte Seite an Seite mit ihm die Gasse entlang. Aber schon stürmten hinter ihnen schwere Schritte her, und durch die nächtliche Stille fuhr jäh ein kurzer, scharfer Pfiff.

Der Neger schien das Gäßchen, durch das sie gekommen waren, in der Eile verfehlt zu haben und versuchte nun, auf einem anderen Weg aus dem Labyrinth herauszukommen, aber Reffold war es, als ob sie im Kreise herumirrten.

Hinter sich hörten sie immer näher den stampfenden Lauf schwerer Stiefel, und als Harry zurückblickte, sah er zwei Gestalten aus dem Nebel auftauchen.

Die Burschen schnellten mit langen Sätzen vorwärts, und Sams Atem kam keuchend aus der mächtigen Brust.

»Verdammt«, stieß er hervor, »eine Minute zu spät. Sonst hätten wir sie drinnen erwischt. Aber an der nächsten Ecke kommen die andern, und dann haben wir sie hübsch in der Mitte. Laß mir den schwarzen Hund, und übernimm du den Herrn. Es soll die schönste Stunde meines Lebens werden!«

Auch Reffold hatte nun Sam als einen der Verfolger erkannt, und als sie zum nächsten Gäßchen kamen und ihnen auch hier laufende Schritte entgegenhallten, begann ihm die Situation bedenklich zu werden. Er hätte es, mit Bob an der Seite, ohne weiteres mit einer ganzen Bande aufgenommen, aber er wußte, daß es einen Kampf auf Leben und Tod geben würde und daß er von seinem Revolver würde Gebrauch machen müssen, ob er nun wollte oder nicht.

Ein Straßenkampf mit solchem Ausgang mußte aber eine Menge von Scherereien im Gefolge haben, die ihm gerade jetzt nichts weniger als gelegen kamen, da er sich für die nächste Zeit weit angenehmere Dinge vorgenommen hatte.

An ein Entrinnen war kaum noch zu denken, und Harry entschloß sich, ein Mittel zu versuchen, von dem er zwar nicht viel hielt, das ihn aber einigermaßen entschuldigen konnte, wenn es zum Äußersten kam.

Er griff nach dem Pfeifchen, das er, wie immer bei solchen bedenklichen Unternehmungen, am Handgelenk trug, und setzte es an die Lippen.

Die Verfolger waren bereits auf etwa zehn Schritte herangekommen, da schrillten ein langer und drei kurze, silberhelle Pfiffe durch die stille Nacht...

Harry hörte noch, wie die laufenden Schritte hinter ihm plötzlich haltmachten – dann aber ging jedes Geräusch in einem wahren Höllenlärm unter.

Aus dem anscheinend völlig menschenleeren Gäßchen, in dem sie sich befanden, aus allen Winkeln rings um das Eiserne Tor, ja sogar von den Dächern gellten die Signalpfeifen der Polizisten, und die ganze Gegend hallte von heranstürmenden Schritten und Zurufen wider.

Reffold gewahrte, wie Sam und sein Begleiter taumelnd in einem dichten Knäuel verschwanden und wie auch die Gruppe vor ihm, ehe sie noch das Weite suchen konnte, eingeschlossen war, und er zog den staunenden und etwas enttäuschten Bob rasch in eines der dunklen Tore...

Erst nach etwa einer Stunde konnten sie ihren Weg fortsetzen, aber überall in Rotherhithe stießen sie nun auf Polizeipatrouillen, denen sie in weitem Bogen auswichen.

In Scotland Yard gab es eine aufregende Nacht. Man hatte Sir Wilford Roberts gemeldet, daß in Rotherhithe das gewisse Signal gehört worden wäre und daß man sechs verdächtige Leute – darunter einige langgesuchte, schwere Burschen – festgenommen hätte. Sonst sei aber niemand dort angetroffen worden.

Der Chef nahm diese Meldung mit sichtlicher Erregung entgegen, und Oberst Jeffries hatte zwei schwere Stunden zu überstehen. Es wurde alle fünf Minuten angeklingelt, und die Stimme Sir Wilfords klang immer schärfer, als absolut keine neue Meldung erstattet werden konnte.

Erst nach Mitternacht kam die Erlösung, und zwar vom Chef selbst. Dieser teilte kurz und bündig mit, daß alles in Ordnung sei und daß die Verhafteten unbedingt in sicherem Gewahrsam zu bleiben hätten.

Auch Burns hatte einen schlechten Abend gehabt. Er marschierte in seinem Büro, in dem er gegen neun Uhr plötzlich aufgetaucht war, erregt auf und ab und schien so wütend, daß Sergeant Smith ihn immer wieder verwundert ansah.

»Was haben Sie denn, Oberinspektor?« fragte er endlich.

»Was ich habe?« fuhr ihn Burns an. »Satt habe ich die Geschichte. Nun können wir beim Eisernen Tor einpacken, mein Lieber, denn das Gesindel weiß, wie es steht. Der Teufel hole alle Dilettanten.«

So etwas Ähnliches glaubte am nächsten Mittag auch Reffold zu hören, als Burns mit einem bösen Blick und einem sehr kühlen in der ›Queen Victoria‹ an ihm vorüberhuschte.

»Nun, Mr. Burns, Sie machen ja ein Gesicht, als ob Ihnen sehr kostbare Felle weggeschwommen wären.«

Burns wurde feuerrot und schob mit einem Ruck die Hände in die Hosentaschen.

»Hören Sie, Mr. Reffold«, sagte er, »Sie haben es wirklich nicht nötig, sich über die Geschichte auch noch lustig zu machen. Wenn Sie wüßten, was Sie mit Ihrem Ungeschick verdorben haben, würden Sie sich irgendwo verkriechen und die Spielerei, zu der Sie nun einmal kein Talent haben, für immer sein lassen.«

Harry lächelte den ergrimmten Mann harmlos und gemütlich an.

»Werde ich auch, Mr. Burns. Aber damit Sie midi nicht in allzu übler Erinnerung behalten, will ich Ihnen etwas sagen, was Sie gewiß für mein Ungeschick einigermaßen entschädigen wird. Wenn Sie die gewissen Leitungen suchen, so brauchen Sie Ihre Leute nicht weiter auf den Dächern herumkriechen zu lassen, sondern Sie finden sie im zweiten Hof des Eisernen Tors an der rechten Seite. Und was Sie sonst noch interessiert, können Sie in der Werkstatt Tonio Perellis erfahren. Guten Tag, Mr. Burns.«

Der Oberinspektor nahm den Hut ab, kratzte sich am Kopf und blickte Reffold mit offenem Mund nach.

29

Oberst Gregory war bereits am frühen Vormittag nach London gekommen und hatte sich eine Weile in seiner Wohnung aufgehalten, wo er kurz nach seiner Ankunft den Besuch eines Herrn empfing, der vermutlich ein Arzt war.

Der sichtlich interessierte Nutt schloß dies aus der geheimnisvollen Tasche, die der Fremde mit sich trug, und aus dem leichten Geruch von Desinfektionsmitteln, der nach seinem Weggang im Ankleideraum verblieben war. Auch hatte der Oberst plötzlich einen neuen Verband, und es schien, als ob seine verletzte Hand bereits etwas beweglicher wäre.

Etwa nach einer Stunde befahl Gregory seinen Wagen, und Nutt erfuhr zu seiner Erleichterung, daß diesmal nicht William, sondern er zu chauffieren habe.

Gregory schien viel zu erledigen zu haben, denn es ging kreuz und quer durch Westend, und Nutt hatte Mühe, sich die verschiedenen Gebäude zu merken, vor denen er halten mußte. Zuweilen machte dies auch deshalb Schwierigkeiten, weil der Oberst dann noch eine ziemliche Strecke zu Fuß zurücklegte und irgendwo verschwand, um nach einer Weile aus einer ganz anderen Richtung zurückzukehren.

Es ging bereits auf ein Uhr, als Nutt den Befehl erhielt, beim Piccadilly Hotel vorzufahren, in dem Gregory zu speisen pflegte, und er beschloß, diese Gelegenheit zu nützen.

Kaum war der Oberst im Vestibül des Hotels verschwunden, als der Chauffeur den Wagen verließ und zur nächsten Telefonzelle eilte. Er hatte die Nummer, die er wünschte, im Kopf, aber trotz wiederholter Versuche bekam er diesmal keine Verbindung. Er war sehr betroffen, denn er wußte, wie rasch und zuverlässig diese Nachrichtenstelle sonst zu erreichen war, und es überkam ihn plötzlich ein unangenehmes Gefühl, das ihn gedrückt und nachdenklich zu seinem Wagen zurückkehren ließ.

Als Oberst Gregory seine Mahlzeit beendet hatte, blickte er auf die Uhr und überlegte eine Weile. Dann begab er sich in das Vestibül und rief Vane an, den er in seiner Wohnung in Bayswater erreichte.

»Wenn es Ihnen paßt, Mr. Vane, komme ich in ungefähr einer Viertelstunde bei Ihnen vorbei und hole Sie ab ... Wollen Sie mir bitte sagen, wo sich das Kontor Ihres Anwalts befindet ... Wie? Drury Lane ... Jawohl. Lincoln's Inn. Gewiß ... Würden Sie vielleicht mit mir einen kleinen Umweg machen? Ich möchte vorher gern noch eine dringende Angelegenheit in Kilburn erledigen, und wir könnten von Ihnen aus direkt hinfahren. Die Sache würde nur ganz kurze Zeit in Anspruch nehmen ... Sie sind einverstanden ...? Sehr nett. Also, auf Wiedersehen.«

Als Gregory vor dem Haus des Bankiers vorfuhr, trippelte dieser bereits wartend auf den Gehsteig auf und ab. Er begrüßte den Oberst mit überschwenglicher Herzlichkeit.

»Ich mache mir Vorwürfe, Oberst Gregory«, sagte er, als er sich mühsam in den Wagen gezwängt hatte, »daß ich Sie derart in Anspruch nehme, aber ich kann mir nicht anders helfen. Sie als Junggeselle wissen nicht, was es in solchen Fällen alles zu tun gibt, noch dazu, wenn sich die Ereignisse so überstürzen. Dabei bereitet mir das Befinden vor Mrs. Mabel ernste Sorgen, und ich werde wirklich aufatmen, wenn alles glücklich vorüber ist.«

Der Bankier machte tatsächlich einen abgehetzten Eindruck, und Gregory hörte ihm mit verbindlicher Anteilnahme zu.

»Nun«, meinte er tröstend, »es dauert ja nicht mehr so lange. Übermorgen um diese Zeit befinden Sie sich bereits auf See.«

Vane trocknete sich den Schweiß von der Stirn und nickte lebhaft.

»Ja, Gott sei Dank. Auch Mrs. Hughes kann den Augenblick schon nicht mehr erwarten, und ich hoffe, daß dann alles besser werden wird. Sie ahnen ja nicht, wie sie das traurige Ereignis mitgenommen hat. Sie ist förmlich menschenscheu geworden, und selbst ich muß mich damit begnügen, sie täglich höchstens eine Viertelstunde sprechen zu dürfen. Sonst hält sie sich ununterbrochen eingeschlossen, und nicht einmal die Dienerschaft darf zu ihr. Aber ich kann das verstehen, denn auch ich kann mich wirklich nur mit aller Mühe aufrecht halten.«

Er trocknete sich wieder die Stirn und blickte den Oberst unsicher von der Seite an. »Es ist ein Herzschlag gewesen, wie ich gehört habe«, sagte er dann nach einer Pause.

Gregory neigte leicht den Kopf. »Ich habe nie daran gezweifelt«, meinte er und brach damit das Gespräch ab.

Die Fahrt durch Kilburn dauerte ziemlich lange, aber Vane war zu sehr mit seinen Gedanken beschäftigt, um darauf zu achten.

Erst als der Wagen den Gleiskörper der Londoner Nordbahn erreicht hatte, fühlte sich Oberst Gregory veranlaßt, dem Bankier eine Erklärung zu geben.

»Der Weg ist doch länger, als ich gedacht habe. Mir ist hier nämlich ein Haus angeboten worden, und man wollte mir bis heute nachmittag das Vorrecht lassen. Deshalb war mir die Sache so dringend. Die Gegend ist zwar nicht gerade günstig, aber das Haus soll sehr wohnlich und preiswert sein.«

Der Oberst dirigierte den aufmerksamen Chauffeur mit knappen Anweisungen durch eine Reihe von Seitengassen, bis sie in eine kurze Allee einbogen, deren Abschluß eine hohe Gartenmauer bildete.

»Wir sind am Ziel«, sagte Gregory, indem er auf die Uhr sah. »Von Bayswater Road genau fünfundzwanzig Minuten Fahrzeit. Eine hübsche Strecke.«

Nutt öffnete den Schlag, und der Oberst schickte sich an, auszusteigen.

»Darf ich Sie bitten, einige Augenblicke auf mich zu warten, Mr. Vane? Ich werde mich sehr beeilen. Oder würden Sie mir den Gefallen erweisen, mitzukommen und mir zu raten?«

Der Bankier kletterte bereits aus dem Wagen. »Mit Vergnügen, Oberst«, meinte er eifrig. »Von Häusern verstehe ich nämlich zufällig etwas.«

Gregory schien bereits erwartet worden zu sein, denn in diesem Augenblick wurde das Gitter von einem großen, starken Mann in einfacher dunkler Kleidung geöffnet. Der Mann begrüßte die Besucher mit einer stummen Verbeugung und führte sie schweigend durch den Garten bis zu der einfachen Villa. Das Haus lag völlig versteckt inmitten einer dichten Baumgruppe und machte in seiner öden Verlassenheit einen etwas unheimlichen Eindruck.

Vane überkam plötzlich ein Gefühl der Beklemmung, und als der schweigsame Führer die Haustür öffnete, blieb er unwillkürlich zögernd stehen.

Aber Gregory machte eine einladende Handbewegung, und der Bankier trat in eine düstere Halle, deren dumpfe Luft verriet, daß das Gebäude bereits seit langer Zeit unbewohnt war.

Der große Mann öffnete eine Reihe von Türen, aber der Oberst warf nur einen flüchtigen Blick in die dunklen Zimmer und schien nicht sehr entzückt zu sein.

Erst am Ende eines langen Ganges betrat er einen halbdunklen Raum und sah sich eine Weile um.

»Was meinen Sie, Mr. Vane?« wandte er sich rasch an den Bankier, aber dieser schüttelte lebhaft mit dem Kopf.

»Eine Gruft, Oberst Gregory, aber kein Wohnhaus.«

»Ganz meine Meinung«, sagte der Oberst und glitt mit einer geschmeidigen Bewegung durch die Tür, die im nächsten Augenblick dröhnend ins Schloß fiel.

Vane fuhr zusammen und starrte einige Sekunden betroffen um sich. Dann aber schien er sich plötzlich seiner Lage voll bewußt zu werden. In seine Miene trat ein Ausdruck wahnsinnigen Entsetzens, und er warf sich mit einem verzweifelten Schrei gegen die Tür, die er mit Händen und Füßen zu bearbeiten begann, jedoch ohne irgendeinen Erfolg. Im Gang blieb alles völlig still, und als der Bankier gehetzt nach einer anderen Möglichkeit des Entkommens suchte, sah er, daß auch die Fenster durch starke Läden verschlossen waren.

Mit einem Mal erinnerte sich Vane an das Ende von Milner und Crayton und an den Tod Fleshs, und der Gedanke, daß nun die Reihe an ihm sei, ließ ihn bewußtlos zusammenbrechen.

Oberst Gregory stand mittlerweile in der Halle und wartete gelassen, bis das Toben des Eingeschlossenen sich gelegt hatte.

Zu dem schweigsamen Führer hatte sich ein zweiter gleich handfester Mann gesellt, und beide verharrten regungslos wie Statuen.

»Sie bürgen mir dafür, daß alles genauestens so geschieht, wie ich es angeordnet habe«, sagte Gregory in seiner kurzen, scharfen Art. »Und nun den Chauffeur.«

Einer der Männer eilte zu Nutt, der ungeduldig vor dem Gitter auf und ab schlenderte und von Zeit zu Zeit einen neugierigen Blick in den Garten warf.

»Sie sollen zu Ihrem Herrn kommen«, bestellte ihm der Mann mürrisch, indem er das Gitter öffnete, und Nutt beeilte sich, der Aufforderung, die seinen geheimsten Wünschen entsprach, Folge zu leisten.

Gregory ging mit kurzen, leisen Schritten in der Halle auf und ab, und in seinem Gesicht spielte ein eigentümliches, kaltes Lächeln.

Nutt wollte dieses Lächeln plötzlich nicht gefallen, da sich der Blick Gregorys durchdringend auf ihn heftete.

»Ich kann mir denken, daß Ihnen dieses Haus viel Kopfzerbrechen verursacht hat, Nutt, und ich will Ihnen daher Geher Gelegenheit geben, es genau kennenzulernen.«

Der Oberst hob leicht die Hand, und in demselben Augenblick fühlte sich der Mann von vier gewaltigen Fäusten gepackt, gefesselt und geknebelt.

Gregory nickte den beiden schweigsamen Gesellen kurz zu und ging eiligen Schrittes durch den Garten zu seinem Auto, an dessen Steuer in steifer Würde und mit unbeweglichem Gesicht William wartete.

Um dieselbe Zeit, da der Wagen Oberst Gregorys wieder nach Westend rollte, packte Burns in der ›Queen Victoria‹ umständlich seine alte Handtasche, wobei ihm Webster etwas unruhig zusah.

»Gedenken Sie längere Zeit in London zu bleiben, daß Sie das alles mitschleppen?« fragte er endlich interessiert.

Burns nickte. »Ich will es hoffen. Und Sie täten auch gut daran, Ihre Siebensachen zusammenzupacken, denn hier wird es für uns kaum noch etwas zu tun geben. Auf jeden Fall brauche ich Sie heute abend. Sehen Sie sich vor, denn es kann heiß hergehen.«

»Schon wieder diese verdammte Geheimnistuerei«, knurrte der Inspektor. »Und natürlich wird wieder nichts dahinterstecken«, fügte er mit einem boshaften Lächeln hinzu.

»Auch möglich«, meinte Burns sanft. »Dann miete ich mich neben Ihnen in der ›Queen Victoria‹ ein und mache Ihnen aus Verzweiflung Mrs. Benett abspenstig.«

Webster fand es angezeigt, darauf nichts zu erwidern, sondern begnügte sich mit einem giftigen Blick.

Burns guckte noch einmal in alle Laden, ob er nichts vergessen hätte, dann stellte er die Tasche sorgsam auf den Tisch, legte seinen Hut und seinen Mantel daneben und klopfte einige Augenblicke später an Reffolds Tür.

»Ich komme mich verabschieden, Mr. Reffold, denn wenn alles so verläuft, wie ich hoffe, sieht mich Newchurch nicht mehr wieder.«

Er zögerte einige Augenblicke, dann dämpfte er seine Stimme noch mehr und sah Harry mit einem bedeutsamen Blick an.

»Wenn Sie dabeisein wollen – ich schlage heute nacht unbedingt los. Geht es gut, wird es der großartigste Erfolg meines Lebens – geht es schief, so gibt es eine Blamage, wie sie noch selten da war. Also, wenn Sie wollen, um neun Uhr in meinem Büro.« Er zwinkerte mit den Augen und sah noch harmloser drein als sonst. »Sie wissen ja wohl, wo Scotland Yard ist, und wenn Sie nach mir fragen, wird man Sie schon zu mir bringen.«

30

Tonio Perelli saß bei dicht verschlossenen Fenstern in seiner dunklen Stube und lauschte ununterbrochen in die Nacht.

Seit dem unglücklichen Alarm, der ihn Sams und aller seiner anderen Leute beraubt hatte und bei dem er selbst nur mit knapper Not entschlüpft war, wußte er nur zu gut, wie die Dinge standen, und war daher jeden Augenblick, auf dem Sprung.

Er hatte in den letzten Stunden wiederholt daran gedacht, sich aus dem Staube zu machen, aber er mußte sich sagen, daß es dazu wahrscheinlich bereits zu spät war und daß er schließlich in ganz London keinen günstigeren Schlupfwinkel finden konnte als das Eiserne Tor. Selbst im Falle einer Überrumpelung standen ihm hier immer noch ungezählte geheime Wege zur Flucht offen, und er mußte schon ein ganz verdammtes Pech haben, wenn er hier der Polizei in die Hände geraten sollte.

Deshalb wäre er um seine Sicherheit auch nicht allzu besorgt gewesen, wenn ihm der Umstand, daß er jede Verbindung mit dem ›Herrn‹ verloren hatte, nicht äußerst beunruhigt hätte.

Seit zwei Tagen waren alle Apparate stillgeblieben, und da er es in der verflossenen Nacht für nötig gehalten hatte, das Kabel zu zerstören, konnte er nun einen Anruf überhaupt nicht mehr empfangen.

Perelli mußte unwillkürlich an den unheimlichen Teppich denken und an verschiedene Dinge, die damit zusammenhingen, und dabei überkam ihn ein Gefühl der Furcht, das ihn mit fiebrigen Augen in alle Winkel starren ließ.

Plötzlich fuhr er mit einem jähen Ruck empor, denn in das Dunkel der Stube fiel ein farbiges Licht, und allmählich begannen die kleinen Birnen auf dem Schaltbrett in kurzen Intervallen aufzuleuchten.

Der Italiener verfolgte gespannt und verwundert ihr Spiel, und seine Mienen verrieten, daß er sich die Sache nicht zu erklären vermochte. Es war keines der ihm bekannten Signale des ›Herrn‹, und doch konnte kein anderer als er an dem unterirdischen Apparat sitzen.

Nach einer Weile wurde die Tafel wieder dunkel, aber gleich darauf leuchteten die kleinen Birnen von neuem auf, und es war Perelli, als ob es diesmal ein Zeichen gewesen wäre, das er kennen sollte.

Er wartete noch eine Weile, dann öffnete er behutsam die Tür, schlich in den kleinen Flur und spähte lange und angestrengt in den finsteren Hof, in dem auch nicht ein Laut zu vernehmen war.

Geräuschlos glitt Perelli zum Schuppen, schlüpfte durch den halb geöffneten Eingang und lehnte sich an den monströsen alten Wagen, der dicht an der Mauer stand.

Nach einer Weile stemmte er sich gegen das Auto, und als dessen Räder sich in Bewegung setzten, glitt unhörbar die versteckte Tür zur Seite, die die Treppe verbarg.

Tonio zog eine kleine Taschenlampe hervor und zögerte noch einige Sekunden – dann fühlte er sich plötzlich von eisernen Fäusten gepackt, und über seinen Kopf flog eine dichte Hülle, die ihm den Atem benahm.

»Das wäre der Anfang gewesen«, flüsterte Burns, »wir können damit zufrieden sein.«

Er leuchtete mit seiner Blendlaterne die Treppe hinab und stieg dann als erster hinunter. Webster drängte sich dicht an ihn, denn nun, da es vielleicht zum Dreinschlagen kam, war er ganz bei der Sache. Sergeant Smith und drei der bewährtesten Leute von Scotland Yard folgten, und Harry Reffold schloß sich ihnen an.

Sie schlichen dicht an den Mauern Schritt für Schritt vorwärts, die Hände an den Kolben der schweren Revolver und jeden Augenblick eines Angriffes aus irgendeinem Hinterhalt gewärtig. Burns ließ das Licht seiner Laterne unausgesetzt über den Boden und die Wände spielen, und Webster leuchtete voraus in den Gang, so daß sich jeder der mächtigen Steinquader deutlich abhob.

Als sie an die beiden Türen kamen, gebot Burns durch eine Handbewegung Halt und untersuchte dann die massiven Schlösser, die an starken Eisenbändern hingen. Die Räume waren offenkundig fest verschlossen, und es war daher nicht zu befürchten, daß von hier eine Gefahr kommen konnte.

Der Oberinspektor wandte sich um und wollte den Weg fortsetzen, aber kaum hatte er einige Schritte weiter getan, als er rasch seine Lampe löschte und durch einen energischen Wink die anderen aufforderte, das gleiche zu tun.

In der nächsten Sekunde lag der Stollen in tiefen Dunkel, aber aus einem breiten Spalt der Wand, die knapp vor ihnen den Weg abzuschließen schien, drang ein fahler Schein.

Burns schob sich dicht heran und bemerkte nun, daß die Wand sich um eine Achse gedreht hatte und zu beiden Seiten genügend Raum war, um durchschlüpfen zu können.

Die Sache hatte ganz das Aussehen einer Falle, und es vergingen Minuten, bevor der Detektiv sich schlüssig wurde, was er tun sollte. Dann flüsterte er einem seiner Leute einen Befehl ins Ohr, und der Mann schlich den Weg, den sie gekommen waren, eilig zurück.

Der Oberinspektor stand mit angehaltenem Atem an der Lücke und spähte in den nächsten Abschnitt des Ganges, aber er konnte nur wahrnehmen, daß der Lichtschein aus einer Öffnung zur Rechten fiel und daß von dorther zuweilen ein leises Knacken drang, als ob ein Schalter gedreht würde.

Es währte fast eine Viertelstunde, bis der nach oben geschickte Mann mit zwei Begleitern zurückkam, und Burns postierte diese an die Maueröffnung, nachdem er ihnen einige kurze Anweisungen zugeraunt hatte. Hierauf schob er sich geschmeidig durch die Lücke, und die andern folgten ihm lautlos.

Sie standen in dem kleinen Vorraum zum Gemach des ›Herrn‹, die Zeigefinger am Abzug ihrer Waffen, und starrten in den luxuriösen Raum, der mit einemmal vor ihnen lag.

An dem großen Tisch ihnen gegenüber, aber nicht an der breiten, sondern an der schmalen Seite, so daß sie in dem gedämpften Licht nur das verschwommene Profil sehen konnten, saß ein mittelgroßer, schlanker Mann, der seine Sportmütze tief ins Gesicht gezogen hatte und mit krampfhaft zusammengepreßten Lippen auf ein großes Papier starrte, wobei er immer wieder ratlos und ungeduldig mit dem Kopf schüttelte.

Reffold hatte kaum einen Blick auf die Gestalt: geworfen, als er wußte, wer es war, und ein rasches Zucken des Oberinspektors und ein überraschtes Schnauben Websters sagten ihm, daß auch diese sich bereits darüber im klaren waren, wen sie vor sich hatten.

In diesem Augenblick mußte den Mann am Tisch irgendein Laut gewarnt haben, denn er warf blitzschnell den Kopf empor und fuhr von seinem Sitz auf.

Aber Webster war trotz seines gewaltigen Körpers schneller. Mit einem mächtigen Satz stand er bereits mitten im Raum, den Revolver auf die Brust des anderen gerichtet.

»Oberst Gregory – das Spiel ist aus … Hände hoch!«

Die Worte donnerten durch den Raum, der Websters kräftiges Organ erst voll zur Wirkung kommen ließ.

Gregory ließ sich wieder auf seinen Sitz fallen, denn neben Webster standen auch schon vier andere Leute, und jede unvorsichtige Bewegung konnte ihm verhängnisvoll werden.

Er hob langsam die linke Hand und es kam Reffold, der ihn mit Spannung beobachtete, so vor, als ob es um seine Mundwinkel bedenklich zuckte.

»Sie müssen etwas Geduld haben«, sagte er gelassen. »Wie Sie ja wissen, habe ich mir in den letzten Tagen an der rechten Hand eine Verletzung zugezogen.«

Er brachte die andere Hand aus der Tasche und hielt nun beide Handflächen hoch.

»Bei welcher Gelegenheit?« fragte Webster, der sich zum Herrn der Situation berufen fühlte, weil Burns unbegreiflicherweise im Hintergrund blieb und nur ununterbrochen seine Nase rieb. »Ich glaube, es dürfte für uns von einigem Interesse sein.«

»Gewiß«, gab Gregory zu. »Bei einem kleinen Einbruch.«

Der Inspektor sah den Oberst mißtrauisch an. »Nun, so unbedeutend wird die Sache wohl nicht gewesen sein«, meinte er, denn mit Kleinigkeiten haben Sie sich ja nicht abgegeben. Aber das werden war schon alles haarklein erfahren.«

Er nahm eine stramme, dienstliche Haltung an und wandte sich an Burns. »Damit wäre wohl alles erledigt, Oberinspektor...«

31

Ein scharfer Knall erschütterte die Luft und brach sich hart an den Wänden.

An der Mauer gegenüber der Tür stürzte eine Gestalt schwer zu Boden und riß im Fallen einen Teil der Wandbekleidung mit, die sie mit einer Hand krampfhaft umklammert hielt.

Oberst Gregory hatte gerade noch Zeit, die Waffe gelassen auf den Tisch zu legen, als die lähmende Überraschung von den anderen wich und starke Arme ihn umklammerten.

Niemand wußte, was geschehen war und wie es geschehen konnte.

Nur Reffold, der kein Auge von dem Obersten gewendet hatte, hatte alles im Bruchteil einer Sekunde kommen sehen.

Er hatte bemerkt, wie Gregory plötzlich lauschend den Kopf geneigt hatte, wie seine Blicke hastig suchend über die Wände geflogen und dann starr an einer dunklen Hand haften geblieben waren, die tastend über die Falten des Stoffes glitt.

In demselben Augenblick hatte der Oberst eine blitzschnelle Bewegung gemacht, und erst der Knall des Schusses hatte Harry deren Zweck erkennen lassen.

Nun war Gregory so eingekeilt, daß er kein Glied zu rühren vermochte, und bei dem raschen Zugreifen der Polizisten war ihm auch die Kappe vom Kopf geglitten, so daß sein Gesicht jetzt in vollem Licht lag. Es erschien kalt und beherrscht wie immer, und sein Blick hatte nichts von dem herrischen Hochmut verloren.

Der Schuß hatte auch Burns wieder lebendig werden lassen, aber sein Interesse galt mehr der reglosen Gestalt am Boden als Gregory. Er schickte sich bereits an, den Körper von den Stoffetzen zu befreien, als die scharfe Stimme des Obersten ihn innehalten ließ.

»Oberinspektor Burns – wir wollen der Komödie ein Ende machen. Greifen Sie bitte in meine rechte Brusttasche und lesen Sie das Papier, das Sie dort finden werden.«

Der Oberinspektor kam ohne Zögern heran und tat, wie ihn Gregory geheißen hatte.

Er überflog das Dokument, ohne auch nur mit einer Wimper zu zucken, dann faltete er es zusammen und verbeugte sich linkisch.

»Ich danke, Oberst Gregory. Das habe ich erwartet.« Er machte eine befehlende Geste gegen Webster und seine Leute. »Meine Herren, Oberst Gregory befindet sich im Dienst.«

Die gewaltigen Hände lösten sich augenblicklich von den Armen Gregorys, nur Webster brauchte etwas länger, weil ihm die Geschichte nicht in den Kopf wollte.

Burns machte sich bereits wieder bei dem Opfer des Schusses zu schaffen und löste eben die Kapuze, die den Kopf verhüllte. Er hatte kaum einen Blick auf das bleiche, unbewegliche Gesicht geworfen, als er bedächtig nickte und sich erhob.

»Mrs. Mabel Hughes«, sagte er, und weder seine Mienen noch seine Stimme verrieten irgendwelche Überraschung.

»Mit dem richtigen Namen Mademoiselle Juliette Renault«, bemerkte Gregory mit Nachdruck und reckte die Glieder. »Mit siebzehn Jahren Brettlsängerin in einer Matrosenkneipe in Marseille, dann Geliebte eines reichen Amerikaners, den sie bestiehlt. Kommt zum ersten Male ins Zuchthaus und wird nach ihrer Entlassung Hochstaplerin großen Stils. Sie sitzt wieder zwei Jahre, dann geht sie nach Ägypten, wo sie bei einem großen Juwelendiebstahl eine sehr bedenkliche Rolle spielt, und verschwindet von dort mit einem vermögenden jungen Engländer, der kurze Zeit später in San Sebastian bei einer Kahnpartie, die er mit ihr unternimmt, verunglückt.«

Webster, dem etwas ungemütlich zumute war und der es daher vorzog, sich eingehend mit Mabel Hughes zu beschäftigen, richtete sich in diesem Augenblick auf und zuckte mit den Schultern.

»Nichts mehr zu machen. Die Kugel ist wenige Zentimeter neben der Herzgrube eingedrungen und quer durchgegangen.«

Oberst Gregory machte eine Gebärde des Bedauerns.

»Fatal, aber es ging leider nicht anders. Wenn ich nicht zuvorgekommen wäre, so würden wir wahrscheinlich jetzt alle unter Trümmern liegen.« Er schien sich plötzlich zu erinnern und tastete mit großer Vorsicht den von der Wand gerissenen Stoff ab, bis er auf ein fingerstarkes Kabel stieß, das er mit einer kleinen Drahtzange rasch durchzwickte.

»Wenn Sie diesem roten Kabel nachgehen«, wandte er sich an Burns, »so werden Sie auf eine kleine Mine stoßen, und es wird sich empfehlen, wenn Sie diese von Leuten unschädlich machen lassen, die etwas davon verstehen. Ich vermutete schon längst irgendeine solche Teufelei, aber der Plan gab mir hierüber leider keine Auskunft, und um mich hier gründlich umzusehen, hatte ich nicht genügend Zeit, denn Sie waren mir dicht auf den Fersen, meine Herren. Als ich aber dann die Hand erscheinen sah, wußte ich, daß es zu diesem Raum noch einen Zugang gab, den ich nicht kannte, und ich war mir auch sofort darüber klar, was die Hand wollte. Deshalb habe ich gehandelt, und ich werde es verantworten können.«

Er blickte eine Weile mit verschränkten Armen auf das selbst im Tode noch immer schöne Gesicht der Abenteuerin und begann dann in einer plötzlichen Eingebung die Männerkleidung, die sie unter dem Umhang trug, einer eingehenden Durchsuchung zu unterziehen. Aber es fand sich außer etwas Geld auch nicht der kleinste Gegenstand in den Taschen, und Gregory wollte bereits ablassen, als er am Hals der Toten eine ziemlich starke goldene Kette bemerkte, die über den Rücken lief. Mechanisch zog er daran und hielt plötzlich eine kleine Tasche aus feinem Leder in den Händen.

Burns und Webster sahen neugierig zu, und auch Reffold war gespannt näher getreten.

Als der Oberst die Tasche öffnete, kam ein dickes Bündel von englischen und amerikanischen Banknoten zum Vorschein, ein Vermögen an kostbaren Steinen und ein ziemlich umfangreiches schadhaftes Kuvert, das Gregory mit einen Ausdruck des Triumphes zwischen zwei Fingern emporhielt.

»Das blaue Kuvert«, murmelte Harry unwillkürlich und starrte mißmutig auf das Papier, dem er monatelang unter so abenteuerlichen Umständen nachgejagt war.

»Jawohl«, sagte Oberst Gregory, »und damit ist meine Arbeit beendet«, er sah Reffold mit einem feinen Lächeln an, »und auch die Ihre, Sir Harald. Sie haben Ihre Sache großartig gemacht, und ich fürchtete zuweilen ernstlich, daß Sie: mich schlagen könnten. Aber schließlich habe ich das Rennen mit einem kleinen Vorsprung gewonnen. Ich wäre sehr unglücklich gewesen, wenn es anders gekommen wäre, denn bei Ihnen war ja die Sache nur eine Amateurangelegenheit, bei mir aber ernster Beruf.«

Er reichte Burns das Portefeuille und steckte das Kuvert sorgfältig ein. »Diese Wertgegenstände übergebe ich Ihnen Oberinspektor, die Papiere leite ich weiter. Dieser Papiere wegen bin ich nach dem Tode Hauptmann Colburns aus Indien zurückberufen, für die Öffentlichkeit aber kaltgestellt worden...« Er unterbrach sich und sah den Detektiv fragend an.

»Verzeihung, Oberst Gregory«, meinte Burns. »Sie haben ja wunderbar gearbeitet, und ich beneide Sie um den Erfolg, aber Ihre Behörden haben etwas zuviel des Guten getan. Als ich merkte, daß sie mit dem doch so verdienten pensionierten Oberst so gar nichts zu tun haben wollten, und daß ihnen sogar der Name auf die Nerven ging, wußte ich sofort, wieviel es geschlagen hatte.« Er kicherte und rieb sich lebhaft die Nase. »Ich war auch ziemlich über alle Ihre Schritte unterrichtet, nur eines ist mir entgangen – bei welcher Gelegenheit haben Sie sich die Verletzung an der Hand zugezogen?«

»Wie ich vorhin bereits angegeben habe, bei einem kleinen Einbruch«, erklärte der Oberst mit einem leichten Lächeln. »Ich habe mir nämlich, während Mabel Hughes nächtlicherweile mit Sir Harald Russell« – er verneigte sich höflich gegen Harry – »pardon, mit Mr. Reffold verhandelte und dabei eine leichte Schußwunde davontrug, auf die Sie ja noch kommen werden, aus ihren Zimmern in der Villa Vanes diesen Plan« – er deutete auf den ausgebreiteten Bogen auf dem Schreibtisch – »geholt. Auf dem Rückweg durch das Fenster hatte ich das Mißgeschick, in die zerbrochene Glasscheibe zu geraten. Es fehlt mir eben die Übung für solche Dinge, und ich werde das nachholen müssen. Der Plan steht der Polizei zur Verfügung, aber ich mache Sie darauf aufmerksam, daß er nicht vollständig ist. So werden Sie beispielsweise den Weg, den die Frau eben gekommen ist, nicht verzeichnet finden. Das hätte für uns sehr verhängnisvoll werden können. Ich erwartete sie nämlich schlimmstenfalls von dort, woher ich gekommen bin« – er deutete nach der Rückwand, wo eine dunkle Öffnung gähnte – »und wo ich meine Vorkehrungen getroffen habe.«

»Sie scheinen sich in diesem Fuchsbau großartig auszukennen«, meinte Burns elegisch. »Ich hätte mir nie träumen lassen. Sie hier zu finden.«

»Oh, es ist nicht das erstemal, daß ich mich für das Nest interessiert habe«, bemerkte Gregory leichthin. »Es gab vor etwa einem Jahr einen Inder, der uns außerordentlich zu schaffen machte...«

»Rawje Bai...«, fiel Burns lebhaft ein und horchte gespannt auf.

»Allerdings. Ich weiß, daß er auch die Polizei in Bewegung gesetzt hat, denn er war in seinen Unternehmungen sehr großzügig. Er hatte erst in seiner Heimat geplündert, was zu plündern war, vor allem alte Tempel, und dann den Schauplatz seiner Tätigkeit nach London verlegt, wo er bald von sich reden machte.«

»Wir haben ihn leider nie erwischen können«, gestand Burns mit sichtlichem Bedauern.

»Uns interessierte er vor allem wegen verschiedener politischer Umtriebe«, fuhr Gregory fort, »und wegen eines groß angelegten Lieferungsschwindels für unsere Truppen, bei dem er die führende Rolle spielte. Ich wurde seinerzeit mit den Nachforschungen in dieser Sache beauftragt und bin schon damals bis an die Mauern des Eisernen Tors gekommen. Wegen sehr wichtiger anderer Ereignisse wurde ich aber plötzlich nach Indien zurückberufen, und die Sache ruhte bis zu dem Tode Hauptmann Colburns, der offenbar mit der Affäre zusammenhing. Für mich war es ebenso wie für Sir Harald vom ersten Augenblick an klar, daß Colburn auf irgendeine heimtückische Art getötet worden war, und zwar um der kompromittierenden Papiere willen, in deren Besitz er durch einen Zufall gelangt war, und mein erster Gedanke war natürlich Rawje Bai. – Darin liegt der wesentliche Unterschied zwischen den Wegen, die wir getrennt gegangen sind, meine Herren«, meinte der Oberst nach einer kleinen Pause. »Nur diesem Unterschied habe ich es wohl zu danken, daß ich als erster ans Ziel gekommen bin. Sir Harald fand das untere Ende des Fadens und verfolgte es mit einem Spürsinn, der alle Anerkennung verdient, bis hierher, wobei dann Sie, Mr. Burns, sich ihm anschlossen und aus seiner Vorarbeit ganz beträchtlich Nutzen zogen. Ich ahnte bereits, wo das oberste Ende zu finden sei, machte jedoch plötzlich eine Entdeckung, die mich verwirrte und aufhielt. Ich vermochte nämlich Rawje Bai trotz aller Bemühungen nicht aufzustöbern, wohl aber nahm ich in verschiedenen Dingen das Walten einer anderen Hand wahr. Ich habe viele Wochen gebraucht, um diese Hand zu finden, und damit wären wir nun wieder bei Mabel Hughes angelangt. Nach der Affäre in San Sebastian hatte sie sich in London niedergelassen und hier die Bekanntschaft Rawje Bais gemacht, dessen Geliebte sie wurde. Aber der Inder war auch als Liebhaber kein angenehmer Mann, und Mabel Hughes scheint ein böses Martyrium durchgemacht zu haben. Er war nicht nur wahnsinnig eifersüchtig, sondern auch maßlos geizig, und wenn die Frau sich vielleicht auch mit dem ersteren abgefunden hätte, die zweite Untugend war nichts für sie, denn sie war gewohnt, auf großem Fuß zu leben. Die Gier nach Geld mag ihr auch den Gedanken eingegeben haben, Rawje Bai zu beseitigen und sich in den Besitz seines zusammengestohlenen Vermögens zu setzen, ich bin jedenfalls der festen Überzeugung, daß der Inder ihr Opfer geworden ist. Denn er war und blieb spurlos verschwunden. Mabel Hughes hat aber nicht nur seine Schätze in Besitz genommen, sondern sich auch an die Spitze der von ihm geleiteten Verbrecherorganisation gestellt. Sie entwickelte dabei eine eiserne Energie, aber schließlich war sich doch nur eine Frau, und alle ihre Pläne hatten in ihrer Anlage einen kleinen Fehler, an dem sie scheiterten. Die letzten gelungenen Coups waren die Juwelendiebstähle bei der Herzogin von Trowbridge und bei Mrs. Fairfax, aber auch diese bargen eigentlich schon das Verderben in sich. Später ging dann alles schief. Im Hause Milner wollte sie die Juwelen, die Stone für sechstausend Pfund von ihr erworben hatte, wieder zurückbekommen und außerdem die zwölftausend Pfund, die Milner hierfür bereitgelegt hatte, bekam aber weder das eine noch das andere. Und auch der auf Milners Namen ausgestellte falsche Wechsel konnte nicht verwertet werden...«

»Einen Augenblick, Oberst Gregory«, unterbrach ihn Burns. »Wie ist der Teppich in das Zimmer Milners gekommen?«

»Auf die einfachste Weise der Welt: durch den Chauffeur Fleshs, der ihn in einem günstigen Augenblick dort hinbrachte. Er konnte dies ohne Gefahr tun, denn es war schließlich nicht weiter auffällig, wenn einer der draußen wartenden Chauffeure im Haus angetroffen wurde. Flesh hat von dem Plan gewußt und auch von der Rolle, die sein Chauffeur dabei zu spielen hatte. Er zählte mit zu dem Kreis des ›Herrn‹, wie sich die geheimnisvolle Persönlichkeit nannte, die Rawje Bai geschaffen und Mabel Hughes dann weitergespielt hat, aber er war nur ein untergeordnetes Werkzeug, wie alle die andern. Er war einer der Hauptbeteiligten an dem Lieferungsschwindel und hat dadurch ein immenses Vermögen erworben, aber er konnte dieses Geldes nicht froh werden. Er befand sich unrettbar in den Händen des ›Herrn‹ und mußte mittun, wenn man ihn brauchte. Dabei stand er unausgesetzt unter Bewachung, und wie sein Chauffeur waren auch die meisten anderen seiner Bediensteten im Solde des mysteriösen Unbekannten, für den der Italiener Perelli die Mauer machte. Flesh bäumte sich schon längst gegen dieses drückende Abhängigkeitsverhältnis auf, aber solange die verfänglichen Papiere da waren, mußte er sich fügen. Deshalb wollte er um jeden Preis hinter das Geheimnis des ›Herrn‹ kommen, und Crayton, der vielleicht etwas mehr wußte, sollte ihm helfen. Ich habe der letzten Unterredung der beiden, die mich sehr interessierten, beigewohnt. Das kleine Mikrophon, das ich im Stockwerk über Craytons Büro angebracht hatte, steht Ihnen zur Verfügung. Ebenso kann ich Ihnen das letzte Gespräch zwischen Milner und Stone wiedergeben – ich hatte nämlich an dem verhängnisvollen Abend knapp vor meinem Weggehen den Apparat in der alten Uhr im Arbeitszimmer Milners verborgen. Allerdings hoffte ich damals dadurch etwas ganz anderes zu erfahren. Sie wissen, wie rasch im Falle Crayton die Hand des ›Herrn‹ gearbeitet hat, aber Flesh wurde dadurch nur noch gereizter und setzte seine Bemühungen mit verdoppeltem Eifer fort. Allerdings geriet er dabei auf eine falsche Spur, denn er hielt anscheinend mich für den ›Herrn‹ und hat eines Nachts in meiner Wohnung sehr gründlich Nachschau halten lassen. Ich glaube auch, daß alle seine anzüglichen Bemerkungen an dem Abend bei Vane eigentlich mir galten. Aber Mabel Hughes war durch den schleichenden Verrat im eigenen Lager, die Fehlschläge und meinen nächtlichen Besuch in ihren Zimmern nervös geworden. Sie sah die Gefahr von Seiten des aufgeregten Flesh drohen und handelte danach.

Es war eine Tat, die bewies, wie kaltblütig diese Frau handeln konnte, aber es war auch ihre letzte. Wie es geschah, brauche ich Ihnen wohl nicht erst weiter zu erklären, denn Ihr lebhaftes Interesse für meinen verbrannten Lackschuh sagte mir sofort, daß Sie von der gefährlichen Spielerei wußten.«

Oberst Gregory lächelte. »Sie sehen daraus, daß man selbst den auffallendsten Indizien nicht trauen darf, denn mein Schuh ist wirklich verbrannt, und es ist ein etwas unheimlicher Gedanke, daß man durch solch ein kleines Malheur eventuell an den Galgen geraten kann. Übrigens muß ich Ihnen sagen, daß auch mir Mabel Hughes seit einigen Wochen ihre Aufmerksamkeit schenkte. Sie hatte mir einen Mann als Chauffeur ins Haus geschmuggelt, der seine Sache zwar etwas ungeschickt, aber sehr eifrig machte. Es ist ein gewisser Nutt, den ich heute von meinen Leuten festnehmen ließ und der morgen Scotland Yard übergeben werden wird. Verwahren Sie ihn aber etwas sicherer als das erstemal auf der Polizeistation in Bermondsey.«

Der Oberst sah etwas boshaft auf Webster, aber dieser schien die Anspielung überhört zu haben, denn er bekundete plötzlich ein lebhaftes Interesse für verschiedene Kleinigkeiten, die in dem Raum umherlagen, und zog eben aus einem versteckten Winkel ein etwa armstarkes Bambusrohr von der Länge eines Spazierstockes hervor, das er kopfschüttelnd von allen Seiten besah.

32

Mit einem Sprung war Gregory bei ihm und hieb ihm das schwere Rohr aus der Hand, daß es klatschend an die Wand flog.

»Geben Sie die Hände her«, gebot er kurz, und als der verdutzte Inspektor automatisch gehorchte, schüttete der Oberst ein ganzes Fläschchen einer desinfizierenden Flüssigkeit über die gewaltigen Handflächen.

»So, und nun reiben Sie fest, und dann trocknen Sie sich sorgfältig ab. Aber hüten Sie sich trotzdem. Sie haben nämlich eben eines der gefährlichsten Dinge in der Hand gehabt, die es je gegeben hat.«

»Den Teppich?« fragte Burns lebhaft und sah neugierig nach dem so harmlosen, dunklen Rohr.

»Den ›Teppich des Grauens‹ – jawohl«, sagte Oberst Gregory. »Jedes Kind in den Gebieten von Radschputana und Bandelkand und weit darüber hinaus wird Ihnen davon mit geheimen Schauern erzählen, denn dieses Teufelswerk hat vielleicht seit Jahrhunderten Generationen in Angst und Schrecken gehalten. Der Teppich hat in Tempeln gelegen, wo er die Strafe der Götter herabbeschwor, Fakire haben mit seinen geheimnisvollen Kräften Zauberei getrieben, und die verschiedensten Geheimbünde haben ihn zu ungezählten grausamen Verbrechen mißbraucht. Es war ein Verdienst Rawje Bais, daß er mit manchen anderen Sachen auch den ›Teppich des Grauens‹ gestohlen hat und so das Land von einer furchtbaren Plage befreit hat.

Leider sollte der Teppich auch in England seine Opfer finden, aber erst Mabel Hughes hat damit zu arbeiten begonnen. Sie kannte das Geheimnis wohl von dem Inder und scheint sich von der Verwendung dieses seltsamen und rätselhaften Mordinstrumentes viel versprochen zu haben. Tatsächlich ist es nach der Beschreibung, die mir ein Fakir gab, auch einzig in seiner Art. Das Gewebe und die gleißenden Farben sind ein Gemengsel der tödlichsten Giftstoffe, die der Boden Indiens hervorbringt, und Hunderte von Unglücklichen sind über dieser Arbeit gestorben, bevor das Geflecht vollendet war. Und dann mag man es vielleicht noch Jahre in allerlei tödlichen Substanzen getränkt haben, bevor es verwendet wurde. Denn noch heute genügt eine leichte Befeuchtung durch eine kleine Öffnung in dem Bambusrohr, damit die Giftstoffe verflüchtigen und ein äußerst sinnreicher Mechanismus ermöglicht einen sehr einfachen Gebrauch. Nach Auslösung einer Feder tritt nämlich der Teppich, der in dünne Stahlbänder gefaßt ist, selbsttätig aus dem Rohr, und genau nach zwanzig Minuten verschwindet er wieder darin. Ich möchte Ihnen aber nicht raten, sich für den Mechanismus allzusehr zu interessieren, denn es ist immerhin einige Gefahr dabei.«

In diesem Augenblick drang aus der Öffnung in der Rückwand ein ganz leises Pfeifen, das Gregory erwiderte.

»Meine Leute sind besorgt um mich«, meinte er lächelnd und blickte nach seiner Uhr. »Außerdem habe ich jetzt noch einen sehr weiten Weg.«

Burns nickte. »Nach Kilburn...«

Der Oberst stutzte einen Augenblick, dann reichte er Burns die Hand.

»Sie sind wirklich sehr tüchtig, Oberinspektor. Ich habe nicht zuviel von Ihnen gehört. Ich mußte Mr. Vane in Sicherheit bringen, da er sich in den Kopf gesetzt hatte, sich mit Mabel Hughes bereits morgen zu verehelichen, und ich nicht wissen konnte, daß der heutige Abend eine andere Lösung bringen würde.«

Harry Reffold stand schweigend im Hintergrund. Die Enthüllungen der letzten Stunde hatten ihm keine Überraschung gebracht, denn schon vom ersten Augenblick an, da ihm der Oberst in der Halle der ›Queen Victoria‹ begegnet war, hatte er geahnt, in welcher Eigenschaft dieser auf den Plan trat, damals war ihm diese Rivalität sehr ungelegen gekommen, aber inzwischen hatte sich manches geändert, und seine Interessen hatten eine gewaltige Ablenkung erfahren.

Gregory wandte sich in seiner weltmännischen Art ihm zu. »Sir Harald, ich habe mich außerordentlich gefreut, Sie kennenzulernen, und ich hoffe, daß nicht so bald wieder ein Fall eintreten wird, der uns zwingt, unter falscher Flagge zu segeln und aneinander fremd vorüberzugehen.

Empfehlen Sie mich bitte Lady Crowford und...« – der Oberst lächelte vielsagend – »auch Miss Learner. Ich habe die Dame bei meinem letzten Besuch im Kastanienhaus leider verfehlt, aber ich hoffe, daß ich bald das Vergnügen haben werde, ihr vorgestellt zu werden.«

Gregory griff leicht an die Mütze und verschwand mit elastischen Schritten durch die Öffnung in der Rückwand.

Als Ann Learner um die Mittagsstunde in ihrem kleinen Kontor über der Korrespondenz saß, wurde sie plötzlich durch den Eintritt von Mr. Brook unterbrochen, dem der Juniorchef Mr. Grapes auf dem Fuße folgte.

Ann sah etwas überrascht auf, denn Mr. Brook machte ein ungemein feierliches Gesicht, und Mr. Grapes strahlte vor untertäniger Höflichkeit und sooft Anns Blick auf ihn fiel, knickte er zu einer respektvollen Verbeugung zusammen.

»Es tut uns herzlich leid, Miss Learner«, begann der alte Brook mit ehrlicher Bewegung, und Mr. Grapes nickte dazu sehr lebhaft, »aber Sie können natürlich in Anbetracht der besonderen Verhältnisse Ihre Stellung sofort aufgeben.«

Ann starrte den Chef mit großen Augen verwundert an.

»Was soll das heißen, Mr. Brook?« fragte sie verständnislos.

Brook rückte an seiner Brille und schmunzelte diskret.

»Wir haben gehört, daß Sie zu heiraten gedenken, Miss Learner, und da...«

»Oh, ich gedenke gar nichts«, unterbrach ihn Ann ehrlich empört, wurde aber dann feuerrot und begann etwas weniger entschieden zu sprechen. »Das heißt, es ist noch lange nicht soweit. Aber selbst, wenn es dazu kommen sollte, werde ich Sie vielleicht bitten, mich weiter zu behalten...«

Mr. Grapes kicherte so amüsiert, daß ihn das junge Mädchen ganz verdutzt ansah, und auch Mr. Brook wiegte höchst belustigt seinen Kopf.

»Das wird nicht gut gehen«, meinte er lächelnd.

»Ausgeschlossen«, krähte Mr. Grapes und krümmte sich vor Heiterkeit, soweit dies die Ehrerbietung zuließ.

»Weshalb?« fragte Ann unsicher, und es schien, als ob es in ihren hübschen Augen feucht schimmerte.

»Aber Miss Learner«, sagte Brook verzweifelt, »ich kann doch eine Lady Russell nicht gut als Korrespondentin beschäftigen.«

»Unmöglich«, bekräftigte Mr. Grapes und verdrehte entsetzt die Augen.

»Übrigens«, fuhr Brook hastig fort und zog sich nach der Tür zurück, »wird Ihnen dies vielleicht ein anderer besser auseinandersetzen können.«

»Jawohl«, bestätigte Grapes und folgte dem Seniorchef, indem er unter ungezählten Verbeugungen rückwärts schritt.

Ann wußte nicht, was um sie vorging, und nur so konnte es geschehen, daß sie sich von einem großen jungen Mann, der fast bis an die Decke des niedrigen Kontors reichte, in die Arme nehmen und ohne Widerstreben minutenlang stürmisch küssen ließ.

»Das war eine Unverschämtheit«, sagte sie, als sie nach einiger Zeit wieder zu sich gekommen war, und ordnete sich das etwas zerzauste Haar. »Wie konnten Sie überhaupt auf den unerhörten Einfall kommen, mich hier aufzusuchen und meinen Chefs solche Dinge zu erzählen?«

Harald Russell setzte das impertinenteste Lächeln Harry Reffolds auf. »Einmal mußten es ja die Leute doch erfahren«, meinte er unschuldig.

Ann sah dies schließlich ein und sprach daher nicht weiter davon. Dafür aber interessierte sie nun etwas anderes.

»Und was ist das für ein alberner Witz mit der Lady Russell?« fragte sie mit zusammengezogenen Brauen. »Wieder ein neuer Schwindel?«

»Nein, diesmal ausnahmsweise nicht«, beteuerte Harald und zeigte seine Zähne. »Und nun wird sich Harald Russell erlauben, seine Braut zum Lunch zu führen.«

»Nein«, sagte Ann sehr entschieden, »nun wird Sir Harald Russell zunächst einmal seiner Braut behilflich sein, die Korrespondenz zu erledigen. Hier...«

Sie drückte ihm ein mit verschiedenen Korrekturen bedecktes Briefblatt in die Hände und deutete auf eine Stelle. »Diktiere!« Dann setzte sie sich an die Maschine.

Sir Harald Russell klemmte mit einem Seufzer das Monokel ein und begann gehorsam: »...
und im Vertrauen, daß Sie den höchsten Preis dafür erzielen werden, unterlassen wir es, Faktura
über die Sendung beizufügen. Zu Ihrer Kenntnisnahme sei indes bemerkt...«

Ann Learner tippte mit großer Geläufigkeit, aber sie kam nicht recht von der Stelle, weil
sie alle Augenblicke die Hand heben mußte, da sie bald am Halse, bald an den entzückenden
kleinen Ohren ein seltsames Kitzeln verspürte.

»Meine Liebe«, sagte einige Wochen später Mrs. Emily zu der aufgeregten Mag und blickte
dabei hoheitsvoll auf die Menge, die sich vor dem Hauptportal der Stiftskirche von St. Peter
anzusammeln begann, »das habe ich schon lange kommen sehen. Wenn einmal die Karten so
liegen, so wird unbedingt etwas daraus.«

Mrs. Emily nickte bekräftigend, und die wallenden Straußfedern auf dem breiten Hut mach-
ten noch immer einen sehr pompösen Eindruck, obwohl bereits Generationen von Motten an
ihnen gezehrt hatten. Ihre bisher ganz leidliche Laune schien sich zu verflüchtigen, denn sie
sah Mag plötzlich mit einem Blick an, der nichts Gutes verließ.

»Mir scheint, der Teufel hat mich geritten, daß ich auf deine Seidenstrümpfe hereingefallen
bin«, brummte sie verdrießlich. »Das Zeug sieht ja ganz gut aus, wenn man, wie ich, ordentliche
Beine hat, aber ich traue dem Plunder nicht recht, und es wäre sicher besser gewesen, wenn
ich meine wollenen angezogen hätte. Ich glaube nämlich, ich kriege einen Schnupfen, wie ich
ihn im Leben noch nicht gehabt habe, und wenn ich es dann auch noch in den Knien wieder
bekommen sollte, dann wirst du etwas erleben.«

»Aber Mrs. Emily, ich habe gemeint, zur Hochzeit von unserer Miss...«, versuchte sich Mag
ängstlich zu rechtfertigen.

Mrs. Emily mußte jedoch schon wieder niesen, und das verschlimmerte ihre Laune noch
mehr.

»Du kannst schon ›unserer Lady‹ sagen, du Trampel. Und so etwas bekommt noch ein Legat
von hundert Pfund«, entrüstete sie sich.

»Sie haben doch fünfhundert Pfund bekommen«, erwiderte Mag etwas spitz.

»Jawohl, fünfhundert, aber ich hätte tausend bekommen sollen, wenn solche Nichtsnutze wie
du und Nick jeder hundert Pfund bekommen haben. Du wirst das schöne Geld doch wieder
nur auf Fetzen vertun, und Nick wird es versaufen. Übrigens, wenn er sich heute betrinkt, will
ich nichts weiter sagen, denn so ein Tag muß schließlich gefeiert werden, aber das nächste Mal
fliegt er, denn Lady Russell hat mir aufgetragen, im Kastanienhaus Ordnung zu halten.«

Mr. Emily hatte keine Zeit, sich länger mit Mag abzugeben, denn von der Victoria Street
und von Whitehall her begann Auto auf Auto vorzufahren, und sie mußte gewaltig den Hals
recken, damit ihr nichts entging.

Aus einem der ersten Autos half ein kleiner, älterer Herr einer älteren, großen Dame, und als
Lady Crowford auf den Füßen stand, tippte sie dem kleinen Herrn mit dem Hörrohr ziemlich
kräftig in die Seite und sagte höchst mißmutig: »Eigentlich werden mir diese ewigen Hochzeiten
schon furchtbar zuwider, und ich bin froh, daß ich Cicely und Harald auf einmal abtun konnte.
Aber daran bist nur du schuld. Wenn wir Kinder gehabt hätten – meinetwegen sogar acht –, so
hätte ich sie einfach verheiratet und wäre nun sicher schon fertig. So aber muß ich die ganze
Verwandtschaft unter die Haube bringen und das nimmt kein Ende.«

Sie stützte sich mit dem einen Arm auf den kleinen Herrn, mit dem andern auf ihren großen
Stock und stapfte zum Portal.

Mr. Vane stürzte durch das dichte Gewühl auf Oberst Gregory zu und schüttelte ihm lange
und herzlich die Hände. Er sah sehr frisch aus und war sicherlich bei bester Laune. »Haben
Sie etwas dagegen, daß ich bei dieser Hochzeit mittue?« fragte er verschmitzt und blinzelte den
Oberst vielsagend an.

»Solange Sie nur auf fremde Hochzeiten gehen, ist dabei wohl keine Gefahr«, gab Gregory
lächelnd zurück.

Mittlerweile schoben sich zwei Herren in etwas struppigen Zylindern die lange Autokolonne entlang, aber weder Burns noch Webster schienen sich unter dieser Kopfbedeckung sonderlich wohl zu fühlen.

»Kommissar«, sagte Webster mit Ehrerbietung und Nachdruck, »Sie wissen, daß ich Sir Harald Russell schon für einen tadellosen Gentleman gehalten habe, als er sich noch Harry Reffold nannte, aber daß er uns jetzt auch noch die hübsche Prämie für die Juwelen zugeschanzt hat, das finde ich einfach großartig.«

Burns nickte gedankenvoll und streichelte zärtlich seine Nase. »Sie sehen, Oberinspektor«, erwiderte er ebenso ehrerbietig und nachdrücklich, »daß es manchmal auch sein Gutes haben kann, wenn ein Mann, den man mit aller Gewalt ins Loch bringen möchte, nicht hineinkommt.«

Webster antwortete darauf nicht, sondern drehte den Kopf lebhaft nach links und rechts und reckte seinen gewaltigen Körper suchend über die Menge.

»Erwarten Sie jemanden?« fragte Burns harmlos.

»Jawohl«, gab Webster verlegen zu. »Mrs. Jane hat … wollte …«

In diesem Augenblick schwebte Mrs. Jane Benett in einem fabelhaften Kostüm und einer wunderbaren Pelzstola heran, und Mr. Burns und Mr. Webster schwenkten mit höflichem Gruß ihre Zylinder.

»Mrs. Benett«, sagte Kommissar Burns und sah mit einem bedenklichen Blick auf seine Kopfbedeckung, die er noch immer in der Hand hielt, »bitte beeilen Sie sich, mit Oberinspektor Webster einig zu werden. Ich bemerke nämlich eben, daß mein Zylinder nicht mehr lange aushalten wird, und einen zweiten kaufe ich mir in meinem Leben nicht mehr.«

»Oh …«, girrte Mrs. Jane verschämt, »Herr Kommissar …«

Aus dem großen, eleganten Wagen, der eben in langsamer Fahrt an ihnen vorüberglitt, sah das frohe Gesicht eines jungen Mannes, und als er die Gruppe bemerkte, winkte er lebhaft mit der Hand und zeigte mit einem strahlenden Lächeln seine weißen Zähne.

Burns und Webster grüßten respektvoll, Mrs. Jane Benett aber nahm mit einem letzten, liebevollen Blick Abschied von dem herrlichsten Traum ihres Lebens und schlug die Augen tränenschwer zu Boden.

Dann suchte ihre Hand ganz unwillkürlich eine Stütze in Websters Arm, und der Oberinspektor drückte die Hand mit solcher Gewalt an sich, daß sich Mr. Jane für immer geborgen fühlen konnte.

Ende